长篇小说

真的不重要

徐建华◎著

中国言实出版社

图书在版编目(CIP)数据

真的不重要 / 徐建华著. —北京 : 中国言实出版
社, 2015.9（2019.1重印）
ISBN 978-7-5171-1542-7

Ⅰ.①真… Ⅱ.①徐… Ⅲ.①短篇小说—小说集—中
国—当代 Ⅳ.①I247.7

中国版本图书馆CIP数据核字（2015）第220574号

责任编辑： 一　心

出版发行　中国言实出版社

地　　址：北京市朝阳区北苑路 180 号加利大厦 5 号楼 105 室
邮　　编：100101
编辑部：北京市西城区百万庄大街甲 16 号五层
邮　　编：100037
电　　话：64924853（总编室）64924716（发行部）
网　　址：www.zgyscbs.cn
E-mail：zgyscbs@263.net

经　　销　新华书店
印　　刷　三河市华晨印务有限公司
版　　次　2015 年 10 月第 1 版　　2019 年 1 月第 2 次印刷
规　　格　710 毫米 ×1000 毫米　1/16　16 印张
字　　数　261 千字
定　　价　45.00 元　　ISBN 978-7-5171-1542-7

目录
CONTENTS

上篇：贵器

一　妾身未明 /3

二　青年导师 /19

三　分享柔媚 /30

四　廉价幸福 /39

五　私生姐妹 /51

六　一男二女 /60

七　引狼入室 /77

八　蛋打鸡飞 /99

九　心无所栖 /117

下篇：透支

一　迷途 /143

二　冰山 /148

三　指引 /153

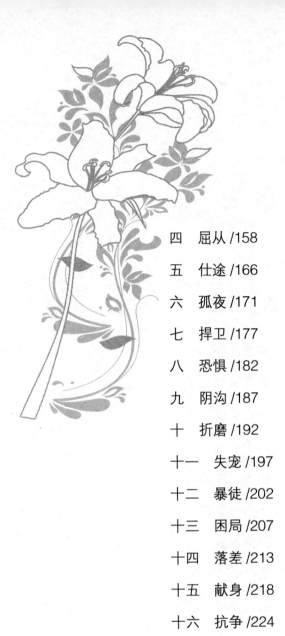

四　屈从 /158

五　仕途 /166

六　孤夜 /171

七　捍卫 /177

八　恐惧 /182

九　阴沟 /187

十　折磨 /192

十一　失宠 /197

十二　暴徒 /202

十三　困局 /207

十四　落差 /213

十五　献身 /218

十六　抗争 /224

十七　错误 /230

十八　新房 /238

十九　公墓 /244

上篇：贵器

一 妾身未明

都累了，都睡了，还有的安息了，黎明前的医院天籁无声，但并不安宁，打嗝声从重症监护病房传出：嗝儿……如同墓穴传出救命呼唤。第一声没人听到，第二声也没人听到，打嗝声开始后缀痛苦的呻吟：嗝儿——哎哟——，嗝儿、嗝儿……终于把同病房的肝癌患者惊醒，如同听到死亡召唤，他吓得猛然坐起，慌慌张张"啪"的一声揿亮苍白日光灯，大惊失色呼喊：医——生！医——生……他久病成良医，似乎很懂行，大喊大叫：不得了啦，打嗝啦，打嗝啦！随即又揿亮床头报警红灯，值班医生、护士以出警般速度冲来，这才把金萤辉兄妹吵醒。

金县长一直处于肝昏迷状态，金萤辉兄妹就趴在病房的床沿打盹。猛然间金萤辉揉揉惺忪睡眼，迷迷糊糊瞪着冲进来的医生、护士问：打嗝又怎么啦？医生、护士不回答，只是急急忙忙抢救。旁边病床的肝癌患者接过话，兔死狐悲般说：肝昏迷最怕打嗝，打嗝就是差不多了。"差不多了？"妹妹金映雪"呜"的一声哭着跑出病房，其他亲人守候在走廊，歪靠在长条椅子上已进入梦乡。昨天下午接到病危通知，他们像得到奉诏晋京的圣旨，争先恐后赶来，从此寸步不离医院。现在听映雪说"差不多了"，他们都慌了神，慌得忘了哭，一拥而上相互推搡着挤进病房。

医生放弃抢救，金县长也不再打嗝，只是泪流满面。萤辉木然倚靠在门框，像看一出戏，看见当演员的母亲奋勇当先扑到父亲枕头边，声嘶力竭催逼：说出来呀，你说出来呀……同样在县剧团当演员的姑姑不甘落后，怒气冲冲拨开萤辉的母亲，凄厉哭求：大哥，不能只告诉大嫂呀……婶婶是居委会干部，懂得斗争策略，挤不上来就扯开嗓门大声嚷：要平分，平分！兄弟姐妹哪个都不是后娘养的，大哥你不能偏心啊……在物资局担任副局长的二叔顾忌自己身份，发现医生、护士窃窃诡笑、冷笑、嘲笑，他厉声呵斥：像什么样子，像什么样子……姑父像读书人，习惯动口不动手，叹息着埋怨：怪谁呢，都是大哥自己惹出来的事。就是说出来，也不会哪个独吞了，无非兄弟姐妹平分。他不说，一直不说，哪时候才说呀？可无论怎么吵嚷、怎么哭求、怎么埋怨，父亲就是不开口。萤辉母亲突然直起腰，她生气就骂人，什么脏话粗话都敢骂，她横眉怒眼破口大骂：日你们先人，都在场他咋说呀？这么机密的事，咋能当着大家说呀！姑姑跟母亲一样，也是天不怕地不怕不敬鬼不敬神的解放妇女，自然不怕破口大骂，她马上回敬：妈B哟，那就你们走开，大哥的悄悄话只给我说。

放你妈的屁！萤辉母亲暴跳如雷：我是他婆娘，没听说给男人送终要把婆娘撵走！

姑姑"呸"一声尖叫：巴不得我大哥死啊？眼睛还没闭呢，你就要送终？

他死了我有啥好，当寡妇？原先只是像个寡妇，当真我成了寡妇，你们才巴不得呢！

大嫂你良心遭狗吃了，我咋帮你整那娼妇的？不就看你活得像寡妇……

姑嫂俩互不相让唾沫飞溅，都是战天斗地中锻炼成长的，都高度雄性化，发生争执不习惯以理服人，而是习惯动粗撒野。但又是一家人，几十年来甘苦与共不是没有感情，不可能撕扯扭打。通常靠对骂，爱怎么骂就怎么骂，直到骂得对方没力气还击，或者双方都不想骂了，就求同存异，等到下次继续骂。

在她们激烈对骂时，其他人懒得劝，似乎还巴不得她们继续吵，免得她们无限的体力精力没有释放，掉头又找其他人骂。看她们骂得热火朝天，二叔、婶婶趁机挤到父亲枕头边，聚精会神竖起耳朵，惟恐漏掉哪怕咕哝一声。

母亲终于告饶：懒得陪你吵！姑姑也忽然意识到什么：我们光顾吵，看人家，哪像我们！她气势汹汹拨开二叔、婶婶，一定要挤到最前面靠近父亲枕头边。二叔、婶婶寸步不让，相互推搡了两把，然后就像牛顶角头挨头脸贴脸，都尽力拱到父亲枕头边。父亲喉咙里发出奇怪的"咕咕"声，像是被痰咯住，突然一歪头撒手人寰。静默片刻，都不肯相信，直到不得不相信才"哇啦哇啦"哭声四起，随着哭声越来越嘹亮，病房越来越空荡。

县城临街一座显赫门楼，挂出硕大的白花，很快就从里到外传出：金县长他……然而一直等到下午，县政府也没任何表示，于是静悄悄地就把金县长化成一盒骨灰。按照当地习俗，守孝不必三年，但哀悼两个七天还是必需的。可"头七"还没过，金家人就不去想死人了，他们忙得没时间哀悼、没心情哀悼，都在忙着找缂丝画。母亲、姑姑、婶婶差不多发疯，把家里掀得底朝天，只差没掘地三尺，却仍没找到缂丝画。公安也在找，说那是国宝级文物，应该归还国家；文物贩子也在找，说他们可以出价八百万私下收购；金家人更是本家外戚都在找，说那是共有财产，谁也不能独占。可金县长不知安的什么心，至死也不讲缂丝画的去向。本来一家人就磕磕碰碰，如此更是鸡犬不宁。

萤辉不参与寻找，他想尽快离开这个天翻地覆、永远吵吵嚷嚷的家。他撒谎说学校催他回去，映雪送他去长途汽车站。街道狭窄，还是石板路面，两边梧桐树枝叶交错荫冠蔽日，像是走在幽暗的洞穴。却不是走在洞穴，兄妹俩都带着重孝，特别引人注目，一路都有人对他们指指点点交头接耳。萤辉听不清那些人的窃窃私语，但能大概听到他们说：金县长死了，县政府连花圈也没送一个；还说县里那些局长、主任、乡镇长们，没几个念情的，都装聋作哑假装不知道；连火葬场那些人，唉！也要勒索几条香烟才安排焚尸，不然就把金县长曝尸晾晒。如果金县长泉下有知，一定后悔，后悔他带头败坏了风气，现在的人都跟他学啦！

萤辉、映雪深深低下头，不敢看旁边。县城里不少人认识他们，不仅因为他们是金县长的子女，还在于映雪十分漂亮。萤辉也英俊挺拔，跟排球运动员差不多。还有一个叫庶皎的妹妹，也是县城里明星般人物。同时也是谜一样人物，包括他们究竟是谁的亲生？他们身上混杂了多少野男野女的血液？一路上被人戳戳点点，他们像遭鞭子驱赶。总算到了长途汽车站，映雪再次央求哥哥：随便找个工作我也肯做，就不想守在这小县城。

萤辉也想带妹妹走，可他刚工作没这点能力。而且映雪高中都没毕业，萤辉继续哄她：只要不去外面打工，在家专心自学，等你弄到大学文凭，一定给你找个好工作……这种话萤辉说过几回了，映雪未必相信，但映雪爱听，她需要的是承诺。尤其听说私生女庶皎已经去了省城，怕哥哥不够关心她，反而给庶皎找工作。她其实在提醒哥哥：嫡亲妹妹还在家待业呢，还在眼巴巴等你帮助呢！

去省城的长途汽车每天一趟，说好八点开车。车上只坐了稀稀拉拉十几个人，长途车司机很懊丧，探出身子吆喝：走啦走啦，长途短途都拉！旁边短途车司机马上怒吼：

牛圈伸出马嘴了？

没有张天师，就不认"道"啦？

……

慑于对方人多势众，长途车司机不敢继续吆喝，他下车磨蹭，点上香烟左顾右盼，眼巴巴盼望再拉几个乘客，不然这趟赚不够本钱。看见一位身背黑色旅行包的中年妇女，一瘸一拐跌跌撞撞赶来，脸色煞白，急促地喘息，一句话也说不出，显然经过长途奔跑。长途车司机喜出望外问：上车吗？她点点头，瘫坐在车门，连上车都没力气。司机赶紧搀扶她，要把她的黑色旅行包接过去，她却拽紧背带不松手，司机只好连人带包将她搂抱上车，大声喊：好人好人，哪个好人扶着她点？萤辉循声望去，猛然心惊肉跳，他想别过脸，假装没看见，可中年妇女已看见他，满脸满眼都是惊喜。五年不见了，以前可是朝夕相处，那时叫她庶阿姨，其实她是二妈。

萤辉听家里人说，正是这位庶阿姨检举他的父亲，揭发父亲占她为妾，还生下私生女庶皎，还把她祖传的缂丝画霸占……过后庶阿姨十分委屈地申辩，她说是萤辉的父亲错误相信了一位领导，才有今日之患。父亲想进一步升迁，专程拜访一位威权万里的领导，送上缂丝画孝敬。领导问：哪来的缂丝画？当时父亲为了表明忠诚，如实坦白说，"文革"时期他救了一个地主出身的"臭老九"，"臭老九"感激他也信任他，临终前把女儿托孤给他，还交给他一幅缂丝画作补偿。领导仔细看了缂丝画，严厉批评萤辉的父亲：这是国宝，必须交给国家！没想到还有拒不收礼的领导，但要交给国家他十分不舍，于是他嘴上答应，回来就说缂丝画丢失了。上面不相信，揪住这件事不放，认定父亲把缂丝画藏起来了，专门派人追查。追查中意外发现，父亲不仅私藏缂丝画，还有经济问题，还道德败坏跟庶阿姨长期通奸，于是抓父亲坐牢。

父亲坐牢后金家人马上寻找缂丝画，他们相信缂丝画还在父亲手中，母亲、姑姑都亲眼见过，萤辉也亲眼见过，只是以前不知道这玩意儿价值连城。现在知道是国宝，母亲、二叔、姑姑、婶婶、姑父，无不大喜过望，如果能找到缂丝画，父亲吃几年官司也值得。可缂丝画是庶阿姨的祖传，如果不把庶阿姨排斥在外，即便找到缂丝画，也不能金家人私分。于是他们齐心协力，把庶阿姨树立成敌人、仇人，无论庶阿姨怎么解释，金家人都不接受，众口一词咬定就是她背叛父亲，祸害了这个家庭。

这些背后的算计萤辉并不清楚，于是他也一样深恨庶阿姨害得父亲坐牢，害得大家都知道父亲有个私生女，害得他和映雪、庶皎羞于见人。只要走在大街上，他们就遭路人指指点点，甚至遭到公然羞辱。幸好萤辉已念大学，他躲在省城很少回家。映雪、庶皎在念高中，她们无处躲避，在学校里遭同学集体唾弃，甚至还有人对她们动手动脚。这些人对缂丝画并不感兴趣，只对金县长纳妾养小的事津津乐道，说映雪、庶皎的父亲是全县头号流氓，映雪、庶皎就应该是婊子养的，他们馋涎欲滴期盼映雪、庶皎也做婊子。映雪、庶皎本来就漂亮，又是本县千金小姐，原先跟她们说句话都不容易，现在正好可以羞辱她们。经常看见映雪回来披头散发，都是半路遭人调戏了，有时衣服都遭撕破露出胸罩。听说庶皎也一样，有人看见庶皎遭几个小流氓追赶，幸亏遇到金县长原来的司机，不然已被糟蹋了。映雪、庶皎只好高中没毕业就退学，从此闭关在家不敢轻易出门。金家人把这一切都归罪在庶阿姨头上，坚决地把庶阿姨、庶皎切割出去，切割得越干净越减少麻烦。还不仅仅是麻烦，简直就是祸患，先不说名声，光庶阿姨母女的生活费就是沉重负担。父亲被逮捕后，庶阿姨也因为道德败坏、生活腐化而受处分，被开除公职，从此失去生活来源。父亲在世时多少还给她们一点生活费，现在父亲又死了，谁还肯照看她们，都不承认她们跟金家的关系，连发丧送葬都不许庶阿姨参加。

萤辉不想去招揽这些是非，这是长辈的恩怨情仇，作为晚辈他不该插手，也不想插手。可萤辉还是站了起来，他下意识地望了眼车窗外，惟恐给家人看见。直到看见映雪已离开，他才稍微松口气，上去扶住庶阿姨问：这是怎么啦？

庶阿姨顺势将脑袋靠在萤辉肩头，仍旧急促地喘息。等到终于缓过一口气，她断断续续说：路上慌忙，遭三轮车，撞了。

你慌忙去哪里呀？

庶阿姨坐下来，气也差不多顺了，这才说：昨晚你爸司机来讲，在龙王潭看见你妹妹，哦，是庶皎。

你去找她？她那么恨你，找到也不会理你！

起码要知道，她在龙王潭做什么呀？你爸司机说，庶皎看见熟人就躲，像是很怕看见熟人，为什么怕见熟人？

萤辉默不作声，其实四年前他就听说庶皎含恨离家出走，而且就在省城，但萤辉没去寻找，他想忘记这个妹妹，父亲的私生女跟他不相干。可也是他妹妹呀，现在庶阿姨要去找，萤辉正好在省城工作，哪怕应付也该陪庶阿姨找一找……好在庶阿姨受伤不轻，说话很吃力。也可能她知道萤辉为难，不想为难萤辉，于是她和萤辉都尽量少说话，尽量闭目养神。颠簸中萤辉昏昏沉沉还睡着了，连中午停车吃饭也没下车，他只是给庶阿姨买了一块饼，然后继续睡觉。

下车后，庶阿姨一把抢过黑色旅行包，像抢回走失的孩子，急忙背上，紧紧拽住背带，惟恐丢失。她左右张望一圈，脸上愁云密布，像迷失在都市丛林的旅客。她肯定希望萤辉热情洋溢地邀请，邀请她去萤辉的宿舍，她在省城除了萤辉没人可投靠。但萤辉一言不发，庶阿姨只好满含忧伤说：你住单身宿舍，我去也不方便。你就忙去吧，我在省城还有熟人，不用操心我。萤辉如释重负，尽管他也说了：有事来学校找。但他连学校的电话号码都没告诉对方。他确实很为难，如果收留庶阿姨，万一给家人知道了，他将被家人毫不留情地唾弃。他不想激怒家人，家人才是他的至爱亲人。

目送庶阿姨一步一回头，踉踉跄跄走向公共汽车站台，萤辉一阵揪心的难过，在他记忆里庶阿姨更像妈妈。他们住在同一个院子，院子是庶阿姨的祖宅，庶阿姨的父亲解放前是地主，又是"臭老九"，于是这院子被大部分充公，只留给庶阿姨父女一间小屋。金家上无片瓦下无立锥之地，政府把这座充公的院子分配给金家。后来庶阿姨父亲弥留之际，以缂丝画为条件把庶阿姨托孤给萤辉的父亲。当时不能结婚，庶阿姨是地主女儿，父亲解放后就参加革命，于是庶阿姨成为这院子里羞与人言的二房小妾。在这个拼凑的大家庭里，母亲、姑姑、婶婶从未停止争吵，父亲、二叔、姑父也少不了言语冲撞。孩子们更愿意亲近庶阿姨，差不多把庶阿姨当妈妈。庶阿姨特别温和，始终笑眯眯不发脾气，把庶皎、萤辉、映雪和二叔的女儿、姑姑的女儿统统笼络在身边，一视同仁照顾五个孩子吃饭、穿衣、学习，给予他们足够温暖的关怀。母亲、姑姑、婶婶落得清闲，几乎不管孩子，只是一心一意纠缠她们的是非。她们见面就兴致勃勃地吵，吵过了又和好如初，嘻嘻哈哈像姐妹亲密无间。突然间又可能烽烟再起，继续吵吵嚷嚷，她们把吵架当娱乐，也把吵架当谈判，通过吵架维持她们的和谐，也通过吵架捍卫各自利益。庶阿姨不招惹她们，只跟孩子们在一起，把五个孩子都笼络在她身边。这一招其实很厉害，在父亲有权有势的时候，在父亲掌控家庭的时候，庶阿姨实际上成为这个家庭的主妇，成为所有孩子的妈妈。直到父亲被捕入狱，庶阿姨才失去地位，遭到金家人集体围攻，她带上庶皎离开，去城郊的农民家租了间草房，从此不再来往。再后来，庶皎也把庶阿姨抛弃。庶皎深恨母亲把她错误地生下，让她无辜承受如此不堪的羞辱。庶皎离家出走，一走就没音信。有人说在省城看见她，母亲、姑姑、婶婶猜测，她是去找哥哥，妄想哥哥收留她。家里人立即警告萤辉：只要敢把庶皎当妹妹，他们就如法炮制，也把萤辉从这个家切割出去！即使家人不这样阻止，萤辉也不敢寻找庶皎，那时他还在念书，生活费需要家庭资助，没能力为父亲的私生女承担起长兄为父的责任。

　　然而此时此刻，看着庶阿姨瘦弱的身影越来越模糊，萤辉像亲手抛弃病弱的妈妈，眼睁睁看着妈妈居无定所孤独漂泊在茫茫人海，那弯曲的腰背，承受不起巨大的黑色旅行包重压，仿佛她把整个家都背在身上。她受伤的双腿，遭来往行人撞来撞去，更加踉踉跄跄。她再次回望一眼，满脸悲伤，肯定在期待萤辉呼唤，可萤辉没有呼唤，他尽力使自己相信：或许庶阿姨在省城真的另有熟人，她就住在熟人家，那些熟人待她热情周到，还陪她寻找庶皎。她果然找到庶皎，母女俩重归于好。庶皎过得不错，庶阿姨也不回家了，母女俩继续一起生活。她们也尽力忘记金家人，如同忘记同行一段旅程的旅伴，现在船到码头车靠站，都欢欢喜喜各奔前程、各投归宿。即使还有牵挂，也仅仅是回忆往事，时间一长就模糊了，就平淡无味了，说不定还成为茶余饭后的笑料……这么想着萤辉又释然于怀。

　　不带沉重行李、不背沉重包袱，本来很惬意。但萤辉挤上公交车后，刚抢到座位就听到刺耳的聒噪声：尊老爱幼是中华民族的传统美德，请给有需要的乘客让座……果然就有人让座，似乎不让座内心不安。萤辉暗暗叹息：那些坐特权小车的干吗不顺便捎带几个老弱病残孕？公交车如此拥挤，干吗不增开几班？他们有钱把衙门修得不像皇宫就像白宫，也不舍得增开几班公交车！他们的冷漠无情不受谴责，却把道德棍棒打在老百姓头上，哪怕挤个公交车，也要老百姓为道德服徭役，也要被迫发扬传统美德。萤辉不想让座，他对那些让座的人充满鄙视：你们就高尚了吗？花钱乘车本来就该有座位，凭什么内心不安？可他同样不安，一位颤颤巍巍的老奶奶，遭人家挤得直不起腰，就压在他肩膀上。萤辉极不情愿却无可奈何地站起来，只好让出自己座位。由此一来确实轻松了许多，他吊着拉环探身看窗外行人匆匆，感到格外安定，一点没有漂泊感。他心头故乡不是他的家，回到省城才有归家的感觉。那些街道、楼房都熟悉，他还惊喜地发现省城更加漂亮了。这趟回家不到一个月，像是离开省城很久，他归心似箭不断地探头张望。

终于看见学校的钟鼓楼，那是束脩大学的标志性建筑，也是无数人仰望的地方。他研究生毕业留校任教，尽管还要两年才评讲师，但他已独立开课，他教货币银行学，金融系学生的必修课。他下车别上校徽，保安就不来盘问，就可以昂首挺胸。校园占地很大，绿化也非常好，萤辉快步走在水泥甬道上，两边古木参天，还有万年青、剑麻和低矮灌丛，浓密而不芜杂。随处可见辽阔的草坪，草坪上横七竖八躺着鲜花般少女，像彩蝶翩翩嬉戏，撩动过往男生怯生生地觊觎。各式各样建筑美轮美奂：钟鼓楼是哥特式建筑，尖尖屋顶仿佛直通上帝，让人心生敬畏；金融系教学楼是巴洛克建筑，门框、窗户的弧形曲线像国画线条飞转流动；还有出檐陡长、瓦当古朴的文庙式建筑，那是图书馆；斗拱繁复、飞檐凌空的宫廷式建筑，那是行政中心……一幢金色小楼掩映在绿树中，琉璃瓦屋顶，外墙黄色瓷砖，阳光下黄灿灿格外醒目。这是单身教师宿舍，他们把这里戏称黄宫，萤辉就住在三号房间。像学生宿舍一样，单身教师宿舍门口也挂着警示牌：

> 十点以后学生不得到此
> 留人夜宿必须提前报告
> 　　　束脩大学保卫部

警示牌白底黑字，显得十分的严肃。萤辉暗暗庆幸，幸好没带庶阿姨来，自己就一间宿舍，庶阿姨来了怎么住？而要住招待所，萤辉又不富裕，他算得上一贫如洗，不敢冒充阔气。

回到宿舍萤辉快乐地清扫尘土。其实没多少浮尘，是他爱好整洁，他乐意把宿舍收拾得像少女的闺房。他不喜欢粗放，在他看来粗放接近野蛮。尤其考上大学后，大学生活的时间越来越长他越来越接近"彬彬有礼而后君子"。收拾好宿舍他去浴室，必须经过金融系教学楼，他望了望那幢巴洛克建筑，正好安善静从教学楼后门出来，手里还捏着讲义，显然刚下课。突然看到萤辉，安善静微微脸红，低声问：不是说至少一个月吗，怎么提前了？你父亲……萤辉"噢"一声点点头，不想多解释。善静问：那就，我在你宿舍等会儿？萤辉仍旧只是"噢"一声，将一串钥匙递过去。

　　再回宿舍，窗外绿叶婆娑，几乎遮挡下午光线，房间有些昏暗。萤辉看见善静轻轻揉眼睛，似乎一直歪靠在床头打盹。萤辉问：要休息吗？善静不回答，柔情脉脉荡了萤辉一眼，目光表明她很兴奋。萤辉坐上床沿，善静低声说：我还没洗澡呢。随即就脸红到脖颈。萤辉知道，这是善静习惯性害羞，其实她急不可耐。萤辉起身拉上窗帘，又放下玫瑰色圆顶蚊帐，这样更加幽暗，掩盖了羞涩。但不能掩盖恐惧，沙大妈随时可能从门缝窥探，保卫部随时可能突然查房，他们连上衣也不敢脱，显得惊魂不定，惊惊惶惶就敷衍了那件事，几分钟就匆忙结束。马上又慌慌张张穿戴整齐，恢复一贯的衣冠楚楚，看上去善静只是来造访的女同事。他们没获得渴望的那种满足，都垂头丧气，难受得都不想说话。静坐一会儿，善静见萤辉西装佩戴黑纱，再次问：你父亲……萤辉颓然点点头，但不愿意讲家里的事，他打断善静的话：我很困，不如你就回去，过两天再去你家。

　　过两天？善静很清楚，萤辉不喜欢她家。善静一脸为难，希望萤辉现在就去，不然她父母知道萤辉回来了，却不去问个安，父母会不高兴。善静不知该不该央求，她再次低下头，幽幽怨怨说：不来个电话，也不来封信，不是正好撞上，恐怕我也要明天才见面！

　　又是一阵沉默，沉默中善静流下眼泪，萤辉有些烦躁地站起来：那就去吧，去吧！两人一前一后走出黄宫，而不是手挽手，主要是萤辉要在众目睽睽下表明，他与善静之间仅仅是同事。虽然早已超越同事关系，但不是萤辉想象的那种爱，直到现在萤辉还犹豫不决。善静是剑桥博士，萤辉的研究生论文得到过她悉心指导，他们也是因此才熟悉。熟悉后感情急速升温，不到半年就以身相许。但很快又发现，他们之间并不是那么称心如意，或者还不适应对方，却又不知道怎样才能相互适应，怎样才能走到山盟海誓那一步？

萤辉接近知识远离社会，做什么都靠理论指导实践，任何行为都需要求得合理解释。包括他理解的美好爱情，都是从书本上看到，或者一厢情愿妄想。等到切身面对，等到实际体验，才发现没有想象中的神魂颠倒，总是胆战心惊，怕沙大妈窥探，怕保卫部突击查房，每次都尽力压抑自己，缺乏死去活来的激情燃烧，像是无奈地屈从。

出租车在外侨公寓停下。善静家自称外侨，其实祖上几百年前就来中国了，已发生无数次混血，但仍要把自己当外侨。他们用善静的二十万归国安家费在外侨公寓买下这套房子，房子倒不错，将近两百平方米，客厅、阳台宽大敞亮。只是没汽车，也承受不起与外侨公寓相适应的高消费，时刻都感到负担沉重。父母已退休，但不去找个零工，他们放不下架子，怕丢面子，因为他们住在外侨公寓，女儿又是剑桥博士。哥哥、嫂嫂只是外资企业的普通技工，收入不高，膝下倒有三个孩子，都在国际学校念书，光三个孩子的花销每年就要好几千。这一切都是家庭成员共同负担，尚未出嫁的善静把大部分薪水贴补家用，仍经常捉襟见肘。

萤辉很不喜欢这个家，只要来这里他就愁眉不展。不过仍要装得很高兴，安老伯眉开眼笑说：天天都在盼，盼得望眼欲穿。萤辉"噢"一声，脱下西装挂衣架上，点点头就去厨房。安家男人是绝对的主人，从不做家务，安大婶又体弱多病，萤辉每次来都主动下厨。安大婶倒十分客气，对萤辉说：又辛苦你啦。正好买了她爸喜欢的肥肠，都喜欢你烧的肥肠火锅，不是正好你来，我就一锅炖了。对不起你，只好辛苦你啦！说完她点点头，去收拾晾晒在阳台的衣服，厨房活全部撂给萤辉。萤辉在家从不做家务，他是金家唯一的男孩，家人把他当标本一样维护。庶阿姨更是把他照顾得无微不至，连换洗衣服都每天送到他手上，怕他不分春夏秋冬胡乱穿衣。而现在，只要来安家他就是劳工，他要学习洗菜、烧菜、洗碗、收拾厨房，还要学习伺候长辈，讨人欢心。好在善静也换了衣服来厨房，见萤辉一副受苦受难的样子，她低声说：对不起，你又受苦了。说着她抢过臭气熏天的猪大肠，放瓷盆中清洗。萤辉见善静光洁如玉的双手使劲揉搓沾满粪便的猪大肠，他很心疼，抢过去开玩笑说：纤纤玉指，应该用来"碎揉花打"。善静左右瞅瞅，突然踮起脚，飞快地亲了萤辉一口，萤辉像得到抚慰，顿时心头好受多了。

家务并不难学，像萤辉这样的人也能烧出一手好菜。他将一盒火锅底料放在油锅炒出香味，再加少许白糖、半盅豆酱、一块老姜、两片川芎、三粒八角、几段大葱，随即放入开水焯过的猪大肠，直到炒干水分再加预备好的圆骨汤。文火炖一小时后，加碗大蒜、半筲箕熟土豆、一把宽粉条、适量黄豆芽，起锅时撒上翠绿的元荽和香葱。盛在一个比脸盆还大的不锈钢盆里，端去搁在餐桌的卡式炉上，马上浓香四溢，整个房间都弥漫火辣辣刺鼻香味。等了一阵大哥、嫂嫂才接回三个孩子，立即人喊马嘶喧嚷不止，嫂嫂抱怨：出租车太可恶，专挑下班高峰交接班，只好同意司机绕道，害得多花时间还多花两块钱。安老伯说：还是应该转学，国际学校花销太大。嫂嫂"哼"一声说：穷人家只好一根象牙筷子——充当摆设。外侨公寓哪家孩子不读国际学校，国际学校都读不起还住外侨公寓，就像饭都吃不饱还用象牙筷子！善静赶紧给嫂嫂递上碗筷，怕嫂嫂借题发挥又把安家贬得一文不值，害得父母又羞愧又气恨，可能又饭都吃不下。嫂嫂瞥了一眼餐桌上的肥肠火锅，继续怒气冲冲抱怨：说过多少回了，这些喂猫喂狗的内脏吃不得，吃不得！你们不怕死，也不管孩子死活吗？善静讨好嫂嫂说：那我就去另外买点熟菜。大哥却拖住善静，朝嫂嫂一巴掌扇过去，打得嫂嫂号啕大哭。没人劝阻，大哥再飞腿一脚，把嫂嫂踹出餐厅，铁青着脸说：平时龟头缩脑，只要来人就发疯！都沉默不语，三个孩子也停止吵嚷，捧起饭碗狼吞虎咽。

　　萤辉给安老伯、安大婶、大哥斟上酒，善静说：为你接风，也给我倒杯酒呀。安大婶举起酒杯，抬头猛然看见萤辉挂在衣架的西装佩戴黑纱，她跟安老伯递个眼色，又来问萤辉：这趟回家，家里人都好吧？萤辉从不讲家里事，都是些羞于启齿的事，也是谜一样的事，懒得去讲！他继续敷衍搪塞，只是大概讲，家里来信说父亲住院了，结果已是不治。安大婶掰起指头算：这么说来，你父亲"头七"还没过，怎么就离开家了呢？萤辉低声说：丧葬办得简单，没有兴礼。安大婶一脸不高兴，责备萤辉：再不兴礼也要守孝啊，起码要守满"头七"啊！安大婶非常看重孝道，很不希望自己未来的女婿连父亲死了也不肯守孝期满。萤辉闷头喝口酒，满腹怨气说：都在找我父亲丢失的缂丝画，着急惊慌谁还有心思给他守孝！大哥问：什么缂丝画？萤辉不接话，怕谈起缂丝画牵扯出他家的丑闻。他一直掩盖家里丑闻，包括善静在内，至今都不知道他家的任何事，不知道他父亲曾经服刑，不知道他父亲有私生女，甚至不知道他家还有哪些人。不过善静知道萤辉十分忌讳谈论他家庭，急忙岔开话：哎，大哥，你那美元必须抛了，买进港币。中英开始香港回归谈判，港币可能升值……萤辉轻轻一肘善静，示意善静不要怂恿大哥去黑市炒外汇。大哥看出了萤辉心思，他笑了笑，带着一分谦虚、两分客气、三分居高临下神情问：萤辉你说呢，美元会是什么走势？

大哥、嫂嫂的薪水都投进黑市炒外汇，嘴上说没亏，但也不见盈利，家庭开销主要靠善静的薪水和父母那点退休金。萤辉一直觉得善静太亏，希望善静攒点自己的私房钱。在萤辉看来儿子与女儿不同，儿子必须承担家庭开销。女儿要出嫁，女儿的收入应当藏起来作私房钱，为将来出嫁作准备。可善静为这个家倾其所有，把大哥应该承担的责任都承担了，太没道理。何况大哥根本不懂外汇买卖，萤辉担心他早晚亏得血本无归。然而善静说，大哥并非不想承担责任，大哥也在努力增加家庭收入。为了学习外汇买卖，大哥到处拜师求教，大哥已竭尽全力，她不忍心给大哥泼冷水。

现在大哥不耻下问，萤辉不知道如何回答好。兜头泼他一瓢冷水吧，怕把他激怒，而要鼓励他，又怕他跌进外汇市场的神秘深渊。以萤辉的研究生毕业，以善静的剑桥博士，还觉得货币市场波诡云谲呢！凭大哥一个工厂的普通技工，怎么敢去外汇市场虎口争食！萤辉犹豫片刻，吞吞吐吐说：我的心思都花在研究人民币上，外汇思考得不多，就不好说。

研究人民币也好啊，那么人民币有可能自由兑换吗？

大哥对什么都感兴趣，居然知道自由兑换。萤辉"扑哧"笑，他对人民币确实很有研究，十分自信地说：不可能，在可预见的将来也不可能！善静笑着问：为什么？萤辉不无得意地说：我还想写本书呢。人民币是最难破解的谜，有可能我能破解人民币的全部秘密。然后去获个什么奖，从此就不吃猪大肠了。都欢笑起来，都觉得他吹牛，不过愿意听到他的豪言壮语。他一向低调，让人觉得他缺乏雄心壮志。而这个家太需要志存高远的人，太需要扬眉吐气。连安老伯都敬萤辉一盅酒，希望萤辉加油加油再加油。安老伯还唱起民歌《阳山道》：

哎呀呀，春天来了，
春天又来了，
百花争艳，笑容满面。
这座山，那座山，
都在赞颂绿葱葱的春天，
鲜花怒放，艳阳天。

......

吃过饭萤辉就想走，他喜欢单处独居，不愿夹在一堆人中磕磕碰碰。善静却恳求他：不要着急离开，吃过饭就走父母会寒心。萤辉只好跟到善静闺房，一个不大的房间香气馥郁非常整洁。安家家教甚严，家规不近人情，对女人的管束尤其严厉。没结婚前男女不能搂抱亲吻，否则就是严重冒犯家规，必定遭棒打出门。何况安家还不打算现在就把女儿嫁给萤辉，善静至多飞快地亲吻萤辉一口，然后就面对面客客气气坐下。只能正襟危坐，家人随时可能破门而入，决不可能容许他们在这里寻欢作乐。

两人一时没话，沉默片刻善静忽然想起：你饭桌上讲的缂丝画，怎么回事啊？萤辉大概说：一件价值连城的文物，不知父亲丢哪里了。善静眼睛一亮，她的研究方向是投资银行业务，她几乎本能地意识到这不是小事。急忙问：你家有文物？她兴奋得有点哆嗦：你怎么不留在家一起找啊？你慌忙赶回来做什么呀，要给人家找去了，怎么得了啊？善静的话饱含嗔怪，萤辉最烦嗔怪，他有些恼怒，十分诧异地乜了善静一眼，觉得善静很陌生，不由得想：兴奋什么呀，难道你也想缂丝画？

在萤辉看来，缂丝画代表邪恶，只要惦记缂丝画就带着不可告人的阴暗目的。如果当年父亲对缂丝画不感兴趣，就不会承诺照看庶阿姨，就不至于被整得身败名裂；如果母亲、姑姑、婶婶对缂丝画不感兴趣，就会沉痛哀悼父亲，而不是翻箱倒柜……只要对缂丝画感兴趣，就会不择手段争抢，就会使人疯狂。现在善静也关心缂丝画，萤辉感到心头堵得慌。他一直希望善静像映雪、庶皎那么纯净，他这两个妹妹就从不打听缂丝画，只是喜欢哥哥，小时候压岁钱都一分不留交给哥哥，她们跟哥哥差不多呼吸与共……这么想着萤辉思绪纷飞，陷入深深的思念中，眼眶都有点湿润了。他不再回答善静的任何问题，坚决地起身说：明天再聊吧，我太累！他起身离开，背后传来善静无限懊悔的叹息。

这会儿的黄宫像皇陵没一丝声音，单身教师都去哪里了？或者是，都要赶在十点前慌忙做完那件事？不过萤辉喜欢这样的寂静，终于得到属于自己的安宁，没人打搅，不必留意人家脸色，不必强迫自己忍受令人心焦烦躁的吵嚷。他拉开窗帘，推开窗户，初夏的夜风吹拂在脸上，比少女的抚摸还温柔，还惬意。萤辉独自欢笑，当初选择一楼的三号房间无比正确。窗外一片丛林，腐殖深厚无人涉足，宿鸟不惊生灵安详，他感觉回到大自然怀抱。他把雪白的被子和枕头堆码得像沙发靠背，很舒服地窝在床头。他长长地吁了几口气，像流离失所的孩子回到母亲怀抱，说不出的愉快。这会儿他倒不困了，随手拿起枕边书，是《华尔街日报》关于人民币的讨论文章的合订本：

"七大工业国告诉中国领导人，如果某个国家按照自己的意愿影响汇率，那就是操纵市场。"

《××日报》前不久发表了一篇社论，称我们决不会屈服于压力……"

萤辉放下书，思潮滚滚地想：老百姓明白这是什么意思吗？老百姓会不会认为：我们的人民币跟外国人有什么相干？噢，肯定有人这样错误地认为。如果太多的人这样认为，就太需要启蒙。

萤辉面对家庭责任十分烦恼，不敢主动承担，甚至想逃避。可他愿意忧心天下，倒不是具有"先天下之忧而忧"的崇高品质，而是如果不忧心天下，就写不出可以发表的论文，就评不上职称，就没有前途，就缺乏承担家庭责任所需要的能力。如今是仕途经济，只有学术上取得成就，才可能跻身仕途，才可能为家庭承担责任，包括给映雪找个工作。他冒出一个念头：先不忙着撰写学术论文，学术论文没人看。倒有必要写一本普及读物，普及读物能提高他知名度，先混个出名也好。比如就写人民币，让更多的人知道人民币。吴冠中先生说"中国人美盲比文盲多"，按照这个逻辑，钱盲比美盲还多呢，好多人都只是想钱，却不知道钱是什么。

如此一想，萤辉倍感振奋，差不多认为他是启蒙者，肩负着教化民众的崇高使命。可货币是个非常抽象而又非常具体的东西，如何表述才能像拿破仑主持《法国民法典》起草时所要求的那样："让农民在煤油灯下也能读懂？"他打起腹稿。

……

如果这样表述，"农民在煤油灯下也能读懂"吗？萤辉忽然想起白居易"求教于妪"的故事，白居易的诗之所以妇孺皆知，就是经常把自己的诗念给老太婆听，还请老太婆提意见。萤辉披衣起床，他也想学白居易，他"橐橐"穿过宿舍中间走廊，去黄宫门口的沙大妈房间。

沙大妈原先是政法系的女生宿舍管理员，以严厉得不近人情著称。她把那些未来的女检察官、女法官、女警察、女律师像修女那样看管，包括不许任何男人进入女生宿舍，除非得到特许；任何女生夜里十点后归寝，必须由其辅导员来亲自证明："情况特殊，彼姝堪怜"；还不许女生将内裤、胸罩悬挂在晾衣阳台，只能"藏羞内寝"……沙大妈的不近人情终于惹得政法系女生集体反抗，带动艺术系、中文系那些本来就躁动不安的未来明星和刀笔手跟着起哄，校方只好把沙大妈调换到更加适合她的岗位。其他系的女生宿舍比较安分，派沙大妈去管大材小用，于是安排沙大妈管理最难管理的黄宫。

黄宫里面男女混处、内外杂居，又都是单身教师，又都是文理工商等学科的青年才俊，他们的智商足以超过沙大妈，一旦他们兴风作浪，这里将比中东还要情况复杂。沙大妈自认为她洞幽察明，进进出出这么多人，据说她睃一眼就能判断出要不要蹑手蹑脚尾随上去偷听，或者贴在门缝窥探，或者通知保卫部突击查房。事实上她经常判断失误，但黄宫的人都称赞她明察秋毫，从没漏掉一个坏人，有时冤枉一个两个好人在所难免，她出发点是好的，是在维护黄宫的安全。沙大妈于是就以为她的工作当真天衣无缝，就沾沾自喜，带着如此喜悦再看面前这些人，渐渐就看不出不良现象和可疑迹象。不像看政法系那些死丫头，个个都是死丫头，个个都让她提心吊胆，如同母亲看长大的女儿，横竖不放心，生怕她们跟男孩子交往一失足成千古恨，生怕混进不良少年把那些死丫头欺负了。其实黄宫里面这些单身教师，对沙大妈不屑一顾。沙大妈主动跟他们搭话，尽力了解每个人的情况，了解过程中她不时"妈呀"惊叫：这里什么人没有啊！虽然她弄不清这个专业那个专业的区别，但那些人能给她深入浅出介绍：这个是搞精细化工的博士，正在研制新一代避孕药；那个是教刑事侦查的，政法学院毕业的硕士；还有那个是服装设计师，模样难看倒是年轻的副教授，还会武功……沙大妈很愿意跟这些人亲近，回家威胁她老头子：俺啥模样人没见过，你算啥！

沙大妈很少回家，回家老头子就逼她交钱，不然就可能给她一巴掌。她待在这里很自在，可以自己烧饭，也可以去教工食堂，可以白天睡觉，也可以夜里不歇。她很善于安排自己生活，只要得空她就收拣黄宫的废弃物，分门别类整理好，等环卫工人出运垃圾时，拜托环卫工人中她的一位老朋友帮忙脱手，时常还能获得一笔额外所得。学校总务部明确规定，沙大妈等人虽不是老师，但也不是学生，要求她们也要为人师表，也要谨守师道尊严，绝不能在校园捡垃圾。沙大妈只是收拣废弃物，整齐有序地叠码在她小屋，不算捡垃圾。

这会儿她就在弯腰整理废弃的旧书、旧报纸，抬头看见金萤辉老师进来，她一愣怔，头一次有老师来她房间。萤辉自己找板凳坐下，和颜悦色问：沙大妈，请教你一个问题，知道什么叫人民币吗？

沙大妈哈哈大笑，拍拍满手灰尘坐下，一副心甘情愿的样子，喜滋滋问：你是闷得慌吧？寻俺老太婆开心。

萤辉认真说：不是来说笑话。我是想写本书，专门写给老百姓看，不知道怎么写老百姓才能看懂，所以专门来请教你。

中中中，就该找俺，俺能懂老百姓都懂。想写啥？

就写钱。想告诉老百姓什么叫人民币。

啥？俺老百姓还不知道啥叫人民币？

那你说什么叫人民币……

萤辉开始"求教于妪"的实践，可沙大妈很快就感到十分没趣，她起身说：啥叫人民币不关俺的事，俺只管自个儿口袋的人民币。你这些事儿找领导反映，跟俺说，不中不中！

萤辉暗暗叹息：世界上三种力量最可怕，一是权、二是钱、三是未知的神秘。善静说西方社会对这三种力量全民关注，包括对本国货币的关注，绝不亚于关心自己的账面存款。可我们的老百姓只关心自己存折上的数字，等到发现昨天十元钱买只鸡，今天十元钱买两条鸡腿时，只会怪物价上涨。物价为什么上涨？一是财政政策失误，税负太重，如同把人抽干血液；二是货币政策失误，如同给抽干血液的人输入盐水，导致虚胖浮肿……不过如此一想，萤辉更加觉得需要普及人民币知识，更加觉得有必要写一本"农民在煤油灯下也能读懂"的普及读物。

二　青年导师

　　萤辉仍旧保留学生时期习惯，一大早就起来出操，然后去教工食堂，打碗粥捏个馒头，"唏哩呼噜"边走边吃。洗过脸擦干汗，换上一身西装，又去外语岛。

　　校园湖泊中的外语岛，这会儿像异国他乡，好多外籍教师、外籍学生，都愿意在此交朋结友。本国的教师、学生一样喜欢在此开展国际交流，"呜里哇啦"什么语言都有，很热闹也很有趣。其实不少人来此只是调情，但不能说调情就不是学习，可能调情是学习语言的最好方法，仅仅好多人还不习惯，更像是羞羞答答地学习调情。萤辉就属于不敢调情的多数，他只想练习口语。可那些洋汉不喜欢跟他口语交流，乐意跟他交流的可能又是"同志"，吓得他慌忙回避。而那些洋妞，似乎不调情说不出话来，还安慰他：The usual thing, my dear!（亲爱的，只是件很平常的事情！）

　　萤辉并不厌恶调情，如能得到洋妞媚眼迷离地荡他几眼，他会魂都丢了，快乐好一阵子。但他还是躲避，他不知道自己为什么躲避，可以说害羞，可以说害怕，也可以说他想证明自己是学为人师、德为人范的正人君子。如同不敢跳舞却喜欢进舞厅一样，他不敢跟人调情，但经常到场。今天也一样，他羞羞怯怯回避洋妞、国妞热烈的目光，却又禁不住凑上去，手头捏本书，更像是来学习。他看见一个白人姑娘走来，有些面熟，似乎在他导师的办公室见过。也可能从没见过，他看白人姑娘都差不多模样。发现对方友善地飞荡他一眼，他举起手中书一脸严肃地问：Do you remember what the newspapers said about it?（你还记得报界怎么评价这本书吗？）

洋妞柔媚一笑，望着灌丛中一块空地答非所问：No figure on the grass in front?（前面草地上没有人吗？）

萤辉一时没反应过来：Figures? There aren't any.（人？没有任何人呀。）

洋妞不无挑逗地笑着说：I'm sorry, sir, I didn't mean to sit down.（对不起，先生，我本来没想坐下的。）

萤辉这才明白，洋妞想坐下来谈。可他心怀鬼胎，局促不安不敢迎接洋妞激情四射的目光。洋妞进一步欢笑着问："Will you need me any more today, sir?"（今天还有什么事吗，先生？）

萤辉转身走开，像是仓皇逃窜，留下一串洋妞愤怒的声音："Oh, rather unpleasant!"（噢，不是那么让人愉快！）……

萤辉请假回家期间，他的课由善静代授。善静在剑桥读博士时的研究方向是现金产品管理，这是投资银行业务中的"庞加莱猜想"，高深莫测。由她给萤辉代课，由她给本科生上货币银行学，相当于数学家给小学生上算术。并且善静也是广受学生欢迎的老师，善静开设的风险投资已成为公共选修课，任何人都可以听，但也可能一个人都不去听，对老师的要求很高。然而萤辉并不愿意善静给他代课，善静像太阳，他只是月亮，担心善静代课跟他形成强烈反差，担心那些本科生从此不再崇拜他，所以他回来就把自己的课接下。

他西装笔挺走进金融系最大的阶梯教室，他喜欢上大课，几百号学生仰望他，很有成就感，甚至产生"青年的导师"那种崇高感觉。"噼里啪啦"掌声四起，学生大多喜欢他，不仅在于他课上得好，还在于他的一表人才格外吸引学生。将近一个月没见，都热烈欢迎他，猛然发现他胳膊佩戴黑纱，掌声戛然而止。他平时就目光忧郁，现在又戴了重孝，让人觉得他满眼哀伤、满怀悲痛，仿佛稍微触动就要失声痛哭。偌大教室鸦雀无声，有人含着泪水，学生对自己喜欢的老师满含深情，看见老师满眼哀伤、满怀悲痛，他们不会无动于衷。萤辉感受到了学生的敬爱之情，他很感动，感动得眼眶都湿润了。为了表达他对学生的感激，他红着眼圈静默了片刻说：我父亲，没了……忽然鼻孔一酸，他热泪翻涌，竟至于喉咙哽咽说不下去。

说来也怪，他对父亲心存埋怨，曾经以为他不会为父亲流泪。为父亲发

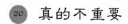

丧他也没掉泪，只是麻木地听从安排，要他默哀就默哀，要他下跪就下跪，要他哭了他就扯过披在头上的白麻布遮蔽眼睛。他未必没有悲伤，但哭不出，可能他认为自己是男人，当着那些妹妹的面必须表现得很坚强。也可能他不好意思哭，父亲死得很没面子，让他当儿子的连哭一声都不好意思。而现在，当着爱戴他的学生，当着对他满怀崇敬的学生，当着一双双真情流露的眼睛，他知道不能哭，却禁不住泪水翻涌。好在他立刻控制住，背过身在黑板上写下一行字：货币的本质。然后用颤抖的接近泣不成声的声音说：今天讲货币的本质。顿一顿他尽量大声地自问自答：货币的本质是什么呢？我也不知道……"轰"的一声，这句并不幽默的话惹得哄堂大笑，实在是太沉闷，一笑就把气氛活跃了。萤辉迅速进入状态，开始他的传道授业、释疑解惑，直讲得"天花乱坠，地涌金莲"，把学生逗得前仰后合。

下课萤辉立刻就想回宿舍，怕善静又来纠缠他去外侨公寓。却又忽然想到：今天公布高级职称预审结果，不知善静的副教授职称能否通过预审，他身不由己来到金融系办公室。

金融系办公室聚集了不少人，有的眉开眼笑，有的垂头丧气，有的怒发冲冠。萤辉是金融系的留校生，不敢在系里高昂头颅，系里好多人当过他老师，或者当过他领导。他一向尽力回避，不想再次给他们揪去耳提面命，他在这里被教导七年了，不想再听人家谆谆教导。然而还是撞见他导师，一位喜欢抽烟、喜欢学生给他点烟的博士生导师。金融系并没有博士点，他只是硕士生导师，但名片上印的博导，喜欢人家称他博导。博导"嗨"一声喝住萤辉说：善静在哭，快去安慰两句。

为什么哭？萤辉油然想到：这老光棍怎么知道善静在哭？难道善静在他面前哭？博导见萤辉脸色难看，"唉——"一声叹息着就走了。

善静教研室的老师经常在外面忙碌，办公室经常空巢。即便如此，萤辉每次来也要东张西望，惟恐给人发现他频繁进入善静教研室。今天他却径直冲去，怒气冲冲想：为什么哭？为什么在那老光棍面前哭？他推门进去，果然善静在默默流泪。抬头看见萤辉，善静慌忙揩干眼泪，有些难为情地说：看我，这么点小事也经不起。萤辉"咚"的一声在她对面椅子坐下，不无恼怒地问：究竟什么事呀？善静又低下头，很无助地说：副高职称预审结果公布了，没有我。你导师帮我打听了，主要两个原因，一是我的博士学位还需要领导进一步确认，二是我的论文没有通过专家评审。

萤辉睁大眼，像在听乱说《山海经》，难以置信地问：剑桥的博士，全国有几个？哪里不好查验，为什么非要领导确认？即使非要确认，你回国一年了，干吗不早点确认？善静苦笑着说：就出在这剑桥博士上。你导师打听到，"高评委"的那些人实在想不通，剑桥博士怎么可能回国？就算爱国爱得死去活来，非要回来报效祖国，也该去清华、北大呀！

唉——萤辉只能一声叹息，他问：那论文又是怎么回事？谁在评审你的论文？善静摇摇头说：仅仅是评副教授，两篇送审论文都是送给三流专家评审，他们根本就看不懂。

唉——萤辉再次一声叹息，说有多憋气就有多憋气。连《金融家》杂志都发表过善静的论文，这规格相当于其他学科在《自然》或《科学》杂志发表论文，代表国际公认的最高水平，居然通不过三流专家的评审。为什么必须通过三流专家评审，仅仅因为他们位居三流，写不出像样的论文就当评审吗？

萤辉心头翻涌起难以名状的失落。去年还在读研究生时，他对善静崇拜得五体投地，仅仅剑桥博士这顶光环就令他高山仰止。而现在，他发现善静头顶的光环黯然失色，隐隐感到善静像山峰坍塌，原来有多高现在就有多重，沉重地压在他心头。下来怎么办呢？剑桥博士评不上副教授，比闹出绯闻还要难堪。不仅难堪，还会因此怀疑善静是"克莱登大学"博士，十足的冒牌货。必须尽快想出办法，即使不能澄清也不能就这样默认。可我有什么办法？唉，唉……萤辉感到自己非常无力，又非常无助，自暴自弃想：女人都一样！包括善静，跟映雪、庶皎差不多，只会增加他负担。干吗背上这负担？他嫌庶皎是负担，不认庶皎是妹妹；嫌映雪是负担，不把映雪接来身边；现在又嫌善静是负担，实在无力承受。如同面对稀世珍宝，即使十分喜爱，即使爱不释手，如果需要为此承担太多责任，他也宁肯舍弃。他连家里的缂丝画都不寻找，就是怕给自己找麻烦。

可缂丝画能舍弃，善静能舍弃吗？他倍感沮丧，尽量去想：这一切不是善静的错！包括去年回国，也不是善静选择错误。善静只是相信了前任校长的承诺，承诺分给她一套四居室花园公寓，承诺将她破格聘为教授，承诺由她担任金融系副主任……可等到善静真的回国，校长却去国外定居了，连个副教授职称都没给她，说是副高以上职称必须经过"高评委"审定，任何个人的承诺都没用。

过后博导说，前任校长承诺过的人、承诺过的事太多了。前任校长就是因为敢于承诺、善于承诺，才引进包括善静在内的好多海外高级人才，才获得数额不小的奖励，才能腰缠万贯出国定居……博导的话几分真几分假很难辨别，但由此一来善静有苦说不出，她不敢撒泼吵闹，不敢上京找教育部哭诉，还不能说她就是冲着待遇回国，包括想当副主任。那会显得她动机不纯，那会惹得大家鄙视她、嘲笑她。她只能说回来是为了报效祖国，如同当年的爱国者，报效祖国不计较个人得失。好在学校也给她兑现了大笔安家费，足足二十万，不然也买不起外侨公寓的房子。同时她还认识了萤辉，萤辉也沾她的光，如果不是她暗中请博导帮忙，萤辉很难留校任教。

萤辉唉声叹气一阵，实在想不出他有什么办法帮助善静，只好去想他的导师。在这个学校里，博导是他唯一可以依靠的人，也是他看来最有能耐的人。他安慰善静，这就去请博导帮忙，帮善静评上副教授，不然怎么办呐，靠他一点也帮不上忙。

善静个性内敛，几乎不与人接触，但知名度很高，除了因为她是剑桥博士，还在于她的美貌。她的美不是艳冠群芳、光彩照人，而是"巧笑倩兮，美目盼兮，素以为绚兮"，非常接近"清水出芙蓉、天然去雕饰"。包括至今她还保留"妹妹头"，刘海整齐、发梢蓬松，衣服也朴素，如果不知道她是剑桥博士，可能把她与在校大学生混为一谈。一旦知道她是剑桥博士，都禁不住"啊"一声大吃一惊。她从不张放，给人感觉冲淡平和，似乎一切都不放在眼里，她不屑与人争奇斗妍。其实她有些自卑，尤其在英俊儒雅的萤辉面前，萤辉像一尊雕像屹立在她心头，她感到萤辉冰冷，她的自信心不断遭到冷凝。

她总要去想，她都以身相许了，萤辉还不愿意公开他们的关系，萤辉在犹豫什么呢？她很怕萤辉始乱终弃，萤辉的英俊不仅强烈吸引善静，对那些纯情女生更有吸引力。善静尽力使自己相信：萤辉仅仅是还没做好承受婚姻的准备，还不具备成家的条件。萤辉刚刚工作，家里没钱给他，总不能把那单身宿舍就作新房。而萤辉又不喜欢安家的吵嚷，不可能去做安家的上门女婿。因此善静宁愿相信，萤辉是在努力创造成家的条件。

善静也尽力创造成家的条件。如果能评上副教授，她每年将增加上千元收入，还有可能分到一套鸳鸯房，也就具备成家的条件了。可评副教授的事……突然听到萤辉说想去请博导帮忙，垂头丧气的善静马上兴奋起来。能否帮上忙不是最重要，最令她兴奋的是萤辉愿意为她去求人。以前萤辉从不求人，善静也怕求人，只要求人就羞于启齿。包括这次职称评定，事先也没求博导帮忙，以为总归能评上，不就评个副教授吗！没想到评个副教授也如此困难，不求人就没指望。

萤辉起身准备去博导家，求人帮忙总是去家里好些。善静想一起去，她知道萤辉并不善于求人，如果她能一起面见博导，并由她亲自开口，应该更为恰当。可萤辉……萤辉一直不希望善静亲近博导，如果善静主动提出一起去博导家，怕遭到萤辉拒绝。善静脸皮很薄，几乎承受不起拒绝。她有些羞涩又兴奋不已地瞟向萤辉，通过目光荡漾传达她的期待。她表面静若秋水，其实感情非常丰富，尤其在她兴奋时，她的眼睛能秋波流转顾盼生辉。

萤辉却错误理解了善静的目光，面对突然兴奋的善静，萤辉酸溜溜地想：昨晚听到缂丝画兴奋，现在要去求那老光棍也兴奋，你兴奋什么呀？

善静看萤辉默不作声，以为没有理解她的意思，只好鼓起勇气说：自己的事，总不能袖手旁观。我想一起去你导师家，你说呢？萤辉冷峻地看着善静，看得善静低下头，萤辉更加酸溜溜地想：果然是想见那老光棍！他不肯带善静去，倒不是怕博导知道他们在恋爱，博导早就知道了，还尽力促成他们。萤辉只是担心……唉，怎么说呢，总觉得博导太关心善静，连善静没评上副教授而哭泣，也是博导比萤辉先知道。仅仅如此倒也罢了，偏偏博导又是独身，还喜欢拈花惹草，名声很不好。

不过萤辉转念又想，他去求博导，博导未必肯帮忙。他很不敬重这位博导，博导同样未必喜爱他，如果善静亲自出面，善静如此温婉柔媚，如果再流下几滴眼泪，那博导，那老光棍，必定色迷迷地关心她……萤辉的心像被一双铁钳般大手箍紧了，喘不过气来。他揉了揉胸口，看善静仍旧那么兴奋，简直充满渴望，恨不能马上见到博导。萤辉怒火中烧：这么想见那老光棍吗？但他即使愤怒，也能把怒火吞进肚子，尽量去想他不应该生气，善静还不是他妻子，如果善静实在渴望亲近博导，他生气也没用，只能乐见其成。他故意装得毫不介意，却怒不可遏地说：那你先去，我去给老师买条香烟！

善静以为萤辉一直阴沉着脸，是因为她没评上副教授，所以愤愤不平。现在萤辉要她先去，善静也仅仅以为，萤辉怕给人看见他们双双行走在校园，怕把他们的关系传播开了。善静点点头，轻声说：那你尽可能快点来，好吗？萤辉头也不抬，赌气冲出大门。

面前一个辽阔广场，萤辉像从幽暗漫长的隧洞爬出，使劲甩动双手，伸伸腿扭扭腰，又做几个深呼吸。旁边的文庙式建筑吸引了他眼球，他快步走去，这会儿的图书馆没什么人，他来到清风雅静的阅览室。他想逃避，他脑子里不断冒出一个恶心词汇——口奸目淫。他料定博导不至于大胆到敢对善静动手动脚，但博导可以借助语言和目光，如果他也在场，面对博导色迷迷地关心善静，他实在没法忍受。他宁肯什么也没看见，也不去想博导见到善静会是什么情景，反而气急败坏地想：如果从此博导一直关心善静，一直爱护善静，一直……就用不着他来操心善静的职称，也不用他去外侨公寓当劳工……从此他将毫无顾忌地接受那些活泼女生的邀请，跟她们一起郊游；从此去外语岛不必藏头缩尾、战战兢兢，说不定他也学会调情……这正是他向往的生活，他不属于任何人，任何人也不属于他，他只为自己生活，其他一切人都是旅途邂逅，相识相伴但并不相干，互相不承担任何责任，到了下一站就分手，然后各自登上新的旅途……他靠窗坐下，翻开一本时尚杂志，正好介绍一场选美比赛，他眼前不期然而然地浮现善静的玉体。

　　善静能让他一见钟情，首先是剑桥博士的光环深深吸引他。然而随着关系越来越深入，萤辉越来越强烈地感觉到，那剑桥博士光环并不能满足他需要，他更需要善静的玉体。他怅然若失盯着杂志，杂志上的美女身穿比基尼，极富挑逗性，很撩人情怀。萤辉却冷笑一声：这也算美？他马上想到善静迷人的下身。其实善静的玉体非常完美，柔软得不可思议而又十分有力，像萤辉这么挺拔的身体覆压在她身上，她竟然能承受，还不至于呼吸困难。但善静不善于展示自己，即使内室秘戏她也不敢赤身裸体，只是十分勉强地暴露局部。而且秘戏时善静非常紧张、非常恐惧，像是被强奸，每次都草草了事，让萤辉很不满足，反而产生无数疑惑：这就是幸福吗？《新婚指南》中介绍的情景可不是这样，应该是魂销魄散，应该是酣畅淋漓，应该是……为什么他与善静之间没有这样的体验？或许是他们一直提心吊胆，时刻提防沙大妈窥探，提防保卫部突然查房，而不是善静的错……这么想着萤辉一把扔掉杂志，他勃然大怒，猜想此时此刻光棍博导正在色迷迷地关心善静。他不知自己怎么啦，这会儿脑子里净是善静的千娇百媚，他感到心痛，他痛恨自己、鄙视自己，他不停地自责懊悔。

　　出门迎风一吹稍微冷静了些，他快步去小店买了条香烟，然后像追寻失落的魂魄，径直冲向博导家。

早先的教工宿舍十分拥挤，学校就在校园外另外新建住宅区，还能继续住在校园老宿舍的大多是文物级教授，这是一种待遇。博导是单身，却能住在校园老宿舍，仅凭这点就知道他能量不小。萤辉作为博导的门生，自然知道博导为什么拥有手眼通天的能量。其实很简单，就是博导把客户关系管理（CRM）运用到了学生中。博导在给研究生上课时，诲人不倦地兜售他的客户关系管理理论。他说：每个人都只是一个圆圈，圆圈就是零，不产生任何价值。只有让自己这个圆圈跟其他人的圆圈，像九连环那样环环相扣圈套在一起，才能形成客户链，然后将客户链编织成网，拥有这种关系网就拥有一切。博导不仅这样教导，还这样实践，他花费很多时间汇集学生的个人资料，并不断补充、更新。没人知道他汇集了多少资料，只知道他正在接近无所不知、无所不能，他手中的 CRM 网——学生网就是他拥有的资源。即使毕业多年的学生，也会在生日那天接到他的问候——可能只是一个电话；学生遇到困难了，说不定就能收到他的资助——可能只是十元二十元……好多学生因此就感动得热泪盈眶，这可是恩师的问候，这可是恩师的资助，有的学生因此铭记终身。他们取得成就乐意向他报告，据说他的学生中不少人已当上大领导，只要他开口，通常能办成他需要办的事。但他不会轻易开口，他越是拥有资源越是珍惜资源。当然也有不少人对他的所作所为深恶痛绝，这些人大多是金融系老师，他们口诛笔伐，批评博导利用学生的感恩之情，把学生对母校的感情据为己有；批评博导庸俗不堪接近卑鄙，满身市侩恶臭，认为他"竖子不足以谋"、"小子鸣鼓而攻之可也"……这些不以为然的人中还包括萤辉，尽管萤辉也羡慕博导的能耐，但决不认为博导的行为值得仿效。

他时常为自己的导师脸红，如同他经常为父亲的行为羞愧，他尽力疏远博导，很怕人家知道他曾经师从过如此不堪的导师。但在遇到困难时，第一个想到的还是博导，只有博导可能给他一些指引或帮助，如同他对父亲心存埋怨，但父亲的去世仍让他感到大厦崩摧，让他感到失去中流砥柱，一向害怕承担责任的他立即感受到沉重压力，如果还能唤醒父亲，他一定声嘶力竭地呼唤。他需要父亲，需要父亲继续维持那个家，不然就要由他承担家庭责任，他毫无承担家庭责任的物质和心理准备。

博导的家非常整洁，经常有学生来帮他收拾，并不是他在剥削学生，好多学生喜欢这样的劳动。这里几乎成为俱乐部，博导也不吝啬，经常他出钱学生出力，有时甚至狂欢。由此一来就有不少传闻，至少萤辉相信那些传闻，包括关于师生恋的绯闻。他敲门进去，首先察言观色，看博导是否亢奋，看善静是否惊慌，他还不期然而然地扫了一眼博导的裤裆，见博导裤裆软塌塌地没什么异常，这才放心了。他递上香烟，习惯性地给博导点燃香烟。

博导不会穷凶极恶地对待学生，也不会为难学生，只要学生尊重他，比如给他点烟，他就很高兴了。现在萤辉还给他买了一条香烟，他笑容满面收下，说中午由他请客。他经常请客，萤辉习以为常，也就不说客气话。他在博导面前不用掩饰与善静的关系，还故意紧靠在善静身边，明白表明这是他的所有。善静的脸皮薄得仿佛透明，连萤辉靠近她也会倏然脸红。萤辉暗暗叹息，说不清这时候什么心情，可能很羞愧，他差点把善静抛舍给博导，现在又万分不舍。他伸手搭在善静肩上，善静羞得勾下头，她的害羞达到不可思议地步，但绝不是矫揉造作，可能她对异性太敏感。

博导在对面沙发坐下，情不自禁赞叹：从没见过善静这么腼腆的姑娘，很难想象她在国外待了那么多年，萤辉你要珍惜啊！萤辉又不舒服了，不愿意听到名声不好的老光棍当面赞扬他女朋友，他岔开话，直截了当问：老师你看，善静的职称怎么办好？

博导没看出萤辉在冒醋酸，或者是不屑一顾，他跷起二郎腿，优雅地大手一挥，摆出一贯的导师姿态，高屋建瓴说：怎么办？说复杂非常复杂，说简单非常简单。这学校是留校生的天下，师生裙带、同学结伙，这一套十分厉害。善静这么年轻，又是剑桥博士，如果马上评副教授，过两年评正教授，就更加出类拔萃，对留校生的威胁就更大。所以必定遭压制，光靠自身努力属于挣扎，没用！善静你要争取进入他们圈子，进不了圈子你就要遭排挤……萤辉在读研究生时，经常听博导用这种口气教导他，那时他并不觉得刺耳。现在他越听越不舒服，尤其当着他女朋友的面，希望博导把他当平起平坐的同事，而不是谆谆教诲的对象。他很不客气地打断话：关键是她的职称怎么办！

善静立即觉察到萤辉失礼，她轻轻一捏萤辉胳膊，面朝博导微微颔首，一副如饥似渴聆听教诲的神情。萤辉轻轻吁口气，他不得不承认，如果他能当上领导，善静绝对是独一无二的领导夫人。她几乎能觉察到任何细微现象，还能恰如其分地暗示丈夫。

好在博导并不介意，博导依旧兴致勃勃地诚恳劝导：如果现在就要我去说情，我也难开口，不能让人家立即纠正自己的错误，是吧？忍一年吧，明年肯定评上，我向你们保证。但不能去吵，闹僵了我两边为难，那边也有我学生。

善静侧身望着萤辉，好像很没主意，可话一出口就不留萤辉否定的余地，她说：为了副教授也去争吵，可能自取其辱。好像只能这样，你说呢？

萤辉猜想，可能博导也没能力帮助善静，无非东拉西扯找了这么点理由。但既然博导都无能为力，只好知难而退。同时也是他并不想欠博导人情，人情是负债，必须偿还。他不愿背负人情债，更不希望善静背负，善静是女子，女子欠下男人的情债最是纠缠不清。他也不希望善静挤进留校生圈子，虽说他也是留校生，但他看不起留校生，他狭隘地认为，之所以留校就是积压的库存商品，跟留校生纠缠在一起没什么出息。于是他顺水推舟说：那就老师不要去说情了，等明年再说。这样吧，今天专门来麻烦，中午我请老师。博导摇摇头，坚持他来请客。可能没帮上忙而又收下萤辉一条香烟，他有些过意不去，他习惯有来有往相互交易，而不是挖空心思占对方便宜。

从博导家出来，三个人并排走在校园笔直的甬道上。正是午饭时间，校园到处是成群结队的人。善静尽量靠近博导，怕靠近萤辉冒犯萤辉的禁忌。然而现在的萤辉，看善静如此靠近博导，几乎挽住博导胳膊，他又怒不可遏。虽然博导年近五十，但器宇轩昂、目光炯炯，萤辉在博导面前不敢自信，还有点自惭形秽。一路上都有人跟博导打招呼，博导很得意，他红光满面，似乎很愿意给人看见他跟美女博士走在一起。萤辉低下头，不敢看旁边，也不想看旁边，他很生气，在生善静的气，他发现善静喜气洋洋，似乎善静也同样希望给人看见，她跟最有能耐的博导走在一起。

突然一声半生不熟的：梨——好（你好）！萤辉悚然抬头，正是早晨在外语岛见过的白人姑娘。但洋妞并不是招呼萤辉，而是欢笑着握住博导的手。博导请她一起喝酒，她欢喜得蹦跳起来：Certainly！（当然没问题！）萤辉抢上一步，抓住善静的胳膊稍微落后半步。不知是怕洋妞认出他，还是想对洋妞表明他有女友，或者是他要把善静从博导身边拖回。也可能他什么都没想，仅仅是占有欲的表现，他要把自己的所有全部夺回，在他看来博导企图分享善静的温婉柔媚。

萤辉坚决地挽上善静胳膊，倒把善静惊了一跳。不过善静喜出望外，她早就渴望这一刻，渴望萤辉当众挽住她胳膊，不然她总是忐忑不安，害怕这种偷偷摸摸的关系在偷偷摸摸中结束，如同当初校长对她的偷偷摸摸承诺，结果让她有苦说不出。

善静向那位洋妞打招呼：Oh, whistle！（噢，朋友！）但并不向前，她很兴奋地紧紧缠住萤辉，继续落在博导他们身后。

博导并不顾忌什么，似乎很愿意给人知道他跟洋妞关系不错，竟然跟那洋妞嘻嘻哈哈调情：

Well, everything seems perfectly all right！（噢，一切似乎很正常！）

Except your bed.（除了你的床以外。）

That's not my bed.（那不是我的床。）

You know where I am if you need me during the night.（夜里需要时叫我一声。）

Thank you！（谢谢）

……

善静低声问：我们凑上去合适吗？萤辉正想分道扬镳，并不愿意吃博导一顿午饭。他停下脚步说：那么，不如我们另外找个清静地方。明天、后天都没他们的课，萤辉叹息着继续说：这些天，唉！父亲一去世，就像什么都失去了，什么责任都要我承担，烦透了，我都有点变态了。不如我们去郊游，把心态调整到正常！善静"呀"一声，满脸满眼都是欢喜。他们急忙返回宿舍，收拾了一个简单行囊。善静问：去哪里呢？萤辉一直强迫自己忘记庶皎、忘记庶阿姨，可是只要有关庶皎、庶阿姨的任何消息，都会刀刻般留在他记忆里。记得昨天庶阿姨在汽车上讲，父亲从前的司机在一个叫龙王潭的旅游区看见庶皎。龙王潭并不是著名风景区，萤辉从没去过，可他下意识地就想到龙王潭，而且急不可待。他未必想找回庶皎，但非常想知道：那地方富裕吗？安全吗？他很希望那地方是天堂。善静只要跟萤辉在一起，去哪里她都兴高采烈，他们随便吃碗面条就上路。

三 分享柔媚

去龙王潭的班车很少，车票极度紧张，碰巧有人退票才买到两张。赶到龙王潭已是黄昏，他们在小镇下车，石板铺路，房屋歪歪斜斜，游人稀少冷冷清清。倒是小镇外一条公路异乎寻常，沥青路面，两边绿化宽阔，杜鹃花、月季喷红吐艳，整条公路像铺设在山谷的通天大道。公路两边不少酒楼，酒楼前三三两两姑娘，个个浓妆艳抹、衣着暴露，勾肩搭背嘻嘻哈哈，见到车辆就一拥而上拉客，连过往行人都可能被她们莺歌燕舞缠住，有的司机、乘客就被她们簇拥进酒楼。

萤辉、善静先找住宿，他们找公家旅馆，怕落入黑店。可镇上的人民旅馆严格照章办事，没结婚证就不能男女同房，而萤辉、善静又不肯分开。那位负责登记的服务员建议他们：除非去路边旅馆。

路边不都是酒楼吗？萤辉问。服务员笑而不答，扭头看她的电视。显然她不愿意接收客人，而是乐意把客人介绍出去。

善静低声说：只要跟你一起，条件好点差点我不在乎。

萤辉却在想：为什么酒楼……为什么是旅馆却不挂牌……他猛然一激灵，陡生不祥预感，隐隐约约感到：庶皎一定在这里！这种预感可能是心理学上的"共感效应"，只会存在于血缘至亲之间。他急忙扯走善静，显得有些惊慌，还很恐惧：如果庶皎确实在这里，她能做什么……萤辉不敢往下想，怎

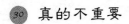

么着那也是他妹妹，如果妹妹沦落到路边酒店拉客，当哥哥的情何以堪！这时他脑子里只有庶皎，他都想哭出来：怎么落到这一步？他以为庶皎至少能在工厂打工，他以为凭庶皎的漂亮和聪明，肯定过得不错，不知多少人关心她、爱护她，她可能已经成家，过得很幸福……现在这些美好幻象都破灭，代之以另外一幅幻象：庶皎被囚禁在地窖，遭受千百遍凌辱，逼迫她卖身……她无法挣脱，就是挣脱了也无处可去，她没有家没有亲人。她可能无数次呼唤哥哥，可哥哥已把她抛弃；她又不想呼唤母亲，正是母亲的错误她才无家可归！

随着一阵揪心的难过，萤辉吐出一口滚烫热气，正好吐在善静脖子上。善静马上觉察到异常，发现萤辉神情惶恐，善静假装不知不觉，什么都不问，这是她的修养，她凡事凭观察凭感觉凭猜测，而不是靠盘问靠打听。尤其在萤辉面前，越是多嘴越是什么都听不到，萤辉不想透露的事对谁都不肯说，非要去盘问只会激怒他。像昨天晚上，就为缂丝画的事多问了一句，多说了几句，惹得萤辉那么愤怒，竟至于拂袖而去，害得善静懊悔了好久，害得善静随即就去查阅书籍，究竟什么是缂丝画？连问都不能问！

萤辉走得飞快，善静小跑着才能跟上。萤辉可能意识到自己失态，突然停下来强颜欢笑说：正好想到一个街坊，好像就在这里，看看能不能找到。善静柔媚一笑，宁愿相信萤辉在找街坊，她翘起小嘴说：那也不要这么着急啊。萤辉赶紧挽上善静，稍微放慢脚步，沿着路边酒楼打听。拉客小姐见这对男女成双成对，就不来纠缠，也不搭理。萤辉东张西望，不停地问：有个叫庶皎的吗？连问几个酒楼都没人认识，萤辉说不出是高兴还是失望，显得更加着急，把公路两边酒楼都问遍，也没一个人知道，而且是从未听说有个叫庶皎的姑娘。萤辉仍不死心：如果从未听说，父亲的司机怎么会在这里见过？如果仅仅是庶皎路过，正好遇上父亲的司机，庶阿姨也不会专门来寻找呀……哎呀，庶阿姨！萤辉猛一跺脚，扯上善静掉转回头，再次挨家打听：有没有见过一位中年妇女，背个黑色旅行包，专门来找人的？不是昨天下午到，就是今天来的？仍然没有任何音信，萤辉自言自语：难道庶阿姨骗我，她并不是来龙王潭？如此一想反而释然于怀：爱骗就骗吧，只要庶皎不是沦落在这种地方，只要你们过得好！

善静一路跟随萤辉，始终不多问一句。她吸取昨晚的教训，想用行动表明她是好姑娘，即使萤辉欺骗她，她也心甘情愿受骗上当。尽管她实际上没有这么顺从，但她能把自己掩盖得严丝合缝。她看萤辉没打听到所谓的街坊，反而喜形于色，她笑眯眯问：先住下再找好吗？萤辉把善静拉得更近点，觉得善静真是好姑娘。换了淘气任性的映雪，必定一路追问：庶皎跟你仅仅是街坊吗？那中年妇女又是谁？今天专门来找她们的吧……善静什么也不问，似乎萤辉说什么她都信以为真，还始终欢欢喜喜，没一丝厌烦。萤辉不无歉疚地说：害得你陪我找了一圈又一圈。不找了，肯定不在这里，她们骗我。

善静温柔地倚靠在萤辉肩头说：多出一段找人的插曲，不是很好吗？

好好好，旅游本来就是找插曲！萤辉满怀爱惜地搂着善静纤细的腰身，差不多把善静揣在怀里。

天已经黑了，路边酒楼陆续亮起红灯笼。萤辉想起一路寻找时，见过一家特别干净的酒楼，名字也好听，叫回眸一笑，肯定取自《长恨歌》中的"回眸一笑百媚生，六宫粉黛无颜色"。萤辉提议就去回眸一笑，善静一如既往的笑意盈盈。

回眸一笑酒楼紧靠小镇汽车站，似乎这里生意最好，透过玻璃窗就能看见里面客人不少，小姐们忙不过来。门口只留一位小姐拉客，穿件类似肚兜的上衣，连文胸都暴露无遗。萤辉问：有客房吗？她对面前这两个成双成对的男女不感兴趣，冷冰冰回答：钟点房，一个小时二十元。

既然住宿，怎么才住一个小时……萤辉咕哝一句马上住口，他恍然大悟，怒气冲冲说：我们来旅游的，忘记带证件，只好找你们这种地方！在说"你们这种地方"时，他接近咬牙切齿。

善静急忙上去牵过小姐的手，很亲热地说：我们不是你想象的那种人，不信吗？

小姐把他们仔细打量，突然笑嘻嘻说：斯文人。好吧，老板不在我做主。不过要给我五块小费，不然我图什么？

善静随手给她五块钱，她抓在手飞快地插进文胸，低声说：别跟人讲我敲你们，不然挨老板臭骂。

敲诈了五块钱，小姐的态度立即转变，十分热情地领上客人进门。里面店堂还算安静，用餐的只是用餐，即使身边就是花枝招展的小姐，也不贸然动手动脚，至多眉来眼去。

萤辉有些仓皇地穿过店堂，不敢东张西望，怕人家注意他。尽管知道那些人不可能认识他，他仍然像头一次跨进卖春院，难免局促、羞窘、恐慌。

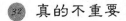

出店堂后门是个幽静庭院，不是很明亮，唯其如此，其中一间亮着灯光的客房格外刺眼。善静问：这都是钟点房？

小姐说：钟点房在楼上。

就是说，你们有客房？

小姐哈哈大笑，带着几分淘气说：不愿意招呼只是住店的客人，只是住店我们吃什么？正好今天老板不在，问你们讨点零花钱。

客房什么价？

便宜，三十元一夜，还没多少人住呢。都是忙人，慌忙吃了饭，慌忙去钟点房，慌忙就走，谁肯多出十块钱住客房！

果然一排几间客房都冷冷清清，借助黑暗掩护，萤辉朝那间亮着灯光的客房探望，小姐急忙挡住他说：这是我们老板的寝室。

萤辉满怀好奇地问：老板也住客房？

不住客房住哪里，老板还会跟我们一样守在钟点房？这客房才是干净地方。

不是说老板不在吗，怎么灯也没关？

你这人话好多啊！告诉你吧，我们老板怪毛病，睡觉都不熄灯，说是害怕。出门也不熄灯，怕人溜进去藏在床底下。

这里很不安全？

怎么可能安全！公安不来，来的都是过路人，还有人专门找麻烦。

没人管治安吗？

你这人好可笑！这是耗儿窝，猫来了还不把耗儿吓跑啦？

说话间小姐打开客房，床单枕头雪白，表面很干净，还有带淋浴的卫生间。善静连声称道：真没想到，真没想到，还有这么干净的旅馆。小姐却严肃叮嘱：一定把门反锁好，外面杀人也别出来。只要管好自己安全，别人哭爹喊娘跟你们不相干。说过她就走开。

善静仍旧喜气洋洋，显然这是黑店，可能她也害怕，但知道害怕无济于事，别无选择就随遇而安。都饥饿难耐，他们稍微收拾了就锁好门，去前面店堂。那位小姐迎上来，腆着脸皮说：一直没接到客人，让我陪你们一顿酒吧。善静含笑看着萤辉，看出萤辉并不反感，善静心头酸溜溜的，但还是热情洋溢地说：哎呀好难听，什么叫陪不陪！我们请你，听你讲点有趣的事。小姐欢天喜地坐下，还冲着旁边的小姐妹眨眨眼睛，像是在表明她也有客人陪了。

萤辉正襟危坐，仍旧一副道貌岸然的样子，眼睛的余光却左右逡巡。不能说那些小姐漂亮，但无不风骚放荡，怕被窗外过路人看见她们跟客人太不像话，她们并不跟客人耳鬓厮磨，只是陪酒，至多娇滴滴打开客人企图摸摸捏捏的咸猪手，然后媚眼飞荡，示意客人忍耐片刻。有的客人急不可耐，就先去楼上钟点房……萤辉有点难为情，但也想入非非，留意到善静告诫般冲他微微一笑，他慌忙收敛飘飘荡荡的思绪。他招呼上菜、上酒，努力提高嗓门，想证明他对那些小姐视若无睹，想表明他内心坦坦荡荡。小姐看萤辉点了好多菜，有些过意不去，劝阻萤辉：差不多了，差不多了，害得你们太破费我也不好意思。萤辉温和地说：不值几个钱，也算照顾点你们生意，你们也不容易。他声音特别，似乎肺活量无比大，胸腔像音箱，发出的声音低沉浑厚，有种特别动人的感觉。加上他真的同情面前这位小姐，听到"你们也不容易"，小姐别过脸望着窗外，似乎眼睛都红了，可能很少有人怜惜她，只顾粗鲁地强暴她，然后扔下二十块钱扬长而去。小姐微微叹息说：稍微有点办法，谁做这个！善静伸手拍她肩膀说：讲点高兴的事，好吗？小姐马上眉开眼笑，她的脸说变就变，接近巴结讨好赞扬善静：你好漂亮啊，好有气质，你是大学生吧？可能她认为大学生就很了不起，善静温和地问：你很羡慕大学生？

小姐哈哈大笑说：我才不羡慕呢。不像我们老板，天天叽叽呱呱，开口闭口大学大学，她又没这个命，只好跟我们一样。

你老板也想读大学？

喔，那我搞不清。告诉你们吧，提起大学老板还哭呢，我们都不敢多问。

萤辉心头一颤，那时映雪、庶皎没法继续念高中，都是伤心得三天两头哭泣。他急忙问：你们老板叫什么名字？

毛甜甜。

毛甜甜？萤辉沉吟片刻问：怎么叫毛甜甜？

善静掩嘴笑：那么，人家应该叫什么呢？

萤辉也笑起来：我的意思是，这名字，有特点。

善静看出萤辉还在挂念那街坊，她莞尔一笑，一边用餐巾纸擦筷子，一边问小姐：我们在找一个叫庶皎的人，你听说过吗？

小姐不假思索就说：没有，肯定没有。就这巴掌大地方，新来的小姐没

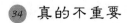

几天都知道了。

她可能不是小姐。

不做小姐谁来这地方？当农民也不肯嫁这地方，除了山还是山。

萤辉不想再提庶皎，宁愿相信庶皎不在这里，他岔开话：你们老板倒是很放手嘛，开着店自己却不管。

咳！小姐左右看看说：不说老板了。然而她又禁不住压低声音说：跟景区主任出门了，招商去了。知道啥叫招商吗？哼，她那能耐，够我们学到来世投胎！

善静问：什么能耐？

漂亮呗，还有手段，勾搭上这里的景区主任，没人不知道。

这值得你学习？萤辉问。

小姐一脸惊异：那学啥？像我们，这就是最好的，有依靠！

萤辉暗暗叹息，留意看眼前小姐，充其量十八九岁，没有城府，也没秘密，想说什么就说，即使知道不该说也守不住嘴巴；想做什么就做，即使知道不该做也做。她可能从没接受过正确教导，几乎不知道怎么做事做人，一切都在模仿。也不计后果，她无法预知后果，如同一朵落花，遇风随风吹、遇水跟水流，完全不知道明天在哪里。她也不管明天，只看眼前，能讨五块小费就讨，能混一顿饭就混，能拉到一个客她就欢天喜地了。萤辉不想继续怜悯这小姐，怜悯是一种痛苦，因为无能为力。他把心态调整过来，不给自己增加心理负担，只想人家也是一种活法：她怎么活跟我毫不相干！萤辉倒上酒，不再谈论小姐和她的老板，他跟小姐干杯，说小姐真单纯，单纯好，单纯的人活得轻松。他尽量把小姐当成解闷的玩具，或者一个逗人开心的宠物。

善静看萤辉兴致勃勃地逗那小姐，如同逗只小猫小狗趣味盎然，她努力装得毫不介意，脑子里却不断翻涌一个恶心的词汇：狎妓。并非萤辉已言语轻薄、行为放肆，而是善静敏感地觉察到，喝一通酒后，萤辉很兴奋，甚至对那小姐流露出火热的目光。这目光善静很熟悉，去年她从国外回来，各方面落差都很大，她像掉进一口冰冷的古井，感到人情冷漠，缺少关怀。正好博导招揽在手的事太多，忙不过来就请她帮忙指导萤辉的硕士论文。从此她跟萤辉经常见面，无意中四目相对她像触电般心头颤动，她发现萤辉的目光很特别，平时冰冷，冷得让人不寒而栗。但如果面对他感兴趣的人，目光就异乎寻常的温暖，如同漆黑寒夜亮起的烛光，温暖到人心头，让人感动得颤抖，情不自禁地顺从他，心甘情愿为他献出一切。

善静当时就难以抗拒这种火热目光，她和萤辉也算师生，但不能阻挡她发了疯似地突破一切障碍。萤辉更是以排山倒海之势扑向她，以至于双方还没回过神来，还没考虑如何适应对方，如何承担责任，就迷迷糊糊以身相许。

当时他们都相信，爱就是糊涂而不是清醒，爱就是爱得莫名其妙，能够解释清楚的不是爱。可现在，面对如此微不足道的小姐，萤辉也流露出火热目光。善静不相信萤辉对小姐的火热注视仅仅是怜香惜玉，她坚定不移地相信萤辉对小姐感兴趣。善静不由得想：当初萤辉火热地注视她，难道与现在注视小姐一样，并不是因为爱，仅仅是感兴趣？仅仅是逢场作戏？差异无非在于，他只对小姐的身体感兴趣，而对善静，还包括那顶剑桥博士桂冠！

善静乜向旁边餐桌，那些馋涎欲滴的过路司机，正在陆续去楼上钟点房，她微微颤抖着喝口白酒，呛得差点流出眼泪。她感到一阵彻骨心寒，她早就觉察到萤辉的心飘忽不定，仅凭萤辉经常去外语岛，善静就能猜想到萤辉在另觅新欢——至少是寻求苟合。而萤辉的疏远女生行为，更让善静感到萤辉心怀鬼胎。萤辉不许女生去他宿舍，不参加女生组织的郊游，在别人看来接近古板，善静却能看出，恰恰表面萤辉欲盖弥彰，否则何至于如此，不是此地无银三百两，为什么不敢亲近女生？

善静也不是没动摇过。在萤辉回家的日子里，善静不止一次反省她与萤辉的关系，不止一次意识到她与萤辉之间，可能并不适合终身相守。在将近一个月的时间里，她没收到一封信，没接到一个电话，萤辉已把一切都表明。善静也想斩钉截铁回应：那就让一切结束吧！但善静又不甘心，她几乎献出女人所能献出的一切，这样结束太便宜萤辉、太亏待自己。她的专业是研究投资，她未必有意将专业理论运用于感情实践，但投资理论已溶解在她骨髓中，已积淀成她的潜意识。她无需刻意而为，不经意中就会本能地进行投资判断，决不接受亏损。但同时也清楚，非要萤辉补偿损失萤辉没这点能力，他接近一无所有。

善静也是满腹怨怼，她对萤辉的不满也是与日俱增。但她丝毫不表露，或者是还没考虑清楚如何要求萤辉补偿。她极其善于掩饰自己，在没作出新的选择前她不会轻易舍弃原有，总是先抓住一头再说，没有更加合适的对象她就退而求其次，决不再次尝试两头落空的冒险——回国的两头落空已让她刻骨铭心。她也有这个能力，在她还没有完成新的选择前，她不仅能在行为上控制自己，还能在感情上迫使自己相信，她依然深深地爱着萤辉，只要萤辉不再让她寒心，她将原谅萤辉的一切不是，永远感激萤辉给予她的一切。包括现在，萤辉已喝多了，已经失态，善静也没勃然大怒。她仍旧视若无睹，仍旧笑意盈盈，还不时接上话打趣。她非常清楚，她的这种宽容姿态将给萤辉留下深刻记忆，往后一念及此萤辉就会羞愧。如果让萤辉难堪，只会惹得他恼羞成怒。同时善静还知道，她的微笑，她表现出的善良，是一种道德威慑，足以威慑那小姐，根本用不着在这样的人面前怄气使性子。

果然那小姐不敢过分，每次接过萤辉的敬酒她都不无畏葸地睃向善静，反而没开始那么随意，她越来越接近局促，越来越缩手缩脚。但萤辉并未受此威慑，萤辉开始失控，目光隐含荡意，如果条件许可他一定放任自流。倒是小姐还乖巧，她不断地起身去门口，看上去拉生意，实际上在避免大家尴尬。

善静压制着愤怒，尽管没表露，但她不再喝酒。萤辉仍旧不停地要酒喝，嗓门也大了，终于把自己灌醉。善静头一次看见萤辉醉酒，她恶心得要呕吐，感到翻肠倒肚般难受。她猜想萤辉可能是得到过太多的爱，如今这些爱都成了他的欠债，他没能力偿还，便忍痛割爱，比如努力躲避，拒绝一切可能导致他负债的爱。然而没躲债的地方，反而欠下新的情债，包括对善静的欠债。或许萤辉突然发现，这种地方可以获得爱却不必欠债。这些小姐照样能激发他兴趣，照样能引起他火热地注视，二十块钱一个钟点，他完全具备这点能力。说不定他因此就喜出望外，竟至于开怀畅饮，人也醉了心也醉了。

善静搀不动酒醉后的萤辉，只好请小姐帮忙。那小姐倒有把力气，两人连拖带拽把萤辉弄回客房。善静反锁了门，拉上窗帘，静悄悄坐在萤辉身边，眼泪像断线的珠子扑簌簌流淌。她想大哭一场，但只是无声地流泪。看萤辉睡得又香又甜，似乎还带着笑意，善静又十分温柔地低头亲吻。稍微平静后，善静接了热水为萤辉擦身。萤辉爱干净，如果酒醒后发现自己没洗脸洗脚，他会很生气——倒不是生善静的气，他从不要人伺候，如同他不想伺候别人，他只会跟自己生气。他生气就冰冷着脸，善静宁愿委屈自己，也不愿意看到萤辉冰冷的脸。

将近天亮，善静被一阵"窸窸窣窣"声惊醒，一个黑影在寻找开水，善静"啪"的一声开灯问：干吗不开灯？萤辉满含歉疚说：怕开灯惊醒你。昨晚害得你照顾我，醒来好懊悔。怎么就醉了？真丢人！发现床头柜一杯凉茶，他问：你早就预备好了？没听到回答，他一口就喝干，再关了灯，把善静拥抱在怀，亲吻善静眼睛，发现善静满眼泪水，他再次道歉：对不起。善静啜泣着说：我心痛，看你醉了我心痛，下回不这样好吗？萤辉转移话题：讲点快乐的事吧。一时没话讲，静默片刻，善静问：你很想讲话吗？萤辉立即发了疯……此时此刻一点不怕给人听见，甚至反而希望给人听见，他们像来到另外一个世界，这个世界鼓励放纵，男男女女都在纵情纵欲。四周安宁，但并不平静，都知道安宁中在发生什么，又都不理会，即使放肆过度，也不会有人大惊小怪。这里就是放肆的场所，不像在黄宫三号，总是胆战心惊，总是慌慌张张，总是提防沙大妈窥探，害怕保卫部突然查房。这里什么也不用顾忌，即如善静也敢于大声呻吟，完全释放自己，也敢于脱得一丝不挂，还能不断变换姿势……

两人都惊讶地发现，原来他们也能获得无以复加的快活。无论善静还是萤辉，都忽然发现：原来应该这样，应该完全放松，应该尽情宣泄。以前只是偷偷摸摸敷衍了事，所以很压抑，所以一触即发，所以很不畅快。善静热泪盈眶说：真的，幸福极了！萤辉同样心满意足，暗暗感慨：性爱的意义可能只是瞬间快乐，过后就索然无味；但也可能，瞬间就把很多关系改变，正在亲近的关系可能疏远，正在疏远的关系可能亲近。可能反而加深怨恨仇隙，也可能从此亲密无间水乳交融。萤辉、善静几乎同时作出最终决定：就是他（她）了！能够让飘忽不定的心终于安宁，也是一种解脱。他们在床上相互咯吱，满床打滚，笑得喘不过气来，此时此刻其他一切都不重要，所有怨气都烟消云散。

清晨起来，出门结账时，善静注意到昨晚那位小姐，继续可怜兮兮地倚靠在门框，目不转睛地盯着来往车辆。善静哑然失笑，笑自己好没自信，就这么一个卑下的小姐，怎么可能吸引萤辉。她注意到萤辉仍旧火热地注视那小姐，善静掩嘴笑着打趣：等你有能力了，领去家里做保姆，你说好吗？萤辉转身拍她一把：瞧你这心眼！我是看她好傻，好可怜。

走一段善静再次回头，看见小姐拦下一个司机，使劲拖拽司机去酒楼。司机趁机捏她脸蛋，她却把接近裸露的胸脯迎接上去，任由司机粗鲁地摸一把。善静忽然想起骂人的话"婊子无情，戏子缺德，文人无行"！禁不住掩嘴笑起来，她吊上萤辉肩膀，希望所有人看见这世界她最幸福。

四　廉价幸福

龙王潭没什么好玩的景点，游玩半天就返回学校。天已黑了，萤辉说他要换洗衣服，其实想借这理由就不去安家当劳工。善静也尽可能随他心意，跟萤辉道别。道别时萤辉恋恋不舍，这感觉很奇妙，仅仅这么旅行一趟，就发现善静的百般好处。她是那么善解人意，萤辉不说她就不问；她温柔可人，萤辉放纵饮酒她也不阻止；其实她热情似火，发了疯一点不羞怯，还能不断变换花样，把萤辉刺激得魂销魄散……似乎她是上帝送给萤辉的礼物，专门为萤辉度身定制的，连生理组织都恰到好处。以前怎么没发现呢？都怪这该死的单身宿舍！害得人不敢出声、不敢尽情，时刻都提心吊胆，还惊恐不安，没有多少乐趣反而感到羞耻，过后生出无穷无尽的懊悔，以至于害得他一直怀疑：这就是幸福吗？这就是爱吗？现在他终于明白，他已获得爱获得幸福，只是以前不知道如何享受。他抑制不住喜悦，目送善静的身影消失后，他还不肯转身，还在引颈眺望。

校园很安静，树荫下、草地上不少男女相偎相依喁喁私语。以前见此情景萤辉会很惆怅，会懊悔过早认识善静，会心猿意马假装散步，实际上满怀期待……现在他飞快地穿过校园，只想马上洗澡、洗衣、收拾房间，然后倒头入梦，说不定还能梦见善静。猛然听到大声惊叫：你可回来啦，死人啦——萤辉木愣愣看着面前的沙大妈，沙大妈继续惊诧地大声嚷：公安找你。

你一个啥人？死啦，前天就死啦。常来咱楼那女公安，昨天下午找，今天又来电话找……萤辉感到天旋地转，立即想到：肯定是庶阿姨！除了庶阿姨他在省城没有亲人，不是亲人死了怎么会公安找他？他使劲甩了甩头，问了公安的地址掉头就跑。

公安说前天晚上，准确地说是深夜，一位中年妇女在长途汽车站候车室过夜，身上揣了第二天大早去龙王潭的头班车票。她孤身一人背个黑色旅行包，似乎腿脚还不灵，行动很不方便，就惹得歹人起了歹心，要抢她旅行包。她死活不松手，遭歹人捅了几刀还不松手，她豁出命也要保护旅行包……110赶到她已失血过多，她断断续续拜托公安，把她旅行包交给束脩大学的金萤辉，请金萤辉照看她女儿……她就咽气了。

萤辉呆若木鸡，还没回过神来哭。反而是一位面相和善的年轻女警察眼圈红了，上来扶住萤辉说：金老师，我认识你，我是政法系毕业的。萤辉凄然笑笑：噢……他也见过这位女警察，女警察的男朋友是政法学院毕业的硕士，也住在黄宫，只是相互间很少来往。萤辉接过女警察一杯水，嘶哑着声音问：凶手抓住了吗？女警察说：我们一定尽力。萤辉"啪"的一声摔掉纸杯，愤怒质问：你们，会为一个老百姓的死尽力？女警察看他有点发疯，急忙对其他人说：他跟我男朋友住在楼上楼下，把他交给我吧。萤辉却一把推开她，歇斯底里嘶吼：尸体呢？女警察十分清楚，这里不是你胡搅蛮缠的地方，再要闹下去只会把其他警察激怒。她几乎恳求萤辉：金老师你冷静点，先清点遗物吧。说着她拖出黑色旅行包解释：实在忙不过来，我们还没开包，正好你来，就一起清点遗物吧。

萤辉却不要女警察打开旅行包，他把旅行包当成安息的庶阿姨，一把将旅行包抢在手，大喝一声：不许惊动我阿姨！随即就流下眼泪，他喃喃自语：这是阿姨吗？我阿姨呢？其实他并未悲愤到完全丧失理智，而是本能地意识到，必须迁怒于公安，必须一口咬定：就是因为公安不能保护百姓，才导致庶阿姨惨遭杀害。否则将由他负担沉重的罪孽，他将难逃良心鞭笞。如果他把庶阿姨接去学校，庶阿姨就不至于夜宿车站！如果他把庶阿姨送到车站，庶阿姨就不至于被害！他把责任推给公安，不敢承认罪责在他，以求心安理得。他并不是敢于跟公安无理取闹的人，反而是女警察的好心好意鼓起他勇气。女警察一直尽力搀扶他，怕他经受不住这突如其来的丧亲之痛。女警察甚至出言相求，反而激发他嚣张，助长他大吵大闹。

女警察继续耐心解释：必须当面清点。我们手头案子太多，这还一直没查验被害人遗物呢。萤辉再次怒吼：你们，两天了还不查验？你们把老百姓的死当屁事！他疯狂地推开女警察，提上旅行包跌跌撞撞出门。女警察追上来央求：金老师你冷静点。好吧，遗物你就收好。接下来去殡仪馆，请你一定配合！萤辉不理睬女警察，他把旅行包当安息的庶阿姨，不许任何人惊扰。院子里灯光昏暗，迎风一吹头晕目眩，他仰望天空，心头默默念叨：庶阿姨，你解脱了，爸爸在等你，你们终于团聚了……眼泪又喷涌而出，他赶紧趴在旁边一辆警车上，浑身都在颤抖。不能说他装模作样，他确实心如刀绞，他跟庶阿姨的感情超过亲生母子，父亲过世他也没这样悲痛，没这样失态。

凌晨时分萤辉回到宿舍，他仰头瘫在床上，不去回忆如何跟随女警察到殡仪馆，如何签字同意火化，如何把庶阿姨骨灰寄放在万年堂……他只想一件事：怎么找回庶皎妹妹？往事一幕接一幕浮现，他发现自己跟庶阿姨、庶皎的感情不仅没有割断，反而像封存的记忆，封存得越久越珍贵。他其实从未中止过思念，只是尽力抹去思念而已。也可能他不堪承受这样的思念，于是不断唤醒仇恨，迫使自己相信她们是万恶之源，她们祸害了父亲和整个家庭。然而现在，他非常希望真的有天堂，希望庶阿姨和父亲在天堂团聚。他们，唉——萤辉再也不觉得他们的关系龌龊。回想父亲与庶阿姨的相敬如宾，萤辉完全相信，他们之间才是真正相爱，母亲只会没完没了地吵闹。

萤辉挣扎着坐起来，精心扎了朵小白花，与胳膊上的黑纱佩戴在一起。然后把庶阿姨的旅行包供奉在书桌，就算供奉的庶阿姨灵柩或者遗像。他跪下来磕头，这会儿的黄宫深沉寂静，隐隐传出低沉压抑的哭泣，哭声非常凄凉，一直持续到东方发白。

第二天都在打听：昨晚谁在哭啊？沙大妈说：金老师，他家才死人，又死人啦！消息迅速传到金融系，善静慌忙赶来，看萤辉像被抽筋剥皮，整个人都脱形了。善静坐上床沿，把萤辉乱蓬蓬的脑袋搂在怀里，眼泪簌簌掉在萤辉脸上。她并不抹一把，希望萤辉永远记住，在萤辉悲痛时她多么心疼。她又低头亲吻萤辉通红的眼睛，并不是表演，她真的心痛，真的愿意分担萤辉的任何痛苦。吻过了她又变换一种姿势，将自己的泪脸温柔地贴在萤辉胸膛，她一言不发，她知道这时候不需要说话。

如是过了好久，萤辉气若游丝般说：阿姨要赶车去龙王潭，那就肯定庶皎在龙王潭。你帮我代几天课，我一定要找回妹妹……萤辉泣不成声，竟至于说不出话了。善静暗暗吃惊：什么妹妹？但她没有打听，她也哭得泪人一样。等到稍微平静点，她起身帮助萤辉收拾行囊。她掏出身上仅有的三百块钱说：叫个出租车去，不要可惜钱。你要知道，从此我会每天担心你……泪水再次哽住她喉咙，忽然间两人难舍难分，都有好多放心不下。萤辉把钥匙塞给善静说：回你们家就有做不完的家务，你要愿意就住这里吧，别管人家闲话。我不在你照顾好自己，免得我两头都操心。善静点点头，叮嘱萤辉：还是住在回眸一笑酒楼吧。没课了我就赶去找你，免得到处找不到你……这么说着善静很难受，油然想到那小姐，想到萤辉看那小姐时的火热眼神。

沙大妈一直在门缝窥探，竟被感动得泪流满面。她突然敲门，善静慌忙开门迎接，沙大妈抹把眼泪问：你们算啥？萤辉十分生气地斥责她：这是我未婚妻！你还想问什么？沙大妈急忙说：噢噢噢，下来领导问起俺好汇报呀。善静红着脸把沙大妈推出去，她看了手表说：我要上课了，不送你好吗？萤辉帮她理了理头发，尽量表现得很坚强。

再到汽车站旁边的回眸一笑酒楼，几个小姐歪歪扭扭扎成堆，懒洋洋地打着哈欠。远远看见萤辉过来，那位熟悉的小姐急忙迎上来问：是路过还是……萤辉脸一沉，希望小姐假装不认识他。他傲然瞪了小姐一眼，冰冷地说：住店。小姐马上明白了，她收敛起一脸欢笑，急忙领上萤辉进门。

临近中午没什么客人，可能客人大多晚上来，酒楼空荡荡、沉寂寂。萤辉径直去后院，院子里一株巨大榕树浓荫蔽日，遮蔽了整个庭院。长年遮蔽导致地面、瓦当长了青苔，十分清凉幽静，几乎感觉不到外面是阳光灿烂的纷繁世界。萤辉熟门熟路，仍旧住那间客房。他昨晚一夜未眠，浑身无力，勉强支撑着洗了个澡，仰在床上怔怔地想：怎样才能找到庶皎？忽然想起那小姐说，她老板毛甜甜是景区主任的相好。如果能请到毛甜甜帮忙，再拜托景区主任，说不定能通过景区派出所寻找，不然他一个陌生人冒冒失失地请派出所帮忙，派出所可能敷衍。

他急忙起床，去店堂口呼唤那小姐。小姐欢天喜地跑来，萤辉急切地问：你老板哪天回来？小姐顽皮地伸出手，萤辉给她五块钱，她笑嘻嘻地一推萤辉说：去里面说话。再回客房，小姐翘起嘴巴说：我也不知道老板哪天回来。萤辉很生气，有种被她诓骗的感觉。小姐急忙"啪啪"拍打萤辉肩膀，凑近萤辉脸说：给你敲个背吧，不额外收你钱。萤辉没心情跟她调笑，不过也不想赶她走，有她在旁边也解闷。小姐见萤辉无可无不可，咬萤辉耳朵低声问：

怎么敲？萤辉不懂什么叫敲背，但瞬间就什么都明白了，他十分羞窘，有些手足无措，但肯定不是生气，也不是嫌恶，他的心咚咚激跳，乜了小姐一眼，他有点哆嗦。小姐老有经验，嗲声说：求求你，答应嘛。说着她就动手动脚，像只温顺小猫往萤辉怀里拱，拱得萤辉一阵酥麻，从里到外瘙痒难耐。他战战兢兢问：这行吗？小姐已全身赤裸，轻描淡写地说：我们有人保护，绝对安全！可萤辉还是害怕，怕没有小姐保证的那么安全，他一把推开小姐说：不习惯。小姐很失望，眼巴巴望着他，眼泪都要掉下来了。萤辉心头不忍，他火热地注视小姐片刻，再给小姐十块钱说：就算帮我敲过了。小姐立即喜形于色，连声说：好人好人！便撒腿跑开，欢天喜地像做成一笔无本买卖。

这一来萤辉被激发得冲动难禁，但很高兴，觉得自己很高尚。其实他一直觉得自己高尚，包括这次庶阿姨的死，他只是懊悔，只是尽力补赎前愆，只是悲痛得不能自已，并未觉得自己不高尚。他很疲乏，迷迷糊糊睡着了，还睡得很沉。等到醒来已天黑了，他穿上衣服出门，仍想打听毛老板哪天回来，希望得到毛老板的帮助。

进出必须经过毛老板的窗前，毛老板那间客房仍旧灯火通明。他下意识地瞥了一眼，猛然惊呆了，他颤抖着喊一声：是庶皎吗？房间里的姑娘刚刚进门，刚刚拉开窗帘，正在对着梳妆镜整理头发。她被突然的呼唤吓得一抖，这里没人知道她叫庶皎。她悚然回头，急忙拉开门，仅仅对视瞬间就泪如雨下。但她迅速抹去一把眼泪，愤怒尖叫：当我死了不是更好！

萤辉百感交集，怎么会是庶皎？可能真有神灵，神灵把一切都安排好了，只是不知道结果而已。萤辉一时喉咙壅塞，他伸手搭在庶皎肩头哽咽着说：专门来找你。庶皎"哇"的一声号啕大哭，像丢失已久的孩子见到父亲，哭声十分凄惨，哭得人揪心。显然她经历了不少苦难，她有好多委屈、好多怨恨，她使劲撕扯萤辉哭喊：还知道找我啊？这么多年你干什么去了？知道我死过几回了吗？哥哥，我恨死你！她使劲跺脚，哭到后来她差不多瘫在萤辉身上。前面店堂的小姐蜂拥而来，连厨师都拎着明晃晃菜刀冲来，他们以为老板遭人欺负了，个个横眉怒眼。萤辉赶忙解释：这是我妹妹，找她几年了。说着他把庶皎拖进房间，任由庶皎打他、撕扯他。他能想象到庶皎有多少怨恨，五年来金家没人寻找她，心头都在诅咒她母女死了才好。

等到庶皎稍微平静，萤辉哄她说：我一直在找你，都怪你躲藏起来。庶皎只是摇头，她不相信，她知道金家人多么痛恨她母女，知道金家人多么冷酷无情。那时把她母女赶到大街上，那么寒冷的天，连被子都不许她们带走。那时她跪下来求哥哥，知道哥哥最疼爱她，可萤辉踹她一脚，还怒斥一声：滚！不过庶皎也知道，纠缠这些恩怨只会加深怨恨。不管怎么说哥哥还是来找她了，终于来认她这个妹妹了。她哭得太伤心，这会儿没一点力气，死死揪住萤辉衣襟，倚靠在萤辉怀里长一声短一声呻吟，差不多要昏过去。萤辉把她紧紧抱住，她还是颤抖不止，过了好久她才挣扎着坐起来。她不想听这些年家里发生了什么事，也不肯说这些年她怎么熬过来的，只要哥哥带她走，她死活也要跟着哥哥。

萤辉向她保证，从此不管发生什么事，都不放庶皎离开他身边，他要把这些年的亏欠加倍弥补。庶皎未必相信这样的保证，但她尽量相信。同时也在想，只要哥哥还能容留她，她就有依靠，即使映雪还要驱赶她，即使金家人不肯收容她，她也不独自外出了，她饱尝了飘零的艰辛。她从小好强，其实很坚强。她终于破涕为笑，不许萤辉再讲往事，她骑在萤辉腿上，很想回到从前的青梅竹马、两小无猜状态。萤辉斜躺在椅子上，说庶皎打得他浑身火辣辣的痛。庶皎解开他衬衣，胸口道道鲜红的血痕，都是遭庶皎抓伤的。庶皎恨恨地说：你活该，你报应！又哭起来。萤辉赶紧哄她不哭，要庶皎给他削个水果。庶皎抽出明晃晃匕首，把苹果切成小块，喂在萤辉嘴里。萤辉心安理得享受，兄妹俩又像从前亲热得忘乎所以。

外面突然大喊大叫：毛老板啦，毛老板，你回来顾家兄弟就找上门，要报仇啊！一个小姐惊恐万状冲进院子。庶皎被这突如其来的尖叫吓得一抖，随即拿起桌上电话，她房间里居然有电话？萤辉惊讶地望着她，她在电话里请人帮忙，似乎在请黑道上的朋友帮忙，她十分恼怒地关照对方：这回要打得顾家兄弟长记性，记一辈子，不然一直纠缠！萤辉急忙问：怎么啦？庶皎不回答，她想了想又在电话里补充一句：别打出人命。对方在电话里说：只要动手就很难保证！庶皎"啪"的一声挂断，应该是默许对方往死里打。

萤辉吓得六神无主，庶皎却装得若无其事，她说：我旁边这家酒楼是顾家兄弟开的，以前数他们最大，现在我把他们挤垮了。一直有仇恨，一直来找麻烦。

一样开店，你怎么挤垮他们？

你不懂，我们有后台。派出所三天两头突击查他们，就是不查我们，那些老客都来我们酒店。反正我要跟你走，随便他们打得鸡飞狗跳，正好吐出我这些年的恶气!

跟我走了,你这店怎么办?

不是我的店。我只是帮景区主任顶个虚名,我是假老板。你明天先走,我稍微料理了就去找你。不要给人知道我底细,我是买了一张假身份证蒙混,他们都以为我叫毛甜甜。

萤辉油然想起那小姐说,毛老板是景区主任的相好,他很生气地呵斥庶皎:不许再提那狗东西,必须跟他一刀两断!庶皎轻轻摇头说:前几天才跟他打了一架,他用刀子残废我下身,伤口还没好呢。唉,不说了!沉默片刻,萤辉说庶阿姨死了。庶皎听都不想听,反而说:正好了她心愿,她跟爸爸再也不用偷偷摸摸。不过庶皎还是流下眼泪,萤辉哄她不哭,不再提庶阿姨,两人就找高兴的事说,不久又喜笑颜开。隐约听到外面店堂哭声四起,果然打起来了。萤辉胆战心惊说:别给我找麻烦啊!

哎呀,不会牵扯你。看你这样子好让人伤心,还没要你帮我打架呢,就生怕连累你!

我原来也不胆小。自从爸爸遭逮捕后,我谁都不敢惹,就只想躲灾避祸。

是祸躲不过,躲过不是祸。怕什么呀?我提刀杀人都不怕!

哎哟我的好妹妹,赶快给我住手吧。回头去大学里,你也准备自学考试,收起你一身野性。还有,不要给你,算是未来的嫂嫂吧,讲你这些江湖上的事。她比我还怕惹事,别吓得她不敢收留你。

噢,有嫂嫂了?庶皎笑着说:她胆小就好,不然我们姑嫂两个,恐怕就要光棍睡木板——硬碰硬。

萤辉打她一把:这种粗话野话你也说得出口?

怪谁呢?不是你们把我抛弃了,我也不会混进江湖……她顿了顿,十分自卑地问:嫂嫂知道我吗?不会看不起我吧?

她什么都不知道,你也永远不要给她知道,家里的事一样都别讲,她问起你也不能讲……

"哇啦哇啦"警笛声响起,这又是怎么啦?萤辉十分生气地问。他不知道跟谁生气,应该是跟自己生气。他可能萌生了悔意,觉得庶皎太陌生,怎么堕落到这一步了?但他迅速压制这种念头,免得感到庶皎是个麻烦,是个沉重负担,现在他没有其他选择,必须把庶皎带走。

庶皎急忙起身出去,一去就好久才回来。显然闯出大祸了,但庶皎轻描淡写地说：他们把顾老三打死了，顾家兄弟要拿我抵命。呸，他死跟我什么关系！萤辉吓得面如土色：怎么跟你没关系？不是你请人打的吗？庶皎懒得多说：你不懂，我又没出手。谁说我请他们打了？空口无凭。你放心吧，等我一溜，他们想报仇也找不到我。

可萤辉发现庶皎在发抖，她的轻松自如是假装。萤辉断然决定：干脆现在就走，去路上拦车！

庶皎蹙紧眉头，喃喃一声：那我什么都得不到呀。

你想得到什么？

起码捞一笔钱走呀。

哎呀，这破店不值多少钱，再说也不是你的。

庶皎"扑哧"笑：看你这点出息！好吧，好不容易等来的哥哥，比什么都重要，其他只好舍弃了。

庶皎行事非常果断，马上唤来一位管事的中年男人，说她母亲过世了，必须连夜跟哥哥回家，酒店的所有事务都请中年人料理。中年人唯唯诺诺表示，他一定尽心尽力。庶皎又吩咐他：去楼上钟点房问问，有没有正好去省城的司机？中年人很快就来回复，正好有一个。

庶皎急忙收拾行囊，锁上门就走。这会儿的店堂已收拾干净，看不出刚刚发生过血腥斗殴。那些小姐一如既往地拉客、陪酒、卖笑，看见萤辉、庶皎拎着大包小包行囊出门，她们假装没看见，似乎还很欢喜，没老板在旁边虎视眈眈，她们好问客人额外讨点小费。

一辆卡车还算干净，司机也不额外要钱，但萤辉还是给他十块钱，他不想欠人情，哪怕陌生人的人情。害怕卡车司机知道他们去束脩大学，害怕泄露行踪引来顾家兄弟追杀，到了省城庶皎就要萤辉换乘出租车。出租车不能进入校园，庶皎拖着行囊亦步亦趋紧跟哥哥，边走边张望。黎明前的校园格外空旷，像茂密的丛林，深沉静谧中隐藏着无边无际的神秘，让人惴惴不安，让人感到自己渺小。庶皎神情迷茫，昏暗的路灯照见她目光忧郁，这是她完全陌生的世界。她默不作声，可能已经预感到，这地方未必适合她。她眼圈一红，开始后悔，不该这么匆忙地舍弃已经得到的一切，不该慌忙逃跑，至少应该把闯下的大祸消弭。无非多花点钱，无非逼迫景区主任出面摆平……由此一想又感到对不起景区主任，觉得自己像背叛。她并不想背叛，龙王潭也有她的思念和恋恋不舍。但她又确实很激动、很兴奋，终于回到亲人身边，她感到回家了。

沙大妈天不亮就起床，把收拣的废弃物叠码在门口，正在翘首以待她当环卫工人的老朋友。看见萤辉带个女子回来，她十分警惕地盘问：这个……

萤辉赶紧解释：我妹妹。

咋知道是你家妹子？

萤辉一时语塞，这还真不好证明，而且想到是父亲的私生女，他还不敢理直气壮。倒是旁边的庶皎无知无畏，以为哥哥是大学老师就是了不得人物，看哥哥竟然遭个看门的老太婆问得张口结舌，她禁不住大声怒斥：你麻雀脑袋炒盘菜——多嘴多舌，是不是他妹妹关你屁事！

哎哟哟，瞧小女子这凶哦，俺还是头一回遇到！

萤辉急忙扯住庶皎，低声下气恳求沙大妈：你别跟她生气。她确实是我妹妹，请你相信我。

光俺相信没用，领导问起俺咋汇报？

那要怎么证明呢？

天亮找你们领导出证明，再去保卫部申请临时居留。

总不能站在门口等到天亮吧？

那就小女子在俺屋先歇着。听俺说啊金老师，别惹俺犯错误哦。你那没过门的媳妇一宵没走呢，又带回个妹子，别弄俺糊涂哦！

萤辉一脸通红：难道善静真的在此住下了？应该说他很高兴，但遭沙大妈一嚷他又很尴尬，他十分恼怒却又十分无奈地瞪着沙大妈，只好安排庶皎去沙大妈房间打个盹。

善静一直没睡沉，她兴奋得难以入眠。昨天下课她来收拾萤辉的宿舍，同时清洗衣物。当她打开书桌上供奉的黑色旅行包时，里面旧衣服已捂几天了，散发出恶心的气味。再想到这是死人的东西，她浑身起鸡皮疙瘩。不过还是强忍着，她把里面的东西一一翻出来，旧衣服都重新叠放，连牙膏、牙刷、毛巾都没扔掉，她想等萤辉回来处理，想感动萤辉，看她多贤惠，连整理死人遗物都一丝不苟，换了另外的姑娘早就一把扔了，看着就晦气。她整理完里面遗物，无意中发现旅行包有个手工缝制的夹层，看针脚细细密密，立即意识到是精心缝制。她禁不住好奇，小心剪开夹层，天啦！她欣喜若狂，竟然是缂丝画！

那天晚上她仅仅多问了几句缂丝画的事，就惹得萤辉拂袖而去。萤辉为什么听不得缂丝画？如此一来她反而非常想了解，究竟缂丝画是什么货色，为什么价值连城？她横竖睡不着，就翻阅书籍，终于查找到：缂丝是中国特有的丝织技术。它的经线丝丝贯通，但纬线预留出空间，然后在预留空间编织图画，所以叫通经断纬。因为要根据图案底稿编织，不仅织造工艺非常复杂，对图案的设计也有很高要求，通常需要高水平画师和手艺精到的织娘共同来完成。有的织娘为了一幅作品，从少女时代织到青丝白发，耗尽一生也未必能完成，所以才有"一寸缂丝一寸金"的赞誉……善静万分沮丧，如此珍稀的宝贝，萤辉干吗不留在家寻找？如果能找到这件宝贝，他们的生活将完全改变，甚至可以出国定居，从此享不尽的荣华富贵。但她不敢这样鼓动萤辉，甚至不敢再提缂丝画，怕再次激怒萤辉。可能还不仅仅是激怒，弄不好还惹得萤辉厌恶她、鄙视她、唾弃她，她已经看出来，提起缂丝画萤辉就深恶痛绝。她只能暗中惋惜，暗中痛心疾首，暗中思谋如何婉转鼓动萤辉回家寻找。

　　没想到吉人自有天相，没想到缂丝画从天而降，没想到送上门了。善静兴奋得不知所措，她把缂丝画小心翼翼铺在床上，一刻也不敢离开。甚至相信了古老传说，面对宝物现世必须虔诚恭迎，必须大红包裹。她十分感激未知的神秘赐福，慌慌张张翻出一件萤辉的大红汗衫，将缂丝画严密包裹好，放在箱子最底下。她一直守候到天黑，惟恐宝物不翼而飞。后来实在饿得吃不消，只好出门，在校门口随便吃了碗面条，就匆匆赶去图书馆。她借阅了一摞资料，摊在桌上飞快地查找，想进一步确认缂丝画的价值。看到一篇资料介绍：尺幅大小和图案设计、成品年代等，是判定缂丝画价值的决定性因素。她估计这幅缂丝画长度不会少于二百厘米、宽度不会少于九十厘米。可画面是什么图案呢？善静隐约记得"富春山"几个字。她赶紧查找中国古代名画，查找到《富春山居图》，正是这幅图案。再看介绍，《富春山居图》是元代黄公望所作，堪称巅峰之作，后来被一个叫吴问卿的豪富收藏。吴问卿得到这幅画后吃饭睡觉都带在身边，须臾不可离开，甚至要将画带进坟墓，又怕被人盗掘，于是临终前要亲手将画焚烧。幸而被人从火中抢出，只是已烧成两截。后人重新装裱，半截取名《剩山图》，现存于浙江省博物馆，为其镇馆之宝，国家一级文物；另外半截取名《无用师卷》，现存于台北故宫博物院，其价值已不是金钱能衡量，而是像领土不可出售。

　　看过介绍善静愣了好一会儿，烧成两截的画都如此珍贵，那缂丝画上的

《富春山居图》可是整幅，是按照没有焚烧前的画面原样织造。善静离开图书馆，不用再查了，肯定价值连城。她回到萤辉宿舍再也不离开，沙大妈来说，这样不好，没过门的媳妇不好住在男朋友宿舍。善静不理睬沙大妈，爱怎么说就怎么说吧，横竖她是不离开了，死活也要嫁给萤辉……

迷迷糊糊中警觉到有人开门，她惊跳起来，这时如果溜进个贼、闯进个强盗，她可能不会害怕，将拼死保卫缂丝画。不是说她认为缂丝画比生命还重要，而是她不能想象，失去缂丝画生命还有什么意义？一个生命消失至多激起几声呜咽，而要丢失这幅缂丝画，如同母亲丢失孩子，将陷入无穷无尽的悔恨中，还将背上深重的负疚感不得解脱，无论经历多少艰难险阻也不会放弃寻找！这幅缂丝画太重要了，它让善静产生"初登上界、乍入天堂"的无尽喜悦，让善静感到从此"来去自在任优游，也无恐怖也无愁"。从此不必为住在外侨公寓尴尬，她也可以像外侨那样高消费；不必担心大哥炒外汇亏损，把大哥、嫂嫂那点薪水亏光也不影响什么；不必担心能否评上副教授，还可以蔑视那些趾高气扬的领导夫人、博导夫人——尽管她才是个助教夫人！她同样可以扬眉吐气、神采飞扬；同样可以对这个社会满怀悲悯、满怀关爱、满怀救苦救难的责任心——尽管她才是个普通教师……"啪"的一声灯亮，竟然是萤辉回来了。不过分别一天，竟像被分隔在阴阳两界好久了，善静有太多的话要说，有太多的喜悦要跟萤辉分享，却一时不知道怎么说，她只是欢天喜地流泪。

萤辉看善静一身真丝睡裙几乎通体透明，也有恍若隔世的感觉，发现睡意蒙眬的善静格外迷人，发现娇滴滴啼哭的善静特别可爱，他把善静搂抱在怀，他知道善静是喜极而泣——他以为是别后重逢的喜悦。他嘻嘻哈哈逗笑，两人忘情地翻滚在床上，不约而同地无视沙大妈的存在。尤其善静，以前内室秘戏不敢发出一丝声音，时刻警惕门外，生怕沙大妈突然"咚咚"敲门，生怕保卫部破门而入抓他们个现场，生怕从此声名狼藉……以前她连衣服都不脱、文胸也不解，只露出下身狭窄部分，慌慌张张还没开头就准备结束，过后索然无味，都很懊丧，都下定决心下次不做了，除了担惊受怕实在没什么趣味。然而现在，善静不仅不再藏头缩尾，还乐意给人知道，她与萤辉已是事实夫妻。性爱的主动永远掌握在女方，当她一无顾忌后，当她全心全意投入后，能把对方当成自己的全部，爱不尽疼不够。她甚至知道萤辉需要什么，也知道怎样做才能给予萤辉最大的满足。

萤辉也是忽然发现，这间小屋里同样可以忘乎所以，并不像原来感觉的那么仄逼、那么局促、那么缺乏安全感，两个人的世界并不需要多大地方。都气喘吁吁后，一时没力气说话，两人相视而笑，无尽的甜蜜洋溢在脸上。善静忽然意识到什么，刚才只顾欢喜，没留意萤辉胸脯上的血痕，她伸手轻轻抚摸，柔声问：我抓伤的吗？萤辉想坦白，他是遭庶皎抓伤的，但又怕惹得善静猜疑反而多事，便含糊其词说：没关系，就像蚊子咬的。

善静很清楚她不会抓伤萤辉，而这明显是抓伤痕迹，顿时眼前浮现那小姐：赤身裸体哼哼唧唧，冲动得发疯，使劲抓扯萤辉……善静怒火中烧，但丝毫不表露，只是暗暗想：从此要把萤辉牢牢掌控在手，决不给任何人插足的机会！她装得毫不介意，也不进一步追问，若无其事翻身起来，去箱子里取出缂丝画。见到缂丝画她马上平静下来，笑意吟吟将缂丝画递给萤辉，假装什么也不懂，只是说她整理庶阿姨遗物时发现的。她问：这是什么画？重要吗？

萤辉"啊呀"一声，惊得一把抓在手，连声说：就是它，就是它！就是那晚上你埋怨我不去找的缂丝画。我以前见过，就是它！善静微笑着，假装无动于衷说：噢，那就收好，下来还给庶阿姨的女儿。萤辉却用力一挥手，断然决然说：贵器伤人，凡是宝物必定害人。不要给庶皎提起，免得害她！善静鼓起小嘴，假装气呼呼的样子：那就是宁肯害我吗？萤辉伸手把她勾在身边，十分严肃地叮嘱她：谁要你知道了呢，那天不给你讲还怄气哩！决不能透露一点风声，只要走漏一点风声，又要惹得多少人争抢。说不定公安还要追上来，这可是国宝级文物！善静温顺地点点头，尽可能唯唯诺诺，以表明她很听话。她把缂丝画放回箱子，收了萤辉的箱子钥匙，她说：衣服都我来帮你收拾，你不要动箱子，我怕你粗心大意弄丢了。萤辉嘿嘿笑：那我就衣来伸手，饭来张口？善静柔柔软软贴上去，依依可人地说：这是妻子的责任，妻子的责任就是把丈夫的心和幸福锁在家里！

五　私生姐妹

善静醒来天已大亮，她揉揉惺忪睡眼，猛然坐起来，像被惊吓一跳，正好庶皎洗漱了进来，善静感到眼前光芒四射。

昨晚萤辉只是大概给她介绍，庶皎是庶阿姨的女儿，也是他妹妹。至于究竟怎么回事，萤辉说都是些丢人现眼的事，善静没必要了解，否则可能很难堪。当时善静也说：我了解那么多干吗呀？放心吧，我一定待她好！其实善静很想了解，原来说是街坊，怎么变成妹妹了？但萤辉既然不讲，必定有难言之隐，非要打听只会讨人厌。善静索性什么也不问，甚至不问萤辉怎么找到庶皎的。

她什么都不问还与她接受的教育有关。她在国外生活了那么多年，好歹受过西方教育，西方教育中尊重隐私是对人的起码尊重，即便夫妻间也要尊重各自保守的秘密，非要刺探对方秘密十分可耻，是很下作的蝇营狗苟行为。可西方教育至多影响她的思想，未必影响她的行为，知道怎么做和能不能做到是两回事。尤其在善静身上，思想和行为经常分裂，她在很多方面甚至让人感到，她匪夷所思地落后于这个时代。比如什么都不问并非她心胸开阔，而是经常靠猜测填补未知，靠猜测破解疑惑。她猜测庶皎无非是个村姑，无非是个缩手缩脚、惶恐不安的乡下姑娘，没想到庶皎竟然这副模样：身材好得像模特，还肌肤雪白、神采飞扬。庶皎瞥了眼刚刚醒来的善静，莞尔一笑说：起来吧，不早了。她完全是一副喧宾夺主的架势。

善静本来就腼腆，意识到自己不该睡在这里，她红着脸十分难为情地问：你哥呢？庶皎正在抹口红，腾不出嘴回答。善静再问一声：去食堂了吗？庶皎吧嗒吧嗒嘴唇的口红，回转身笑着说：你好啰嗦，不去食堂他去哪里！这话戗得善静很不舒服，不过她还是笑意盈盈。见庶皎又忙着描眉，她上去说：你好讲究。庶皎问：你不化妆吗？善静笑笑说：我们当老师的，不能浓妆艳抹。庶皎冷笑一声说：你可别傻。女人就靠一张脸面、一副身材，再有学问，灰头土脸谁爱看你？以为庶皎说她灰头土脸，善静的自尊心遭到尖锐刺伤，但又不便发作，她有些恼怒地出门洗漱。

每个楼层只有一个盥洗间，男女公用。这会儿的盥洗间很热闹，平时邻居很少来往，也就趁这机会相互寒暄几句。善静跟住在黄宫的人大部分认识，也可能大部分人认识她，她清丽端庄又是剑桥博士，好多人乐意接近她，经常主动招呼她。那位研究避孕药的博士姓英，面相木讷憨厚，倒是喜欢开玩笑。见善静来洗漱，知道善静已跟莹辉同居，他嘻嘻哈哈打趣：安博士，不需要我的帮助吗？善静羞得面红耳赤，笑眯眯回敬：需要英博士帮助的人太多了，不是吗？英博士哈哈大笑，他凑近一点说：需要就吱一声，百分之百安全，没有任何不良反应。正好服装师托着脸盆过来，他接过话：我说英博士啊，你该在校门口摆个摊。现在的安全套越来越不安全，弄得好多女生怀孕挨处分。英博士不无惋惜地说：看上去维护道德，实际上摧残身心。这些当道老朽不可理喻，我要在校园免费提供，他们都不同意，哪敢摆摊设点销售！善静慌忙离开，她不想听这些，她骨子里厌恶当众谈论与性有关的话题。更何况她还是未婚，还是面对男性，她感到十分地难为情。

莹辉买了稀饭、馒头回来，没有餐桌摆放，就叠放在书桌上，却只有两张凳子，碗勺也不够三副。善静把庶皎安排好，再安排莹辉，然后像家庭主妇忙着收拾房间。她以为庶皎会道声谢谢，或者赞扬一声嫂嫂真贤惠，可庶皎反而嚷：弄得灰尘满天飞，你不好等会儿收拾吗？戗得善静差点流下眼泪。她已尽力避免尘土飞扬，已足够小心翼翼。再说她把碗勺让给庶皎了，自己连个座位都没有，总不能大大咧咧躺在床上等吃剩饭，或者像女佣侍立在旁边！更何况庶皎还是刚来，跟她还面生，怎么能这样说话？

莹辉没责怪庶皎，他知道庶皎说话一向戗人，就没在意善静受不了。他"嗤哩呼噜"喝完粥，把碗勺洗了，回来给善静盛上，笑嘻嘻说：有请，上座——善静心头一热，好在萤辉还能体贴她、关怀她，她气消了大半。可看庶皎吃馒头揭去表面皱皮，她不解地问：这又是什么讲究？庶皎"啪"的一声将半块馒头扔进稀饭，气呼呼说：这跟猪食一样，不吃了！善静暗暗叹息：这祖宗，当自己金枝玉叶呢？

萤辉对此倒能理解，那时父亲是县长，二叔是物资局副局长，姑父是供销社副食品公司经理，母亲、姑姑、婶婶也都是善于捞钱捞物的人。再加上庶阿姨善于料理，家里生活水平相当高，从不拿馒头稀饭当早餐。虽然这样的生活五年前戛然而止，但要庶皎适应贫寒也勉为其难。萤辉只是说：还想那么娇贵！他拿出三百块钱，吩咐庶皎：不如你去买点锅碗瓢盆，我们自己开伙。这钱正是昨天善静塞给萤辉的，萤辉回家料理丧事花光了积蓄，善静把自己准备买衣服的钱都给了萤辉。

现在萤辉把三百元全部给庶皎，善静有些心痛，锅碗瓢盆怎么花得了三百元？显然剩下的钱就给庶皎作零花。这哥哥当得可是好啊，连妹妹的零花钱都想到了，怎么不想想未婚妻呢？眼看天就热了，想添条裙子都不舍得……这么想着善静一阵心酸，赶紧低头喝粥，怕泪水涌出。庶皎却抬手一挡说：不要你的钱，我有。她回头问善静：晚上我住哪儿？善静幸灾乐祸想：爱住哪住哪，反正这里不是你安身立命的地方。可话出口却变成了：不如就跟你哥睡。那时我们家一共才两张床，我不是挤在父母床上就是跟大哥睡在一起，一直到出国前还这样。庶皎"扑哧"一声哈哈大笑，用力摇打善静：那你睡哪，要我横在你们中间？你呀呸，不遭你恨死也遭你们羞死，我又不是给你们焐床暖被的陪房丫头！善静也禁不住掩嘴笑：那就把你挂在墙壁，当电灯泡。

嘿，你还越说越来劲了，羞不羞啊！哎，哥哥，我还是去外面租房吧？

善静马上意识到：这可不好。庶皎没工作，那房租还不得萤辉承担，这可不是小数目。而且，就是要别别扭扭，三个人都别扭才好，别扭到后来连萤辉都厌烦了，才好把庶皎请走。萤辉喜欢安静，特别怕吵嚷，突然增加两个女人，即使萤辉不觉得别扭，萤辉也吃不住吵嚷。如果给庶皎出去租房，将减少萤辉心烦的机会。就是要弄得你心烦，谁要你把庶皎弄来身边，你自作自受，你活该！如此一想善静急忙抢过话说：你趁早打消这念头，就是你愿意我也不同意。不能给人家说我容不得你，我脸皮薄怕人戳背脊。再说不过挤一挤，这点矛盾都不能解决往后怎么长久依靠？如果有矛盾就回避，能回避吗？总归还是要设法解决。

这话把萤辉刺得心痛。他正是遇到矛盾就躲避，他怕烦，乐意自闭在象牙塔孤芳自赏或顾影自怜。他以为善静在婉转提醒他，不能把妹妹推去外面，他应该承担起长兄为父的责任。萤辉很感动，觉得善静真是善良，他断然一挥手，斩钉截铁说：就这样，三个人挤在一起！他很少斩钉截铁说话，这会儿意识到自己是家长，话就说得斩钉截铁了。

萤辉要替庶皎申办居留手续，善静说：还是我带庶皎去吧，可能比你合适。为什么她去更合适？其实善静是想，正好趁机公开她与萤辉的关系。萤辉没有多想，无可无不可地说：那就你去吧。

等庶皎换好衣服，善静像姐姐那样亲热地挽住庶皎。她们先去金融系，有人问：哎呀，真漂亮，这姑娘是谁啊？善静不回答，表现出一副羞羞答答的样子。如此愈是惹得人好奇，有人还非要弄清楚，还要喊喊喳喳打听。善静心如明镜，太清楚庶皎的容貌多么招人注意，她并不直接去办暂住手续，而是带着庶皎到处晃荡，以引起更多人的注意。果然很多人注意到了，等她和庶皎去系办公室开好证明出来，马上就传开：庶皎是金萤辉老师的妹妹。于是都恍然大悟：哦，原来安博士与金老师……

再去保卫部时，保卫部那些人惟恐有诈，连系里出具的证明他们都将信将疑，非要弄清楚：既然是兄妹，为什么一个姓金，一个姓庶？善静故意张口结舌，希望庶皎来回答，希望庶皎不能自圆其说，或者主动坦白她与萤辉究竟什么关系？庶皎却不傻，她才不会坦白那层复杂的关系呢。她白了那些保卫部的人一眼，气呼呼问：你们想听什么？庶皎长得非常迷人，迷人的姑娘总是讨男人喜欢，她气呼呼的样子惹得保卫部几个男人哈哈大笑，其中一个还来逗她：不了解清楚，怕金老师犯错误。庶皎久经风尘，什么没见过，她稍微飞荡一眼就看出这家伙什么货色，就知道跟他绕圈子说不定遭他吃豆腐，吃不成豆腐反而要设卡刁难。于是庶皎直通通戗上去：你怀疑我不是金萤辉的妹妹，而是他招来的小姐是吧？这人更加乐了，竟至于捧腹大笑。善静狠狠瞪了庶皎一眼：这是大学，不是你那荒山野地，怎么能这样说话？可庶皎满不在乎，她扯过善静说：这是金萤辉的未婚妻，就是我嫂嫂，你们还要什么证明？如果我不是金萤辉的妹妹，嫂嫂能容忍我留宿？我看你们都变态！善静羞得腮艳桃红，要把庶皎推出去，怕庶皎继续丢人现眼。然而保卫部的人居然同意了，还喜笑颜开，说庶皎很会讲话，三言两语就讲得他们不得不相信。

走出行政大楼那座宫廷式建筑，善静感到无地自容，严厉警告庶皎：你再要乱说，我就告诉你哥！这是大学，你怎么能说脏话？什么叫招小姐，你姑娘家怎么敢提这些字眼？庶皎反手推开善静，打断善静的话：咯哒咯哒，你怎么像生蛋母鸡啊？吵得我心烦。什么叫脏话？告诉你，怎么对付怪头怪脑的男人，你跟我学一百年！善静一愣怔，不由得想：这倒也是，这祖宗什么男人不能对付，不光长得漂亮，还什么话都敢说，说不定还什么都敢做呢！善静忽然有些惧怕，怕自己不是庶皎的对手。突然听到有人招呼，回头看是博导，善静微笑着迎上去。博导瞟了瞟庶皎说：才在系里听到议论，说萤辉的妹妹来了。善静有些忸怩地说：萤辉又不是知名人士，他妹妹来也值得议论。博导逗笑说：你是知名人士呀……庶皎过来插断话：哎，善静，我就上街了，不要你陪。博导马上纠正庶皎：起码也该叫声姐姐，直呼其名不好。庶皎乜了博导一眼，神情冰冷，对于不熟悉的男人她都是这种态度，既冷淡又傲慢。善静赶紧介绍：她叫庶皎。哎，庶皎，这是你哥的导师。知道什么叫导师吗？就是父亲一样的长辈。你看她，没念过大学什么都不懂！

庶皎飞快地打量博导一身行头，衣服很考究，皮鞋一尘不染，仪表堂堂气度不凡。但庶皎并不表示崇敬，而是面向善静调皮地逗笑：叫姐姐还不如干脆叫嫂嫂，免得以后还要改口。善静推她一把：走走走，快去买你的锅碗瓢盆。博导问：需要锅碗瓢盆？

萤辉打算自己开伙。

那这样，博导满腔热情说：我正好有空。庶皎你等等，我带你去商场，那里有我学生。已经走出几步的庶皎，回头看了眼博导，嫣然一笑说：那好吧。

可能博导当真把自己当长辈，热情洋溢地给庶皎介绍，萤辉跟他七年多了。从萤辉进大学那天起，他就把萤辉当自己的孩子，后来把善静也当自己的孩子，现在他愿意把庶皎一样当自己的孩子……庶皎低头不语，她很感动，她太需要关怀，太需要依靠，太需要一个父亲。其实她并非不知天高地厚，并非在大学校园也敢恣意妄为，她实际上很自卑，很想成为大学的一员。但知道这不可能，她至多归为沙大妈一类，她跟善静这样的人相差太大了。正因为如此她特别怕遭人轻视，她心高气傲容不得半点轻蔑，于是尽力展示自己的光彩，以掩饰内心的虚弱；尽力表现行为乖张，以突出她的异乎寻常。

如同对面的尖尖钟鼓楼上一株花草，没有适合它生存的土壤，但未必不能惊艳一现。

除了自卑她还很失望。她一直把哥哥当偶像，在她心目中哥哥出类拔萃，是当年县城里很吸引姑娘的美男子，庶皎对哥哥满怀崇敬，以为哥哥无所不能。在被金家抛弃的日子里，她只思念一个人，那就是哥哥。她连母亲都不思念，深恨母亲不负责任，把她错误地带到这个世上，让她蒙受太多羞辱，让她饱受欺凌，让她时刻不忘自己是"婊子养的"。所以当萤辉告诉她母亲去世时，她只是说：正好了她心愿，她跟爸爸再也不用偷偷摸摸了。然后泪如雨下，哭过了不许萤辉再提母亲，甚至不听母亲怎么去世的，她只关心哥哥，只需要哥哥。

然而哥哥已不再高大，她惊讶地发现哥哥渺小得可怜，一个看门的老太婆就可以阻止哥哥带妹妹进入宿舍，害得庶皎蜷缩在沙大妈的床上伤心到天亮。这一夜足以让她刻骨铭心，她悲哀地发现，哥哥没有钱没有权没有朋友，就一间宿舍还不完全属于他，还要受沙大妈监视，还要受保卫部管制……想起这些庶皎就心胆俱寒，就后悔那么匆忙、那么草率地抛舍了她安身立命的酒楼。好在庶皎并非患得患失的人，她知道懊悔无济于事，就尽力考虑当前。当前也有不得了的事需要考虑，除了吃饭、睡觉，她还想赚钱。她不能一直依赖哥哥，而且哥哥没什么钱，每月不到两百元薪水，说不定哥哥还需要她的帮助呢！这一切想起就心烦，但又必须面对，尤其需要尽快找到赚钱的门路，有了钱才能一切问题迎刃而解。

果然博导有个学生在商场，还是副总经理，看样子三十来岁，西装革履彬彬有礼。庶皎一眼就看出对方的衣冠楚楚是假象，她见过太多男人，仅凭对方不敢坦坦荡荡迎接她目光，而是近似偷偷摸摸地睃她一眼又一眼，就知道对方是什么货色。副总怪模怪样地睃了庶皎好几眼，怪模怪样地笑着说：老师要买锅碗瓢盆啊？哎呀呀，早说呀，好突然！好呀好呀，都包在我身上。

博导听出副总的弦外之音，他把庶皎误会成老师的女朋友了。可能还不仅仅是女朋友，都来买锅碗瓢盆了，就是要一起居家过日子。博导有点窘，但看庶皎毫不介意，便含笑拍了副总一把，却不解释庶皎跟他什么关系，似乎还喜形于色，似乎乐意副总这样误会他。

庶皎看副总对博导恭敬有加，意识到这人可能用得着，便想现在就利用他一次。她很善于利用男人，连龙王潭的景区主任都能傍上，她自信面前这副总不在话下。她也听出副总的弦外之音，不仅不羞不恼，还眉眼飞动，把热烈的目光停留在副总脸上。副总像得到某种暗示，立即红光满面眉飞色舞，但依然不敢迎接庶皎勾魂摄魄的目光。庶皎马上判断对方已被她的美貌迷倒，于是进一步撩拨，她挤眉弄眼一笑，半开玩笑半认真地说：除了锅碗瓢盆，还要一个碗柜、一张餐桌、几把折叠椅、一张单人床……专门来是想买你们的处理品，为难吗？太为难就不麻烦你，我们另外找人。副总十分巴结地打趣：拿单人床做什么呢？庶皎飞荡他一眼，笑眯眯问：还想问什么？副总给她堵住了嘴，什么都不好问了，只得满口答应：老师从没开过口，再有多为难我也要照办啊！庶皎含笑不语，甚至不说一声谢谢，她知道这时候需要矜持，需要表现出不屑一顾，需要给对方一种错觉，请对方帮忙是看得起他，免得他以为帮了多大的忙。

博导把这一切看在眼里，他并不是书呆子，他见过的人和事也算足够多了，算得上半个江湖中人。但见庶皎表现出的交际能力，他还是很吃惊：这么年轻的姑娘，怎么修炼到如此弓马娴熟？明明请人帮忙，倒变成人家求着她似的，而且神情自若，一副宠辱不惊安之若素的样子。仅凭这点手段，就比那金莹辉强过不知多少，也不是安善静能望其项背的。如果她能像安善静也有个博士学位，决不会连副教授都评不上，恐怕整个束脩大学也没几个人敢跟她玩。博导一直争取"得天下英才而育之"，即使不能像孔圣人"三千弟子七十二贤人"，能带出几个出类拔萃的学生也算得意。可他带教的研究生中，并无多少特别中意的，不是书生气太浓，就是只会夸夸其谈，或者太质朴。现在他意外地发现，庶皎最合他心意，不仅姿容出色，还极其善于交际，与人周旋游刃有余。无非缺点专业知识，无非没有文凭，而这正是博导的强项，他积累了足够的专业知识，也有能力帮庶皎获得文凭。这一发现令他喜出望外，如同菩提祖师发现了孙猴儿："这厮果然天地生成的。"他立即预感到，他有可能培养出一个惊世骇俗的人物："丹成之后，鬼神难容！"

不知副总是看重了博导的面子，还是想在他误认为"师母"的娇艳美女面前显示能耐，他果然就把庶皎需要的一应物品安排妥当，还都是所谓的处理品，总共才收庶皎三十块钱。这时庶皎才不无赞赏地说：了不起，真是了不起，回头再有麻烦还请你帮忙。说着她伸出温软的纤纤玉指，任由副总捧了片刻，还稍微流露不舍的意思。这些招数一半是她开酒楼积累的经验，一半是跟景区主任出门招商磨炼出来的技巧，她运用自如。

博导、副总把货物搬上三轮车，庶皎袖手旁观。她十分清楚眼前两个男人乐意效劳，如果她亲自动手，反而显得自轻自贱，反而让人轻视。她站在门口柜台前等候三轮车装货，瞥见的正好是精品柜，一溜大小不一的瑞士军刀琳琅满目。她正需要一把刀，昨晚走得太匆忙，忘记带走那把防身匕首。她习惯随身带刀，没有刀她觉得类似缺胳膊少腿，她的全部力量来自姿容和刀子，除此以外她一无所有。她是副总的客人，可以直接进入柜台。她进入柜台扫了一圈，弯腰捡起满地都是的产品说明书，"啪啪"拍打说明书灰尘，遮蔽服务员视线、转移其他人注意力，就在这电光石火间，她飞快地掏出一把大号瑞士军刀。她面不改色心不跳，还若无其事地将说明书递给副总看，笑着打趣：说明书怎么随地乱扔？看你们这地上好乱。副总接过说明书说：这是废纸。又随手扔在地上，显然商场的管理很不上档次，可能是国营商场。

　　商场距离学校不远，庶皎、博导跟在人力三轮车后面步行。博导近似巴结地鼓励庶皎，趁年轻好好学习，争取报考他的研究生。他可以帮庶皎弄一张函授大学的文凭，这种文凭照样管用……庶皎却充耳不闻，倒不是不感兴趣，而是她知道，博导这么热心必定另有贪图，也许是想做笔交易。她对博导的第一印象很好，但博导是她哥哥的导师，而且善静还着重强调：就是父亲一样的长辈。必须慎重面对，免得弄不好大家都尴尬。既然不想做交易，她就不会欠下对方太多人情，只会在买点便宜货这类小事上无可无不可。

　　博导没想到庶皎不领他的情，虽然没拒绝但也没积极回应，而是一副无动于衷的神情。博导不遗余力继续鼓动：要珍惜大好时光，再过几年想念书也不现实了……庶皎却掏出瑞士军刀摆弄。这是她的小诡计，万一过后商场发现她偷了一把军刀，她就可以找博导证明，她是闹着玩的，不然怎么可能出门就拿出军刀给博导看，哪有小偷出门就大摇大摆地展示赃物，只有孩子会这样，完全是顽皮好奇。

　　这种顺手牵羊的事她和萤辉、映雪从小就经常干，这种行为在他们家不受谴责，反而是跟大人学的。在他们家里，大人谈论的话题总是如何搞公家的东西。买肉要肉票，大人就集中精力搞狗肉，搞山里野货，这些不要肉票；买糖要副食券，大人就集中精力搞蜂蜜，还搞医院的葡萄糖，这些不要副食券；买米要粮票，大人就集中精力搞果脯、蜜饯，这些不要粮票；买布要布票，大人就集中精力搞绒线、毛皮，这些不要布票……大人的言传身教不断鼓舞孩子们：搞到公家的东西就是能耐。天长日久成习惯了，要改掉这习惯还真不容易，现在庶皎见了公家的东西还手痒。

庶皎专心致志摆弄手中瑞士军刀，说它是刀其实集中了十来种工具，除了刀片还有锯条、钻头、起子、镊子、开瓶器……真是把好刀，精巧到家了，一把刀在手相当于拎个工具箱，而它的体积不会超过女士的袖珍眼镜盒。博导见她一直勾着头，进一步靠近她提醒：小心撞车。什么好玩具？回家再玩吧。

庶皎忽然冒出个主意，她又想顺手牵羊，把博导也牵住。于是真的顽皮起来，她笑嘻嘻说：在商场拣了这把怪头怪脑的刀，你看好玩吗？博导伸手接过去，吃了一惊说：这是大号瑞士军刀，值八百多呀！庶皎扑闪着大眼睛，一副天真无邪的样子，翘起嘴巴问：你不会给人讲吧？博导开怀大笑，笑得摇头晃脑，暗暗想：这孩子真不简单。刚才在商场一副高傲尊贵颐指气使的样子，转眼就判若两人，就变成讨人爱惹人怜的淘气娃娃。博导说不出的欢喜，他眉开眼笑逗庶皎：女孩子拿凶器做什么？没收了。庶皎一把抢回来，顽皮十足地拿刀轻轻捅博导：敢抢我的东西，敢欺负我，我杀你。博导愈是笑得开心，同时满怀怜爱，温和地说：孩子，没人欺负你，只要有我在。庶皎顺势抬起右手，吊在博导胳膊上，喜滋滋地说：孩子，孩子，当真当我是你孩子，还不如认你做干爹，不然都是空话。

博导一愣，这孩子可会黏人。认了干爹就相当于他女儿，跟女儿不能有交易，还必须承担相应责任。博导侧身看着庶皎，他对庶皎一无所知，但实在喜欢这位既率真又不缺心眼还善于随机应变的女孩子，他稍微一皱眉头就郑重其事答应：学校里不兴收干女儿，不过我一定把你当女儿一样照顾好。庶皎问：那我叫你什么？

也叫老师。一日为师终身为父，跟父亲一样的。

庶皎撒着娇说：不行，不行，就要叫老爹嘛。

博导呵呵笑着说：也好，反正我没孩子。

庶皎欢天喜地，立即蹦跳起来。看上去这些话都是脱口而出，其实是她忽然萌生的诡计。她乐意跟博导亲近些，但没有名分，怕人家说他们关系暧昧，于是顽皮地试探博导，是否愿意收她做干女儿？没想到博导就同意了。

六　一男二女

　　萤辉整个一天没课，但也不陪庶皎去买锅碗瓢盆。他对自己解释忙着写书，实际上是他不喜欢逛商场，更不喜欢沾那些锅碗瓢盆琐碎事。他去了图书馆，挑个临窗的幽静角落坐下，窗外一蓬盆栽的映山红，浓艳欲滴，看着很舒服。他悠闲地翻开笔记本，又来构思他那本书，怎样写才能"让农民在煤油灯下也能读懂"？思路有些滞塞，他总是要去想：如果这本书写得好，他就可能名动天下，说不定还能破格晋升为副教授……这么想着他激情满怀，尽管他也算得上清高，曾经相当藐视功利，但还是自觉不自觉地把研究目的与功名联系在一起，期待知识改变他命运。

　　意识到已近中午，他离开图书馆。以前他很从容，一个人吃饱一家人不饿，即使到了吃饭时间也不着急。现在有了一层牵挂，宿舍里还有两个女人，他不能像从前了。远远看见一个纤弱身影，正是善静，吃力地拎着个像蒸屉的精编竹篮，摇摇摆摆腰柳生姿。萤辉几步赶上去，接过竹篮问：好沉啊，干吗不叫上庶皎一起去食堂，或者等我回来买饭？善静左右看看，正好不少人经过身边，她微微脸红，但仍然双手抱着萤辉左臂一摇一晃，像是淘气，又像是吸引所有人看见她多幸福。她对萤辉的话笑而不答，萤辉又问：这篮子真不错，饭菜可以分格装，是庶皎买的吗？善静笑着说：回去看看你妹妹多能干，在她面前我好惭愧。

庶皎做什么了？

买了好多东西回来，才花三十块钱。

萤辉不相信庶皎有这点能力，肯定是隐瞒了价钱，以显示自己的能耐。不过并未多问，他乐意看见善静佩服庶皎，很怕善静看不起庶皎。

黄宫三号已面目全非，两张床之间挂了一幅漂亮的幕帘，靠门口一张餐桌、一个碗柜、几口箱子，摆放得非常整齐。又在门口走廊支起气化煤油炉，一个案几，颇似一间小厨房。萤辉一边啧啧称赞，一边挽留博导一起用餐。博导一直使劲卖力帮忙收拾房间，庶皎把博导当劳工使唤，萤辉有些过意不去。博导接过庶皎递来的毛巾，并不虚言客套，他去盥洗间洗脸回来，大马金刀坐上餐桌。萤辉也很舒服地坐上新买的折叠椅，乐得合不拢嘴。他给博导点上香烟，博导笑容满面教导萤辉：这就很像个家了。下来你要维护好，难免磕磕碰碰，全看你这个家长怎么当好。庶皎、善静正忙着将菜装盘，听了博导的话庶皎插嘴说：你才是家长，不然干吗喊你老爹！萤辉一愣，不过马上又一脸堆笑，只当庶皎乱说。

庶皎并不是乱说，看上去冒失，其实是再次确认博导的态度：博导敢当着三个人的面表明，他愿意当这个家长吗？庶皎深更半夜走坟山——不是鬼都拉扯上，尽管她并不了解博导，但她需要拉扯个依靠，不然总是感到无助。

萤辉没明白庶皎的用意，即使明白了他也难以接受。直到听见庶皎"老爹老爹"叫个不停，他忍无可忍，才大声呵斥：不许乱叫！博导赶忙解释，他愿意收下庶皎做干女儿。萤辉听得浑身起鸡皮疙瘩，断然决然说：肯定不行！老师你别生气，我们家的关系有点复杂，我不想搞得更复杂。萤辉慌忙中找到一条牵强附会的理由，实际上他是担心老光棍居心不良。看场面尴尬，善静含笑圆场：不着急，先吃饭。庶皎有点恼怒，她眉毛一扬，气呼呼瞪着萤辉嚷：我喊他老爹，又不要你喊他老爹。你别把我管得太严啊，当心我又跑开躲起来！萤辉愈是生气，但又怕庶皎当真赌气跑了，他勉强笑着说：老师，我们还是先吃饭吧。博导摇摇头，从此不再多说话，脸色很难看，他随便吃了几口就离开。

萤辉打算给庶皎晓陈利害，可有的话不便在善静面前说，于是他说：想睡午觉了。他是暗示善静离开，庶皎就在旁边，善静总不能公然跟萤辉同床共枕。但善静一咬牙就是不走，她收拾了餐桌，把当中幕帘拉上，她说：我也困呀，下午还有课。萤辉反而很窘，用手一指幕帘，示意善静当心庶皎听到。却听庶皎嚷：理我干什么，我是聋的瞎的！善静扑在萤辉身上，两人很快就水乳交融。善静凑近萤辉耳朵，喷着湿热馨香娇声低语：不回娘家了，好吗？萤辉笑笑问：昨晚就没回家，不怕父母打你？

父母一定要善静守身如玉，决不能跟人未婚同居。看上去是在维护家规，实际上还有利益上的需要，他们并不打算马上将女儿嫁出去。如果父母知道她昨晚就睡在萤辉宿舍，一定暴跳如雷，一定揪她回去吃一通"暴栗子"。安家打人手法很熟练，突然弯曲食指、中指，冷不防就狠狠磕在对方头上，叫吃"暴栗子"。善静经常吃"暴栗子"，稍微做错事就要吃"暴栗子"。不过善静可以诓骗父母，说她出差了，如同上次去龙王潭，说出差父母就深信不疑，他们相信自己的女儿还像从前那样百依百顺，还像表面那样非常害羞。于是善静也来诓骗萤辉：可能父母已经知道我们同房了……说着她将脸埋在萤辉怀里，像是羞得无地自容。

萤辉决不相信，在善静的家人面前拥抱亲吻都犯大忌，怎么可能容忍他们同房。但萤辉没有多问，他一向藐视安家的臭规矩，一直鼓动善静反抗，善静现在的行为正是反抗家庭，萤辉求之不得。

幕帘这边的庶皎，不用看也知道幕帘那边的床"嘎吱嘎吱"响是做什么。她倒一点不难为情，比这还要尴尬的事她都见过，不然怎么管理路边酒楼那些小姐，她早就羞死了。她充耳不闻，仰面八叉躺在自己的单人床上，却是睡不着。她不能不去想：下来怎么办？没有工作没有坚强依靠，虽然这些年也攒了点钱，总不能坐吃山空。也不能一直依靠哥哥，哥哥百无一用，并不是她坚强的依靠。迷迷糊糊中，庶皎眼前再次浮现博导的模样。博导高大魁伟，虽然快五十了照样精神抖擞，一点不显皮松肉软，他浑身都是力量，帮忙整理宿舍时就显示他是个强壮劳力……这么想着庶皎才睡着。昨晚一夜未眠，这一睡睡得很沉，直到窗外没有太阳了，她才被萤辉叫醒。

善静下课就来宿舍，说她父母很讲礼节，庶皎来了不请去她家吃顿饭很失礼。萤辉只好答应去外侨公寓。

庶皎不肯空手去善静家，她很懂礼尚往来这一套，便一起去商场选购礼品。有哥哥跟着，庶皎不想找副总。她凭直觉就能分明感受到，如果今天上午不是博导寸步不离庶皎，副总可能蠢蠢欲动。现在没有博导在旁边充当护花使者，很怕副总公然表现出馋猫的样子，或者言语轻薄，弄得她当着哥哥的面难堪。但她还是禁不住秋波流转，愈是众目睽睽下她愈是春心荡漾。闭关在家她可能心如止水，只要一出门，只要发现有人注视，她就会兴奋不已，就会闪射出荡人心魄的目光。她乐意把所有男人的道貌岸然颠覆，倒不是为了捉弄，而是这时候她很愉快，她可以傲慢地蔑视一切。

时令还在初夏，乍暖还寒，大多数人不敢穿衬衣、裙子，而庶皎只穿白色紧身T恤、白色网球裤、白色球鞋，展露在外的双腿、胳膊、脖颈光洁如玉，她一出现就艳惊四座。她只是左右飞荡了几眼，就吸引无数目光，有的人甚至目不转睛盯着她。她飞动媚眼笑笑，并不针对谁，但让每个人都感到她在冲着自己媚笑，有的人还回报一笑。她一概不理睬，昂首走在前面，萤辉、善静尾随其后像她的跟班扈从。突然一声：咦——副总像是从地下冒出，他差不多想扑过来，仅仅因为庶皎冷若冰霜，他才目瞪口呆。萤辉、善静也惊叫起来：英博士，英博士……那位研究避孕药的英博士，正好与副总在一起，萤辉、善静跟英博士像他乡遇故旧，欢欢喜喜握手打趣。庶皎双手一抄靠在柜台，冷脸冷眼，似乎眼前的人她一个都不认识。

英博士把副总介绍了，说他在请副总帮忙，想在这里租借一个柜台，展销他新研制的避孕药。副总喜气洋洋，跟萤辉、善静握了手说，他很为难，一时腾不出柜台，他一边说一边瞟向庶皎。英博士也注意到庶皎，他问善静：这位怎么称呼？萤辉觉得庶皎太冷傲，他扯过庶皎说：这是我妹妹。副总小心翼翼说：好像见过。庶皎白他一眼：我怎么不记得？随即就眨眨眼睛，副总立即心领神会，像被温柔地抚摸了一下，欢笑着说：哎呀，好啊，好啊，不如都去我办公室喝茶。

善静心细如麻，发现副总跟庶皎眉来眼去，猜想他们必定认识。善静暗暗欢喜：这倒是好，能够认识这么个副总经理，往后买东西也方便。但不知他们仅仅是认识，还是隐藏了什么特殊关系？善静试探着说：不打搅了，还要去选购礼品。副总再睃庶皎一眼，庶皎笑意盈盈，似乎很不好意思地荡了副总一眼。副总立即殷勤备至：需要什么？随便挑选。庶皎说：看望老人，就买两瓶酒吧。有没有什么新产品，请你们试销？副总诧异地问萤辉：金老师的妹妹，连这个也懂？试销可是专业术语。萤辉有点窘，庶皎开过路边酒楼的，能不懂吗！萤辉生气地瞪了庶皎一眼说：闭嘴，你净出难题。副总马上袒护庶皎：不是难题，不是难题。他回头吩咐一位服务员：去展销柜，拿两瓶好酒来。

善静掩嘴窃笑，悄悄扯过萤辉说：还不快道谢。其实萤辉也看出蹊跷，心头很不是滋味，怀疑副总跟博导一样心怀鬼胎，不然何至于如此巴结。但他还是言不由衷地说：见面就给你添麻烦。副总喜滋滋说：金老师千万别客气，我也是金融系毕业的。萤辉看不起留校生，对于没有留校而能在外面闯荡天下的人满怀敬意，立即感到一分亲近，也想套近乎，他问：噢，你也金融系毕业，哪一届？原来副总比萤辉早两年本科毕业，那时博导还给本科生上课，也算同门师兄弟。善静恍然大悟，既然副总也是博导的学生，那些锅碗瓢盆肯定就在这商场买的，难怪才花三十元。可庶皎为什么假装不认识呢？善静禁不住觑了庶皎一眼，越看越觉得庶皎每个部位都在颤动风骚，她马上想到："昂面女子恶商议，虽为良妇亦私情……"如此一想善静看庶皎更加不顺眼，骨里子充满鄙视，不过她还是笑容满面。

服务员送来两瓶好酒，副总对萤辉说：这酒的档次可不低，就收你十块钱吧，算我给师弟你一个面子。萤辉喜出望外，以为副总当真很给他面子，以为副总很念他们之间的同门之谊。庶皎也很愿意哥哥这样错误地认为，并希望哥哥日后能跟这位师兄多来往。但她没有向副总道谢，一脸跟她毫不相干的样子。

离开商场坐上公共汽车，庶皎竭力赞扬哥哥这位同门师兄很讲交情，竭力夸赞哥哥好有面子：英博士也是老师，他租借柜台就遭拒绝了。哥哥你买两瓶这么好的酒，才花十元，还是哥哥你面子大，不然要花好几十。直夸得萤辉喜形于色，但萤辉还是斥责庶皎：俗气，光想占便宜！他一路教导庶皎：见了老人要敬畏、见了哥嫂要有礼、见了孩子要喜欢、见了家务要主动做……尽管他从来到安家就厌烦。

他也想过喜欢安家，还希望庶皎喜欢安家，毕竟这是善静的家，也可以说是他的新家，连庶皎都可以把这里当成家。然而来到外侨公寓，进门就听到哭嚎，估计又是嫂嫂挨了大哥打。这个家男人打女人天经地义，即如现在的善静，弄不好也要吃"暴栗子"，包括安大婶，没一个女人敢于反抗。

嫂嫂蜷缩在沙发啼哭，三个孩子也吓得"哇啦哇啦"大哭，萤辉满怀的喜悦荡然无存，他差点转身就走，心头翻涌起无比的厌恶。安老伯铁青着脸，既不责怪大哥也不责怪嫂嫂，只是生气。抬头看见来客了，他不无恼怒地解释：你大哥炒外汇亏了点钱，本来火气就大，遭你嫂嫂埋怨，火气更大。噢，那妹妹怎么称呼？见笑见笑啦！萤辉不言不语，什么话也不想说，也没问一声好，甚至懒得给他们介绍庶皎，就径直去厨房。

善静同样生气，她不想给庶皎看见，萤辉来到安家就下厨房，希望嫂嫂去厨房帮母亲，可嫂嫂越哭越上劲。善静强颜欢笑，递上酒说：这是萤辉的妹妹，叫庶皎。看庶皎好客气，还专门买了礼来。安老伯欢笑着收下，吩咐嫂嫂：这是好酒，收起来过端午祭喝。嫂嫂抹一把眼泪，气呼呼拎上酒进卧室，反手就"呼"的一声关上门。庶皎不尴不尬站在屋中央，没人请她坐也没人给她沏茶，善静在忙忙碌碌收拾零乱的沙发、茶几。她忽然想到什么，直起身笑着说：你当真把自己当客人啊？这才一把将庶皎按在沙发上。

庶皎在千万人中周旋都不怯生，反而这种家庭环境让她局促不安。她不知跟安老伯、安大哥说点什么好，甚至不知道该用什么眼神看他们，肯定不能飞荡他们几眼，也不能冷眼冷脸，而要笑嘻嘻她又笑不出，看见哥哥进厨房她就不舒服，就反感了。坐了片刻她霍然起身，都看出她怒气冲冲。她去厨房推开萤辉：你会做什么呀！安大婶有些惊慌地问：这就是妹妹吧？庶皎含含糊糊咕哝一声"大婶"，却看也不看安大婶一眼。她夺过萤辉手中臭气熏天的猪大肠，"哗哗"大开水龙头清洗。安大婶接近讨好地夸赞：妹妹的手脚好麻利啊。庶皎硬邦邦回一句：只配做粗活脏活！戗得安大婶瑟缩在旁边，不敢多话。善静拿条围裙进来，见几个人都默不作声，她尽量逗笑：有穿时装下厨房的吗？她给庶皎系上围裙，庶皎气鼓鼓问：你就不好动手帮忙？善静笑着说：我也没闲着呀。本来要陪你在客厅坐，哪知道你喜欢进厨房。安大婶趁机说：那就辛苦你们啦，我那洗衣机里还有大堆衣服呢。

等安大婶走开，庶皎怒瞪着眼问善静：这是请我们吃饭，还是来做苦力？你那大哥嫂嫂是供在家的祖宗菩萨？善静低声央求：少说两句吧。说着眼圈都红了，她有太多的无奈，她顺从惯了。庶皎叹息一声：哎呀，不说不说，没见过你们这种家，怪头怪恼的！她像个厨师搅得锅里油溅火星冒，使唤善静、萤辉做她下手，把两个使唤得团团转。等到摆出菜来，都啧啧称赞庶皎的手艺，她做了满桌的菜，居然能把猪大肠烧得喷香酥脆，即使嫂嫂也不再抱怨"又吃猪下水"了。

嫂嫂、孩子忙着吃菜，没有吵嚷声，气氛稍微和谐了些。萤辉意识到进门时有些失礼，主动敬安老伯、安大婶一盅酒，又敬过大哥和嫂嫂，再敬善静、庶皎。他逗笑说：猪大肠还有种烧法，和苦瓜一起烧，这是道名菜，菜名叫"一不怕苦二不怕死（屎）"。"轰"的一声都笑得前仰后合。可惜大哥马上就把气氛破坏了，他又来说钱。萤辉最讨厌大哥说钱，在他看来大哥根本不懂钱，听他说钱如同听痴人说梦，萤辉毫不掩饰他满脸的鄙夷。

大哥喋喋不休说，他想炒国库券，如果能在黑市上狠狠地炒一把国库券，以后来客人就好下馆子，炒外汇只好吃猪下水。炒国库券本大利大，他想把房子抵押出去，凑够一笔资金跟人合伙，这是包赚不赔。他紧盯着问：萤辉你看呢，这主意不错吧？萤辉不接他的话，侧过身背朝他，突然起身盛饭，催促庶皎赶紧吃，他想尽快吃完就离开。

善静看出萤辉仍旧讨厌这个家，深深低下头。她非常希望萤辉热爱这个家，喜欢这个家的所有人，她对家人怀着深深的歉疚。为了支持她出国留学，这个家每个人都为她做出了巨大牺牲。包括嫂嫂，那时嫂嫂把陪嫁都贱卖了，坐月子还日夜不息地替人刺绣赚几块工钱，落下一身毛病，不然也不至于总是抱怨安家对不起她。至于大哥，做出的牺牲就更大了，不然可以念大学，不必高中毕业就急忙找工作。如果念了大学，大哥可以过得很体面，不像现在遭人看不起，只好天天盘算如何赚钱，忍受嫂嫂没完没了的抱怨。母亲又是如此衰老，父亲又是如此无力……一念及此善静就深深愧疚，就希望萤辉热爱她的家人，至少不要鄙视他们、厌恶他们，哪怕假装也要假装喜欢。可萤辉不善于虚与委蛇，尽管他也想喜欢这个家，他还是飞快地吃过饭，拖上庶皎就走了。

离开安家庶皎就蹦蹦跳跳，萤辉也像逃出笼子长长地吁口气，庶皎问：你不喜欢他们吗？萤辉不回答，而是反问：你喜欢吗？庶皎幽幽怨怨说：你喜欢我就喜欢，谁要我是妹妹呢。从来都是妹妹最可怜，什么样的嫂嫂都要喜欢，不然夹在哥哥嫂嫂中间，挡风板做锅盖——才受冷气又受热气！

哎呀，叽呱叽呱这么多话。善静就算最好的了，不会连她也不喜欢吧？

喜欢喜欢喜欢……庶皎吊上萤辉胳膊说：哥哥，还记得那首山歌吗？那时候我差不多天天唱，只要想你就唱。说着她真的唱起来：

哥——哥——

你在哪里哩？

我在峨山顶。

峨山有好高？

万十万丈高；

峨山有好远？

万十万丈远。

那山不算高，

那山不算远，

只要心头想

眨眼到跟前。

……

正好公共汽车到，上车后萤辉默不作声，耳边还在回响这首山歌。这是他老家的山歌，那时庶阿姨教给他们不少山歌，都是这种调子，音高起伏不大，节奏徐缓，尾音拖得很长，歌声忧伤缠绵，仿佛从天空悠悠荡荡飘来，又悠悠荡荡飘去，很动人，也很让人伤怀。萤辉问：为什么唱这首歌？庶皎扑在他肩头说：你不能光喜欢善静，不是只有善静离不开你。哥哥，那几年我歌一声泪一行，你知道吗？萤辉抬手搭在庶皎肩上，站在忽明忽暗车厢里喃喃说：再也不用唱这种歌了。你吃了好多苦，我知道，我知道。但你要一直听我的话，不然还撵你走。庶皎笑嘻嘻说：那我就问你要吃要穿，缠死你，缠你一辈子！看上去在逗笑，其实都明白这是个很现实的问题：下来庶皎怎么办？不能赶走她，可又不能一直留在身边。

学校公布"十个最喜欢的老师"和"十个最不喜欢的老师"评选结果，这回完全由学生投票，结果善静、萤辉都被评上"十个最喜欢的老师"之一，而博导被评成"十个最不喜欢的老师"之一。老师们对这结果普遍反感，学生不可能了解所有老师，尤其硕导、博导们，基本上不接触本科生，而参与投票的大多是本科生。有的年轻老师拍案而起，为教授们挺身而出，在"校园自由墙"贴出小字报，严厉质问校方：这是换种方式整"臭老九"吗？为什么不评选最喜欢、最不喜欢的校长、处长？上课越多获得的支持率越高，难道要教授们放弃科研走进课堂？难道要硕导、博导也给本科生上课以求获得选票？

这种质问遭到本科生激烈反击，他们反唇相讥：从前的陈垣老先生，那是什么样的人物，跟胡适、鲁迅差不多齐名的人物。贵为辅仁大学校长，陈垣老先生还给大一学生上课，而且必定给大一学生上课。可我们呢，站在讲台的都是些什么人，助教、讲师！我们的教授呢？那些在招生简章中介绍的泰山北斗级人物哪里去了？可以说做硕导、博导了，可以说搞科研去了，也可以说干私活挣外快去了。莘莘学子满怀理想而来，身负无数期盼而来，甚至举债而来，就是来听助教、讲师讲课吗？你们搞出再多的科研，除了你们获得名利，我们学生获得什么？连瞻仰一次都没机会……萤辉匆忙浏览了几张小字报，觉得很无聊，那些本科生把硕导、博导想象成大腕明星了。不过他还是很高兴，能够评选上"最喜欢的老师"，起码证明他是合格老师。

离开"校园自由墙"，萤辉忽然想到：博导肯定很难过，遭人家整成"最不喜欢的老师"，日后将声名狼藉。而且这是自己的导师，导师如此不堪，他当学生的也脸面无光。不过他只是感到脸面无光而已，并非为自己的导师愤愤不平，甚至认为比较客观，他越来越觉得博导不值得尊重。读研究生时他就不是十分敬重博导，在他看来博导是商人，学生只是博导的产品。萤辉自我意识非常强，决不承认自己是谁的产品：我就是我，不属于任何人！他以我为圆心、我的利益为半径，再依次扩大到我的家、我的亲戚、我的同学和朋友、我的单位、我的故乡、我的祖国……像涟漪那样，越往外越模糊，就像孙猴儿追求的理想生活："不伏麒麟辖，不伏凤凰管，又不伏人间王位所拘束。"

因此他对博导不存在通常的感恩，在他看来老师教育学生是一方出售知识另一方购买知识，不存在谁对谁施恩，不过是等价交换，不存在感激的理由和必然的人身依附关系。但同时也知道，道德和舆论不会支持他漠视博导，他必须师恩不忘。我们的传统支持知恩图报，尽管需要恩情时未必得到恩情，甚至不记得欠下谁的恩情，但一定有人索讨曾经施与的恩情。获得的成就越高，来索讨恩情的人越多，而且把恩情放大到无数倍，甚至放大到你是圣婴他就是圣父圣母，即使涓滴之恩也要涌泉以报。这样的索讨不受谴责，只谴责拒不偿还恩情的忘恩负义之徒。因此至少表面上，他要表现出对博导的尊重和感激。他踅进博导的办公室，想对博导说他愤愤不平，想对博导说这样评价老师是对老师的侮辱，尽管言不由衷，但如果不这样说，就可能认为他沾沾自喜得意忘形。

大学老师不需要坐班，教授们更不可能坐班，但博导经常坐班，他有很多应酬，经常有人请他作学术报告，他还是省里的智囊团成员。他乐意给所有人看见：又有小车来接他了，又有人给他送礼来了，又有人登门拜访他……如果这一切发生在家中，难以把其他老师眼馋得要死。知识分子不眼馋知识，反而眼馋小车接送，眼馋有人送礼，眼馋不断有人登门拜访……博导太清楚这一套，所以他要经常来办公室，坐等香客朝拜。他一人一间办公室，门口挂出一块"金融安全中国战略研究中心"牌子。整个中心就他一个人，但对外宣传时这个中心无比庞大，政府官员、学界泰斗、知名企业家、他那些功成名就的学生，不少人被他吸引进中心。他正在带教的研究生，就是中心的工作人员，浩浩荡荡也蔚为壮观。

这会儿博导正在给研究生上课。他是博导却只能带硕士研究生，但并不感到丢人，喜欢把研究生带来办公室，或者带去家里，或者带到社会上言传身教。他通常只招几个研究生，有一种前呼后拥的感觉就够了，带得太多反而难以培养出他所需要的父子般感情。并非所有学生都像萤辉不领导师的情，有的学生毕业多年还把导师当再生父母，还在导师面前毕恭毕敬"恂恂如也"。博导也确实爱他的学生，即如萤辉这样不大服从他的人，他也能暗中照顾，他心头每个学生都是他的孩子。

看见萤辉敲门进来，博导打发研究生离开，招呼萤辉坐下。自从上次在萤辉宿舍吃了那顿难以下咽的午饭后，博导很尴尬、很生气，就再也没去过，这是两人的头一次见面。见博导掏出香烟，萤辉条件反射般凑上去给博导点上。他并非情愿给博导点烟，但那时都争先恐后给博导点烟，以表明在导师面前"恂恂如也"，就习惯成自然了。

博导心安理得吸上，然后仰靠在椅子上，徐徐吐出一串烟圈，神情悠闲自在。萤辉一时没话说，如果博导脸色阴沉，倒可能是为评选生气，萤辉就好发表一通激烈言词，替博导愤愤不平。可博导一副怡然自得的样子，萤辉不好主动提起。沉默片刻萤辉没话找话问：老师今天没应酬？博导大手一挥说：推掉了！萤辉不相信博导的应酬真的到了应接不暇，推测是今天没人请他，油然而生一种非常复杂的情感，类似面对不喜欢的长辈遭人冷落，有些幸灾乐祸，又有些于心不忍；有些鄙视，又有些无奈：他毕竟是长辈啊！萤辉想了想说：那就一起吃晚饭吧。正好庶皎买了只肥鹅回来，还搞得很复杂，一个下午都在忙那只肥鹅。

博导别过脸望着窗外，显得很激动，也很感动，可能没想到萤辉会请他吃饭。他对庶皎确实存有非分之想，这种非分之想在当时还模糊，当时他仅仅想把庶皎培养成异乎寻常的人，一个足以给他带来荣誉和利益的佼佼之才。庶皎天资卓越，仅仅需要稍微充实和必要包装，而这正是他的专长，他的教学方法与众不同，不是把学生培养成品学皆优，而是培育成奇花异草，然后作为精美礼品送给社会，他知道这个社会更需要精美礼品。过后却发现，庶皎总是在他眼前挥之不去，想到庶皎他就激情满怀。同时又十分郁闷，他知道这种郁闷意味着什么，从此每天大早就起来锻炼身体，更加在乎他的衣着打扮。可他不敢去萤辉的宿舍，还尽力回避萤辉、善静，这两人都跟庶皎密切相关。他经常黄昏时分，一个人在校园徘徊，期盼邂逅上庶皎。但又近似惶恐，惟恐突然迎面撞上，不敢靠近通向黄宫的那条林荫道，总是想起钱锺书先生在《围城》中说的"老年人的爱情像老房子着火，一点燃就扑不灭"。他不承认自己的爱情被点燃了，他悲伤地发现自己太老，而庶皎鲜花怒放……

萤辉没看出博导还存有这样的心思，他仅仅是担心老谋深算的博导图谋不轨，他对博导的品行存有深刻猜疑。但也意识到，不必对博导戒备到以邻为壑地步，他邀请博导吃晚饭，就有缓和的意思。然而博导一直望着窗外，于是萤辉猜想，博导还在生气。那天为了干扰庶皎认博导作干爹，萤辉的态度太过生硬，弄得博导当场灰溜溜的。但萤辉并不想为此道歉，他仍不希望庶皎认博导作干爹。他另起一个话题，直截了当问：老师在为评选的事生气吗？博导冷笑一声说：这种事也值得生气！把我评为"最不喜欢的老师"，跟善静评不上副教授一样，看起来丢了脸，实际上得到好评。你不一定知道，正因为善静是剑桥博士却评不上副教授，才有更多的人知道了善静，同时也才有更多的人知道了你，完全出于打抱不平，不然你们怎么可能评上"最喜欢的老师"？凡事都是如此，有一失必有一得。

萤辉很不爱听这话，这一说倒是他沾了善静的光，是人家同情的结果，而非实至名归。博导并不在乎萤辉的感受，他又回归导师状态，继续谆谆教诲：不管怎么说，这对你和善静是好事。下来你要调整方向，把能够推掉的课统统推掉，尽量不要上课。不得不上的课也不要多花心思，上课的目的仅仅是证明能不能上课，你已得到证明，再上课就徒劳无益。下来做什么呢，集中精力写论文，评职称主要看论文。你要想破格升副教授，起码要在核心期刊上发表几篇论文。如果能出一本专著，我再帮你活动一下，就十拿九稳。

这倒是肺腑之言，换了别人不会这样给他指引，只会把他指引上错误的歧途，指引他埋头备课抬头教书，教成个弯腰驼背的老讲师，教成千万人同情的辛勤园丁。可是，萤辉吞吞吐吐说：投过几篇论文，都退稿了，打不进核心期刊。

这就是你需要谦虚的地方，你不懂的事还有很多。我告诉你，专业论文是专业人士看的，而专业人士只看权威的论文。你这种无名之辈的论文只有两个人看，一是你自己，二是编辑。所以你要做的工作不是把论文写好，而是跟编辑搞好关系，只要编辑说好就好了。评职称只看发表论文的数量，至于论文的质量，说高就高说低就低。善静的论文质量够高了吧，照样被贬得一文不值。

我跟那些编辑不认识。

这个，你先写吧。

显然博导的意思，只要他肯帮忙，发表论文不过举手之劳。可萤辉没有显露喜悦，他实在不愿意欠下博导的人情。他知道自己没能力偿还人情，而人情是必须偿还的，实在不能偿还就将受制于人，就不得不依附于人，就可能变成"丧家的资本家的乏走狗"，永远别想活得有尊严。萤辉沉吟片刻说：我还是想先写一本书。如果这本书有销路，就不必求人发表论文。出版社讲效益，不像核心期刊都被权威独霸了。

把你的构思说来我听听，想写本什么样的书？

萤辉详细讲，他想写一本"农民在煤油灯下也能读懂"的人民币普及读物。

没等萤辉说完，博导就打断话：你趁早收手！他兜头泼了萤辉一盆冷水：什么叫学术著作？就是要写得艰深晦涩，才有神秘感，才能体现学术价值。你这连农民都能读懂的书，能登大雅之堂？就算出版了，就算销路很好，也只能证明你写了本普及读物，不能证明你的学术成就，不可能凭这种农民读物给你晋升职称。

萤辉木愣愣望着博导，他知道博导这话是绝对的正确。可他能怎么办，课上得再好也不能晋升职称，写论文又不能发表，写人人能读懂的书没有学术价值，写人人读不懂的书没人给出版。

博导看萤辉愁眉苦脸的样子有些可怜，似乎动了恻隐之心，也可能想做笔交易。他想了想说：这样吧，我刚刚接到一个课题，课题经费五万，你跟我一起做！

萤辉"啊"一声，一时难以置信。按照学校的规定，课题经百分之九十个人支配，再扣除百分之三十的必要开销，五万课题经费也有差不多三万。就算博导拿大头，起码也要分给他几千；而且，还能额外折算教学工作量。

他上一年的课也不过四百课时，五万课题经费却可以折算五百课时，他可以一年不用上课；另外，每个课时学校还有两元补贴，又是一千元……但由此一来，他欠博导的人情就很大很大了。没人愿意拿出好不容易争取来的课题与人分享，博导为什么如此慷慨？不仅仅忍痛割爱，还将把萤辉抬举到巨人肩上，萤辉将名利双收。

这时萤辉才意识到，当利益具有足够诱惑时，一切都将被颠覆，包括对人的看法。萤辉可以放弃发表论文的机会，那还不足以让他转变立场，可面对五万的课题，他捍卫自我的勇气和决心就不堪一击。萤辉不得不去想是他错了，博导真的爱他，真的把他当孩子，而他像个叛逆，很不听话，还对关爱他的人充满敌意……这么一想萤辉很难过，他满怀愧疚，饱含感激说：谢谢老师关照！

博导继续说：完成这个课题不难。就是写一本书，书名人家都定好了，叫《中国金融学》，针对《西方金融学》来写……

中国也有金融学？萤辉禁不住插断话。中国只有钱庄、票号，至多算尝试过金融实践，根本不足以形成堪与西方金融学抗衡的中国金融学，如同没有形成过能与西方经济学抗衡的中国经济学一样。直到今天的银行，也都在模仿西方金融，无论理论层面还是实践层面，都没有形成中国金融学这一体系。非要去写《中国金融学》，如同非要英国人写《英国儒学》，非要美国人写《美国炼丹术》，怎么写啊？况且写出来有什么意义？

博导也觉得贻笑大方，他笑着解释：知道什么叫课题吗？就是鱼饵，把我们像鱼那样钓住，就再也不去妄想"自由之思想、独立之精神"。拿了人家的钱嘛，总归就听人家的。再说啦，我们这课题也是增强民族自信心，有百利而无一害。按照有关方面要求，必须从理论上证明金融学有两条分枝，一条分枝在西方，另一条分枝在中国，两条分枝从来共同存在共同发展，如同东西方文化从来共生共荣一样。这本书由有关方面保证出版发行，到时候还有版税给我们。而且这样的专著是在增强民族自信心，没人敢否认其学术价值，还有可能获奖，有什么不好吗？萤辉不知道如何回答，学者的良知是捍卫真理而不是论证谎言，可这关乎五万块钱啦！

博导见萤辉很兴奋，他也很愉快。他也不是那么喜欢萤辉，尤其萤辉留校任教后，试图摆脱他，想跟他平起平坐，令他很失望，如同父亲面对分家另立的儿子。他不肯轻易割断任何一条关系链，仍旧尽力维持这种师生裙带，可关系的维护需要双方努力，萤辉不断表现出疏远他的意图令他不时寒心，包括善静晋升副教授职称，居然事先不来请他帮忙，以为他们就可以独立自主。好在萤辉总算又来依靠他，他不再计较过去，孩子嘛都这样，童年时觉得父亲至高无上，少年时对父亲将信将疑，青年时觉得父亲一无是处，只有到了中年、老年才会觉得父亲了不起。两人又谈了一阵课题，看窗外已有成群结队的学生拥向食堂，博导吩咐萤辉先走，他要回家拿瓶好酒，今晚痛快地喝几盅。

萤辉同样心情很好，他春风满面，快步走过广场，走过曲折甬道，走过笔直的林荫道，走进金灿烂的黄宫。迎面扑来肉香，还有笑语欢声，一楼只有两家门口支起煤油炉，沙大妈的煤油炉永远煮面条，萤辉门口的煤油炉永远肉香不断。英博士和服装师"叮叮当当"敲着碗勺，不是直接去食堂而是围绕在庶皎身边，不停地"嗞嗞"翕动鼻翼。服装师涎着脸说：尝一块吧，就尝一块。英博士说：自从庶皎来了，天天折磨我们光棍。庶皎笑嘻嘻轰他们：去去去，馋猫，还没熟呢，怎么给你们尝。她突然大声呼唤：沙老太婆，过来！沙大妈端着大钵面条，一边"哧哩呼噜"吃着一边嘟嘟囔囔：净听你使唤！不过她眉开眼笑，她早就被庶皎征服。庶皎每天买菜回来都不忘给沙大妈捎带两斤面条，有时还送她半碗卤肉，沙大妈要给钱，遭庶皎"呸"一声：再说钱就不给你了！从此沙大妈每天有面条而不花一分钱，她在庶皎面前俯首帖耳，心甘情愿听从庶皎使唤。像这会儿庶皎烧菜忙不过来，就使唤沙大妈：帮我洗点葱，再剥点蒜。英博士说：我也会呀。说着搁下手头碗勺，抢着去洗葱剥蒜。服装师也搁下碗勺，也想帮上一手。庶皎哈哈笑着说：馋猫，想混饭吃？好吧，今天菜多，留你们一起吃晚饭。两人欢天喜地，服装师推开沙大妈：没你的事，走吧！沙大妈只好嘟嘟囔囔离开，满脸不情愿但也不好意思赖在旁边。

善静抱着一摞晾干的衣服回来，见此情形欢笑着说：怎么好意思麻烦两位老师帮忙。服装师说：我乐意给你们每天麻烦一次两次三次。善静莞尔一笑，不去接话，她知道萤辉就要回来，不想给萤辉看见她跟邻居打趣逗乐。她推门进入房间，随手关上门，不给任何经过走廊的邻居觊觎的机会。

善静仍不敢经常在此留宿，一来到底担惊受怕，怕保卫部突击查房；二来父母盘查得紧，总不能一再撒谎出差。她也不再勉强萤辉去外侨公寓，每次去都不开心。她想早点结婚，免得这样无适我所。可也知道，他们没钱结婚，也没住房，学校明文规定副教授以上才算人才，才能参加分房，其他人只能住集体宿舍。而要把这间集体宿舍当婚房，庶皎怎么安排？萤辉曾想去外面租房，善静又不愿意，她找了很多理由，比如租金太贵，没有合适房源……其实她真正的理由是怕庶皎一直依赖他们。现在紧紧巴巴挤在一间屋，固然让她感到别扭，庶皎、萤辉一样感到别扭，别扭到后来忍无可忍了，即使萤辉不把庶皎请走，庶皎也要主动离开。但她丝毫不表露这样的生活别扭，总是喜笑颜开，即使庶皎拿话戗她，她也笑脸相迎，还主动讨好庶皎，看上去永远是庶皎支配她，甚至有点欺负她。这样的屈身处下，肯定博得萤辉怜惜，从而讨得萤辉喜欢。她这样的表现并非刻意伪装，而是确实忌惮庶皎，不敢跟庶皎正面冲突。同时也暗暗佩服庶皎，或者说不无感激，自从庶皎来了后，再也不用去食堂，庶皎像个烹调师，一日三餐安排得很好，还都是庶皎花自己的积蓄，不动萤辉一分钱。平心而论，善静并非一点不喜欢庶皎。可是，只要看到庶皎在萤辉面前百无禁忌发嗲撒娇的样子，她又十分嫉妒，她至今也不敢在萤辉面前为所欲为。她觉得萤辉对庶皎更加心疼，把对她的爱至少分了一半给庶皎。一念及此她就难以容忍，就暗中跟庶皎拔河，非要把萤辉拖到自己这边，至少明显偏向她。庶皎很会做菜，她就把洗衣的事揽在手，连庶皎的衣服她也要洗，还熨烫平整，还都由她收放在箱子，那两个只需要衣来伸手，没有她那两个连衣服都不能换洗。这一来她才是主妇，庶皎更像只会烧菜的保姆。

　　萤辉不跟同事过多来往，也不跟邻居过多来往，他性情孤傲，却只是个留校生，没人高看他一眼，他的孤傲成了孤芳自赏。他又不肯自甘卑下，只好不跟人来往，免得勾起自卑感到压迫。现在连英博士、服装师都尊重他，甚至有意讨好他，见他回来英博士主动招呼他，有些难为情地说：想来混顿晚饭……萤辉感到很有面子，也就十分豪爽地表示：不就添两双筷子嘛！正好我导师也来，一起喝一盅。

　　房间里支出餐桌很挤，好在人都能伸能屈，英博士、服装师先去挤在角落，萤辉、善静紧靠在一起，倒也给博导和庶皎留出足够空间。虚位以待好一阵博导才来，他不仅回家带瓶好酒，还把衣服换了，好像还沐浴过，容光焕发，一身白色西装，鲜红的衬衣，领口扎了个漂亮的领结。他进来大家都笑，服装师说：这是走红地毯的装束，真有几分明星派头呢！善静也掩嘴笑，不期然而然地瞟向庶皎，发现庶皎微微脸红，善静暗暗吃惊，不过非常愉快，要是这两个当真有缘，倒是再好不过，博导有钱有房有地位，又是相貌堂堂，除了太老，没哪点配不上庶皎。年龄差异并不要紧，仅看博导腰杆笔直、举手投足刚劲有力，就知道身子骨足够健壮，年轻人也未必超过他。

庶皎仍旧叫博导老爹，但不是毕恭毕敬，更像把老爹当成博导的绰号。博导也不介意，似乎还乐意庶皎这样没老没少。他不敢过分靠近庶皎，要朝善静这边挪动椅子，遭庶皎一把扯过去说：你要靠近我嫂嫂才舒服啊！英博士、服装师哈哈大笑，笑得博导、善静、萤辉都有些窘。博导咕哝一声：这孩子真是调皮。然后吩咐庶皎：倒酒倒酒，不然就你话多！

不过就一只肥鹅，倒被庶皎做出六道菜。最稀奇的是，光鹅心、鹅肝和鹅肠就做出两道菜：一道叫"心甘情愿"，将鹅心、鹅肝合在一起，用红油辣椒凉拌，再加大把开水焯过的芹菜，撒上芫荽；另一道叫"愁肠百结"，用一种叫百叶结的豆制品，与鹅肠一起煲汤，虽用料简单，但听菜名就想尝一口。尝过了口感非常好，芹菜本来苦涩，加入鹅心、鹅肝、芫荽和浓油重辣后，浓香扑鼻另外一种味道；百叶结和其他豆制品一样，用清汤煮淡而无味，而要与排骨一起炖又太油腻，加入鹅肠煲汤正好，清淡可口又带点肉香。只是鹅肠必须事先处理过，否则有异味，庶皎对自己的手艺秘而不宣。几个人都赞不绝口，纷纷给庶皎敬酒，庶皎颇有酒量，来者不拒。她对陪酒、劝酒一套弓马娴熟，应付几个知识分子不在话下。三杯两盏一过，博导带来的一瓶好酒和萤辉事先预备的一瓶普通高粱酒都喝光了。庶皎要出门买酒，善静拖住她说：妹妹辛苦一下午了，还是我去吧。庶皎甩开她，取笑说：安博士去打酒，给学生看见不怕笑话？博导说：有酒有酒，我还有酒。庶皎按住就要起身的博导，笑嘻嘻说：那就你出酒我出力，不辛苦你跑一趟，我去拿！博导"哗啦"掏出一串钥匙说：好的好的，今天要喝个……啊，哈哈！随手抄了他家地址给庶皎。

英博士、服装师就住隔壁，看样子也是爱喝一口的人，不可能没一瓶半瓶存货，可他们没任何表示。萤辉心头又不舒服了，他一直不愿意跟这些人来往，其中一个原因就是这些人总有些小家子气。平时牛气冲天浑身都是本事，真要请他们帮忙就难了。别说帮忙，吃他们一个水果都不容易。不过萤辉还是热情洋溢招呼：那就加紧吃菜，等庶皎拿酒来。

过了好一阵庶皎才回来，显得异常兴奋，她把两瓶好酒往桌上一杵说：老爹你好小气，柜子里那么多好酒，才拎一瓶来！萤辉责备她：怎么乱翻老师的柜子？你又想讨骂！可博导并不生气，还喜滋滋地说：下来只要愿意，都可以来我家喝酒。庶皎轻轻一扯他，凑近他耳朵问：那么宽的房子你一个人住？博导不回答，不知道怎么回答。他明白庶皎有很多不解，第一次去他家的人都有很多不解。包括他为什么一直单身？为什么单身男人的家收拾得那么整洁？为什么还有专门为女士准备的绣花拖鞋……实际上他算得上风流，他家除了学生经常去，还不断有相好去留宿。如果换成萤辉问他，他可能会承认："寡人有疾，寡人好色。"可面对的是庶皎，他什么都不好说。

其实他说不说毫无意义，仅仅看他目光闪烁，不敢正视庶皎，庶皎就什么都明白了。庶皎很高兴，她同样放纵自己，同样不喜欢拘束自己。只是她不会轻易给人占便宜，更不会轻易动情，她更多的是交易，忌惮博导是哥哥的老师，她才尽量把博导当长辈。但现在，她很久没接客了，她有些难耐，看博导就像个现摆着的理想猎物。

又喝了好多酒，萤辉已经醉眼迷离，英博士、服装师也胡言乱语，庶皎一无顾忌地飞荡博导几眼。博导有些慌张，不敢迎接庶皎荡人心魄的目光，他喷着满嘴酒气说：差不多了，差不多了！可他并不起身离席。庶皎撒着娇要他再喝，还要灌他，他脸红筋胀一杯接一杯喝下去，终于也醉了。

七　引狼入室

　　一声两声蛙鸣从遥远的外语岛传来，声音十分微弱，不至于吵醒酣睡中的萤辉。但萤辉还是醒了，他口渴难耐，喉咙干涩，火烧火燎般难受。发现善静没有回家，像小猫样蜷缩在身边，萤辉撩开蚊帐，借助窗帘缝隙透进的一线月光，摸索着起床。床头书桌上一杯凉茶，他"咕咚咕咚"灌了个足够，蹑手蹑脚开门去盥洗间。回来眼睛已暗适应，他感觉到有些异常，庶皎床上怎么没呼吸声？他撩开当中幕帘，庶皎的床上空空荡荡，他吓得酒醒了八分：这么夜深庶皎去哪里了？

　　几天前报纸上刊登一则消息，龙王潭再次发生黑帮斗殴。庶皎说，肯定是打死顾老三的事还没摆平，顾家兄弟还在找她报仇，找不到她就在回眸一笑酒楼闹事……说这话时庶皎十分惊恐，她以为景区主任一定能摆平顾家兄弟，没想到顾家兄弟还在找她。萤辉却担心，可能是景区主任借刀杀人。庶皎不辞而别，必定惹得景区主任恼羞成怒。说不定景区主任还很害怕，怕庶皎出卖他揭发他，所以要借顾家兄弟的手铲除庶皎。现在不见庶皎，萤辉马上联想到：会不会顾家兄弟追来了？应该不会呀，连善静都不知道庶皎就是毛甜甜，顾家兄弟怎么可能找来？但他还是不无惊恐地"啪"一声开灯，冲上去把睡梦中的善静摇醒，不停地问：庶皎呢庶皎呢庶皎呢？善静软语娇声说：抓得我好痛。她揉揉眼睛说：你们都醉了，你老师也醉了。我跟庶皎收拾完房间你老师才醒，他摇摇晃晃走不稳，庶皎就送他回去。萤辉长长地吁口气，抬腕看手表：怎么还不回来？善静有些害羞地扑进萤辉怀里说：我要她晚点回来，不然不方便……没想到你半天不醒。说着她就在萤辉身上抚摸，有些急不可耐。

自从庶皎住来后，他们内室秘戏十分不便，当中只隔一幅幕帘，总是怕庶皎听见，只好小心翼翼，动作十分收敛。如此又像原来，怕沙大妈窥探，怕保卫部突击查房，又是偷偷摸摸担惊受怕，又是慌慌张张敷衍了事，做过了都不胜遗憾，很不痛快，很不满足，躺在床上郁闷好一阵子。他们都不是性情张放的人，都是感情含蓄的人，偏偏秘戏时喜欢疯狂，非要翻江倒海才痛快，才满足，才把对方爱得死去活来。如果一再压抑，一再勾起情欲又得不到充分满足，一再秘戏时战战兢兢，时刻警惕旁边一双眼睛……必定很没趣，又要厌烦了。现在善静把庶皎暂时支开，萤辉马上积极回应，他和善静都脱得一丝不挂，两人在床上发了疯，"嘎吱嘎吱"地动山摇。每当这时萤辉都感到奇怪，善静表面那么柔弱，这时候却能爆发惊人力量，她的高潮能持续好长时间，能让萤辉感到魂销魄散，能让萤辉获得无以复加的满足。好久没这样满足了，两个人都累瘫了，躺在床上一动不动，心满意足地你看着我我看着你，说不出的幸福。过一阵又搂抱在一起，很快就"呼呼"酣睡。

再睁开眼，天已大亮，听到庶皎叽叽咕咕抱怨：只顾你们高兴，不管我的感受，我又不是木头！善静还在睡梦中，萤辉起来问：你在叽咕什么呀？庶皎气呼呼说：我又不是你们的陪房丫头！她收捡地上卫生纸、避孕套和两个人的内裤，萤辉大红了脸喝令她：放下，我来收拾。但庶皎已收拾好，开门出去洗漱。萤辉长长地伸个懒腰，也去洗漱，还很愉快地哼起那首山歌：

哥——哥——
你在哪里哩？
我在峨山顶……

这会儿盥洗间笑语欢声不断，一溜七八个男男女女，服装师又鼓动庶皎：这么好的身材，真该做模特。只要你愿意，我一定把你捧红。庶皎只穿了汗衫、短裤，胳膊、双腿展露在外非常迷人。她没接服装师的话，她对当模特没兴趣，或者是她不敢抛头露面，怕顾家兄弟寻到蛛丝马迹找上门来追杀。

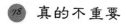

她反而对英博士的避孕药感兴趣，问英博士：那商场还腾不出柜台吗？英博士不无惭愧地说：我搞科研绝对是把好手。唉唉，搞推销就不行喽！庶皎问：我来帮你试试，怎么给我分成？正好萤辉过来，听这话他火冒三丈，姑娘家怎么能去推销避孕药！他怒气冲冲大声吼：胡说八道！快回去，买早饭。庶皎翘起嘴巴叽咕：死要面子活受罪！却只好收起脸盆走了。

英博士倒把庶皎的话当了真，那天在商场他就看出，副总对庶皎有点意思。如果庶皎出面，说不定真能弄到展销柜台。萤辉、善静都去上课了，庶皎一个人在宿舍百无聊赖，突然响起敲门声，一看敲门的是英博士，庶皎堵在门口。昨晚在博导家，博导保证给庶皎弄到函授大学文凭，再设法把她招收为自己的研究生。庶皎未必相信博导有这点能力，她更感兴趣的是博导有多少存款。博导有些酒乱心性，十分冲动地亮出他家底，果然有不少存款。庶皎喜出望外，没有拒绝博导的搂抱。不过仅仅搂抱而已，庶皎不会轻易付出，她准备把博导一步一步缠绕住，缠得博导不能脱身了，才可能一切由她做主，包括博导的存款。奇怪的是，从博导家回来后，竟然萌动一种甜蜜情感。她几乎一夜未眠，眼前净是博导高大强壮的身体。她很难受，难以抑制那种渴求，如果这时博导就在身边，她可能放任自流。好在她还是克制住了，眼巴巴等待天亮，等待博导来找她。却是英博士敲门，她有些恼怒，怕正好博导来撞见，误会她跟英博士勾搭，她不让英博士进屋。

英博士看出庶皎不大欢迎他，就尽量简单扼要说，如果庶皎帮他推销避孕药，他跟庶皎对半分成。庶皎答应试一试，去英博士宿舍拿了样品和说明书。

等一阵仍不见博导来，庶皎猜想博导前怕狼后怕虎，不敢主动。她很愉快，她接触过太多男人，对男人的心思了如指掌。她断定博导爱上她了，而不仅仅是想做交易，否则不会这样情怯怯意绵绵，只会讨价还价后就粗鲁地寻欢作乐。庶皎也不想仅仅做交易，她甚至想从此守身如玉，不然对不起博导。她锁上门出去，打算多买些菜，再请博导来喝酒：老东西好胆小……这么想着庶皎满心欢喜，还微微脸红，涌动出说不清的甜蜜，还有些心醉。

在菜场转悠时，那些发廊、桑拿浴室引起她注意。她对这些行当十分了解，突发奇想：这些小姐倒是需要避孕药。害怕染上性病，小姐们更喜欢安全套。可有的客人就不用安全套，小姐怕得罪客人，不得不迁就，只好服用避孕药。那些避孕药并不是很安全，有的小姐饱受苦难，甚至搞成习惯性流产，干脆把自己弄成终身不孕。庶皎很清楚小姐的这些痛苦和需要，她试着拐进一家桑拿浴室，女人之间在这些事上容易沟通，加上感同身受，庶皎很容易就说服浴室老板同意：先试用，过后结账。

接下来庶皎又连续跑了几家，都是很容易就推销出去。她没去找副总，她知道再找副总必须付出代价，副总不会一再给她面子，她的面子不如身体有吸引力。可她现在想洁身自好，少女时代对纯洁美好的那分无限向往之情，像褪色的衣服，十分不舍得扔掉，她其实一直想珍惜。

萤辉没在意庶皎的变化，只是发现庶皎很快乐，不是一般的快乐，而是接近童年的快乐。至少表面上无忧无虑，她整天的忙忙碌碌更像蹦蹦跳跳，嘴里不断哼唱：哥——哥——你在哪里哩……以至于英博士、服装师都学会这首山歌，他们嘻嘻哈哈接上：哥哥在这里，就你隔壁哩……逗起笑语欢声不断。同时庶皎更在意自己的打扮，无论妆容还是服饰都一丝不苟，即使上菜场，即使洗菜做饭，她都装束艳丽，像是时刻都在等待"悦己者"。她每天晚上都把博导请来，一起喝酒嬉戏，陪同博导去校园散步，再去博导家……她对萤辉说，博导给她补习功课，帮助她弄文凭，弄有一种叫函授大学的文凭。

萤辉也知道这种函授大学，就是假文凭，但国家承认学历。为什么必须去博导家弄呢？萤辉并非没有疑虑，并非喜闻乐见，可他现在有层顾忌，必须讨好博导，才能分享博导的五万课题。不敢像原来那样质疑博导的品行，他尽力使自己相信：博导是长辈，庶皎是博导的干女儿，博导确实在帮助庶皎弄文凭……

与此同时，善静对家里编造说，她要去外地短期交流，一个月、两个月都不一定回来，就在黄宫三号住下了。庶皎深夜才回来，正好把时间、空间让给他们，他们过起了蜜月般生活。单从这点考虑，萤辉觉得庶皎善解人意，进一步相信：庶皎是在故意回避，害怕妨碍他们的夫妻生活。反正都很快乐，即便觉得庶皎跟博导亲昵得过分，萤辉也尽量视而不见。他想得更多的还是那课题，博导已明确表示：课题经费对半分成，出版专著时萤辉为第一作者……这待他恩比天高情比海深，不仅将分给他一万多块钱，还得到有关方面明确的保证，等到《中国金融学》出版，将作为教材在其他大学推广使用，从此萤辉就声名远播。

庶皎的前途也不用萤辉操心，等到庶皎弄到文凭，以博导的能耐，必定

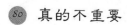

给庶皎安排个相当体面的工作。萤辉甚至想，请博导给映雪也找个工作。映雪很听萤辉的话，一直闭关在家通过自学考试弄文凭，再过一年就能弄到本科文凭，萤辉答应过映雪，只要本科文凭到手，一定给映雪找个不错的工作。现在看来他没这点能耐，他与外界几乎不接触，靠什么给映雪找工作，除非博导帮忙，但又不好意思现在就开口。

平静的生活无影无痕，不知不觉就飞快逝去。这一天萤辉照例来图书馆查阅资料，突然善静慌慌张张跑来拖他去"校园自由墙"。萤辉一再问什么事，善静都不回答，似乎很难过，眼睛都红了，不停地用手绢揩眼睛。

"校园自由墙"贴满各种各样花花绿绿小字报，重重叠叠一层覆盖一层，观看的人摩肩接踵，挤得密不透风。萤辉、善静好不容易才挤到前面，善静揭开一张贴出不久的小字报：《知识阶层道德指数》。居然还有作者的玉照，就是萤辉见过的那位跟他导师百无禁忌的洋妞，虽然全是英文，但萤辉能看懂。大概意思是：她怀抱崇高的献身理想游历世界各地，目的是测试各国知识阶层的道德指数。之前她认为这个君子之国的知识分子应该道德指数很高，可测试结果表明……她列举了很多事例，主要针对萤辉的导师，她用非常激烈的言辞抱怨博导："只要给予他足够的利益诱惑，或者足够的恐吓，他的道德底线就顷刻间土崩瓦解，就可以为任何力量效犬马之劳。而且他不会感到不安，他心中没有崇敬、没有圣洁，即使面对女人，他也只是对女人的某个部位产生十几分钟兴趣，而不是爱。他永远不会产生爱，只是寻求需要的满足和伪装，百分之百的功利思想摧毁了他的全部道德，而他还被不少人广为称道，还在衣冠楚楚地为人师表……"接下来的文字更加不堪入目，详细描述她与博导的肮脏交易。博导也贴出一张小字报回应，他没把洋妞的小字报撕毁，可能想表明他光明磊落。他断然否定，针锋相对揭露洋妞居心叵测，并不是进行所谓的测试，而是别有用心祸乱校园，企图颠覆知识分子的道德，然后恶毒诬蔑……

萤辉不想再看下去，他完全相信那位洋妞不会无中生有，博导在他心目中的形象本来就不算美好，此时此刻更是丑陋无比。同时又感到害怕，这一闹博导将声名狼藉，甚至可能遭清除出教师队伍……如果落到这一步，五万课题费必定被取消，博导也将被迫调离。离开"校园自由墙"萤辉不要善静跟着他，他心乱如麻，想理出点头绪。天气已经很热，他在树荫下徘徊，一点感觉不到天热。他并非完全替博导担心，他还有一层更大的担心：庶皎经常陪伴博导散步，早已风言风语。系里老师甚至含沙射影取笑萤辉，怀疑萤辉拿自己的妹妹跟博导做交易，否则怎么甘心让自己妹妹陪伴那么个快五十岁的老光棍，这老光棍本来就名声不好……萤辉十分难堪十分愤怒，可他确实心虚，不敢保证庶皎与博导之间只是情同父女。

萤辉忧心忡忡回到宿舍，没看见庶皎，善静说庶皎去博导家了。萤辉怒不可遏，狂暴嘶吼：大白天去干什么？怕人家看不见吗？善静低声说：可能比想象的还要严重。我正好在系里听说，学校已着手调查。

庶皎还不赶快躲开？这死人，非要气死我！

庶皎可能动了真情。听我说她老爹遭人咬住了，她话没听完就跑去。

萤辉使劲一挥手：懒得听！然后"咚"的一声直挺挺躺在床上。过一阵庶皎还不回来，天色已阴暗，善静去食堂买了晚饭，萤辉一口也不想吃。他躺在床上怒目圆睁，神情十分可怕，善静不敢多嘴，她匆忙吃了几口就去蜷缩在萤辉身边。看上去善静一样难过，其实她更多的是沮丧。她一直暗中促成博导与庶皎的好事，包括在庶皎面前不断赞扬博导，无限夸大博导的能耐和道德品质，掩护他们私约幽会，还含蓄地暗示萤辉不要干涉，妹妹大了应该由她自己做主。现在这么一闹，她担心庶皎不能原谅博导，从此跟博导一刀两断，然后继续挤占这间宿舍。

她抢在萤辉的前面回到宿舍，本来是想给庶皎一些劝慰，说这种流言蜚语不足以信。可她才说了几句，庶皎就暴跳如雷，就恨得咬牙切齿，就冲出门像要去杀了博导。庶皎一定动了真情，不然何至于忍无可忍！善静后悔自己太冲动，不该告诉庶皎，只要她不多嘴，一直隐瞒下去，庶皎不会知道这些流言。同时又后悔告诉了萤辉，不该拉萤辉去看小字报，应该假装一无所知。可她当时并没想到这些，她潜意识里已把庶皎当妹妹，她的行为完全出于保护家人的本能。她在系里听见老师们幸灾乐祸议论，说这回博导惹火烧身了。她马上去看小字报，一看已炒得沸沸扬扬，她脑袋"嗡嗡"响，第一个反应就是立即告诉萤辉、告诉庶皎，这样的反应如此强烈，连她自己都不知道为什么。她当时惊慌失措，只有一个念头，惟恐萤辉、庶皎蒙在鼓里。她为自己的不够理智懊悔不迭，禁不住低声抽泣。

萤辉以为善静在为博导难过，为庶皎难过，他侧转身把善静抱在怀里，叹息着说：自作自受，活该，报应！肌肤相亲后，两人情欲勃发，都尽量淡忘此事，相对于个人需要来说，其他一切都不足以影响他们。很快他们就颠鸾倒凤，就喜笑颜开……突然"呼"的一声，庶皎开门撞进来，她没开灯，像根黑乎乎的柱子杵立在屋子中央。萤辉、善静慌作一团，急忙穿上内裤，萤辉"啪"地开灯，灯光下的庶皎身上血迹斑斑。萤辉"啊——"的一声吓得剧烈颤抖，庶皎一头扑上来，扯住萤辉号啕大哭。善静赶紧扑过去关门，回头时她也吓呆了。

庶皎算得上足够机灵，但还是遭处心积虑的博导占了便宜。她以为自己已经把博导紧紧缠住，禁不住博导的甜言蜜语，就把自己奉献了。不过并非完全属于上当受骗，她也很主动，也感到很幸福，她与博导还山盟海誓了。因此突然听到善静说博导闹出绯闻，她才愤怒得不能自已，否则她可能一笑了之。没有为博导动心以前她很喜欢博导的放浪形骸，做小姐的人不会讨厌好色之徒，但她以心相许后，她决心为博导坚守贞节，就再也容不得博导寻花问柳，她非要去盘问清楚。

博导却不想解释，他无法解释，他确实做了太多荒唐事。他只是要庶皎相信，从此他一定洗心革面。庶皎不会轻易相信承诺，逼迫博导拿出行动证明，比如交出存折，如果今后博导背叛她，这些存款就是给她的补偿。博导坚决不肯，说他至今还独身的原因，就是坚定不移地相信婚姻是相互承担义务，他不想为对方承担义务，除非确实值得承担。因此他还要跟庶皎继续磨合，只有当他觉得跟庶皎确实是天造地设，确实可以做长久夫妻，他才会将存折交给庶皎。庶皎却要汲取母亲的教训，不能任由人家玩弄一阵，到头来妾身未明什么都得不到。

两人都心情不好，都觉得对方乘人之危，便越说越怄气。说到后来话说僵了，净说些绝情绝义的话刺伤对方。庶皎甚至要抽刀断水，她说：那就把前账结清。博导问：什么叫前账结清？庶皎狮子大开口：我姑娘家给你玩弄这么久，起码陪我一万损失！博导冷笑一声说：原来你就是为了钱？一万块钱我可以随便挑选上等妓女，轮得上你！博导也是气糊涂了，伤人的话脱口而出。没想到就是这么随口一句气头上的话，让庶皎以为她在博导眼里连个上等妓女都不如，她恨得发了疯，掏出时刻携带的瑞士军刀，"哇啦哇啦"扑上去。她习惯用武力解决争端，或者说损失了身体必定用刀子弥补，她决不做亏本买卖。博导猝不及防，遭庶皎连捅两刀，究竟还是博导的力气大，他强忍剧痛把庶皎打出门，"呼"的一声关上……

系里老师奔走相告，说博导称病躲进医院，企图逃避学校追查。学校已明确表态，一旦查实博导与那洋妞确实不洁，一定严肃处理，以消除恶劣影响。可洋妞已嘻嘻哈哈回国了，还贴出一张得意洋洋的小字报向博导表示歉意。她说自己并不怨恨博导，仅仅为了测试一下她的研究成果能不能引起轰动。出乎她意料的是，只有对博导的口诛笔伐，没有对她的道德质疑，这让她相信中国知识分子的道德指数确实很高，起码能够严于律己宽以待人。洋妞一走博导又住院，很多人担心此事不了了之，不断有人要求学校"宜将剩勇追穷寇"，把博导从医院揪回来，一定要博导交代清楚他跟那洋妞究竟怎么回事？此情此景很容易让人相信，如果再搞一场揪斗"臭老九"运动，不愁没人积极响应，尽管他们也是"老九"，但他们认为自己不臭。

萤辉很害怕，他知道博导并不是装病住院，而是确实受伤，怕有人真的去医院揪回博导，暴露博导住院的真正原因竟然是由于遭庶皎捅了两刀。幸而学校领导英明，也可能博导确实有能耐，校方态度严厉但行动拖沓，实际上扬汤止沸，很快就将此事淡化，萤辉这才松了口气。可人走背运"喝水塞牙齿、放屁扭伤腰杆"，般般事不顺心，倒霉事接踵而至。

善静不仅胆小怕事，还对人血特别过敏，可能犯血晕。那天晚上她强忍着血晕，把庶皎沾满人血的衣服拿去洗了，过后一直做噩梦，总能闻到血腥味。甚至不敢靠近庶皎，见到庶皎她眼前就出现血淋淋的幻觉。但又必须像个嫂嫂的样子，她颤颤抖抖把庶皎揽在身边，帮庶皎揩那流不完的眼泪……这对她来说是难以忍受的折磨，于是谎称家里打电话到学校，询问她去外地交流何时回来。她怕一直撒谎家人追来学校，就回家一趟。没想到家里出了大事，她大哥果然拿房子去抵押，问地下钱庄借了二十万，跟人合伙做国库券黑市买卖，结果遭合伙人把钱全部卷走。她又垂头丧气回到黄宫，发誓永远不回家了，那个家耗尽她一切，还去背负二十万欠债。

萤辉不想过问安家的事，在他看来那是活该。他早就提醒大哥，千万别妄想在黑市上一夜暴富。那是小民百姓玩的买卖吗，非要去玩只会这种结果，即使不被合伙人骗去老本，也要在波诡云谲的黑市葬身鱼腹。同时萤辉也是心力交瘁，他承受不起接二连三的焦心事，他所能做的就是不花善静一分钱，要善静继续把自己的薪水贴补安家，就算尽到他们义务了，总不能靠他们去偿还二十万欠债！

萤辉本来很务实，只想做好眼前的事，以期获得理所当然的收益。但他还是产生了非分之想，想分享博导的课题，容忍博导得寸进尺，以至于蛋打鸡飞一无所获。他开始汲取教训，再也不去妄想。他继续上好自己的课，继续写那本"农民在煤油灯下也能读懂"的书。然后督促庶皎补习功课。他要庶皎像映雪那样，通过自学考试获得文凭，再也不去妄想走捷径，这世界即使有捷径也不属于他们，对于他们来说只有一条道路，就是被大多数人拥塞得水泄不通的文凭独木桥。

可善静没像萤辉那样平静下来，她反而更加焦躁。萤辉要庶皎参加自学考试，就是至少三年不会找工作，她一个高中都没毕业的人，也找不到好工作。善静越来越没信心挤走庶皎，就越来越强烈地感到黄宫三号不是她的家。她的家应该在外侨公寓，可外侨公寓的房子面临覆巢之危，约定的借款期限只有三个月，到期不能还款就要被迫出售房子。善静每月只有三四百元薪水，即使全都贴补家里，十年八年也凑不出二十万啊，何况除了本金还有利息！她又不想向其他老师借钱，不想给人知道她已穷途末路。并且人家也会算计投资回报，虽然她人缘不错，但没有一官半职，也没大树荫庇，谁肯在她身上进行人情投资，再是有钱也未必借给她！这些焦虑还不能向萤辉倾诉，萤辉刚刚平静，再拿这些事烦他必定激起他更加痛恨安家。

善静强装笑脸，暗中无声无息寻找出路。她是研究投资的，自然想到缂丝画：如果能在艺术品投资市场抛售出去，一切都将迎刃而解。可缂丝画是国宝，萤辉说公安也在找，决不能轻易显露。而且他们还不是合法继承人，怎样才能抛售出去？她忽然想到：应该带到国外，通过黑市完成交易。如此一想她打个寒噤：这可是走私文物！但她只是稍微迟疑，她随即就写信给她英国的导师，希望导师帮她在国外找个工作，她想带上萤辉出国。从此只有她和萤辉，对家里人无非寄点钱回来尽孝悌之心。大不了也给庶皎寄点生活费，不然可能良心不安，缂丝画是庶阿姨的遗产，庶皎才是合法继承人。这一切不能现在就告诉萤辉，万一萤辉反对，万一引起萤辉警惕，说不定萤辉就把缂丝画藏起来。善静一向机心深藏，从不显山露水，她只是暗中准备。

端午节到了，安家很在意每个传统节日。其实好多过节仪式都已淡忘，也没条件举行，但端午节这天还是有不少铺排。他们起码要大扫除，然后个个穿戴得衣帽光鲜。还要悬挂艾草编织的各人生肖，再洒雄黄酒，阖家团聚吃粽子……每年的这一天母亲都会累得偷偷呻吟，不敢使唤嫂嫂，她对儿媳心存万分愧疚。为了供善静出国念书，嫂嫂付出了太多，母亲把这份欠债、欠情默默承受起来，只会期盼女儿回家帮她一把，父亲、大哥不会帮女人分担家务，只会要求善静把萤辉带回去当劳工，冠冕堂皇的理由是考验萤辉。萤辉不会再去安家，以前家里平安都不肯去，现在家里风雨飘摇萤辉更是避之犹恐不及，即使勉强去了也是雪上加霜，只会惹得萤辉更加痛恨安家。善静不知道自己要不要回去，害怕回去后又是为二十万欠债唉声叹气，又是父母眼泪长流，又是嫂嫂抱怨不休，又是惹得大哥暴跳如雷，那个家已没有欢乐。但如果她不回去，一家人又会翻出陈年老账，细数当初如何节衣缩食供她念书，为了供她念书一家人作出多少牺牲，可能就骂她忘恩负义，说不定嫂嫂还要追来学校声讨，迫使她偿还对家庭欠下的永远还不清的恩情……

早饭后庶皎说，好久没买衣服了，正好今天心情不错，不如都去买衣服，再玩一天。萤辉也是好久没出门，同时也为了讨庶皎欢喜，他表现出兴致勃勃的样子。如今兄妹俩反而更加亲密，庶皎像闯下大祸的孩子，变得乖巧温顺，尤其在萤辉面前，不像原来为所欲为，至少表面上她在努力补习功课。萤辉却不认为这是庶皎闯的祸，他十分清楚，他潜意识里产生过出卖庶皎的动机，想通过庶皎交换博导一半的课题，想把庶皎抛舍给博导照应，如同当初想把善静抛舍出去。他遇到承担不起的责任就想推卸或者逃避，但又不能心安理得，时刻都在忍受良心的折磨和自我鞭笞。他对庶皎深怀愧疚，认为是他害得庶皎付出巨大代价而一无所获。现在像大梦醒来，他要尽力补赎，把庶皎呵护起来，如同当初产生了对不起善静的念头，过后便对善静百般温存。看善静一直默默坐在床沿，萤辉问：那么你呢？一起上街，还是回你家？

善静眼眶一热，她正想等萤辉的这句话，然后顺水推舟，装得十分无奈的样子回家。不然如果主动提出回家，就暴露她依然牵挂娘家，而不像她发誓的那样，从此不再回到那个家。

其实萤辉并不相信她的发誓，每月薪水都贴补家里，能不牵挂她的娘家吗！但善静对自己说过的每句话都牢记在心，否则前言后语相互矛盾，就破绽百出，就可能引起萤辉警觉，怀疑她也会撒谎。她在萤辉心目中一直保持着从不撒谎的完美形象——起码不对萤辉撒谎，至多善意地哄一哄娘家人。实际上她的话都是梳子梳过、篦子篦过，很难说她的哪句话发自真心。她叹息着说：真不想回去，回去就感到泰山压顶，什么都要我承担。

萤辉不接她的话，关于安家的话萤辉一句都不想听。在萤辉看来，安家是要赶在善静出嫁前，连本带息收回恩情投资。他们总是抱怨善静偿还恩情的进度太慢，逼不出钱就逼迫善静做家务，连对善静的未婚夫也要当劳工榨取，仅凭这点萤辉就不可能热爱安家。

庶皎出门前还要补妆，仍旧十分在意她的妆容。萤辉兴致勃勃摆弄庶皎的化妆盒，他越来越喜欢看庶皎化妆，越来越觉得还是庶皎好。庶皎从不要哥哥做家务，她不辞辛劳地改善一日三餐，还不要哥哥一分钱，都是花她的积蓄。在庶皎面前萤辉可以厉声呵斥，又可以嘻嘻哈哈，无论他怎样嬉笑怒骂，庶皎都要讨好他，因为他是哥哥……这么想着又勾起一种近似混乱的情感，不仅仅是兄妹之情。好在他能迅速将其他情感抑制，只是把庶皎当成映雪一样的妹妹。

善静默默望着这对兄妹，心头酸溜溜很不是滋味。她心细如麻，早就觉察到这对兄妹感情太好，好得不可思议。她也有哥哥，她跟大哥也算感情深厚，但根本不能与这对兄妹相比。加上他们一直不肯明白地讲，他们究竟是怎样的兄妹？为什么那时去龙王潭，萤辉要说找街坊？庶阿姨又是什么人，怎么会庶阿姨的死害得萤辉差点发疯，怎么会庶阿姨死了萤辉就一定要找回庶皎？善静从不打听，并非胸怀宽大，她一直疑云重重，对庶皎的强烈排斥就与此大有关系。可她又非要维持自己在萤辉心目中的完美形象，即使话到嘴边她也不开口盘问，惟恐萤辉把她当长舌妇，把她当喊喊喳喳纠缠不休的浅薄庸俗女人。她可是剑桥博士，时刻都要保持那分非比常人的气质和高贵，即便萤辉、庶皎无意中说到他们家关系很复杂，她也只是淡然微笑，并不多嘴多舌刨根问底。尊重对方隐私是一个剑桥博士起码的修养，至少她想表明自己具备这种修养。

庶皎还在补妆，她一丝不苟。"女为悦己者容"，她这是打扮给谁看啊？萤辉很有耐心地守候在旁边，不仅不催促庶皎，反而催赶善静：你早点回你家吧！"你家？"这里不是我家？善静马上产生被遗弃的感觉，她低头不语，突然抬起头说：不回去了！一起玩一天吧，不然妹妹要埋怨，从没陪她出门玩过。说着她飞快地收拾房间，怕萤辉看出她在流泪。

走出校门，善静提议：去那商场看看吧，那商场的衣服挺时尚。其实她从未去那商场买过衣服，而是希望像上次买酒那样捡个便宜，以她当时的感觉，她确信副总不会不给庶皎便宜。庶皎却坚决地说：买菜的时候经常顺便去逛逛，没看到什么好货色！庶皎也是再没去过，她每天买菜花很多时间，并不是逛商场，而是悄悄推销避孕药。即使必须买点什么，她也不去那商场。

除了不想看见馋涎欲滴的副总，她还想把那段记忆——凡是跟博导有关的记忆彻底抹去。她只要看见那商场，就会想起跟博导第一次见面的每个细节，就会很伤心。她提议去市中心，善静暗暗恼怒：连这商场的衣服都看不上，当你什么呀！不过她笑意盈盈，她很心虚，薪水都给家里了，买件衣服都没钱，很想庶皎给她买套裙子，却又不能开口，便接近巴结地顺从庶皎，惟恐惹得庶皎不高兴。

来到市中心，他们在步行街上缓慢行走。善静再次留意到庶皎格外惹人注目，一路都有人一步三回头却又慌慌张张地睃她一眼，几乎没人在意善静，尽管善静跟庶皎手挽手，尽管善静也漂亮，气质也很好……都是因为庶皎太艳丽，害得善静黯然失色。善静真想穿上博士装，大喊一声：我是剑桥博士，她算什么！终于拐进一家大型购物中心，他们直接奔向服装区，服装是女人的第二情侣，看到服装比看到丈夫还兴奋。

庶皎推销避孕药已打开局面，她从中捞了不少钱。本来她跟英博士谈好利润对半分成，后来发现英博士是书呆子，一点不懂生意，庶皎就蒙骗英博士，说有人服用后产生不良反应，有人要退货，有人要索赔，不赔偿人家就不支付赊销的欠款，不赊销人家又不肯试用……弄得英博士稀里糊涂。英博士意识到自己可能吃亏，提出跟庶皎签合同，庶皎坚决不同意，签了合同就有约束力。她说只是朋友间帮忙，非要签合同她就不干。英博士没有其他渠道，只能靠庶皎帮他推销，同时也想不到庶皎如此狡猾，只好迁就退让，遭庶皎从中侵吞不少货款，而不仅仅是分享利润。

能够自己赚钱庶皎就不再节约，直接去装饰得金碧辉煌的专卖屋。她不认识专卖屋的洋文，问善静这样那样什么品牌，善静如数家珍，一样一样解释，甚至直接用英语询问服务员，把那些服务员唬得以为遇到外宾，结结巴巴支应出几个单词。善静并非喜欢卖弄，尤其在大庭广众中，她一向低调。但现在，似乎在跟庶皎比高低，似乎要用自己的学问覆盖庶皎的光彩。果然她的"叽里咕噜"满口洋文吸引好多目光，她有些脸红，应该是羞涩，但更多的是兴奋。

庶皎看上一身套裙，标价三千。善静帮庶皎砍价，说这是按照北欧妇女身材设计的，胸围太大，腰身也收得不够紧，套装最怕不合身。色彩上没有过渡，东方女子脸蛋不够白，但脖颈胸脯大多雪白，这件套裙既是低胸又是深色，容易把脖颈反衬得像黑人的雪白牙齿，特别抢眼。做工也嫌粗，裙子内衬不该用纯棉布料，虽然穿上舒服但不够挺直，稍微风吹裙子下摆就贴在膝盖……善静讨价还价的水平绝不亚于庶皎，她善于从另外一面挑刺。别人挑衣服主要看款式、色彩、做工哪些出色，她却首先找不足，再时尚的款式、再协调的色彩、再精巧的做工，她都能挑出瑕疵，揪住这些瑕疵跟人讨价还价。她故意"叽里咕噜"讲得对方半懂不懂，加上她在国外生活的时间长，熟悉不少名牌，并非只是吹毛求疵，基本说在要点上。那些服务员听得鼓睛暴眼，给她这么一讲三千元的衣服一文不值，而她们又不肯轻易放弃这笔买卖，高档衣服不可能预备很多套供人轮番挑选，只好回到讨价还价，最后一千八百元成交。

这一来耽误不少时间，善静说该走了。萤辉听出善静话中隐含辛酸，庶皎能花一千八百元买衣服，善静想买条裙子都不好意思开口，她从不开口要萤辉给她买衣服。萤辉要善静也挑选一套，善静低下头，眼睛都红了。庶皎使劲拍她一把：你好烦人呀，买就买吧！善静实在不好意思，这里随便一套都上千元，她说不然就去大厅看看。大厅挂满衣服，狭窄过道人来人往摩肩接踵，不容他们停下来仔细挑选。即便如此善静也一眼就看出好货色，她确实很有眼力，跌跌撞撞挤到一排裙子前，随手取下一件印花真丝长裙，果然就适合她。她身材偏瘦，这一来显得丰满了许多，庶皎、萤辉都啧啧称赞，鼓动她买下。买下也不过一百多元，善静招呼服务员过来包装。正在这时善静一愣，她直勾勾盯着不远处的一位姑娘，正在掏人钱包，手法并不熟练，很容易被发现。更令人惊讶的是，这姑娘正是那位龙王潭的小姐。

还没等善静回过神来，猛然遭庶皎推了一把，她"啊呀"一声扑向衣架，像是推倒多米诺骨牌，衣架接二连三倾斜，顿时一通惊叫，场面混乱不堪。善静遭服务员、顾客劈头盖脸呵斥，她又羞又恼又气又恨，满脸通红站起来，忍无可忍找庶皎算账。却发现庶皎比兔子还敏捷，她稍微矮身就到了那位小姐身边，飞快地接过小姐手中钱包，三摇两晃就从混乱中消失得无影无踪。

萤辉过来把善静笼罩在胸前，点头哈腰赔礼道歉，帮着把衣架扶起，任由人家指着鼻子怒骂一通。还好没人纠缠，只是裙子也不敢买了，慌慌张张离开。萤辉脸色苍白，他也注意到了，庶皎故意制造混乱就是接应那小姐，否则那小姐必定被发现。

善静踉踉跄跄跟着萤辉，走出购物中心她还在发抖，觉得自己像扒手的同伙，她害怕极了，从没这么害怕过。望见庶皎在马路对面，他们慌忙凑上去，庶姣招手叫下出租车，都不敢多说一句话，怕身边有便衣警察。连那小姐一起挤进出租车，庶姣说：长途汽车站。可是刚出市中心，她又说：到了，就停下。下车她走得飞快，十分警惕地留意四周。确信安全了她撞进一家饭店，一定要包厢。进包厢后她要服务员退出，吩咐服务员：我们先喝茶，点菜再叫你。然后关上门，反手就是一耳光，打得那小姐"呜"的一声哭起来。她横眉怒眼的样子很可怕，大声呵斥：再哭再打！小姐赶紧止住泪，呜呜咽咽说：来城里好久了，一样事都找不到。庶姣继续训斥：没人接应你也敢下手，你狗钻茅房——找死（屎）！小姐却破涕为笑，笑嘻嘻猴上去说：你肯定有三只眼睛，不然怎么来救我。说着又哭起来，抽抽噎噎说：酒楼遭顾家兄弟霸占了，我们都遭撵走了。你回去吧，我们都在到处找你。

　　庶姣瞟了瞟萤辉，萤辉低头不语，很有些佩服庶姣的机敏。但他还是恼羞成怒，觉得庶姣没必要冒这么大风险救那小姐。而且下来怎么办？总不能把小姐留下。可要把她打发走，难保她不继续偷，难保不遭抓住。即便不遭抓住，哪天她说出庶姣的藏身之地，那些一直找庶姣报仇的顾家兄弟，难保不来追杀。唯一的办法是趁小姐还不知道她老板的真实名字叫庶姣，不知道萤辉、善静是束脩大学的老师，现在就把小姐打发走。于是萤辉铁青着脸，喝令庶姣：还不把她送走，等人找上来吗？庶姣心知肚明，拖上小姐出去。

　　走出饭店，小姐哭哭啼啼央求：让我跟着你吧，我没地方去。庶姣一阵心酸，眼泪"哗"地流下来。她倒是一走了之，害得这些靠她为生的人流离失所，以她的脾气真想赶回龙王潭，收罗起她的旧部，跟顾家兄弟一决雌雄，了断那许多仇怨。但她还是冷静下来，她想了想吩咐小姐：先给你找个混饭吃的地方，不许给任何人讲起我！她在推销避孕药时结识了好几家那些行当的老板，她招呼上出租车，先去安顿这位无家可归的小姐。

　　看她们离开包厢，萤辉十分尴尬，他知道善静心存无数疑窦，也能猜测到善静很想知道究竟怎么回事。可怎么给善静解释呢？说庶姣是私生女，说庶姣就是毛甜甜，说毛甜甜正在被仇家追杀……善静会怎么想？一定吓得魂不附体，一定强烈排斥庶姣，说不定两人从此就冰炭不容。果然如此他怎么取舍？他不忍心赶走庶姣，同样不舍得请走善静……想来想去还是最好继续隐瞒，等到天长日久，善静、庶姣确实亲如一家了，再道破庶姣的底细，或许善静才能接受。于是萤辉什么也不解释，若无其事地说：由她们去！他招呼点菜，尽量笑容满面逗善静说：难得这么清静，正好方便我们"酒乱君子情，色动可人心"。

善静知道萤辉隐藏了好多秘密，但到这一步了还要隐瞒，还不肯给她知道，她别过脸，泪水涌满眼眶。但迅速又换上一脸娇羞，她移位到萤辉身边，将羞红的脸埋在萤辉肩头。相对于她需要的幸福来说，庶皎的安危并不是最重要，她很快就把刚才惊心动魄的一幕从脑子里抹去。上菜后两人对饮几杯，萤辉禁不住动手动脚，摸得善静一脸潮红，怕服务员突然撞进来，善静十分紧张，催促萤辉抓紧上饭，吃过了就回宿舍。

不用担心庶皎妨碍他们，善静忘情地扑上去，她表面的平静下情欲像熊熊燃烧的火焰，只要感到安全了她就会近似疯狂地释放。善静脸上烧得滚烫，看上去满脸羞红，实际上她没有这么害羞，她把萤辉脱得精光，自己也一丝不挂，她快乐极了，一无顾忌地尽情宣泄。似乎她所求不多，能占有萤辉就心满意足。颠鸾倒凤中听到钥匙"哗啦"响，庶皎做什么都飞快，两人还没反应过来庶皎已经开门，看见那两人慌成一团，庶皎"啐"一声：大白天也……急忙拉上门离开。

她孤独地走出黄宫，满腹惆怅，还有些忧伤。她漫无目的地走在林荫道上，中午的校园热气腾腾，她却懒得看一眼那些生龙活虎的大学生，只是低着头，将一片巴掌大的枯黄落叶一路朝前踢，显得百无聊赖。忽然意识到她是走在去博导家的路上，她惊了一跳，赶紧转向一条幽静的小路。博导的影子还是挥之不去，她心头隐隐作痛，不知博导的刀伤是否痊愈，不知道博导是否出院？遭庶皎捅了两刀后博导一声不吭，至今也没人知道他住院的真正原因。但庶皎并未因此就感激博导，如果博导控告她行凶，她将被追究刑事责任；也不去后悔，只想把博导忘记。可是越要忘记越是惦记，搅得她十分烦恼。

她来到一条小河边，怔怔俯视河底一条小鱼。小鱼小得微不足道，但自由自在，欢快地激起一点两点浪花，倏然又钻进石缝，怯生生地冲着庶皎摇头摆尾。庶皎轻轻叹息：小东西也有小东西的乐趣，非要挤进大鱼堆里，只会成为人家的猎物。这么想着，忽然很想回到龙王潭，她在龙王潭还算个人物，在这大学里她什么也不是。她已从那小姐口中详细了解到，自从毛甜甜不辞而别后，景区主任不止一次去酒楼破口大骂，骂毛甜甜是骗子，是暴徒，把打死顾老三的事全部怪在毛甜甜头上。为了把自己推脱干净，景区主任还把回眸一笑酒楼转让给顾家兄弟，顾家兄弟就不再记恨景区主任，只要找毛甜甜报仇。庶皎十分担心，如果她继续躲避，万一顾家兄弟找到她，连萤辉、善静都要被连累。小姐建议庶皎回去，继续纠缠景区主任，逼迫他出面摆平这起恩怨，不然太便宜他，他倒逍遥自在，害得庶皎一个人背黑锅。只有把恩怨了断，即使还要离开也光明正大，不必这样东躲西藏。然而庶皎同时又担心，萤辉不会允许她再回龙王潭，如果她非要回去，可能从此就兄妹反目。另外她还心有余悸，万一景区主任没被她纠缠住，反而把她抛舍给顾家兄弟，她怎么办？尽管她有足够把握，景区主任不敢轻易抛舍她，但如果顾家兄弟不肯善罢甘休，如果景区主任不能摆平这起恩怨，反而威胁到景区主任个人的安危，就难保证景区主任不会借刀杀人。庶皎知道景区主任太多底细，不杀庶皎他也别想安稳！这些事越想越烦恼，想到后来庶皎泪如雨下，觉得一切都错在母亲，不该把她生下来。她来到这个世界就是错误，她是多余的人，母亲不能庇护她，金家不肯收留她，而要靠自己独自求生，又跟萤辉牵扯上。如果不是萤辉找来，她一直待在龙王潭，那起恩怨说不定已摆平，不至于落到现在还进退维谷。

脚下小河无声无息地流淌，她感到河水像自己的泪水，没人在意，没人理睬，她蹲下身双手捧脸，任由泪水无声地溢出指缝。不知过了多久，她闻到一股浓重气息，感觉有人靠近，她从指缝瞅了一眼，正是那位服装师。她背过身揩干泪水，起身问：这是干什么呀？她很恼怒，大老爷们儿凑上来看姑娘家流泪，想干什么？服装师抖抖肩背的画板，解释说：我每天都来这里写生。庶皎居高临下乜了服装师一眼，服装师太矮小，一头长毛卷发，看上去活像一只狮毛狗。庶皎不禁笑着问：你做衣裳的，也会画画？服装师甩动满头卷发说：我们搞服装设计的，当然要学绘画。

庶皎不想搭理他，转身就要离开，服装师叹息着说：你真的很美，应该去做模特。庶皎心头一阵荡漾，服装师每次见到她都赞扬，每次都怂恿她去做模特，每次都惋惜，不做模特太浪费了。庶皎冰冷地凝视服装师片刻，突然问：怎么做？服装师取下画板说：先给你画幅肖像，拿去给朋友介绍。如果不能做服装模特，做人体模特也一样。庶皎不清楚服装模特与人体模特有什么不同，只是想给他画一次有什么要紧，便无可无不可地听任他摆布。他安排庶皎坐在草坪，然后支起画板聚精会神地描绘。过了好久服装师才勾出草图，庶皎凑近看，画得非常美，美得她都不敢相信：真有这么美吗？不过她满心欢喜，能够被人欣赏、被人美化，总是快乐的。

善静原先撒谎出差，并未引起家人怀疑。后来怕一直撒谎出差惹得家人来学校查证，就编造说学校给她分了间单身宿舍。为什么宁肯住单身宿舍？一开始以为她怄气了，没跟她商量大哥就把房子拿去抵押，还遭骗光了，确实令人气恨。但她又每月回家一趟，把一个月的薪水交给家里，表明她依然爱这个家。既然爱这个家为什么不回家？母亲和嫂嫂开始怀疑，善静与萤辉已非婚同居。安家人即便夫妻也不能公开亲昵，只能内室秘戏。至于未婚男女，相互间只要发生肌肤相亲，家人就会感到蒙羞受辱。他们把这一点理解为家风纯正、家教严厉，实际上女人的一切都受到父亲和大哥控制。

母亲和嫂嫂怕善静行为出轨辱没家风、触犯家规，却又不便道破这层担心，作为母亲和嫂嫂，总不能当面质疑女儿、姑子的贞操。正好善静端午节没回家，安大婶就和嫂嫂一起来学校，公开的理由是担心善静生病或者出了什么意外，实际上是查验善静与萤辉究竟发展到哪一步了。她们先去系里打听：善静的单身宿舍在哪里？系里几个老师面面相觑：什么时候分给善静单身宿舍了？有好事者进一步打听，这才知道善静一直住在萤辉的宿舍……光是善静、萤辉非婚同居倒不新奇，新奇的是萤辉的妹妹还跟他们同处一室，激发好事者无限想象：一男两女同居，家人却毫不知情……流言蜚语迅速传播开。

善静、萤辉对此一无所知，突然看见母亲、嫂嫂找到黄宫三号来，他们慌得不知所措。安大婶跌坐在床沿，脸色苍白，像遭到五雷轰顶，差不多崩溃了。嫂嫂像个道德卫士，把善静揪到母亲身边厉声呵斥：大男大女三个人一间屋，怎么住？善静吓得浑身发抖，深深勾着头，像被捉奸拿双了。萤辉也窘得无地自容，背对安大婶一声不吭。倒是庶皎还能给她们沏茶，还能连珠炮似的一通解释：都知道善静是我嫂嫂，我早就叫她嫂嫂了，用得着大惊小怪吗？她这解释等于火上浇油，安大婶悲沉地呻吟一声，很想怒骂庶皎：大姑娘家不知羞耻，看到善静、萤辉非婚同居不仅不劝阻，还跟他们同居一室，还好意思说不值得大惊小怪！可她没敢骂，反而怯生生地望着庶皎。自从那次见过庶皎，她就一再提醒善静，看样子这姑娘没规矩没教养，可别惹她。

安大婶又是一声呻吟，似乎只有呻吟了。过一阵她自言自语咕哝：下来怎么办呐？马上结婚拿不出钱，再不结婚像什么样子，脸都丢尽了……她泪如雨下。善静扑进母亲怀里，呜呜咽咽哭求：不要告诉爸爸，不要告诉大哥，求您啦！嫂嫂疾言厉色训斥：这时候晓得害怕了？下贱东西！安大婶颤颤抖抖站起来，揉揉胸口微弱地叹息，一手搭在嫂嫂肩上说：我们走吧，管不住了，女大不中留，我早就说过。走两步又回头说：不要给家里钱了，家里也没钱打发你，你自己料理吧！

她们出门善静像失魂落魄，扑上床哭得气结哽咽，哭得萤辉更加心烦。萤辉大声吼：屁大点事，非要闹得惊天动地！善静抓过被子塞住嘴，仍哭得一阵一阵抽搐。庶皎也烦了，她"呼"的一声关上门，呵斥善静：敢做就敢当，又不是偷奸养汉卖淫嫖娼！

善静一向温顺，几乎不发脾气，可听了庶皎这话，她猛然蹦跳起来，满脸胀得通红，并指戳到庶皎眼前，怒容满面尖叫：以为都像你，下贱！

下贱？庶皎一愣怔，以为善静已知道她的过去。其实善静只是凭直觉，凭庶皎敢用刀子捅博导，敢去掩护偷钱的小姐……就判断庶皎绝不是什么好东西。加上正是羞愤难当时，庶皎竟然说出"偷奸养汉卖淫嫖娼"这种不堪入耳的话，她的怒火"呼"地就点燃，就气急败坏地尖锐回击。而庶皎最不能容忍的就是看不起她，那时博导把她与妓女相提并论就惹得她拔刀相向。现在善静又说她下贱，她气得横眉怒眼，反手就一巴掌打过去，她以前经常跟人打架，手上很有几分力气，一巴掌打得善静仰面倒地。

萤辉慌忙扑上去抱住善静，同时顺势抬腿一脚，想把庶皎踢开，怕庶皎再扑上去打善静。不巧庶皎飞快地一闪，她闪得太快用力太猛，正好下身顶在书桌尖角，书桌尖角跟她下身耻骨剧烈地硬碰硬顶撞上，顿时她像折断的竹竿，"嗯"的一声弯下腰，负痛难支双膝跪下，痛得眼泪长流。

萤辉还在怒气冲冲吼：谁都敢打，看你还敢不敢打！哪点像姑娘家，简直像野蛮人……猛然发现庶皎雪白的紧身裤洇出血色，善静也吓得花容失色，慌忙把庶皎搀扶上床。萤辉转身"咚咚"撞在墙上，撕扯自己头发：都去死吧，都去死吧！突然听到善静尖叫，萤辉悚然回头，善静已脱下庶皎的裤子，下身血红一摊。萤辉慌忙冲出门，跑去医务室讨来医用棉球、酒精、纱布……

庶皎的伤伤在不该男人看的部位，善静要萤辉回避。可善静见到人血就发抖，连自己月经来潮她都不敢看，在家靠母亲帮她收拾，在这里求庶皎帮忙。现在面对一摊鲜血，她一阵晕眩，只好出门呼唤萤辉进来。马上又觉得万分不妥，再次把萤辉推出门，她强忍着一阵又一阵恶心，别过脸给庶皎擦伤，一丝血腥味飘进鼻孔，她再也忍不住，"哇"的一声扑到墙角，翻肠倒肚呕吐。吐过了还要坚持给庶皎擦伤，揩干血迹后，她惊讶地发现好长一道伤疤，看样子伤口愈合不久，剧烈碰撞后伤口再次被撕裂。善静哆哆嗦嗦问：怎么会，这里也受过伤？庶皎仰躺在床上，无声地流泪，泪水浸湿了一片枕巾。善静建议去医院，庶皎抹把眼泪，轻描淡写地说：这点小伤还上医院！她缓缓坐起，非常熟练地自己包扎，幸好只是耻骨到小腹一段伤口撕裂，贴上纱布并不影响其他。

包好伤庶皎再次躺下，面朝墙壁不说话。善静拉开门放萤辉进来，萤辉像个失手打伤孩子的父亲，低头捡起庶皎带血的裤子。他很久没洗过衣服了，现在却一定要洗，其实是在道歉。他除了上课口若悬河，平时接近笨嘴笨舌，尤其在善静、庶皎和其他亲人面前，他不会甜言蜜语，甚至不会道谢，也很难有道歉的时候，在他看来亲人间不需要靠语言表达感激和愧疚，他的表情和行为就能证明一切。

盥洗间怪味刺鼻，服装师正在洗涮画笔，弄得颜料飞溅。萤辉很不舒服，公共卫生应该共同维护，怎么好只顾自己弄得到处五颜六色！但他不会当面斥责，他心头窝火就表现为不言不语。服装师主动招呼他，看见他手中裤子血迹斑斑，惊讶地问：怎么啦？萤辉不搭理他，背过身放开水龙头"哗哗"地冲。服装师满怀好奇，仍要打听：好像是庶皎的裤子，她来例假的裤子也要你当哥哥的洗？萤辉猛然回头，不胜恼怒地瞪住服装师问：你还想知道什么？服装师讨了没趣，只好讪讪地笑笑。萤辉却在想：连庶皎的裤子他都一眼认出，这小子在打庶皎的主意？萤辉警惕地一瞥，心头翻涌起无比的厌恶。他对服装师一直没有好印象，看不惯服装师干瘪的脸上一副自命不凡的样子，看不惯那一头披肩卷发……在他看来服装师獐头鼠目一无是处，居然敢打庶皎的主意？仿佛庶皎被服装师偷窥了一样，萤辉感到莫大侮辱。他本来心情就不好，越想越觉得服装师确实在觊觎庶皎，他恨不得上去兜头一拳，警告这小子放尊重点。虽然服装师自称会武功，萤辉照样不屑一顾，只要这小子敢对庶皎半点不敬，他不是不会打架。可他没有发作，只是怒气冲冲地洗涮衣服，看都不看服装师一眼。

善静已将房间打扫干净，正坐在床沿发呆。她想马上回去，给家人赔罪，恳求家人饶恕她，她确实错了，不该蒙蔽家人，不该跟萤辉非婚同居，不该冒犯家规……她知道安家人如此看重女人的贞节，其实还有一个原因，就是没落人家的心态，希望得到敬重。以前家族显赫他们广受敬重，现在无权无势，没人敬重他们，没人跟他们往来，只好自己鼓舞自己，依靠自以为是的道德高尚、节操坚刚支撑尊严和自信。这种虚幻的自尊、自信尤其需要女人捍卫，如果母亲、嫂嫂和善静都不以为然，都要寻求现实的满足，父亲、大哥的虚弱就将暴露无遗。他们没有能力满足女人的现实需要，就把女人牢牢地掌控在手，要女人为他们洗衣做饭，在他们面前毕恭毕敬，遭受打骂也忍气吞声……而要实现这样的掌控，除了兜售"饿死事小、失节事大"一类陈腐观念，就是固守他们的家规，维护他们的夫权，禁锢家中所有女人的思想和行为。

这些善静都明白，但她没有反抗的勇气，她顺从惯了，连母亲、嫂嫂都不得不顺从，否则就要挨打。母亲只可能挨父亲的打，嫂嫂只可能挨大哥的打，善静则是谁都可以打她，从小就没少挨打，她已遭打怕了，打驯服了。她满怀恐惧，听母亲的意思：不要给家里钱了，家里也没钱打发你，你自己料理吧！那就是说，要把她切割出去，不许她回家。她并非一定要回家，她已发誓不再回家，可真要跟家里一刀两断她又割舍不下。她担心虚弱的母亲突然倒下，担心二十万欠债把一家人彻底压垮，担心大哥再去铤而走险，担心嫂嫂说不定哪天就忍无可忍……她仍想帮助家庭渡过难关，在这个家她还有点力量，至少她还有稳定的薪水，还有一个值得夸耀的博士桂冠。可现在回去，父亲、大哥正是恼羞成怒的时候，说不定就要挨他们一顿"暴栗子"。安家人信守"不打不成器"的古训，即使善静已经是博士，仍然免不了吃"暴栗子"。善静本来就脸皮薄，遭人骂两句就羞得无地自容，想到挨打更是心惊肉跳。

看见萤辉洗了衣服进来，善静低声说：还是想回去一趟……萤辉正是心情糟糕的时候，马上打断话：回去打死你！善静本来想说：我害怕，你能陪我回去吗？不料遭萤辉一句就打断，剩下的话只好咽回去。她再次感到一阵心寒，觉得萤辉临危就退缩，她同样心情糟透了，赌气气呼呼地冲了出去。

出门后她一步一回头，猜想萤辉会追上来，萤辉应该很不放心，她此去凶多吉少，萤辉应该跟她一起面对，即使父亲、大哥必须打她一顿才能消气，萤辉也该守在旁边，即使不能阻止也好给善静一些安慰。可萤辉没跟上来，大热的天善静也打起寒战：这还没到赴汤蹈火呢，仅仅惹出了麻烦，还是两个人共同惹出的麻烦。如果不是回去面对家人责罚，而是面对流氓欺负，或者面临巨大的灾难，萤辉也是如此退缩吗？也是忍见善静独自承受吗？善静的眼泪夺眶而出，她慌忙低头掩盖。就在这时她又一次意识到，母亲的教导是正确的：男人想要的东西不要轻易给他，连身子都给了就一文不值，从此只好去讨男人的欢心！之前萤辉还去安家做点家务，还尽力讨得安家人欢喜，现在连安家的门也不进了，安家风雨飘摇他也没一声问候，还说：活该，活该！确实活该，可那毕竟是岳父母家呀，作为女婿总不能只要人家女儿不要那个家庭！如果做媳妇的也是只要人家儿子不要婆家，萤辉能容忍吗，连庶皎他还不舍呢！这会儿不知道多心疼，肯定又是讨好又是安慰，说不定还在后悔，不该为了保护善静一脚踢向庶皎。失身的女人有什么稀奇，哪点比得上人家妹妹……这么想着善静妒火中烧，感到一阵晕眩，她停下来怔了怔，突然掉转身，那个家横竖就那样了，要恨要骂由他们去！这边决不能丢失，不能让庶皎乘虚而入，不能让他们哥哥妹妹亲热得肉麻！

萤辉并非不敢面对安家，而是这么一闹他如释重负，更有理由从此不去安家。可善静还要回家，萤辉很生气，安家有什么值得留恋？即使还有不舍，也要过些时候才去牵扯。现在庶皎还躺在床上，虽说不是好大的伤害，也是不小的伤害，起码不能扔下庶皎不管，而去安家赔礼道歉。安家算什么东西，为什么给他们赔礼道歉，那些臭规矩早该去他娘的！善静竟然赌气冲出门，萤辉也赌气：不挨一顿打你不甘心，就凑上去讨打吧！他反手关上门，坐上庶皎床沿。

庶皎别过脸不理睬萤辉，她眼泪长流。伤痛她能忍受，不过皮外伤，她遭受过的伤害不知比这严重多少，她都能忍受。她不能忍受的是踢向她的那一脚，为了保护未婚妻，当哥哥的竟然一脚踢向妹妹，如果不是她闪得快，如果遭萤辉尖硬的皮鞋踹上一脚，不会比撞上书桌尖角好受多少。她实在不明白，怎么能抬腿踢她？如果她不是庶皎而是映雪，萤辉也飞腿一脚吗？油然想起那年遭金家驱赶时，她泪流满面望着萤辉，相信哥哥不会抛弃妹妹，可萤辉和金家其他人一样，也对她怒目而视，还踹她一脚……她在学校遭人追打，流落在外这么多年，如果她是映雪，萤辉也要等到几年后才来寻找她吗？沿着这个思路想下去，她越想越伤心，竟至于想到这里不是她的归宿，也不是她的长久依靠。

萤辉很不善于哄人开心，见庶皎只是流泪他木愣愣地望着窗外，尽管满怀内疚，却不知道怎么安慰庶皎。突然看见善静回来，他才稍微笑了笑，笑得有些尴尬。善静喜不自禁，见这对兄妹背对背，显然庶皎没有原谅萤辉，似乎还有些怨恨，她巴不得这对兄妹从此怨恨。她笑容满面扑到庶皎枕头边说：起来吧，我给你道歉，都是我惹出来的祸。她有什么错，她道什么歉？庶皎明白感受到善静的道歉充满虚情假意。不由得想，她是幸灾乐祸，看到萤辉一脚踢向庶皎，她只会高兴，表明在萤辉心头她比庶皎重要。庶皎并非心胸狭窄，但同样敏感多疑，因为没有明确的地位，随时都可能不算萤辉的妹妹，她特别在意萤辉的态度，这种在意接近神经过敏，接近求全责备。因此只是那么一脚，也踢进了她心坎，踢得她心灰意冷，不敢自信萤辉一定不再踢她。但庶皎还是坐起来，把这次伤害深深埋藏在心头。

八 蛋打鸡飞

生活重新归于平静，平静就是单调地重复。萤辉除了上课就去图书馆，继续写那本"农民在煤油灯下也能读懂"的书。而善静，只要有空就去办公室，她说宿舍太挤，她喜欢去办公室备课。其实她在跟国外联系，她出国的愿望更加强烈了。她的英国导师已回信，很不解地问她：当初死活要回国，怎么突然又想出国？善静不告诉导师她的真实处境，即便现在还在信中夸张地描述她的幸福生活，说她快活极了，并不想出国，而是萤辉想出国。如果能落实个工作，她就带上萤辉一起出国。或者她先出去，再设法把萤辉带出去。导师收到她的回信很高兴，导师本来就不希望她回国，答应她一定帮她落实个理想的工作。

庶皎跟往常一样，一个人待在宿舍，翻出文化补习课本，打算像映雪那样，也通过成人高考或自学考试混张文凭。可她翻开课本就走神，总要去想：就算混到文凭，有什么用啊？按照萤辉给她排列的学习计划，一年补习完高中课程，再花两到三年考个大专文凭，然后又能怎么样，一定就能找个像样工作？她越想越没信心，越想越觉得没必要走那文凭独木桥。她还是想回龙王潭，离开的时间越长，越是觉得那里才是她的归宿。甚至有些思念景区主任，在她流落的时候，景区主任给予了她很多帮助，尽管她也付出很多，但至少可以狐假虎威，活得还算个人物。不像在这里，她越想越觉得什么都不可靠，就是哥哥、嫂嫂也未必能长久依靠。他们是那么无力，几乎不能给予她帮助，反而她在支撑这几个月的开销。等到她积蓄花光了，如果还没找到工作，哥哥嫂嫂还能继续收留她吗？她又想到母亲，如果母亲不是遭开除公职，不是必须靠金家人供养，会遭金家人扫地出门吗？金家人说母亲祸害了爸爸，完全是颠倒黑白，无非趁爸爸没力量当家做主了，把庶皎和母亲都当包袱扔掉，亲情也要靠金钱维护……如此一想她越想越心烦，把课本一扔不再看了。

伤口已不再疼痛，只是贴了纱布行走不便。她再次出门，看上去上街买菜，实际上继续推销避孕药。那小姐被她安排在一家发廊，正好做她助手，这边她负责从英博士手中拿货，那边由小姐去推销。销货后她不将货款如数交给英博士，而是只交那么一点，撒谎说客户都要试用三个月后才滚动付款。

英博士对此并非不起疑心，但他无可奈何。按照庶皎的说法，客户都是试用三个月后才滚动付款，如果突然停止供货，就变成英博士不守信用，客户就将拒绝支付越滚越多的货款。如果继续供货，应收款越滚越多，到时不能收回货款怎么办？英博士一直想签份合同，但庶皎坚决不同意，还气鼓鼓说，她根本不想做这种生意，一旦给她哥哥知道，哥哥怎么能容忍妹妹推销避孕药。她完全是看英博士人品好，才来帮英博士推销。如果英博士不相信她，她就撒手不管，那些应收款也只好英博士自己去催收，或者另请高明。英博士很善于盘算学校，利用学校的实验设备和实验工厂开发自己的产品，名义上也叫科研。却不善于盘算人，看庶皎那么讨人喜欢，又是萤辉的妹妹，根本想不到庶皎黑白两道都敢玩。于是英博士像一件待拆的毛衣，遭庶皎牵着线头，非要挣扎必定断线，只好任由庶皎卷走越来越多的毛线。即便已经卷得衣不蔽体，他还在呆里呆气地指望，庶皎会将卷走的毛线换成现金送到他手上。

庶皎怕萤辉、善静发现她在偷偷推销避孕药，从不把货带回宿舍，需要的货都是她去实验工厂提取。实验工厂的人并不认识她，她也不想认识那些人，都是先给英博士打电话，等英博士取出货交给她。两人单线联系，又不落下字据，正因为如此庶皎才敢于黑吃黑。她已黑吃英博士几万货款了，今天想多提点货，便先给英博士一万多元，说是收回来的前期货款。一下子收回一万多元，英博士喜出望外，多少打消了一些疑虑。庶皎说这回她要做一笔批发，起码要五万块钱的货，对方是个很可靠的朋友，三个月后保证结清全部货款。

五万块钱的货看起来不少，其实成本就七八千元，避孕药主要是激素，无非如何配方，成本很低。加上英博士借用科研名义，占用的都是学校资源，他个人并不需要投入。所以见有这么大的买卖，英博士没有多想就把货交给庶皎。

这么多货靠那小姐不可能卖掉，庶皎也不打算找那小姐，她已打定主意，这回就找商场副总。博导已离开学校，不知调哪里去了，庶皎也不打听，她尽力忘记博导，尽力回避跟博导有关的人，怕触景生情勾起她难以名状的伤心。现在却顾不了这些，她只想将这大笔货销掉，尽快弄到大笔钱。她并不是很明白，为什么突然间非常想弄到大笔钱？也可能是不愿意承认，她其实想弄到一笔钱就回龙王潭，把那些恩怨摆平，再把酒楼夺回来。

回龙王潭不仅充满危险，还表明她主动堕落重操旧业。她不肯正视自己已经萌动的自甘堕落念头，而是尽力使自己相信，她弄钱的目的是不想成为哥嫂的累赘，她要证明自己能挣钱，不是非要弄个文凭！同时还想证明，她不需要依靠谁，下回哥哥再敢踢她，她也一脚踢回去，或者转身就走！不管出于什么目的，她比任何时候都需要钱，为了钱她可以什么都不在乎，甚至不在乎副总可能伤害她。

副总已经知道博导与庶皎的关系彻底破裂，他当时就心花怒放。原来还有些顾忌，毕竟那是他老师的女朋友，可能还是未来的师娘。现在不必顾忌这些，他立即就想主动接近庶皎。甚至作了周密计划，表面上去劝和，希望他们重归于好。然后以此为借口，一而再再而三地亲近庶皎，在情啊爱的劝说中，或许庶皎就对他动心了。可他越是计划周密，越是担心百密一疏，越是不敢贸然行动。根本还是他动机不纯，他对庶皎非常感兴趣，但不是追求爱情。他妻儿完美，他对自己的家庭生活并无不满，决不想破坏自己家庭。他只是觉得庶皎太漂亮，而且第一次接触就强烈感受到这姑娘眉眼传情隐含荡意，如同一盘美味零食，即使他已酒足饭饱，还是禁不住馋涎欲滴。可又担心，庶皎乐意跟他一夜欢情吗？如果花了蛮大力气弄到手，却是粘上手就甩不脱，那将非常麻烦，弄不好搞得他妻离子散。因此这些日子里，他一直对庶皎魂牵梦绕，却总也下不了决心，好几次他已经走进校园又掉转头回来了。

突然看见庶皎主动找上门，他有些不知所措，又是让座又是倒茶。他想把办公室门关上，又怕引起庶皎的警惕；而要任由房门敞开，他又心怀鬼胎，怕给人看见被人打搅。于是手忙脚乱关掉中央空调，这样就必须开启分体空调，就必须掩上房门，不过只是虚掩而已。

庶皎冷傲地瞥他一眼，仅从他慌里慌张的样子就知道这小子不怀好意。庶皎把沉甸甸的货物放在地上，冲他一眨眼，副总一时没明白，庶皎"啐"他一声说：好笨，把门关上谈点私事。副总两步就冲上去，把门反扣上。庶皎微微脸红，她是忽然害怕，她还带着伤，怕副总冲动难禁。可她又十分清楚，再不给对方占点便宜，对方不会帮他推销这五万货物。

副总关上门就急不可耐，坐在庶皎对面色迷迷地问：什么私事啊？庶皎很善于掌握火候，如果现在就要对方帮忙，可能遭拒绝。销售五万块钱的避孕药不是小事，不把这小子牢牢套住他可能畏难退缩，一旦他退缩再去死乞白赖央求，反而要遭对方拿捏住。而且这是在办公室，随时都可能来人打搅，没时间从容不迫地迂回环绕，庶皎直截了当地秋波流转，含着一丝羞涩问：没私事就不好来吗？

副总壮大胆子盯住庶皎眼睛，庶皎热烈地迎接他目光，然后缓缓低下头，低声说：一再麻烦你，不好意思来了。副总忙不迭地说：客气，客气，不过买了两回东西，一点不麻烦。庶皎掩嘴笑：不好欠你太多，不然拿什么还呀？副总不知怎么回答，起身给庶皎添茶。添过茶他没回自己座位，而是小心翼翼地靠在庶皎椅背。一阵馨香扑面而来，熏得他一阵晕眩，庶皎侧过身面对他，似乎有些难为情，再次低下头。两人都不说话，沉默片刻，副总搭在庶皎椅背上的手，仿佛无意中碰到庶皎头发。庶皎不仅不闪避，还把头往后仰。副总用指尖轻轻挠一下，庶皎回头柔媚一笑，轻轻打他一把说：别乱动。声音低得像燕语呢喃。副总有些发抖，他早已骨酥肉软，突然一把将庶皎提起来，发了疯一样热烈亲吻。庶皎象征性挣扎一下，然后就柔柔软软跌进他怀抱。副总"呼哧呼哧"喘着粗气，慌忙抱上庶皎去旁边长条沙发，拥抱在怀满脸满脖子胡乱亲吻。他皮肤白皙模样俊俏，并不令庶皎讨厌，庶皎也被激发了，十分主动地配合，副总解开她衣服她也没抗拒。直到副总把她覆压在肉身下，她才感到下身伤口遭摩擦得一阵刺痛。副总还要把手伸到她下身，她坚决不许，低声央求：下次吧，求你啦。副总十分不解：为什么？庶皎编造说：正好来潮。副总十分恼怒：怎么不早说？弄得我他妈好难受！庶皎怫然动容，不过她没有发作，只是委委屈屈地说：是你强迫我，还怪我不早说！这时副总已亢奋到极点，已不能自控，他粗暴地把庶皎整个压迫在沙发上，几乎恶狠狠地说：我他妈就强迫你啦！庶皎从不接受强迫，以她一贯的脾气，说不定就拔出刀子。那时景区主任都不能强迫她，在萤辉找到她之前不久，她就为此跟景区主任发生了激烈冲突。当时她陪同景区主任去外地招商，对方负责接待的人很有能耐，庶皎跟他眉来眼去就色动可人心……深夜里，景区主任酒气熏天来到庶皎房间，庶皎已跟那人云雨相戏极尽欢畅，她很疲乏，没有兴致接受景区主任。景区主任早就满怀醋意，又是酒醉糊涂，非要强迫庶皎。拉拉扯扯中两人都发了怒，庶皎遭景区主任粗暴地一把抓在下身，抓得她疼痛难忍，她抬手就是一耳光。景区主任也还手一巴掌，庶皎恨得"嗖"的一声拔出匕首，景区主任慌忙抢夺，遭庶皎一刀刺伤他大腿。他以为庶皎这一刀是割他命根，不是他闪得快那宝贝就遭刀伤了。他气急败坏，丧心病狂夺过匕首，在庶皎下身划出长长的伤口，说是要给庶皎留下永远的印记，如同以前的囚犯被脸上刻字，让人一看就知道庶皎什么货色，别指望哪个男人娶她……尽管过后景区主任道了歉，还痛悔不已，庶皎也跟他继续纠缠在一起，但庶皎已怀恨在心，否则也不可能萤辉一声召唤她就舍弃景区主任，她跟景区主任多少还是有些感情。

可现在，面对副总的强迫，庶皎没有发脾气，她太在意这笔买卖，不敢得罪副总，怕因小失大。急迫中忽然想到打个电话，想召唤那小姐来代替她。然而电光石火间又意识到，一旦那小姐跟副总勾搭上，往后那小姐拿副总挟以自重，她就很难继续控制那小姐。拥有客户就拥有资源，她不想失去眼前这个资源。她没有反抗，反抗只会加剧痛苦。副总发现庶皎并未来潮，马上就像野兽"哼哼"起来。庶皎央求他：才受了伤。副总也看见庶皎耻骨上贴着纱布，他连声说：不碍事，不碍事。他尽量避免摩擦纱布，然而等到忘乎所以时，他只顾自己纵情纵欲，把庶皎反复蹂躏。庶皎痛得死去活来，可她竟然没有吭声，她咬牙切齿忍受着，同时在想：一定要你付出沉重代价！

副总心满意足后，发现庶皎殷红的鲜血浸透了纱布，吓得惊慌失措。庶皎痛得汗流满面，她缓缓坐起来，尽量温和地问：你满意了吗？副总满含怜惜，把庶皎捧在怀里说：对不起你，我这东西鼓起来就不听使唤。庶皎没时间跟他周旋，直截了当说：废话少说，把我这点货给卖了。

什么货呀？

避孕药。

我们不销售这个。

销不销你都要收下！

你不能这样强迫我，这是国营商场，不是我说了就算。

那就你私人买下，再想办法卖出去。

多少钱？

五万。

什么？副总像遭蛇咬了一口，他使劲推开庶皎，蹦跳起来问：你想讹诈？

庶皎冰冷地瞥他一眼，突然掏出随身携带的瑞士军刀，重新躺下，不屑一顾地说：要么你杀了我，要么拿五万来。不然我就一直血淋淋地躺在这里，你去报警吧。

副总傻了眼，这是办公室，随时可能来人敲门，他不可能一直闭门不出。而庶皎赤身裸体，殷红的下身表明她肯定不是心甘情愿。可能副总十分清楚"两害相权取其轻"，他坐上沙发，温柔地抚摸庶皎脸庞，细声低语恳求：放过我吧，以后随便要我做什么都听你的。庶皎冷笑一声说：以后的事以后再说，现在只说现在的事。别想蒙混过关，我可以一直躺下去。副总再次跳起来骂：臭婊子，害了我老师又来害我，你他妈休想！庶皎"啪"的一声抠出军刀刀刃，明晃晃地举在手说：我不喜欢吵架，你敢再骂一句试试！庶皎满脸杀气，看样子并不只是威胁，副总被骇住了，使劲跺脚唉声叹气。庶皎背过身面朝沙发靠背，显得从容不迫，一副誓不罢休的样子。

过一阵副总恶狠狠地说：老子认栽！不过钱要等几天给你。庶皎"哼"一声，连身子都不转过来：你是在哄三岁小孩吧？我只要一出门，你就好翻脸不认账，别给我玩这一套！

副总估量再僵持下去也不会有什么好结果，他也算聪明人，重新整了整西装，裂开一条门缝踅出去。不久他就拿来五万现钞，一句讨价还价都没有。庶皎心头一凛，反倒害怕了，以她的经验，下来副总可能报复她，说不定找人暗算她，不然怎么如此爽快，起码应该压点价呀！只是庶皎也没退路了，总不能这时候退缩，她做事本来就不顾后果，于是照单全收。

萤辉没有朋友，连系里老师他都不过多接触，除了性格原因，还在于心存深刻的自卑。虽然他仪表英俊，但只是一个留校生，即使被学生评上最喜欢的老师，也不被其他老师喜欢。知识分子很难相互看重，除非你背景显赫。

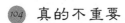

萤辉没有任何背景，不可能得到人家高看一眼，只好尽量把自己封闭起来，免得遭人蔑视。善静不仅是剑桥博士，还始终低眉顺眼，比较讨人喜欢，比萤辉人缘好。但即便如此，也没人提醒她，关于她和萤辉、庶皎的风言风语，已经闹得沸沸扬扬。连系里老师都有不少人乐意传播他们的流言：一男两女同居一室，说是夫妻吧又没结婚，说是兄妹吧又不同姓，而且善静的家人还找来学校；传说中的庶皎惊世艳丽，却不工作，还曾经跟博导形影不离……每个元素都足以激发醒醒的联想，不少人相信他们的关系无比肮脏。

流言蜚语终于惊动保卫部，他们把沙大妈找去，责问她黄宫三号究竟住了几个人？沙大妈很想替他们掩盖，但是相对于庶皎送给她的面条，组织上给予她的好处更多。她选择了忠诚，如实坦白那三个人确实同居一室。作为宿舍管理员为什么不制止不报告？沙大妈只好坦白，庶皎经常给她些好处，比如送她两斤面条。保卫部的人看沙大妈实在诚实，没有进一步追究她的责任，只是要她恪尽职守，争取将功赎过。

但保卫部没有仅凭流言蜚语和沙大妈的一面之词就采取行动，他们又去人事部查阅萤辉的档案。档案里记载，萤辉只有一个妹妹叫金映雪，于是他们致函萤辉老家的派出所，请求调查庶皎与金萤辉是什么关系。当地派出所很清楚，庶皎是已故金县长的私生女，但户籍上没有记载，法律上并未确认这种关系。他们想到金县长已为此付出惨痛代价，怕有人再拿这件事兴风作浪，便没有贸然回复。他们派人找到金县长的遗孀，征求萤辉母亲意见：如何回复比较妥当？萤辉母亲暴跳如雷，说庶皎根本不是金县长的私生女，是当初为了整倒金县长，通过对庶阿姨刑讯逼供才无中生有捏造出来的。派出所只好回复，庶皎仅仅是萤辉从前的街坊，两人没有任何法律上的关系。

这一来保卫部倒为难了。当初是他们同意庶皎暂住，如果庶皎不是萤辉的妹妹，就变成他们失职。如果情况比暂住还要复杂，比如庶皎是暗娼，后果更加不堪设想。想来想去只好将错就错，他们将派出所的回复撕了，继续相信庶皎是萤辉的妹妹。但是呢必须请走善静，不然难以平息校园的议论纷纷。

经过一番安排，沙大妈报告三号房间已经熄灯，保卫部的人立即兵分几路。他们同时出动，不给人看出是专门去三号房捉奸，而是例行公事，是对整个黄宫进行突击查房。他们"乒乒乓乓"敲开一个又一个房间，果然在三号房捉到两个女人。只是没想到，一向胆怯害羞的善静竟然像激怒的小猫，一边流泪一边抓人撕咬，把保卫部几个吓得倒退出去。其他房间也发生激烈冲突，二楼那位政法系的老师，也跟未婚妻非婚同居。他未婚妻本身就是刑事警察，坚决自卫反击，把保卫部的一个人铐起来，说他私闯民宅，要带去公安局处理。

学校宿舍算不算民宅？如果宿舍也神圣不可侵犯，如果发现非婚同居也不能制止，如果学生宿舍也上行下效，上万人的束脩大学将变成什么样子？学校坚决支持保卫部的行动。但只是口头支持，并未采取进一步行动，吵吵嚷嚷一阵就不了了之。

从学校来说大事化小了，对个人来说却是刻骨铭心的伤害。知识分子誓死捍卫的就是一张脸皮，现在被人从床上拖起来，斯文扫地、脸面丢尽，还有什么尊严！当时善静、萤辉都赤身裸体，突然听到地动山摇摇门声，混杂着粗暴地吼叫：开门，快，快……尽管善静、萤辉知道这里不是安宁港湾，随时可能突击查房，但从未遇到过深夜查房，一时都慌了神。善静吓得发抖，手脚不听使唤，黑暗中总也摸不到自己衣服。庶皎倒是泰然自若。做过她那种生意的人，不知经历过多少次深夜查房，早就习以为常。而且在她看来，善静、萤辉光明正大，她也没接客，她一点不害怕，也就没有觉得应该拖延开门。以前遇到公安查房，她的经验是必须马上开门，稍微拖延就可能遭破门而入，弄不好还说你妨碍公务，惹出不少麻烦，她几乎条件反射般一把就拉开房门。保卫部几个人一拥而入，"啪"的一声开灯，善静还在抖抖索索找衣服。几个人面面相觑，随即厉声呵斥：怎么回事，怎么回事？善静恨得差不多发疯，那时面对母亲和嫂嫂的责骂，她也是吓得发抖，也是满脸通红，但只是羞惭，只是懊悔不迭，只是恳求饶恕。现在面对突然出现的几个男人，她像被人当众剥光衣服，愤怒得不能自控，也忘记了恐惧，她胡乱披件衣服就一头撞上去，真想一头撞死，她随便抓住一个人就撕咬，吓得那几个男人屁滚尿流。如果不是萤辉及时抱住她，她肯定追出门拼个你死我活。

这一夜几乎粉碎了善静的全部尊严，她差不多哭了一夜。她从没如此失控过，即使学校没有兑现承诺，连副教授职称都不给她，她也没有大吵大闹。甚至能忍受家人的打骂责罚，稍不当心父亲或者哥哥就一个"暴栗子"磕在她头上，她至多哭哭啼啼负气跑开，不会觉得忍无可忍。但是现在，差不多被陌生男人从床上赤身裸体拖起，她再是善于掩饰，再是能够忍气吞声，也不能忍受这样的羞辱。之前她对学校还有一丝感激，毕竟学校给了她二十万住房补贴，如果突然出走对不起学校。现在她只有仇恨，她把这所学校恨入骨髓，一刻也不想再待下去。她一定要出走，恨不得明天就出走。她要出走非常容易，护照还在她手中，以她的剑桥博士身份，哪个国家都会给她签证。之所以至今还不能出走，是她想带上萤辉，萤辉出国非常困难，萤辉的硕士身份国外不大认可，不要说给他找工作，就是给他弄个境外邀请函都不容易，萤辉很难获得签证。

善静开始盘算，要不要她一个人先走？她的英国导师已经来信，说已把她推荐给世界银行，如果被录用她就将作为世界银行的专员派驻非洲。虽说非洲不是她理想的目的地，但这份工作不错。很多人把世界银行当银行，实际上并非一般意义的银行，更像国际政治组织，甚至要干预派驻国的政治制度和人权。因此能作为世界银行的专员，是很多人的梦想。但导师同时也通知她，必须参加面试，只有通过面试才可能被录用。导师要求她先出国，不出国怎么参加面试？至于萤辉，等善静的工作落实了，萤辉出国就容易多了。善静却担心，她要出国必须不辞而别，否则学校要问她讨还住房补贴。房子已经抵押，即使将房子出售，归还大哥的二十万欠债就所剩无几，不足以退还学校给她的补贴。何况家人还不会同意退还学校补贴，不会同意善静出国，在他们心目中二十万住房补贴比女儿的自由、尊严、幸福重要得多。

萤辉也不会同意善静先出国。一旦善静悄悄出走，学校没有收回住房补贴，就可能把萤辉当人质，萤辉就不可能申请护照，就不可能出国。除非善静将缂丝画同时带走，尽快出手以后寄钱回来，把萤辉赎出去。可萤辉能同意善静带走缂丝画吗？万一善静黑了心肠，从此跟萤辉分手，一个人在外面逍遥自在，萤辉就人财两空。以萤辉的精细，不会没有这层担心。就算能够说服萤辉，庶皎也是个麻烦。庶皎至今还不知道缂丝画就在善静随时紧锁的箱子里，一旦知道了她会怎么做？这是她祖上的遗留，即使不要求全部归她，也不能一点不给她。她一定不会同意善静带走缂丝画，除非继续对她隐瞒。善静能做到永远对庶皎隐瞒，萤辉能做到吗？现在的缂丝画只是藏在箱底的一件丝织品，萤辉可以不去提起它，提起它将惹起新的一场争夺。但如果出售，将它变成巨大财富，萤辉必定要与庶皎分享，说不定还要提出庶皎一起出国。即使不提这种要求，该分给庶皎多少呢？分得太多善静不甘心，分得太少可能惹得庶皎翻脸，以庶皎的脾气，一旦翻脸她什么事不敢做，甚至可能闹得惊天动地，闹得惊动公安，惊动国际刑警……

善静想不出万全之策，又去想她刚刚遭受的羞辱，油然而生满腹怨气。萤辉太能忍受，善静都能奋起反抗，萤辉只能蔫头耷脑，不敢挺身而出，至多把善静抱在怀里，看善静哭得太伤心了陪着流泪。善静一个晚上都翻来覆去地想，翻来覆去地哭。

萤辉同样一夜未眠，任由善静翻来覆去地哭，一句安慰的话也没有，不知道怎么安慰。给善静说：忍吧忍吧……差不多遭到公然调戏，还能怎么忍？给善静说：我们也有错……这有多少错？家里人干预还有点理由，关你们保卫部屁事，那些家伙都他娘的变态！萤辉也是恨得咬牙切齿，可他能怎么着，他并不怯懦，可他顾虑重重，他肩负着太多责任。家里人指望他光宗耀祖，庶皎、映雪指望他给找个工作，他不能只顾自己活得像爷们，他必须忍耐，以求消灾避祸。如果他也不冷静，比如挥拳上去，那将讨来处分，甚至可能遭轰出去。这宿舍是人家的，住人家房子就要受人家管束，有能耐自个儿买房去！他没这点能耐，买不起房只好忍气吞声。他把眼泪都吞进肚子，天亮起来，他眼泡皮肿坐在床上发呆。这一夜他不知想了多少事，想来想去最好是立即结婚。只有结婚了才能名正言顺，才能不受这种窝囊气，才能防止人家拿非婚同居广为传播，损害他和善静的名声，他以为这次仅仅是意外，不知他和善静的名声早已被损害。

然而善静曾经很想结婚，至少先办结婚登记。她早就觉得非婚同居不妥，始终提心吊胆，有结婚证在手才踏实。可萤辉还没做好心理上、物质上的充分准备，萤辉不想马上结婚。现在萤辉突然提出，今天就去办理结婚登记，多等一天都不行。善静反而犹豫不决，说不清为什么，她忽然拿不定主意。她承认萤辉非常优秀，可她越来越强烈地感觉到，萤辉未必能给她带来幸福。善静需要的幸福不仅仅是温存，还需要巨大庇护，还需要萤辉同时接受她的家庭，还需要赶走令她讨厌的庶皎。

庶皎并未怎么伤害她，她却总是难容庶皎，这种敌对情绪不知因何而生，相处越久敌对情绪越是强烈。可能庶皎比她还漂亮，比她还有吸引力，庶皎可以随心所欲地使唤萤辉，可以任性斗气撒娇发嗲，她却只能温良恭俭让，时刻都要留心萤辉的脸色。她嫉妒庶皎，可能还不仅仅是嫉妒，庶皎一直深藏不露的神秘身份总是令她感到不安。她其实一直在怀疑：究竟庶皎是不是萤辉的妹妹？有时她突然回来，看见萤辉跟庶皎戏耍，他们哥哥妹妹亲热得忘乎所以，甚至翻滚在床上相互咯吱，惹得善静怒火中烧，烧得她眼冒金星。

她不会发作，只会嘻嘻哈哈加入进去，一起打闹戏耍。表面上她欢天喜地，假装不经意地碰触萤辉下身，每次都发现萤辉那玩意笔直坚挺。如此愈是令她生疑，如果是兄妹怎么可能冲动？她也试探着问过，庶皎和萤辉究竟什么关系，两人都一样口径：以前的事不想再提，提起都是些难堪事。善静要表明她是好姑娘，决不打听人家隐私，也就没有纠缠不休再三盘问。可她并不是心地坦荡的人，日积月累的猜疑如寒霜浓雾凝结成冰，她的心头始终阴云密布，只是阴重不泄而已。

早饭后萤辉催促善静去办结婚登记。善静不好表露她的犹豫，就说还是应该回家一趟，虽说只是办理结婚证，婚礼可以过些时候张罗，但也不能连家里人都不知道就申请领证。其实她是希望家里人适当阻拦，不能如此仓促，起码要经过必要准备，比如婚后怎么住，还是跟庶皎住一起吗？哪有新婚夫妻的房间同时睡个小姑子！或许就能以此为理由，把庶皎请走。

她唤上出租车直奔外侨公寓，一路上都在害怕，怕进门就遭父亲磕两个"暴栗子"。算起来她已一个多月没回家，虽说母亲已明确表明家里不再需要她，可做女儿的总不能因此就当真不再回家，至少应该回去恳求一次两次，不能求得家人饶恕也算尽到努力了。

出了电梯，她诚惶诚恐地掏出钥匙，小心翼翼推开门。眼前一片狼藉，父亲、大哥坐在沙发喝茶，母亲、嫂嫂忙得灰头土脸汗流浃背，居然是在准备搬家。他们没有善静担心的个个怒不可遏，反而是他们不敢迎接善静的目光，好像做了什么亏心事。善静问：这是怎么啦？没人回答她。母亲抹着泪走开，善静追上去扯住她问：你们把房子卖啦？母亲轻轻推开她，微弱地叹息一声说：走吧，跟你没关系。善静"呜"的一声哭起来：这房子是我的呀，这是花我安家费买的房子呀……背后猛然响起惊雷般一声：没有哪样是你的！善静悚然回头，哀怜地望着父亲，眼泪滚滚而下。大哥急走两步上来，搜出善静的钥匙，提起善静胳膊像拎只小猫小狗，把善静塞出去，然后"呼"的一声关上门，还反扣了，无论善静怎么哭喊他们都不开门。

善静终于明白，他们确实要卖房子。一旦卖了房子，不仅可以还清欠债，还能多出几万块钱。同时还明白了，他们不许善静跟萤辉过早同居，固然是为了捍卫所谓家规、维护所谓贞操，其实根本还在于，他们并不打算现在就抛售善静，他们还要善静继续帮助家庭，还要继续榨取恩情回报。他们在善静身上的恩情投资还没全部收回，如果善静就出嫁，他们不仅不能继续榨取，还要倒贴一份陪奁。他们拿不出陪奁，而且知道萤辉是穷光蛋，连房子都没有，婚后不仅不能继续帮助安家，说不定还要住回安家，连这套房子都要共同分享。正好借口女儿不守妇道，正好可以一毛不拔就打发女儿出门，道义上他们不受谴责，良心上他们不会不安，财物上他们无损分毫。

善静十分清楚家里人的心胸器量、道德品行，只是一直不肯正视。她总是尽量美化，强迫自己相信父母爱她，大哥爱她，嫂嫂也还好，这是一个充满爱的家庭，都在竭尽全力供她念书，她理所当然地应该回报。虽然有时给她吃"暴栗子"，那是爱的表现，如果对她放任自流，反而表明对她漠不关心。善静面对学生能站在很高的高度认识世界，还能跨越她的专业对这个社会发表独到见解，还能语出惊人，让学生感到她仰之弥高，感到她思想前卫富有批判精神。比如她跟学生讲：永远需要捍卫的是民主权利和自由进步。民主权利就是弱势群体掌握选票，因为强势群体必然掌握暴力和财力，权力、暴力、财力是统治社会的基本力量；自由进步的标志是自由选择机会增加，但公众人物的自由受到严格限制，公众人物必须暴露在阳光下，公众人物的隐私不受法律保护和道德救赎……这些激烈言辞表明她深受西方思想影响，表明她对民主权利、自由进步的理解远非一般人可比。但只要回到家，她就稀里糊涂，甚至不能分辨愚昧和文明，包括男人不干家务，女人不时挨打，她也习以为常。仿佛家门是个时光隧道，走出来她是现代女性，回到家她倒退一百年。

现在她终于直面现实，尽管她满怀悲伤，但快步下楼，连头也不回，放在家里的衣服、零碎也不要了，也不想打听家人从此搬去哪里。

回到黄宫三号，萤辉在等她，她轻描淡写地说：他们把房子卖了，从此跟我们没有任何关系……她强忍着没有流泪，反而表现出甜甜蜜蜜的样子。她跟萤辉去办理结婚登记，没想到办理结婚登记如此简单。通常衙门办事都是简单事情复杂化、复杂事情神秘化，惟独办理结婚手续复杂事情简单化，简单到仅凭领导同意、婚前体检表和身份证，他们就算结婚了。

回来后善静喜笑颜开，不能说完全是伪装，她确实感到轻松愉快。他们喜糖都没发一粒，也没通知任何人，但有结婚证在手，忽然就壮大了胆量。以前要等庶皎睡沉了，才小心翼翼地、接近战战兢兢地跟萤辉寻欢作乐。而且她很收敛，几乎无声无息，惟恐被庶皎听见。今晚她把自己完全释放，完全无视庶皎的存在。她未必故意折磨庶皎，但她的行为对庶皎来说确实是一种折磨。

幕帘那边的庶皎不堪忍受折磨，她突然起身出门。出门后不知该去哪里，月光下的校园不再喧嚣，但并不安宁，灌丛中、草地上、山石后……看上去空无一人，却随时可能冒出一对男女。有时是你坏了人家好事，有时遭人家吓你一跳。通常这时候没人独自涉足那些影影绰绰的地方，而要在路灯下彳亍徘徊，又会招来惊异的目光和警惕的一瞥，让人感到如芒在身。

自从勒索副总五万后，庶皎怕遭到报复、遭到暗算，不敢一个人走出校园，连买菜都交给善静。她经常一个人在校园里百无聊赖地走动，几乎每个角落都有她孤独的足迹，对这里的一切都不再陌生。从另外一个角度说，她对这里的一切都不再感兴趣。她已无数次想到离开，可是再回龙王潭，她十分清楚龙王潭的黑道规矩，除非她能得到强势庇护，再抛洒些钱财，或许能消弭仇恨。景区主任还能像原来那样庇护她吗？实在没把握。仅从景区主任慌忙将酒楼转让给顾家兄弟，就能看出这次顾家兄弟非要拼个你死我活，连景区主任都害怕了。以前争斗只是相互损伤，这回可是打死人了，顾家兄弟怎么肯善罢甘休。万一景区主任不能摆平顾家兄弟，反而把她交给顾家兄弟，她返回龙王潭就是自投罗网，就可能生死难卜。

然而除了龙王潭，还能去哪里呢？老家那边已没有她的家，回去上无片瓦下无立锥之地，除非从金家人手中讨回属于她和母亲的房子。那一来又将与金家人闹得天翻地覆，她不想再去加深这种仇恨。她也想过另外开个店，可如果没有靠山，单靠她一个姑娘家，即使开出店也不会有什么好结果。她在龙王潭拼杀那么多年，也只是帮景区主任张罗，也没开出一个自己的店。何况她还结下仇怨，那些人随时可能找她清算，她不敢抛头露面。而要想谋个打工机会，她不像农村女孩吃得苦、受得气，什么粗活脏活都能做。除此之外她高中都没毕业，能做什么？除非干个陪酒拉客的活，或者给人当花瓶，那还不如继续投靠景区主任，另外投靠个靠山未必强过景区主任。

实在不知道何去何从，又没人给她出个主意，偶尔给萤辉透露一句两句她的忧愁，都是遭萤辉一通责备。萤辉不许她胡思乱想，只要她专心补习功课，一心弄文凭。可学业荒疏得太久，她一点没信心。何况弄个文凭要几年，姑娘家能有多少个几年，几年后变成老姑娘更难觅前程。她比以前还要忧愁，垂头丧气走在甬道上，清凉的夜风没让她感到惬意，反而更加烦闷。

估计那两人发疯也该结束了，她掉头回去。路过盥洗间时，听到"哗哗"

水响，实在想找个人说话，她拐进去假装洗手。原来是服装师在清洗满手颜料，庶皎忽然想起：那天给我画像，就是画了个草图吗？盥洗间不大明亮，看不清服装师的表情，只能感觉到他很愉快。他得意洋洋地说：怎么可能光是画个草图，你愿意看看吗？庶皎没回答，她想去看，但又担心这么夜深了，去单身男人宿舍不合适。何况还是去服装师宿舍，萤辉一再提醒庶皎别跟服装师来往，萤辉对服装师充满警惕。不知服装师什么事得罪萤辉，可能并不是因为得罪，而是萤辉不愿意跟邻居过多牵扯，连英博士偶尔来串门，萤辉也一脸冰霜。这会儿整个黄宫都仿佛沉睡了，庶皎不回答服装师，寂静中有些尴尬。过了片刻庶皎大声说：好吧！她声音很大，似乎在向所有人宣告：服装师算什么东西，跟他来往还用得着瞻前顾后吗！

　　服装师的宿舍杂乱无章，到处是画布、画稿、颜料，进门就怪味刺鼻。庶皎只在门口张望过，这时也不想进去，地上脏得没法下脚。但想到夜深人静"叽叽咕咕"说话影响别人，她踮起脚尖，跳到一块稍微干净的地面。服装师的感觉十分敏锐，完全明白庶皎多么嫌恶他。他有些恼怒，他同样需要尊重。并且他的宿舍从不轻易给人进去，艺术家的工作室非常神圣，却在庶皎眼里肮脏不堪。服装师"哧"的一声扯开保护画面的白布，他动作幅度很大，表明很生气。他在服装设计和绘画上都有很大名气，只是他不善于夸耀。还因为其貌不扬，显得有些邋遢，以至于邻居都小看他，还公然蔑视他。

　　他并未对庶皎心存非分之想，他在外面拥有无数崇拜者，那些人中不少姑娘未必不如庶皎艳丽，只要他需要，那些美女招之即来挥之即去。但也不是说他对庶皎不感兴趣。他以艺术家独特的眼光发现，庶皎的形体很美，无论上下身比例还是四肢、三围、曲线都十分完美，正是百里挑一的模特。他正在创作一幅人体画，一直没找到理想的模特，学校那些人体模特他不满意，他需要一个美得令人心颤的形体。

　　他早就发现，中国人画美女从头画到脚，结果焦点都聚集在脸上，把脸蛋画得美妙绝伦。可西方人认为的东方美女是塌鼻梁、扁平脸、厚嘴唇，他们看中国的美女画怎么看也不觉得美。服装师决定另辟蹊径，索性就不要脸了，只画女人身体的某个部位。他尝试着画了几幅，效果都不理想，如同仅仅画只苹果，无论怎么画都是静物写生，画不出他需要的效果。最好把苹果放在树枝上，通过枝叶衬托、光影变化，形成强烈的视觉冲击。他重新物色了人体模特，仍然画不出他需要的效果，主要是东方女性普遍下肢偏短，臀围、胸围偏瘦，虽然腰围还好，但腰身不够有力。突然来了个庶皎，他喜出望外地发现，正是他需要的形体。他鼓动庶皎先做服装模特，女孩子没有不喜欢做服装模特的。然后再设法诱惑庶皎，如果庶皎答应做一次人体模特，他可以付给庶皎非常丰厚的报酬。可庶皎连服装模特都不肯做，而且看萤辉冰冷的神情，根本就不允许服装师接近庶皎，服装师想诱惑庶皎也没机会。

庶皎看服装师有点生气，禁不住吃吃笑，暗暗想：就你这人模鬼样的，还配跟我生气？她居高临下乜了服装师一眼，然后瞟向刚刚揭开保护层的油画，顿时一阵目眩，她惊呆了，画面美得令她难以置信：这就是我吗？确实不是别人，连衣服都没改变，几乎是庶皎的放大照片。照片也没这么传神，照片只能拍摄表面，服装师几乎画出庶皎的灵魂，尤其那对眼睛，明亮而又幽深，强烈透露出一种刺穿人心的忧郁。没有多少人看出庶皎的忧郁，都认为她无忧无虑。服装师却能看出，庶皎眼睛背后深藏着巨大的哀伤，那哀伤像涌动的泪泉，随时都可能从眼眶喷出。脸上却是阳光灿烂，还调皮地翘起嘴唇，看上去她像生活在蜜罐里，甜蜜得令人想亲一口，如同亲吻婴儿粉嘟嘟、甜蜜蜜脸蛋。

庶皎伫立在画像前凝视，她纹丝不动，灯光下的她像一尊白玉雕像。她很感动，没想到自己在服装师心目中如此美好，美好得像圣洁的女神。她知道自己并非如此圣洁，她早就被玷污了，如同一朵惊世艳丽的花朵，早已注满毒素。她不无忧伤地低下头，不想面对服装师的目光。服装师的目光太敏锐，既然能看出她的忧郁，同样可能看出她的邪恶，她不想被人看透，不想破坏自己在服装师心目中的美好印象。

服装师看出庶皎被感动了，他仰望庶皎明知故问：画得好吗？庶皎很想正视他，深情地说一声：谢谢你，画得真好！庶皎不容易动情，但如果被深深触动，她就可能眉眼含情。可惜服装师太过矮小，至多达到庶皎的肩膀，以至于庶皎不得不斜视他。这一斜视把刚刚产出的好感破坏殆尽，服装师的相貌实在引不起庶皎感兴趣，她需要强大庇护，她只对高大强壮的男人感兴趣，在这一点上她更多地服从物种选择。她如梦初醒般轻轻吁了口气，不想给服装师传达出有机可乘的信息，她冷冰冰地说：你乱画，一点都不像！

这一天安大婶拖着一口箱子来，庶皎赶紧去金融系办公楼唤回善静。这对母女的感情很微妙，说母女情深吧，她们转身就可能互不挂念；说感情淡薄吧，这次她们见面抱头痛哭。都在说对不起，庶皎听了半天也没听明白究竟谁对不起谁？听安大婶的意思，大哥又去赌六合彩，连卖房子的钱都输光了，那个家一点不值得留恋了。她把善静的衣服送来，嘱咐善静永远别回去。善静哭得泣不成声，说她实在没能力继续帮助娘家，她已经出嫁了，不能不考虑自己小家……庶皎听得心烦，干脆就走开。

宿舍里只剩下母女俩，善静掏出这个月的薪水塞给母亲。安大婶不无担心地说：萤辉知道了要埋怨。善静仍要塞给她，说：这是最后一次给您钱了，不然萤辉真的要埋怨。安大婶忧愁满面看着善静问：你一样都没有，连陪奁都没有，萤辉嫌你吗？善静知道，母亲想听的是萤辉并不嫌她一无所有，这样母亲心头好受些。而且萤辉确实不在意她一无所有，连庶皎也没有因此看轻她，但她还是说：怎么不嫌！新衣服都没一套，像个乞求人家收留的叫花子。她想借此表明，家里人不能再问她要钱了。当初她遭娘家人赶出门，多少还有些不舍，现在惟恐家人找上来。一旦找上来，不忍心打发家人空手回去，而要继续贴补，哪天才是尽头呀！

安大婶以为女儿一无所有出嫁，当真很遭萤辉嫌恶，禁不住眼泪簌簌流淌。她有气无力地说：只好你学得乖巧点，特别要把婆家人讨好，不然很难长久。我就是家里没有人依靠，嫁到安家没一天伸直过腰，连你嫂嫂都好欺负我……一听又是诉苦，善静不胜厌烦地打断她：怎么去讨好？那婆家什么样的还不知道呢，为什么要去讨好？都不来往才好，少惹好多是非！安大婶不以为然，她抹干眼泪，望了一眼虚掩的房门，神秘兮兮地说：把门扣上，妈给你讲几句私房话。

果然是私房话，母女间才能讲的话。安大婶告诉善静，越是聪明的女人越是懂得讨好婆家。她说做女人很难，最难的是管不住丈夫，再好的丈夫都一样货色：年轻时花心，年老了花钱。怎么办呢？不能大吵大闹，闹翻脸只好离婚。离婚后再找个男人，不会有什么两样。聪明的媳妇都懂得，夫妻关系是不是牢固，并不完全取决于夫妻双方，公公、婆婆、姑子、叔伯、妯娌等人，都会在当中起很大的作用。要设法把婆家这些人笼络成一张网，再将网绳拽在自己手中，只要拽住这张网，再厉害的丈夫也难挣脱，即使飞黄腾达，也不敢轻易抛妻别子，除非他敢众叛亲离。安大婶说，她的悲剧就在于娘家没人婆家也没人，单靠她控制不住丈夫。如果安家也有几门亲戚，她一定织出一张网，只要丈夫敢打她，她就撒出网，或者将网撕破……

善静的心思极其隐秘，但不能简单地认定她虚伪，而是她恪守哲学家席勒的名言："说话必须真实，但没有义务把所有真实说出来。"因此她经常隐瞒真实，难免导致她不能跟人倾心交流，尤其在家庭、男女等问题上，她很难跟人倾吐心事。只有跟母亲才偶尔真心流露，如此她深受母亲影响，也深受母亲毒害。现代教育只是传授给她专业知识，并不能洗刷母亲灌输给她的诡计。包括现在母亲的教导，她也能听得心领神会。

送走母亲后，她越想越觉得母亲的话言之在理。如果她能去一趟萤辉老家，设法讨得婆婆欢喜，今后如果萤辉欺负她，也好有个依靠。而且还能趁机了解到，庶皎跟萤辉究竟什么关系。如果确实是兄妹，就要设法把庶皎留在身边，相好得亲如姐妹，往后姐妹一起管住萤辉，可以消除她好多顾虑。不然总是不踏实，时刻都担心萤辉嫌弃她，她在萤辉面前还是缺乏足够自信。

萤辉不愿意去安家，同样不愿意回金家，只要回家他就被吵得头痛欲裂。可假期里必须回家，他在金家承担着父亲般责任。如果假期里也不回家，他将被认为逃避责任，母亲、姑姑、二叔等人，说不定就要追来学校声讨他。

善静突然提出，要陪他回去。可是只要议论回家，庶皎就神情凄凉，萤辉希望善静留下来陪伴庶皎，不然庶皎更加孤苦伶仃。善静却一定要跟萤辉回家，而且迫不及待。萤辉只好不再当着庶皎的面说回家，他知道庶皎也想回家，希望金家人接纳她，可金家人绝不可能接纳她。父亲刑满回来后，也作过努力，也想把庶皎母女接回去。但这时的父亲已不是县长，只是个刑满释放人员，说话不再有影响力，已失去家长权威。加上他也羞愧，如果不是他包养情妇，未必遭人揪住尾巴掀翻，以至于给家庭造成如此深重的苦难和巨大羞辱。父亲的努力遭到母亲、姑姑、婶婶一致反对后，他也不敢固执己见，只能忍见庶皎母女流离失所，他所能做的，至多是给庶阿姨悄悄送去生活费。现在父亲又死了，更加没有可能接纳庶皎。

但庶皎还抱着一丝幻想，她一早就唤上善静出门，跑了半天商店，给家里每个人都买了礼物。她给萤辉的母亲、姑姑、婶婶买了一模一样的印花真丝衬衣，善静大感不解：为什么要一模一样？不过她没多问，问了庶皎也不会解释。给二叔、姑父买的皮鞋，也是款式、价钱都很接近。只是给映雪和另外两个妹妹的礼物有些区别，她给映雪买了一身华丽套装。即便买了这么多礼物，萤辉也没叫上她一起回家。

今天黎明他们就要动身，庶皎躺在床上不起来。善静撩开蚊帐给她道别，发现庶皎哭得枕巾都浸湿了，像个被遗弃的孩子，泪眼涔涔望着善静，很想善静说"一起回家"呀！善静没敢多嘴，萤辉已经再三叮嘱，他家的事很复杂，有的事说不出口。这趟回家也不要多问，多问了只会自讨没趣，弄不好还遭金家人破口大骂。善静只好什么都不问，包括庶皎为什么不一起回家。

九　心无所栖

将近黄昏班车到达县城，善静发现萤辉一点没有回家的喜悦，倒是像回去服刑，一路上都愁眉不展。走出长途汽车站，善静以为会像前次去龙王潭，两人手挽手吸引无数惊羡的目光。没想到萤辉头都不敢抬，只顾拖着行李箱走得飞快，也不要善静挽住他胳膊，似乎很怕人家注意他。仍旧被人注意上，县城实在太小，就一条街，似乎都认识萤辉，不断有人冲着萤辉指指点点。在经过一家茶馆时，几个乡绅模样的人竟然粗声大气议论：

金县长就这个儿子有出息。那些女儿都是狗尾巴草长在墙缝——根子不正。

哪止女儿！那些当爹的，哪个不是百年乌龟下臭卵——老坏蛋？那些当娘的哪个不是白骨精装新娘——妖里妖气？

难怪那家人总是进错门上错床，姑嫂妯娌撺得乌烟瘴气。讲个笑话给你们听。说是嫂嫂在洗澡，叔子突然闯进去，嫂嫂问：闯进来对得起你哥哥吗？叔子转身就走，嫂嫂问：你走了对得起嫂嫂吗？叔子又回来，盯着嫂嫂看，嫂嫂问：光是看对得起你自己吗？

哈哈，要我说啊，都是小麦地里撒苞谷——杂种！

……

接下来的话更加不堪入耳，街道两边浓荫蔽日，应该很阴凉，可萤辉大汗淋漓。善静无声无息跟在萤辉身后，心头翻涌起说不出的难过，望着萤辉弯腰低头战战兢兢的样子，善静甚至想：难道这些是真的？不然干吗不冲上去两耳光，这么恶毒的话也能忍受？

总算来到一座砖砌门楼前，萤辉终于直起腰杆说：到了。然后抹把汗，牵过善静再次低声叮嘱：一个字都别提庶皎。善静使劲点头说：头一次上门，我好紧张啊。萤辉摇头苦笑，推开虚掩的漆黑大门，里面好大一个院落，房子也整齐，虽然只是砖墙瓦房，但屋檐很高，透着一种巍峨气势。萤辉大喊一声：我回来了。似乎这院子很久没来过客人，马上就听见正房和两边厢房都"嘎吱嘎吱"打开。

太阳已落山他们还在午睡，可能晚上打麻将习惯黑白颠倒。映雪最先出来，揉着眼睛睐向善静，甜甜地笑着，模样很可爱。她比庶皎大几个月，看上去比庶皎小许多，明亮的眼睛清澈得像泉水，满脸都是纯净笑意。萤辉介绍善静：这是嫂嫂。映雪惊得一吐舌头。善静红着脸问：这是？萤辉说：映雪妹妹……一阵"咯咯咯"笑声把他们话岔断，笑声无比洪亮，但不是开怀大笑，更像戏台上亮嗓子。随着笑声出来个女人，很难看出她真实年龄，应该五十来岁，但头顶盘个飞扬的发盘，脸上浓妆艳抹，衣服比姑娘家还时髦。萤辉慌忙叫一声妈，显然很怕她。随即又赶紧回头，招呼陆续出来的姑姑、婶婶、二叔、姑父……善静晕头转向分不清谁是谁，十分尴尬地站在庭院中间。映雪给她端来椅子，其他长辈还站着，她不敢先坐下。萤辉吩咐她：把你买的礼物拿出来。善静并未买任何礼物，都是庶皎买的，她有些难为情地打开行李箱，先给母亲一件衬衣。母亲一板脸说：浪费！但马上就比试。她身材真好，一看就是舞蹈演员的体型，稍微一对尺寸就点点头说：还好。姑姑、婶婶都抱怨：怎么一模一样？不过她们很满意，如果不是一模一样肯定责备萤辉厚此薄彼。

忙乎一阵都坐下，萤辉说：我们已经结婚，怕给家里添负担，就一切都简单，不用再办礼了。二叔马上训斥：你这孩子目无尊长！结婚这么大的事，你就敢做主？母亲"啐"他一声说：就算跟你讲了，你是有钱办几桌酒席，还是能给侄儿媳妇三百五百见面礼？婶婶十分不乐意，她说：大嫂你不会说话就打哈欠，再是落难了也该办几桌酒席！母亲"噌"地跳起来，她双手叉腰，摆出一副决战到底的架势：那你分摊多少？给他老子办丧事，你们不过分摊几百块钱，就叽呱叽呱几个月！婶婶也跳起来，像只螳螂翘起屁股探出上身，精瘦的身体蕴藏着无数能量，指向母亲鼻子问：你死男人，我们帮你分摊开销，还要咋样？

放你妈的屁！那只是我的男人啊？那不是你们大哥啊？

姑姑模样清秀，嗓音却嘶哑难听，并且开口就是脏话：妈B哟，又吵又吵又吵，进门就听你们吵，为老不尊也不怕孩子们笑话！

映雪笑嘻嘻地说：吵吧吵吧，吵累了都没力气做饭！她扯上善静说：只好我给你煮碗面条。善静已在路上吃过午饭，但还是跟随映雪去厨房。映雪说：除了煮面条，我一样都不会。善静喜滋滋地说：我最喜欢吃面。其实她并不喜欢吃面条，而且一点也不饿，只是不想辜负映雪一片好意。她见到映雪倒喜欢，不像庶皎透露一股冷艳杀气，也不像庶皎色香逼人。映雪像透明的玻璃人，不像庶皎神秘莫测，还喜怒无常，指不定什么时候就拔出刀子，时刻都要提防她。

透过窗户可以看见庭院，那些人倒不吵了，似乎在取笑萤辉，嘻嘻哈哈也算热闹。萤辉给他们介绍，善静是剑桥博士，他们都喜笑颜开，还有些扬眉吐气。但很快就诉苦。二叔肥胖得说话都喘，却是很爱说话，说家里现在很难，他所在的物资局大不如从前，姑父所在的供销社也要搞承包，他和姑父都在活动另外安排工作。安排工作需要送礼，他们拿不出钱送礼，到现在还没有安排。

姑姑接上话说：现在是妈B哟，没一点王法了。大哥当县长的时候，再贪也就几千块钱，再嫖也就一个情妇。现在妈B哟，安排个局长最少花几万！

婶婶不无遗憾地说：那时候大哥应该多贪点。反正要坐班房，整个几万十万留给我们，也好多给他烧几炷香。

放你妈的屁！母亲又骂上了：只想把你们大哥整死，你们咋不去贪呢？一个物资局长、一个副食品公司经理，随便叨两口回来，我们也不会落到今天这步！

哎呀，都怪大哥！姑父面相斯文，模样像读书人，其实没念几年书。他同样满腹怨气：那时大哥应该把我们安排得好一点。结果给二哥安排个局长，还是副的，有啥用啊？说起来我也是个经理，可那倒霉供销社，要搞承包，我们都是靠"运动"起家的，哪会做生意，怎么去承包？

二叔叹息：大哥那时候多少还要顾忌点影响，缩手缩脚一样都没捞到，就是那缂丝画也弄丢了。

一听缂丝画，母亲马上想起一件事，她问萤辉：会不会给那娼妇了？你老子才死几天，那娼妇就没影子了。前不久你们学校还来信问派出所，婊子养的庶皎跟你啥关系，这是咋回事啊？

萤辉大吃一惊：我们学校来调查？

是啊是啊，一直要问你呢，你们学校咋知道那婊子养的？为啥要调查你跟那婊子养的啥关系？

姑姑一把揪住萤辉衣袖，横眉怒眼问：是不是那婊子养的找到你学校了？

萤辉慌忙摇头否认：没有没有，就是找上来，我也不会理睬她。

母亲将信将疑：难说。从小你就跟那婊子养的撕扯不开，她再妖媚狐狸把你纠缠，很难说你狗东西不动情。

……

厨房里的善静脸色红一阵白一阵，没想到金家女人如此粗俗不堪。看模样都粉脸妖娆，身上穿的手上戴的，哪点不像养尊处优的贵妇人，却是脏话连篇像泼妇。往后怎么跟这些人相处？难道还要讨好她们？简直是人渣！安家再有万般不是，也不会说出娼妇婊子这种不堪入耳的话。善静身上阵阵发冷：怎么落到这号人家当儿媳？她像是在做梦。更可气的是萤辉，比善静在安家还要驯服，面对长辈像老鼠见到猫，面对唾沫飞溅训斥他也不为自己辩解开脱，而是低声下气一味讨好，至多沉默以对。

庭院里那些人还在轮番盘问萤辉：究竟庶皎有没有找过他？都是娼妇婊子一类的话，听得善静无地自容。不过善静还是尽量微笑，怕映雪看出她一脸憎恶。同时也在想：庶皎究竟是什么人？她轻轻挥动一把蒲扇，假装不经意地问：他们在说谁啊？映雪眯起眼睛，一副难以置信的样子：这个，我哥也没给你讲过吗？

善静摇头说：你哥不喜欢讲家里事。

我也不想讲。不知道就算了，羞死人，懒得说！

善静仍然试探着问：是不是还有个妹妹？

映雪正在搅动锅里面条，听到这话她"啪啪"敲打筷子：哎，你不要乱猜啊！那婊子养的跟谁妹妹？

透过蒸腾的热气也能看出映雪娇容变色，善静轻声责怪她：好难听，不要说脏话。

谁要你去提她？提起她我就恨得心口痛！

善静倒真的心口痛了，一口气盘结在心不能疏散，她感到自己要瘫倒了。显然庶皎不是萤辉的妹妹，似乎还是个妓女的女儿，似乎给这个家庭造成过巨大灾难，连映雪都对她切齿痛恨。难怪萤辉一再叮嘱她不要提起庶皎，难怪庶皎不敢一起回来。萤辉干吗还收留她呢？妓女的女儿绝不是什么好东西，难怪她敢捅刀子，难怪她敢掩护偷钱的小姐，难怪萤辉跟她嬉戏时那玩意笔直坚挺……善静觉得自己完全明白了，庶皎跟萤辉的关系不知多肮脏！但是，似乎又不是这么回事。凭女性的直觉善静感觉到，如果庶皎跟萤辉确实关系暧昧，甚至已苟且野合，为什么不把她请走？随便找个理由就好拒绝善静在黄宫三号留宿，请走善静他们不是更加自在？善静想得头都要炸了，心头一阵一阵刺痛。她心事重重吁口气说：突然头昏得厉害，可能水土不服，我去躺会儿。映雪看善静果然脸色煞白，急忙说：那就先去我房间睡，晚上再给你们铺床。

映雪的闺房十分宽大，柜橱都是古式家具，虽然陈旧但质地非常好。还有一张罕见的大床，像雕花小木屋，善静为了求证缂丝画的价值，查阅过古老工艺品，知道这床叫千工床。善静撩开缨穗，拉上床帘，放下蚊帐，不由得想：光这家具就值多少钱……她愤愤不平：哪点看出他们生活艰难？似乎办几桌酒席都要共同承担，至于吗，随便卖几件古董家具就好大操大办一场婚礼。善静越想越委屈：我一个博士嫁上门来，没一分见面礼不说，似乎还不打算办场婚礼。都怪萤辉，什么叫怕给家里添负担，确实没钱倒也情有可原，可这哪点像没钱的样子！油然想到自己娘家，听母亲说，如今一家人挤在两间歪歪斜斜的瓦房，还是租来的。三个侄儿已转学，仅仅图学费便宜。猪大肠也吃不起了，大哥耗光了家里一切……善静无声地流着眼泪，又去回忆家人为她念书付出的代价，觉得她确实对不起家人，她只想追求自己的幸福。可她获得幸福了吗？如能嫁个博导那么有能耐的人，给大哥找个体面工作，大哥也不至于落到那一步，父母也不至于被拖累到那一步，她也不至于像现在，来这种小县城人家当儿媳！

她叹息一阵，一路劳顿实在困倦，她十分无奈地合上眼皮。迷迷糊糊中感觉到异常，睁眼看萤辉也上床了。这房子真好，仿佛置身庙堂中，一点感觉不到是大夏天，凉飕飕地还需要盖毛巾被。千工床又是异常私密、异常牢固，不像黄宫三号的木板床，一无遮掩还"嘎吱嘎吱"响个不停。萤辉很冲动，善静也一触即发，即使她心情不好，只要稍微抚慰她就兴奋不已，就迅速进入忘乎所以状态，永远那么强烈地渴求。也正因为如此，她不能容忍任何人分享，像个悭吝得一毛不拔的守财奴，时刻担心被人夺去。她身体单薄，需要却异乎寻常的强烈，经常因为担心萤辉力不能支，她才不得不有所收敛。这样的收敛是为下一次储备，如同克制自己贪嘴。但如果这样的储备可能被人抢去，她便一丁点也不肯留下。像现在，她心头乱极了，尽管她尽力使自己相信，庶皎不可能与她分享，但还是难以消除她阴暗的猜疑。她像是赌气，也像在报复，更像是摧残，她不断地刺激萤辉，翻来覆去纵情纵欲。她很清楚这样做的危害，萤辉可能被她耗得油干灯草尽。她却一定要耗干萤辉，决不给她想象中的庶皎留下一点机会，她已接近发疯，但她发疯不是刁蛮撒泼，而是更加甜蜜可人。她柔情似水千娇百媚，把萤辉伺候得体贴入微，伺候得气喘吁吁，伺候得瘫软成泥，实在不能继续了她才住手。她看萤辉大汗淋漓，脸都变色了，又心疼得无以复加。她想道歉，可话一出口又变成：你不能为了爱我，不顾自己身体呀！萤辉咧开嘴勉强笑笑，他知道自己没其他能力，他所能做的就是竭尽全力证明他还有男人的能力，无论善静怎么索取他都不会拒绝，他把自己无限透支。这一来善静心头好受多了，她得到了足够满足，又找到那种幸福感觉，她像只小猫蜷缩在萤辉腋下。

起床后，听到几位长辈又在庭院吵嚷——准确地说是在商量要不要办几桌酒席？按照母亲的意思，现在大家都生活困难，应该一切从简。但二叔说，金家好多年没喜庆事，应该趁此机会大肆宣扬，金家又要兴旺了，不仅培养出一个硕士，还娶进了博士媳妇，全县哪家有博士！这么年轻一个硕士、一个博士，又在省城工作，这前途能限量的吗？别狗眼看人低，以为金家一蹶不振了！他们太需要振作，再不振作更没有朋友、没有依靠。金县长没死以前，原先的老部下、老同事，装样子也来看一眼，起码有事找上去不会当面拒绝。现在路上撞见都懒得敷衍，惟恐沾上金家，以为金家一败涂地了。

姑姑也认为应该办几桌酒席，然后给县里四套班子领导送上请帖，到时如果一个都不来，正好借这理由又去哭闹。金县长死时县政府没任何表示，连花圈都没送一个。过后三个女人专门去地区行政公署，找到她们熟悉的行署领导，披麻戴孝哭一场，逼得行署领导当面表态，一定妥善安排金家的工作和生活。然而至今还没安排好，如果默不作声，他们就会一拖再拖。

母亲说她拿不出钱办酒席，要办就得大家分摊开销。姑姑说她出一千，婶婶说她也只能出一千，母亲勃然大怒：加起来才两千，能做啥呀？要办就要办得像模像样，免得人家说我们三尺绸缎做旗袍——光遮胸口露屁股！姑姑说：那也只好将就。这老房子眼看就要拆迁，妈 B 哟，为房子的事我天天忧愁，你还要去铺张，你有多少钱铺张？

放你妈的屁，是我要铺张啊？都不肯多出就算啦，算啦！反正我这张脸早就丢尽，烟熏火烤过的砂锅——再洗也黢黑。

……

善静却在想：这么大的院子，如果拆迁，得补还多少房子啊？还有那么多古董家具，怎么会没有钱？她瞟了莹辉一眼，希望莹辉说句话。之前她从没指望操办婚礼，以为金家像安家穷得一贫如洗，不然莹辉的父亲过世，也不至于把莹辉的积蓄全都贴补上。现在看金家不是没钱的样子，她就不甘心了，总不能一毛不拔就娶个媳妇呀！

其实这些家具、房子都是庶阿姨的，虽然他们把庶阿姨轰走，但房子的产权并不能因此变更。金县长在位时没人对这房子说三道四，查处金县长才牵扯出房子的产权，房管所非要说这是公房，金家决不接受这种裁定，一直闹到现在还没结论。家具倒没产权纠纷，但涉及三家人如何分配。现在一家占几件，都没进行过估价，不知道谁吃亏谁占便宜，还能相安无事。如果出售，事情就会很复杂，就需要逐一估价，就需要重新分配。尽管三家人吵嚷不休，仍然很团结，再不团结更加没力量，都不希望因为重新分家闹得散伙，宁可这样"搁置争议、维持现状"。

莹辉不会给善静解释这些，在他看来这些陈年老账像狗屎，不拨不臭越拨越臭。除了担心善静知道后难以接受外，根本还是他需要隐瞒。他需要隐瞒的事很多，这些耻辱的伤疤和纠缠不清的是非，没必要揭示给善静看，连他自己都不愿意触及。偏偏善静又是机心深藏，即使到了现在，几个长辈终于吵累了，母亲问善静：你看咋办，你们能拿出多少钱？善静仍言不由衷，温柔地笑着说：我们没钱，也不想给家里添负担，妈妈看着办吧。母亲霍然起身说：那就别浪费，办不起酒席就不要办！善静恨得眼泪都要流出来，但她仍是笑容满面。二叔很失望，却不敢强行做主，他惧怕婶婶，他那些叔嫂间偷鸡摸狗的事被婶婶当把柄捏在手，从此就像牛被牵住鼻子。他所能做的仅仅是说：那就今晚，我先请一顿，算接风洗尘吧。

不过出门吃顿晚饭，母亲、姑姑、婶婶也要回到房间精心打扮。可能很久没上饭店了，她们像遭人遗忘的明星，十分珍惜这次出场机会；也可能她们习惯如此，她们在这县城曾经风光无限，即使如今落魄，也不甘心与贫贱为伍。她们也善于打扮，本来就时髦，打扮后更是浓艳妖娆，不用介绍就知道是小县城的官太太。善静不知道她们的钻戒、手镯、项链都是假货，衣服也是仿冒的名牌，只是觉得自己好寒酸。还算新媳妇呢，素面朝天没有妆容，没一样佩饰，连戒指都没一枚，她心头翻涌着说不出的酸楚。

县政府招待所就在旁边不远，他们像在自己家里，主动跟人打招呼，但人家不大理睬他们。偶尔有个人主动招呼他们，他们又一脸傲气，轻描淡写地回应两句支支吾吾。没有要包厢，专要大厅一角那张偌大餐桌。大堂经理可能领教过他们的张狂，不敢招惹他们，唯唯诺诺把他们领到座位，然后说县里有个会议伙食需要安排，便消失得无影无踪。

这种场合他们倒不吵嚷，也不再脏话连篇，尽量显得很有教养。萤辉在他们面前仍旧不敢随便说话，毕恭毕敬地注视着那几张随时可能勃然大怒的面孔，时刻准备有问必答或者洗耳恭听，顾不上看护善静。二叔家的女儿、姑姑家的女儿在念高中，只顾跟映雪低声谈论什么事，也把善静冷落在一边。善静主动凑过去，侧身面向映雪，听她们谈论什么事？

原来是堂妹听到个消息，一位香港导演来招收女演员，她想去报名。表妹劝她不要去：我听到的消息是带去香港做小姐，不然为什么做妇科检查？为什么非要处女……发现善静在听，映雪问：嫂嫂你说呢，好去吗？善静笑笑摇头说：我也不知道，问你哥吧。映雪翘起嘴说：他肯定不同意，只晓得拿文凭才是正道。不然我也去，守在小县城闷死了！善静不无担忧地说：没文凭去外面找工作很难，说不定就落进圈套。像你们个个都这么漂亮，还是不要轻易出门好。映雪轻轻叹息一声问：等我考完本科的全部课程，你们真的能给我找到好工作吗？

堂妹、表妹也眼巴巴地望着善静，如果能得到善静肯定的答复，她们同样受到鼓舞。她们明年就高中毕业，万一不能考上大学，也是迫切需要帮助。善静却在想，她和萤辉有什么能力帮人落实工作。何况即使有能力她也不愿意，一个庶皎就让她足够头疼，怎么肯再来拖上一个、两个甚至三个！她坚决地摇摇头说：这种自学考试的文凭没什么用，除非有权力，有权力什么文凭都管用。我跟你哥只是普通老师，一点权都没有……

"哎——"二叔突然插断话，坚决地吩咐：这是你们必须承担的责任。三个妹妹都要带走，我们没能力了，只好依靠你和萤辉。善静暗暗心惊：三个都要交给我们？凭什么呀！她灿烂地笑着问萤辉：听到二叔吩咐了吗？萤辉不敢迎接二叔的目光，只是生气地责怪堂妹、表妹：成绩那么差，怎么可能考上我们大学！二叔不以为然，他说：我了解过了，大学招生现在名堂很多。比如张三成绩好，李四成绩差，如果张三父母没什么背景，就提前把李四的名字也改成张三，然后张冠李戴，把真正张三的高考成绩调包给假张三（李四），反正是手工送档，连档案都可以调包。这当中关键是疏通，只要疏通好，什么不可能都有可能。

萤辉对此也有所耳闻，他说：疏通要出钱，起码上万元。婶婶尖叫起来：上万？你们当哥当嫂的，都在大学工作，不好想点办法吗，我们去哪里凑那么多钱？叔叔使劲一挥手，他喜欢作指示，龀胸气喘说：既然说到这个话题，就来认真商量一下。明年这两个都要参加高考，必须趁早准备。比如现在就把名字改一改，然后你们去学校疏通招生关节，就算花万把块钱，也合算……善静起身上洗手间，不想再听下去。别说不可能，就是有可能她也不想把这两个弄到身边。不光是念书，一旦弄到身边，她们会去食堂吃饭？说不定就像庶皎，也挤到黄宫三号来，那将有多少没完没了的事啊！你们倒是轻松，一把推出去了事，横竖赖在哥哥嫂嫂身上。善静越想越窝火：你们的女儿关我什么事，与其照顾你们这些乱七八糟的人，干吗不把我那三个侄儿接到身边，简直痴心妄想！

再回座位时，善静肺都要气炸了。萤辉居然答应下来，婶婶、姑姑准备各自拿出一万元，给萤辉提前去疏通招生关节。怎么疏通？善静恨恨地想：金萤辉，别人不知道我还不知道，那些管招生的人谁睬你？你算什么，小助教！再说啦，你敢去送钱吗？知道怎么送吗？你要有这点能耐，我那职称的事你干吗不去活动？你呀，呸！可善静仍旧笑意盈盈，只是在心头盘算：一定要阻止萤辉。如果花了两万块钱而没办成事，那么凶悍的姑姑、婶婶，非把你金萤辉生吞活剥了！

其实萤辉并非乐意招揽这些麻烦，他对映雪都没尽到为人兄长的责任，为堂妹、表妹承担责任更是情非所愿。可他又确实很为堂妹、表妹忧心，如果考不上大学，怎么办呐？只好像映雪，一直找不到工作，一直守候在家。如果不能守候在家而出门打工，弄不好就像庶皎。二叔的主意看上去痴心妄想，未必不能试一试。他也知道自己没能力，不敢保证两万块钱就能疏通所有关节。他甚至不知道怎么疏通，但还是决定尽力尝试。

　　见萤辉把千斤重担接下了，二叔、姑父如释重负，母亲不无得意地说：还是我的萤辉有出息，你们生些女儿屁用！婶婶无言以对，只好酸溜溜地说：哎呀，就大嫂你有儿子，我们都眼馋你，都巴结你，好了吧？姑姑"呸"一声说：啥话哩？萤辉不光是她的儿子，也是我们侄儿呀！怕她们又吵起来，映雪赶紧笑嘻嘻地说：都来敬哥哥嫂嫂一杯酒，我们姐妹全靠哥哥嫂嫂了。

　　善静苦笑着，却笑容满面地接受三个妹妹敬酒。就在这时，她感到映雪好刺眼，刺到了她心头。映雪也是换了衣服来，穿一条红色紧身七分裤，把后臀勒得滚圆，连前阴都绷得凸显出来，几乎能看清外阴轮廓。善静强烈感到恶心：骚货，跟庶皎一模一样的骚货！她恨得咬牙切齿，不知道为什么突然如此痛恨，先前她还喜欢映雪。她又瞥了一眼堂妹和表妹，同样衣着暴露，中学生打扮得这么时髦干什么，哪点像学生样子！这种妖里妖气的东西，就是招进了大学，也只会风花雪月，不知要惹出多少麻烦。惹出麻烦谁来料理，金萤辉你去死吧，不遭这些妖精害死你不甘心！

　　善静再善于掩饰，也担心自己不能克制。如果这时只有她和萤辉，说不定她也大吵大闹。甚至可能摊牌：要你这些妹妹还是要我？要我就别跟她们纠缠，我没法忍受，哪个女人能忍受！一个庶皎就烦透了，你还要两个三个。往后我算什么？操心她们学习，伺候她们生活，大家挤在一起……善静不敢往下想，只是想：她们跟我毫不相干！金萤辉你一定要长兄代父，那就我走，我决不做什么嫂母，我已烦够了烦够了烦够了！她感到胸口要炸裂了，一点没有胃口，勉强喝了几口汤，说她头晕得实在厉害，她想早点回去。看她脸色确实不好，映雪非常想讨好她，就陪她先走。

　　映雪要去铺床，善静却不想跟萤辉同房，她恨死萤辉了，担心自己克制不住，怕今晚就跟萤辉翻脸。她需要稍微平息一腔怒火，需要冷静地想一想：还有什么办法阻止？于是她说，她想跟映雪睡在一起，难得见个面，想跟映雪讲讲私房话。

　　映雪欢天喜地，她很喜欢善静，善静亲切随和，简直没脾气，永远都是笑眯眯的，看上去很好相处。映雪甚至想，这回就跟他们去省城，一边自学考试，一边等待哥哥给她找工作。待在这小县城闷死了，除了贫下中农就是市井小民，没有高雅，没有时尚，也没有娱乐。她早就想离开这鬼地方，仅仅是顾忌哥哥只有一间宿舍，虽说是兄妹，大男大女同居一室也不方便，她才一直没提出跟去省城。现在哥哥已娶嫂嫂，她跟去也方便了，可以给他们做家务，往后还可以帮他们带孩子，暂时没工作也不要紧……这一切必须嫂嫂同意，不然嫂嫂冷脸冷色也让人不舒服，弄不好就惹得两口子为了她吵架拌嘴。只要讨得善静欢喜，只要嫂嫂同意，说不定这回她就好跟过去。

她帮善静弄好洗澡水，趁善静洗澡时又把她换下的衣服洗了。再摆出零食，重新沏一杯茶，想给嫂嫂交心交底地谈一晚上，把她的忧愁和苦恼都讲出来。她有些少女的心事对母亲也没讲过，倒是很愿意讲给嫂嫂听。

可善静上床就一言不发，她关了灯，面朝墙壁背对映雪，似乎困极了。过一阵发现她并没睡着，不停地翻身，映雪低声央求：嫂嫂你别睡，跟我讲讲话吧。善静只好转过身问：你想讲什么？映雪一时不知从何说起，干脆就直截了当：这回就带我去省城，好吗？善静差点惊跳起来，不过并没有激烈反应，而是叹息着说：住不下，就一间宿舍。映雪笑嘻嘻扑在她身上说：不要紧不要紧，我只要住沙发，一点不妨碍你们。你们要做那种事，我就躲开。善静倏然脸红，拍了映雪一把说：姑娘家不害羞，什么都知道。映雪以为她同意了，欢笑着咯吱她：你才不害羞呢，睡个午觉都把我的床弄得脏兮兮。善静遭她咯吱得不胜痛痒，又好气又好笑地还击，黑暗中看不清映雪娇嫩的面容，也看不见映雪无比性感的高胸、圆臀、纤腰，善静又觉得映雪很可爱了。她忽然冒出个主意，与其给庶皎占据那张单人床，不如怂恿映雪去，正好把庶皎赶走。这么一想顿时兴奋起来，她止住映雪戏要，十分严肃地说：我跟你说件事，你一定要保密。要是你哥知道是我透露的，非宰了我不可。

什么事这么严重？

你先发誓，不然我不讲。

我发誓，要是讲出去我头上长疮脚下流脓。这算发毒誓了，你讲吧。

善静却不急于讲，故意装得很为难很无奈的样子，吞吞吐吐说：我很想把你带去，你一直留在县城我和你哥都不放心。可是真的住不下，你知道为什么吗？庶皎一直跟我们住在一起……黑暗中看不见映雪什么反应，可能映雪惊呆了，也可能气晕了，反正没声音。善静尽量刺激映雪，继续残忍地讲下去，从她和萤辉去龙王潭寻找庶皎开始，开口闭口不谈庶皎的好处，只说萤辉对庶皎多好：不要庶皎外出工作，把庶皎差不多养起来，恨不能含在嘴里揣在怀里，看庶皎稍微做点家务就心疼不已。还每天给庶皎补习功课，要把庶皎培养成大学生，如今的庶皎不得了啦……"哇"的一声，映雪像遭人一锤子砸在身上，迸发出惊心动魄的号啕大哭。哭声很吓人，吓得善静直哆嗦。她不想哄劝，可听着这揪心揪肺的哭声也难受。她起来开灯，在强光照射下有助于平静。

果然映雪缓过一口气，但浑身都在打战，泣不成声说：我还不如，那婊子养的。从来都是对她好，我知道，从小就对她好，当我傻子，一直骗我。不稀奇，我不要你们操心，只管操心她好了。还嫌害得我们不够，她们母女一样货色，臭婊子，烂娼妇，害死爸爸又来害哥哥……听她语无伦次，气得昏天黑地，善静油然而生厌恶：这小祖宗器量也小得不得了，简直容不得人。听到哥哥疼爱庶皎就气恨成这样，往后萤辉待善静好一点，岂不是也要气恨？善静再次想到萤辉跟庶皎戏耍时，那玩意居然笔直坚挺，谁知道跟映雪在一起会不会同样如此？善静想起史书上对康熙帝废太子的评价："阴蒸诸妹"，强烈感觉到这张千工床无比肮脏。映雪也知道肮脏——不然她怎么能觉察出，善静、萤辉把她床弄脏了……一念及此善静恶心得要呕吐。

映雪的哭嚎像暴风骤雨，哭声大但不能持续太久，很快就一点没声音了。她把整个脑袋蒙在毛巾被，不再理睬善静。善静只好静静地等待，等到那些更加讨厌的人回来，另外铺了床，她仍旧跟萤辉同床共枕。

第二天起来，善静无意中听表妹说：映雪想考演员，已经去文化馆学习表演。果然映雪一早就出门，很晚才回来，见到萤辉、善静爱理不理。善静猜想：映雪是彻底失望了，不想依靠哥哥嫂嫂了。说不清善静对此高兴还是难过，很想劝说映雪继续在家弄文凭，可这种自学考试文凭，弄到手又能怎么样？她又不能对映雪承诺什么。于是假装不知道映雪想考演员，她尽量使自己相信：映雪只是赌气，过一阵就会知难而退，演员也不是好考的！

萤辉的心情同样不好，肩负的责任太沉重，不仅要为映雪的工作负责，还要为堂妹、表妹的高考负责。可又很难推卸，只能把大多数时间花在督促堂妹、表妹温习功课上，其他都顾不上了，也就没在意映雪早出晚归，更没想到映雪会去考演员。母亲、姑姑、婶婶继续黑白不分地搓麻将，似乎做饭都腾不出时间，一日三餐都在三家之间轮流安排。轮流到正房萤辉家安排时，只好善静充当主妇。善静同样不愿下厨房，可她是长房媳妇，不能不下厨房。下到厨房她就想哭：我一个博士，竟然落到伺候这些人渣！她实在没法爱上金家人，如同萤辉厌恶安家人一样。好在萤辉也不是恋恋不舍这个家，借口学校里还有事，十几天后他们就离开了。

假期里校园很安静，安静得有些可怕。萤辉走得飞快，善静小跑着才能跟上，她知道萤辉着急什么，无非挂念庶皎。庶皎一个人留在如此寂静的宿舍，这些天不知多孤单多寂寞，不知多伤感多凄凉。萤辉风尘仆仆地敲响宿舍门，却是敲不开。拿钥匙来开，又是反锁了。以为庶皎还在睡觉，他使劲地敲，终于把门敲开，来开门的竟然是服装师。萤辉稍微瞥了一眼，立即就明白服装师和庶皎在干什么勾当。尽管庶皎装得若无其事，连头发都梳理整齐了，但她和服装师的神情还是足以表明，刚才他们在床上。萤辉惊得目瞪口呆，感到天旋地转，差点瘫在地上，他尽力抓住门框，免得自己倒下，把门框抓出深深的指甲印……

萤辉、善静回家后，庶皎不敢随便出门，怕副总暗算她，怕顾家兄弟发现她找上来追杀她，校园里又空空荡荡，除了跟沙大妈闲扯几句，再没一个人可以说话，白天黑夜都感到漫长煎熬。一天夜里她出来上盥洗间，遇到服装师。假期里没课服装师就黑白颠倒，白天不容易看见他，以为他也放假回家了。现在突然相见，庶皎竟然有些惊喜。她又去看服装师画画，服装师一定要创作出惊世之作，宿舍里到处挂满人体写生。庶皎有些难为情，孤男寡女深夜面对这些裸体画，难免触景生情。

她尽量表现得无动于衷，甚至大胆纠正服装师：你那画的都是些丑女人。服装师明知故问：那你说，哪些部位画得丑？庶皎冰冷地盯着服装师，盯得服装师躲躲闪闪，才不无羞涩地说：肯定是你们看不见的地方啦！她已心潮澎湃，目光像通电的灯光迅速火热，盯得服装师结结巴巴说：那……那……他没想到庶皎如此大胆直率，别过脸不敢直视庶皎。

见此情景庶皎油然想到：正好做笔交易。她饥不择食，连必要的婉转都省略，直接问：你出多少钱？服装师从不去外面找小姐，一时没明白这话什么意思，也可能他根本没想到庶皎做过小姐。愣了片刻服装师以为自己恍然大悟了，以为庶皎同意当人体模特，他喜出望外，这正是他一直的期盼。他对艺术相当执着，他心目中艺术高于一切，为了创作出他满意的作品，他什么都不在乎。现在就缺庶皎这样的人体模特，多少钱他都肯出。何况在他心目中，庶皎高贵圣洁，天使般完美无瑕，不是一般模特可相提并论。他说：随便你要、要多、多少钱。激动得声音都发抖。庶皎却不肯开价，毕竟是邻居，这种事讨价还价难以启齿。但也不想贱卖，起码也要一百两百，不然遭对方看轻，日后一再纠缠也麻烦。

庶皎冷笑一声说：贞节无价，你出不起！看庶皎转身就要离开，服装师慌忙问：一万总够了吧？庶皎缓缓回转身，看服装师急得额头都冒汗了，不像打胡乱说，她伸手说：先给钱。服装师一把掀开凉席，棕绷上铺垫了不少花花绿绿钞票，一千一沓，他随手拣了十沓。庶皎坑蒙拐骗什么没做过，心理素质非比常人，她不惊不诧不慌不忙，收好钱说：你这屋太脏，去我房间。服装师说：这些颜料画架，搬动起来太不方便。庶皎一愣：你想怎么做？服装师说：我出价不少了，你要允许我随便怎么画。庶皎别过脸"扑哧"笑出声，她有些失望：原来他只是想画。笑过了庶皎说：别把我一身好衣服弄脏，等我换了睡衣来。其实她要先把钱拿回去，怕服装师过后反悔。

脱光一身的庶皎，美得让服装师神魂颠倒。服装师还惊讶地发现，多出一道伤痕。这道伤痕在一般人眼里没有任何美感，但在服装师眼里像维纳斯的断臂惊心动魄。光是画出肢体、器官，画得再美也不过是一幅图画，有了这道伤痕以后，美丽的图画就隐含哀伤的故事，就能无声地诉说苦难，诉说美丽的破碎，诉说少女遭受的摧残……服装师被深深震撼了，竟至于泪如泉涌，他正是要表达这种强烈的视觉冲击，让人看得心碎。

几天后他就完成一幅油画《少女》，画面集中表现的是：代表孕育生命的丰乳和小腹，代表生殖的器官，代表支撑生命的双腿……他画得非常美，画得精细入微，几乎能感受到皮肤的温热。同时把那道伤痕画得很艺术，画得刺人心痛，一看就禁不住愤怒：谁把如此美丽的少女摧残了？起码男人看了会油然而生一种责任感：保护我们的女人！庶皎却不愿意看，一看就勾起她的伤心。不过，从此她就对服装师有些好感了，即使服装师想得寸进尺，她也不拒绝，她实在寂寞，就容许服装师留宿。每次服装师都受宠若惊，每次都要沐浴更衣后才去接受那软玉温馨……

突然面对这样的尴尬，连善静都难以接受。服装师这种人渣，黄宫里谁肯睬他，多看他一眼都恶心，脏兮兮臭烘烘，还自鸣得意地甩动一头乱蓬蓬长毛卷发，像从染房爬出的一头野狗。庶皎怎么能容忍这种人上床？博导还算一表人才，还算高大魁梧，服装师算什么？虽然他自称练过武术，看样子确实也精干，但他那么矮小，恐怕那玩意都没发育健全，跟这号人厮混图什么！善静打扫房间、清洗被褥，她一言不发，用沉默表明她比萤辉还要愤怒。

萤辉更是没法平静，他接过庶皎递来的一杯水，双手都在抖。庶皎很害怕，倒不是为自己的行为懊悔，而是没想到萤辉会气恨成这样。萤辉的愤恨并非完全因为他鄙视服装师、厌恶服装师，还有嫉妒，还有一种说不清的醋意。他把庶皎当妹妹，也理性地把这种关系限定在兄妹范畴，但又确实感觉到，他在庶皎身上寄托的不仅仅是兄妹之情。只要看见庶皎跟男人接触，他就无名火起，包括当初庶皎跟博导亲昵。只是他不得不忍受而已，如同当初他忍受博导对善静的过分关心。现在他忍无可忍，沉默了一阵又沉默一阵，他脸色苍白，低沉而又威严地喝问：到底怎么回事？庶皎不敢看哥哥眼睛，她别过脸望着窗外说：没什么事，不过是他求我当模特。

你当过了？

庶皎点点头，她以为承认当模特总比承认有奸情好，却没想到萤辉和大多数人一样，听到人体模特就联想到：众目睽睽下赤身裸体，任由人家狎玩，任由人家反复描绘。他眼前浮现无比丑陋的画面，再次怒火攻心，他"噌"地冲向服装师宿舍。

服装师房门虚掩，他并未惊慌失措，他已付给庶皎很多钱，很坦然地蹲在画架前继续完善他那付出巨大代价的《少女》。突然门被"呼"的一脚踹开，萤辉居高临下指着服装师鼻尖，厉声问：你拿我妹妹当模特？也就在这时，萤辉已经瞥见那幅《少女》，同时瞥见那幅庶皎的全身画像，他狂暴地嘶吼：我日你奶奶！他随手抄起板凳"噼里啪啦"砸向画架，服装师慌忙拿自己身体去掩护，这些画比他生命还重要。可萤辉已经发狂，他不管面前是人还是画，抢起板凳就砸。服装师遭他一板凳砸在背上，疼得"哎哟"一声扑在地上。萤辉还不住手，又砸向那幅《少女》，服装师立即像弹簧蹦弹起来，这幅《少女》花去他多大代价啊，而且凝结他多少心血！你他妈敢……他话音未落就扫地一铲，一个扫堂腿把萤辉连根铲倒。

萤辉在服装师面前像大人面对小孩，竟然被服装师轻易就铲倒，他不相信自己打不过面前这个侏儒样的东西，爬起来奋力扑向服装师。服装师确实练过拳脚功夫，萤辉不是他的对手，他见萤辉一副拼命的架势，矮身闪过猛扑来的萤辉，顺势一个背摔，把萤辉"轰"地一声摔出门。萤辉不算十分壮实，这一摔受伤不轻，摔得萤辉凄厉一声惨叫。可他还要战斗，还要挣扎着站起来。服装师纵步跳上去，骑在他身上使出一招"弯弓锁喉"，用臂弯死死箍住萤辉脖子。萤辉立即感到透不过气来，感到快要被服装师箍死了，他拼命蹬腿，双手胡乱抓扯，接近垂死挣扎……

听到萤辉惊心动魄的惨叫，善静、庶皎一拥而出。看见两个男人打得不可开交，善静不敢上前帮忙，她从没打过架，不知道怎么帮忙，只能飞跑着上楼去呼救。庶皎阴沉着脸走过去，发现萤辉已遭服装师箍得脸都变色，别人看不出她能看出服装师已使出"弯弓锁喉"，这是置人于死地的杀人招。

庶皎轻轻一抖：怎么能下这种毒手！如同母亲看见自己孩子在挣扎，她脑子里一片空白，不假思索就"呼"地拔出大号瑞士军刀，她没有其他力量，只有刀子和身体，使用刀子几乎成为她的本能。服装师还没意识到危险，他已气急败坏，继续恶狠狠地吼：老子的画呀，你狗日拿命来抵偿……突然庶皎飞腿一脚，服装师慌忙闪过，他快庶皎更快，庶皎如影随形粘上他，"嗖嗖"就是几刀。服装师倒地一滚，已经血流如注，多亏他身手敏捷，他滚进房间就"呼"的一声关上门。

慌忙赶来的沙大妈大喊大叫：杀人啦，杀人啦！庶皎白她一眼，不慌不忙地去盥洗间。其实她很慌张，她知道这几刀的后果，不像前次杀博导没人知道，这次一定要被追究杀人行凶罪。她假装从容不迫，实际上动作非常迅速，她洗去手上血迹返回黄宫三号，随便换件裙子，飞快地拿上全部现金，拎上包就快步走出黄宫。走出校园她才哭起来，她泪流满面，没有太多时间给她选择，公安随时可能追上来。她去发廊召唤上那小姐，她需要一个助手一起赶去龙王潭，除此以外没有更安全的地方，她现在已有好多钱，她相信这些钱足以摆平一直追杀她的顾家兄弟。

善静的呼救惊动了二楼正好也在宿舍的女警察和法学老师，等他们冲下楼来，沙大妈、萤辉已吓得魂不附体。女警察没过多追问细节，只是尽力淡化此事。她对服装师说：你可以要求追究庶皎的刑事责任，但庶皎也可以要求你民事赔偿，你侵犯了她肖像权。服装师没说他跟庶皎是交易，甚至没说他在庶皎身上花去了好多钱，他始终沉默以对。也许他和博导一样，并不想将事态进一步扩大。也有可能，他和博导一样对庶皎爱恨交加，说不定还是爱大于恨。

一切都出人意料，经过女警察很技巧地处理，服装师被送去医院后，此事就波澜不惊地平息了。正好又是假期里，没有造成恶劣影响，学校也尽量掩盖。

萤辉惊魂稍定后，发现庶皎不知去向，他愤恨不已：去死吧，去死吧！然而仅仅过了一天，善静就听到萤辉低声哼唱：

哥——哥——

你在哪里哩？

……

　　善静听得心酸，知道萤辉在思念庶皎。她不知道萤辉不仅思念，还很焦虑，很怕庶皎回到龙王潭。但他又尽力使自己相信：庶皎不会那么傻，明知顾家兄弟在追杀她，还回龙王潭找死。也许庶皎仅仅是躲藏起来，等一阵发现公安并未追捕，庶皎就自己回来了。回来服装师会找麻烦吗？服装师会善罢甘休吗？萤辉很恐惧、也很羞惭，如果庶皎再回来，如果服装师不依不饶，甚至公然纠缠庶皎，他如何应对？可能他会给服装师两耳光，然而他打不过服装师，服装师练过武术……

　　他再次感到自己很无力、很无助，他知道如今社会依赖权力、财力和暴力，而他没有权力也没有财力，他只有知识，知识没有力量。他不期然而然地想到：可能他需要低头，比如巴结权贵，寻求权贵庇护。可谁能接收他呢？谁肯庇护他呢？

　　这一天他对善静说，他打算厚着脸皮去找博导。如今博导在一家地方性银行当副行长，好多人都去巴结，包括那些曾经对他口诛笔伐的人，那些曾经要把他从医院揪回来的人。萤辉也想去巴结，指望博导给他一个指引：如果服装师还要来纠缠庶皎，他打又打不过人家，怎么办呐？

　　善静听到萤辉要去找博导，觉得萤辉简直是改邪归正弃暗投明。她早就希望萤辉主动跟博导和好，以前因为庶皎在身边不便开口，没想到萤辉自己就幡然醒悟。要是博导还能把萤辉当学生，还接受萤辉点烟，还摆出导师姿态对萤辉谆谆教诲……善静提出跟萤辉一起去，萤辉竟然没有反对，可能萤辉太想巴结博导，甚至甘愿带上善静一起去巴结。

　　晚饭后他们就出门。夕阳下的校园空旷沉寂，仿佛置身于安宁静谧的丛林。只是夕阳太红，正在聚集的乌云不足以将血红夕阳遮蔽，于是天空像是鲜血淋漓。说不清这会儿的景色是灿烂还是破碎，总是勾起人满腹惆怅，甚至落寞感伤。善静紧紧挽住萤辉胳膊，知道萤辉心情不好，她近似夸张地表现自己的天真烂漫，以讨得萤辉一笑。果然善静的笑容让萤辉心头舒畅了些，他扯上善静奔跑，像国产电影里十分做作的男女追逐，只是没有出现"一爱就追，一追就倒，倒地又不敢扑上"那种镜头，因为他们蓦然望见一个似曾相识的身影。一位穿着超短裙的姑娘，疲惫不堪地贴靠在校门铁栅栏，一副无可依依的样子。突然看到萤辉、善静，她兴奋得手舞足蹈，一边大声喊：喂喂喂……一边使劲招手。

靠近了才发现，就是那位跟随庶皎的小姐，她怀抱一个匣子，脚边大包行李。大概是门卫一直不让她进，她在此等候好久了，激动不已地对门卫说：我要找的就是他们，就是他们！

既然找他们，怎么不知道他们的名字？门卫仍然将信将疑。善静睃向萤辉，萤辉已跟门卫说：认识她。但萤辉没把小姐领进校门，而是十分警惕地打量小姐，很怕小姐引来顾家兄弟。过了片刻没有发现危险，他径直走向路边那株巨大的塔松，这里既阴凉又隐蔽。善静紧紧拉住萤辉衣袖，冷冰冰睃向小姐，小姐一手抱匣子一手拖行李，萤辉、善静都不帮她一把，她累得直喘粗气。总算靠近塔松了，她"呜"的一声哭起来，呜呜咽咽说：毛老板从不讲她哥住哪里，只说在大学，又不说在什么大学，害得我找得好苦啊，又不知道你们名字……听她哭得心烦，萤辉生硬地打断她：你找我们到底想干什么？小姐横过手背抹把眼泪，递上匣子说：这是毛老板……萤辉眼睛一鼓，顿时一身僵硬，甚至伸不出手去接，连眼珠子都不动，鼓睛暴眼瞪着小姐，只是嘴唇抖动。见此情景小姐吓得花容失色，似乎很怕对方怪罪她，她结结巴巴叙述：指当赶回龙王潭，就没事了。一下车就遭顾家兄弟围上，棒子砖头飞过来。等警察赶来，早就咽气了，话还没说一句呢！算是黑帮斗殴，就火化了。没人收尸，只好我去捧回骨灰盒……善静突然瘫下来，跌坐在草地，捂着脸凄厉呼号：怎么可能呀……萤辉使劲闭上眼睛，半张着嘴像在打寒战。过了好久萤辉才挣扎着接过骨灰盒，僵硬地弯下腰，算是给小姐鞠躬。不是小姐还有一分忠心，庶皎将尸骨无存。小姐却不肯接受感激，她慌忙背上行李说：那我就走了。萤辉想说一声谢谢，可一句话也说不出。倒是善静忽然想到：就没一样遗物吗？其实庶皎遗留的钱都在小姐身上，小姐却坚决地说：都烧了，都烧了。然后慌慌张张去拦出租车。萤辉终于哽咽出声：快回家吧，别再出来，外面危险……泪水喷涌而出，又哽住了喉咙，他只是直勾勾地瞪着出租车开走。

善静摇摇晃晃站起，她并不是假装，尽管她不喜欢庶皎，照样哀恸得天旋地转。怎么就没有了呢？庶皎的音容笑貌历历在目，她扑在萤辉肩上无声地流着眼泪。如果还有机会，她可能不再忌恨庶皎，可能会跟庶皎亲爱相处，一切怨恨忽然烟消云散，剩下都是庶皎的百般好处。善静甚至想到：庶皎哪点对不起她这个嫂嫂，哪点对不起这个家，可嫂嫂给了她什么？这个家又给了她什么？萤辉已站立不稳，但他还在坚持，他不想倒下，不想在马路边哭泣。他牵上善静的手说：回去吧。过两天把妹妹，送到她妈妈身边，她们团聚了，跟爸爸也团聚了，再也不会有人拆散她们……

晚上的黄宫三号，再次响起低沉压抑的哭泣，一直哭到深夜，哭得比上一次还要凄凉。没人来安慰，没人来吊唁，只是一对年轻男女偷偷哭泣。也没人知道为什么，至多有个沙大妈，逢人就叹息：唉唉，又死人了，又死人了。俺啥没见过，就没见过半年戴三回孝的……通常没有哥哥给妹妹戴孝，萤辉却一定要戴上黑纱。善静也戴了朵小白花，只是她不对人讲谁死了，不愿意给人知道庶皎死了。如果萤辉也不讲，将永远不会有人知道，连公安也只是知道死了个毛甜甜。萤辉不可能讲，他几乎不再出门，经常独自望着窗外发呆。善静能够理解萤辉的哀伤，尽量不去打搅萤辉，一个人把洗衣、做饭的事都包揽下来。

可是哀伤的气氛总也不能散去，善静日复一日都是单调地重复洗衣、做饭、拖地，没有一丝欢乐。萤辉难得说句话，不是痛苦地呻吟就是默默流泪，或者自责懊悔，有时还梦呓般喃喃自语：早晚要走，不如一起走……他神情恍恍惚惚，似乎永远不能自拔了。一开始善静还陪着流泪，还温言劝慰，可一直这样悲沉萎靡，再能忍耐也厌烦了。尤其令善静沮丧的是，他们几乎不再秘戏，萤辉提不起兴致，即使勉强应付也只是唉声叹气敷衍了事。

终于熬到开学，善静像逃出棺材，只要有可能她就去系里，跟系里老师、学生在一起多少还有点欢声笑语。可中午、晚上，她还得回到宿舍做饭、洗衣，还得面对神情恍惚、萎靡不振的萤辉。善静惊讶地发现，她已不再喜欢这间宿舍，回到这宿舍她就浑身无力，甚至双腿发抖。

原先大部分家务都是庶皎做，那时善静还怄气，她才是这间屋的主妇，不需要外人帮她做家务，她要抢才能从庶皎手中抢到家务做。现在全部家务落在她一个人身上，她感到自己像保姆，无论身体还是心理都不堪承受。如果萤辉能帮她做一点，即使不能帮忙，能在旁边说几句笑话，她也能得到点安慰，也不至于越做越累、越做越厌烦。可萤辉几乎麻木，饭到手就吃，也不管好歹；衣服拿到就穿，也不管搭配；无论善静怎么调情，他都无动于衷。至多看善静哭了，才把善静搂在怀里，让善静撒一阵娇，然后无可无不可地躺下，机械地满足善静总是那么强烈的需要。他越来越乏力，身体在消瘦，似乎腰杆也在弯曲，再也迸发不出火热的激情。没有激情的爱没有任何快乐，后来善静也不想做了，宁肯早点睡觉，第二天早点起来，早点去系里，跟系里老师、学生打趣逗笑。可这些也不能满足她的需要，反而更加空虚无聊，同时又惶恐不安，总是隐隐感到还要出事，而且可能出更大的事。

这一天系主任惊慌失措告诉善静，萤辉出了教学事故，把应该上的课都忘记了，教务处已为此发出通报。善静一点也不感到意外，以萤辉目前的精神状态，不要说应该上的课，恐怕连新婚妻子都忘记了。但善静还是很惊慌，萤辉可以忘记新婚妻子，万万不能忘记上课。忘记新婚妻子没人责罚，忘记上课就可能要他下课。一旦他下课了，学校不要他，他能做什么？大学里他是最受学生欢迎的老师，离开大学谁会欢迎他？一个留校生，不像善静还顶着剑桥博士桂冠，又不像博导有能耐，也不像英博士拥有产品，更不像服装师靠画画也能维持生计。而且他的专业是金融，金融是学与不学差不多，在中国不是必须懂金融才能在金融业混事，否则金融系济济一堂那么多教授、副教授，干吗不去金融业混事，那金融业多吸引人！必须帮萤辉保住饭碗，善静恳求系主任：萤辉在忙科研呢，正在赶写一本"农民在煤油灯下也能读懂"的书。不如他的课还是我帮他代下吧！

从此善静要做两份工作，她更加累了，总是感到心力交瘁。她给萤辉提出：实在太累，没力气买菜做饭，还是吃食堂好吗？萤辉无可无不可，吃好吃歹他毫不在乎。他在忙着买公墓，他要把庶阿姨和庶皎安葬，不忍心将这对苦命母女一直寄放在殡仪馆的万年堂。买公墓得花多少钱啊？他们根本没钱，就几个月的工资积蓄。萤辉说他已打听过了，大概需要一万多，就拿姑姑、婶婶给他疏通关节的钱先垫付。善静不好阻止，也许把那母女安葬后萤辉就能淡忘哀伤，说不定就重新振奋了。可由此一来将欠下一笔不小的债务，哪天才能还清呀！而且总不能这样就算结婚，一桌酒没办，一件新衣服没买，连床上用品都是原先的……善静不敢当着萤辉的面伤心，只好一个人偷偷饮泣，觉得自己命运悲苦。她又去想那缂丝画，也许只好靠它了。可是，如果萤辉不同意她先带缂丝画出国呢？善静一激灵，她被忽然冒出的念头吓了一跳，她想把缂丝画偷偷带走。

这念头一旦冒出就挥之不去，善静继续盘算：怎样才能神不知鬼不觉地偷出缂丝画，又能顺利出国？出国必须作些准备，起码要去忙签证，起码要把缂丝画重新包装，萤辉整天都守候在宿舍，万一被他觉察就难以脱身了。善静做事决不冒失，没合适机会她就等待。

终于机会来了，萤辉突然收到母亲来信，说映雪去香港当演员了。善静马上想起那时在饭桌上听到的议论，她说映雪是去当小姐，并不是当演员。萤辉本来也疑虑重重：映雪怎么可能做演员？香港什么人家来招收演员？现在听善静说是去当小姐，萤辉慌忙问：你怎么知道？善静尽量危言耸听地说：在你们家听几个妹妹说的，只要漂亮，只招女孩子，但必须是处女，有这样招演员的吗？不信你回去问，二叔、姑姑家两个妹妹都知道。萤辉还没从庶皎惨死的哀恸中解脱出来，再遭这样一刺激，他几乎崩溃了。他头冒虚汗，摇摇晃晃站起来说：不会吧，不会吧……说着他像梦游，立即就要回家。

善静急忙给他收拾行装，忧愁满面叮嘱他：我有课，不能陪你，你可要保重啊……善静突然失声痛哭，哭得很伤心，她从没这样哭得椎心泣血。可萤辉有点神志不清，已经有点麻木，加上他一心都在映雪身上，根本没在意善静的反常。

送走萤辉后，善静跌坐在床沿发呆，忽然拿不定主意。她担心萤辉倒在路上，担心萤辉一去就不能回来，她甚至想追赶上去……她心如刀绞，开始厌恶自己，觉得自己太自私太冷酷……又去想她的萤辉正是需要安慰、需要帮助的时候，怎么能这时候抛下萤辉呢！她又哭起来，一直哭到中午，一点没有饥饿感，再次想萤辉这会儿该到哪里了？她想得心口痛，觉得自己也要倒下了。她挣扎着起来，喝了杯凉水去盥洗间。

走廊里遇到英博士，怕英博士看出她眼睛都哭肿了，她低着头没搭理人。英博士却追上来，惴惴不安地问：怎么一直看不见庶皎呢？善静仍旧不抬头，只是低声说：她走了。

走了？去哪里了？还来吗？

善静使劲摇头，快步走去盥洗间。再回来时，看见英博士还守在走廊，善静冷冰冰地问：有事吗？

英博士左右看看说：去你房间说吧。

善静从不单独一人在宿舍接待男客，她微红了脸说：有事请讲，我马上要出门。

英博士很不高兴地说：你别误会。我只是想问，庶皎一定不来了吗？

善静也有些生气：来不来关你什么事，我们家的事用得着你关心吗？她斩钉截铁地回答：肯定不来了！

那就只好给你们当哥当嫂的讲，她欠我六万多货款，怎么办？

她欠你什么货款？

英博士压低声音详细讲，庶皎帮他推销避孕药，一直是过后结账。现在庶皎账没结人就走了，他只好找善静、萤辉追讨欠债……善静听得张口结舌，那冤家还欠下这么大笔债？六万多，拿什么还人家呀！善静苦笑一声，摇摇头说：等她哥回来再讲吧，正好萤辉回老家了。你放心，我们不会赖账，妹妹不还只好哥哥嫂嫂还。

英博士很不好意思地说：也是，也是，我也是太着急。善静看他显然相信了，微微一笑跟他点头告别，然后什么也不再多想，急忙带上护照赶去领事馆签证。

一切都很顺利，没几天就拿到签证。萤辉的存折上还有点钱，善静只提取一部分，只需凑够单程机票钱，其余的都给萤辉留下，她知道萤辉比她还需要钱……一念及此她差不多心碎，但还是没犹豫。衣服都嫌寒酸，她全部扔下，只要庶皎那条花去一千多元买来，一直还没舍得穿的名牌套裙。善静比庶皎瘦小，套裙略显肥大，正好可以把缂丝画缝在套裙衬里上。缂丝画本来就是真丝制品，与套裙融为一体后几乎看不出痕迹，正好逃避海关检查，海关总不能要求她脱光身子检查。一切准备就绪她又发了呆，她在想：要不要给萤辉留张字条？萤辉回来不知她的去向，必定急得发疯。可是，如果留下字条，万一萤辉不能理解她，不能原谅她，萤辉去公安报案怎么办？如果公安再发通缉，或者通知国际刑警，那就不堪设想啦！想来想去还是没留字条，只是把钥匙留下，她相信萤辉能从留下的钥匙判断出，她已经出走。她甚至没去看一眼自己的娘家，她不能再犹豫了……

从此的束脩大学校园里，经常看见一个瘦削的身子，像根弯曲的竹竿，很长很细，身高将近一米九，体重不到六十公斤。他始终弯着腰低着头，飞快地走来走去，说他散步吧，总是匆匆忙忙惊惊惶惶；说在寻找什么吧，他又不抬头看、不张嘴问。连海关调查局来人找他，他也不开门。后来人家撞开他宿舍，像是搜查，他才不得不迎接。可他恍恍惚惚，不回答任何问题，似乎对方的话他一句也听不懂，只是嘴里嘟嘟囔囔。以为他在念叨什么，靠近了才听出他在唱歌，而且永远只是那句：哥——哥——你在哪里哩？听得人心酸，也很好笑。

不认识他的老师和学生，都要好奇地打听：这是谁啊？一开始还有人不厌其烦地介绍：曾经是最受欢迎的老师，现在不上课了，只搞科研。一直在写一本书，本来想写成"农民在煤油灯下也能读懂"的书，结果写得谁也读不懂，连他自己都读不懂！这样的介绍总能惹得捧腹大笑，但多次重复就不好笑了。后来就懒得介绍他，只是一言以蔽之：疯子！

下篇：透支

一　迷途

泪水从楚娥漆黑的墨镜背后流出，她缓缓背过身，摘下墨镜揩干眼泪，不给大笠看见她失明的双眼。刚来这座城市那会儿，她特别喜欢跟大笠对视，相互注视对方亮晶晶眼球里小人儿，谁先眨眼谁就输，每次都是大笠认输，大笠说：受不了啦，受不了啦！对视片刻他就亢奋不已难以自持，就动手动脚热烈亲吻。楚娥也一触即发，尽管娇羞满面但从不退缩，她温软地迎接上大笠胡子拉碴粗硬嘴唇……

然而就在去年，大笠带队外出参加田径比赛，半个月还不回来，楚娥开始着急，怕争强好胜渴望成功的大笠铩羽而归，怕大笠经不起失败打击发生意外。她坐立不安就去火车站，等到黄昏再也没有当天开来的火车，她才不得不离开。挤上公共汽车，她恍恍惚惚左顾右盼，希望大笠正好跟她错开，然后在公共汽车上突然相见。就在她左右张望时，车厢里一阵拥挤，几个男人把她夹在当中，有个男人那玩意儿甚至肆无忌惮地硬邦邦戳在她腰背。她惊讶地发现这伙故意制造拥挤的人，正在掏乘客钱包，她使劲一推，面前却是铜墙铁壁一般。她本能地意识到危险，即使不被那些人偷去钱包，也可能遭到公然调戏，她羞愤难当失声尖叫：扒手，扒手！一个男人猛然回转身，长发披肩颇有几分英气，服装也华丽，目光阴冷热烘烘贴面朝向楚娥，恼羞成怒呵斥：谁是扒手！随即就张开他宽大巴掌，朝楚娥脸上胡乱一抹，楚娥顿时撕心裂肺惨叫，双手捧脸跪在车厢，很快鲜血就从指缝冒出。等到司机紧急刹车，车厢里的人慌乱中回过神来，那伙人已抢先下车，趁着暮色逃之夭夭。

过后公安说，扒手指缝里至少夹了三片锋利刀片，就在那么胡乱一抹时，刀片划破了楚娥美丽的眼球。公安说他们已全力以赴，但没抓到凶手。大笠不相信，楚娥是绘画老师，素描基础很好，就在跟扒手对视的瞬间，楚娥已把凶手刻骨铭心记住，并配合公安肖像专家画出凶手肖像，只要发出通缉，怎么抓不住凶手？大笠心头的仇恨像燃烧的火焰，把他烧得狂躁不安，烧得差不多发疯，只要看到楚娥失明的双眼，他就捶打自己脑袋，发出痛不欲生的粗重叹息，牙齿咬得嘎嘣嘎嘣响。楚娥出院后，只要有可能大笠就挤上公共汽车，他不再指望公安，打算自己捉拿凶手，他发誓无论付出多大代价也要剜出凶手的眼睛！

楚娥看不见大笠的表情，但能感觉到，如果凶手被大笠抓住后果不堪设想。大笠是体育老师，足以制服几个扒手，足以剜出扒手眼睛，可是那样一来，大笠也将故意伤人受到法律惩处。楚娥很害怕，不给大笠看见她失明的双眼，永远戴副墨镜，避免刺激大笠，希望大笠放弃仇恨，希望时间洗刷一切。然而一年多了，大笠还在寻找凶手，他已捉拿无数扒手，却没捉住残害楚娥的凶手。

今天楚娥又画出一幅盲人画：头顶太阳被画成蓬首垢面老人，披件污浊不堪朝霞，在滚滚浓烟中剧烈咳嗽；地面远景烟囱林立、矿山裸露，随处可见废弃塑料袋和工业残渣，还有水泥厂尘土飞扬，塔吊伸长的钢铁臂膀被抽象成翘立的粗大拇指，表明赞赏和鼓励；中心画面建筑垃圾堆积如山，不见田野、草地、河流，只见色彩斑斓的蝴蝶尸体整齐排列，一株不知名的微弱青草开出两粒洁白小花，正好生长在蝴蝶尸体边……面对如此不忍目睹画面，大笠弯腰捧起楚娥瘦削的脸庞，安慰她：这是暂时的。等我报仇雪恨，一定回心转意，从此只想工作，只想挣钱。等到挣够首付款，我们也去银行按揭，买套花园小区住房，那里绿草如茵还有假山、喷泉和人造溪流……可楚娥继续流泪，大笠知道这是楚娥无声地央求：放弃仇恨吧！大笠粗重地叹息，之前他以为只有抓住凶手才能解开楚娥心结，才能让楚娥心头不像眼前那么阴暗。可楚娥的油画、楚娥的哭泣，一览无余地表明她更需要安宁，而不是报仇雪恨。

大笠不再挤乘公共汽车，他跑步到学校，大汗淋漓赶去操场，亲自组织早晨的广播体操。这是一所很不起眼的城厢中学，民工子弟居多，想乱收费也无从收取，福利很差，留不住老师，像大笠的体育教研组，就他一个专业体育老师。即便如此校长也十分重视体育，其他学校早自习后才做操，他们连早自习都省略了，挤出更多时间锻炼身体。以前大笠很晚才来，他要绕一大圈挤乘公共汽车抓扒手，老师们都赞扬他，可校长愁眉不展，校长需要的是体育老师，而不是反扒英雄。何况大笠未必算英雄，无论面对谁他都直言不讳说，他仅仅为了报仇，他要血债血还剜出凶手眼睛。

今天大笠终于出操，校长不相信他已改邪归正，不相信他迷途知返，不过校长还是喜出望外，笑眯眯看着大笠，如同看浪子回头。

清晨的校园吵吵嚷嚷，看上去中学生弱不禁风像豆芽，实际上桀骜不驯，他们的任务是学习知识，却未必敬畏知识。这座南方城市的人普遍矮小，大笠一米九的身高，与健美选手差不多的肌肉，满脸粗短坚硬的胡子，雄狮般低沉浑厚的声音，更令学生肃然起敬。大笠掏出口哨"瞿瞿"一吹，操场安静下来，随着广播传出：一二三四，二二三四……大笠开始巡视。他走进队列中间，有那动作不够标准的学生只要看大笠瞪眼，就吓得一哆嗦，其实大笠并不体罚学生，也不是一副凶神恶煞的样子，但照样令人望而生畏。

做完早操校长招呼大笠去办公室，对他说：我们学校没有钱，没有好的校舍，没有过得去的实验器具和藏书，没有知名的老师，没有充足的生源，区里不重视我们，社会上又没有良好声誉，维持下去难啊！所以我想，一定要培养特长生。如果能培养一个两个体育尖子、艺术尖子，就可能声誉鹊起，区里就会重视我们，就有钱了，就可以改善办学条件，就可以提高待遇，就可以引进更多优秀老师，就可以全面提高升学率。可是好不容易引进你和楚娥，你要抓扒手，楚娥又遭遇不幸……这类话校长讲过好多遍了，原先不等他讲完大笠就转身走人，懒得听他唠叨，听他唠叨还不如多挤一趟公共汽车，说不定就抓住凶手。或者回去陪伴楚娥，楚娥闭门不出太需要陪伴。

今天大笠却很有耐心，他看着校长稀疏的花白头发，苍老面孔上皱皱巴巴扭出一个粗大眉结，一副忧心忡忡的样子，忽然感到对不起校长。如果不是校长作了很多努力，不可能把大笠、楚娥作为人才引进，还分给他们住房。尽管只是两间宿舍，两间即将拆迁的瓦房，但也算给这对连婚礼都没举办的新人筑起一个还算温暖的窝。做到这点校长已竭尽全力，而且楚娥双目失明还算在册教师，大笠、楚娥都很感激校长，这老头既正直又善良。但也正因为正直善良，如今时代显得很无能，他没能力疏通上级，得不到上级支持，只能自我挣扎以求摆脱困境。大笠再次粗重地叹息，终于答应校长培养体育尖子。校长大喜过望，他对大笠的能力深信不疑，只要大笠不再抓扒手，一心投入教学训练，一定能培养出体育尖子，一定能为学校争光为学校扬名。

校长又提出，希望大笠说服楚娥，闭关在家对身体、心理都十分不利。不如也来学校，哪怕只是给学生讲点美术常识，也算开出美术课。好多中学都不开美术课，如果他们能开出美术课，也是一个突出的亮点，万一发现一个两个美术天才，也能为学校争光为学校扬名。而且楚娥一直病休，校长承受着很大压力，虽然病休期间只能领取基本工资的百分之五十，也是不劳而获，还占用一个教师编制，其他老师闲话不少，区教育局还为此批评他妇人之仁。

大笠没接校长这茬话，虽然他也希望楚娥走出家门，可楚娥已把自己封闭。一年多的幽闭中，楚娥不知想了多少事，包括父母为什么如此绝情？当初楚娥跟大笠恋爱，楚娥父母就坚决反对，认为大笠只是体育老师，没钱也没前途。父母给楚娥介绍老家的县教育局副局长，虽是离婚再娶，但有头有面还有钱。楚娥却断然不从，责备父母只顾自己脸面不顾女儿幸福，把女儿当商品太自私了！父母却说，楚娥只顾自己幸福不顾父母需要，不是更自私吗，如此自私的女儿养来干什么？闹到后来都怪对方自私，最终一刀两断脱离关系。

大笠的父母也在楚娥双目失明后，逼迫大笠抛弃楚娥，大笠不肯，说父母太绝情。父母说他们年龄都大了，弄个瞎子儿媳回来，养儿不能防老还要他们伺候，不是更绝情吗？最后也跟父母翻脸。

楚娥自怨自艾认定，这是命运刁难她和大笠。她不止一次想过结束自己生命，可又放心不下大笠，她看大笠像一头笨熊，经常需要楚娥引导，没有楚娥引导他将迷失方向，甚至可能杀人。那时他就夺下公安的手枪，说公安与扒手沆瀣一气，不然为什么抓不住凶手？那时大笠恨得发疯，准备像小说中的武侠杀尽天下恶魔！如果不是楚娥还在医院手术室，还在等他服侍；如果不是手术后的楚娥很理智，一直把大笠黏在身边；如果不是楚娥一再恳求大笠，不能光顾泄愤，还要可怜残疾的妻子；如果不是公安理解大笠的悲愤，没有惩处大笠，没有进一步刺激大笠……当时的大笠就可能以卵击石自我毁灭。

　　可双目失明后的楚娥与眼前世界差不多隔绝，她自己都很迷茫，怎么引导大笠？她也想振作起来，也想走出幽暗，也想分担大笠肩负的沉痛，可她能做什么？她眼前一团漆黑，心头注满泪水，连曾经的同学、朋友都不想见，不想得到他们的帮助和怜悯。那时她在大学里多骄傲啊，同学们说她像贝尼尼的雕塑《阿波罗与达芙妮》里河神的女儿达芙妮，连太阳神阿波罗都追赶她。大笠正像阿波罗，火热地追赶她，可惜等到追赶上，她正在变成一棵月桂树。

　　好在楚娥终于平静下来，接受了命运不公正的安排，重新拿起画笔研习盲人画。

二　冰山

黄昏时分，大笠下课后照例拐弯去菜场，他高大的体型十分突出，菜场的人大多认识他。不仅认识，还把他当英雄，据说只要他出现扒手就销声匿迹，连那些沽吃霸赊的小混混也望风而逃。来这菜场的顾客大多蜗居在城市，旁边就是建筑工地，不远处是水泥厂，歪歪斜斜的老街深巷到处写上斗大的"拆"字，稍微有点能耐的人都已搬走，还能来这菜场的，除了大笠这种只能住宿舍的人，就是一直建房也没房住的建筑民工和家属。这一来菜价倒不贵，黄昏时更便宜。鱼摊上的戚大嫂鼓动大笠：买两条鲫鱼吧，都翻肚子了，说死就死。便宜卖给你，两块钱，不然也死啦。大笠却忽然想起另外一件事：戚大嫂的儿子就在城厢中学念书，一直拜托大笠关照。可她儿子成绩太差，只是体育成绩优异。正好校长要大笠培养体育特长生，他问戚大嫂：把你儿子交给我训练，舍得吗？戚大嫂大概问了情况，欢天喜地表示：舍得舍得。就照你的办法弄吧，只要不给我弄死弄残，咋弄都成，我家孩子肯吃苦。

大笠很高兴，他知道所谓的特长生就是调教成竞赛工具，正愁找不到合适的学生。条件稍微好些的人家都不会拿自己孩子当竞赛工具，先别说训练有多苦，几乎把人扭曲成兽，不然怎么超越常人。而且前途莫测，一般人只看到领奖台上的明星，不知道好多孩子都是半途而废，拿不到奖牌也没一技之长，又把大好时光耽误，还可能落下一身伤病。这是拿一生做赌注，而且是几乎没有赢家的赌博，只有领导、教练和仅有的那么几个明星赢了。但从一个集体来说，这样的牺牲可能争取到集体荣誉，为了集体荣誉，以及集体荣誉背后的集体利益，必须有人做出这样的牺牲。同时大笠也认为，他并不是拿戚大嫂的儿子做牺牲，他对自己充满自信，相信自己能把戚大嫂的儿子培养成才，至少能考上体校，往后也能当个体育老师，总比去建筑工地当民工强。戚大嫂也不可能认识到这是一种牺牲，反而认为她儿子得到器重，即将接受栽培，她满心欢喜满怀感激，一定要把两条已经翻肚子的鲫鱼送给大笠。大笠不肯接受，仍然付给戚大嫂两块钱。倒不是嫌对方礼轻，而是他不能接受如今时代的规则。如今时代讲交易，没有行与不行，只有合算不合算。他仍然固守"智者不谋非其事、廉者不谋非其有"这种近似虚妄的教化，包括作为体育教研组负责人，他在购买体育器材时人家送点回扣他都一概拒绝。

买好菜回家，大笠健步如飞，走路一阵风响，路人看见都慌忙闪避，惟恐给他庞大身躯撞个仰面八叉。不远处是一条正在拆迁的幽深古巷，地面挖得坑坑洼洼，堆满废弃的砖瓦泥石。一条小黄狗懒洋洋蜷伏在墙脚，仍在为主人看家守院，而主人已搬走。大笠差不多翻山越岭才穿过垃圾阻塞的幽深古巷，面前出现一排砖墙瓦房，是教师宿舍。

住房制度改革后，老师们陆续搬去自购的商品房，却不肯退还宿舍，因为学校至今没有发放住房补贴，他们就以此要挟，占据宿舍不肯退让，弄得开发商的拆迁一再受阻。宿舍空着也浪费，他们就出租给进城务工的农民，或者租给人家做生意。大笠的邻居就是一家中医推拿房，其实挂羊头卖狗肉，经常出现不三不四男人，应该是嫖客。中医推拿房的小姐跟大笠、楚娥都面熟，但从不来往，甚至不打招呼，可能小姐不愿意给人知道她们底细，而大笠、楚娥知道她们是暗娼，也不跟她们亲近。

纵向两间宿舍，第一进客厅，第二进卧室，屋后搭出厨房，旁边围栏出一块五六平方米的小院坝。没人统计曾有多少人住过这里，但这种宿舍的简单合并就是不少人曾经的家。楚娥孤独地坐在屋后小院坝，竹椅面前支架出画布，顺手摆满画笔、颜料。突然听到前门响起开门声，随即就是急促脚步，楚娥将脸埋在膝盖。大笠看出楚娥在笑，弯下庞大身躯把楚娥笼罩起来，笑嘻嘻问：什么事开心啊？楚娥仰起红彤彤脸说：刚才迷迷糊糊睡着了，梦见我们也搬进花园小区，好开心呐。大笠信心十足说：这是迟早的事！校长已承诺，只要大笠培养出体育尖子，给学校争来荣誉，就会引起区里重视，就可能增拨一笔经费，到时如果有钱发住房补贴，一定优先安排大笠。即使安排也就两万元，买一套住房至少首付七万，加上大笠、楚娥的全部积蓄三万多，离七万还差不少。大笠不肯把压力传导给楚娥，更愿意楚娥相信他有能力买套住房。

楚娥未必相信大笠有这种能力，但表面上信以为真，她想以此激励大笠：报仇有什么意义，住房更令人憧憬！她快乐地凑上温软嘴唇，大笠把她捧起来，一直支撑他们的力量就是爱，当两人甜蜜亲吻时，一切烦恼都能暂时抛开。大笠的强壮和带有几分野性的粗犷，未必能带来财富，但能带给楚娥另外的满足。双目失明后楚娥心如止水，不肯见人，不肯跟外界接触，又不能看书看电视，除了研习盲人画没有其他娱乐，对内室秘戏就更加迷恋，也是她唯一的娱乐。只要亲密拥抱她就情欲勃发，而大笠又十分强壮，同样贪恋床笫之欢，只要感到楚娥脸上滚烫他就心领神会，甚至不急于做晚饭。他急切地把楚娥抱进卧室，楚娥仍不摘下漆黑墨镜，但其他方面任由大笠脱得一览无余。她蜂腰一束，双乳滚圆，肌肤温润如玉，无论体型还是肤色都很美，似乎比以前还要美。大笠面粗心细，他健壮的肌肉和韧性强硬极富刺激，即使采取了避孕措施，也能把楚娥伺候得酣畅淋漓。他们很快活，翻云覆雨魂销魄散，却没有意识到，或者忽视了，楚娥并不健康。楚娥一直很忧郁，像流泪的红蜡烛，而大笠如一团烈火，迅速就点燃楚娥的情欲，可这样的燃烧是加速蜡烛熔化。楚娥十分疲乏，接近气若游丝，她需要静静地躺上好一阵才能恢复体力。

大笠做好晚饭端到床沿，楚娥挣扎着起来，闻到鱼香她很兴奋，她特别爱吃鱼，可眼睛看不见，需要大笠给她剔除鱼刺。大笠的手掌满是硬茧，剔鱼刺像拈绣花针，笨手笨脚特别费劲。为了不给大笠增添辛劳，楚娥经常假装腻烦鱼腥，翘起嘴巴抱怨：又是买鱼，我不喜欢。大笠连忙解释：就那学生家长，看她怪可怜，不买这鱼就死了。楚娥吃吃笑着问：人家卖什么你就买，要是有人卖房子，你也买下？大笠叹息一声说：别总说房子，一说房子我就压力特别大。我已经在努力了，可也不是说买就能买的。楚娥柔柔软软扑在大笠肩上，撒着娇说：就要说就要说，一直说到你心烦，说不定就买回房子啦！大笠十分无奈地摇摇头，把楚娥像孩子搂在大腿上，一边剔鱼刺一边鼓励楚娥：其实你应该上课，起码可以领到全额工资。不然光靠我挣钱，买套房子起码要……话没说完楚娥就"哗"地流下眼泪，大笠慌忙改口说：

只是随便说说，其实是看你闭关在家太闷。

楚娥别过脸，又是怄气了，她怄气就没胃口，也不想说话。双目失明后她多愁善感，经常莫名其妙怄气，未必一定跟大笠生气。像现在，她马上联想到自己，既不能挣钱也不会伺候丈夫，人人看不起的残废……如此一想她越想越伤心，越想越灰暗，甚至想到生不如死。死了还能解脱大笠，大笠找个比她可爱的姑娘，至少不是盲人，至少不需要大笠日夜伺候，至少不会害得大笠跟父母恩断义绝。

大笠也没胃口，只要看到楚娥难过他就不好受。而且这时的大笠往往笨嘴笨舌，不知怎么安慰楚娥，有时他的安慰反而逆向推动，越是安慰楚娥越是伤心。他什么话也不说，把时间空间都让给楚娥，让楚娥自己调整情绪。他把饭菜端回厨房，放进保温煲，他懊悔不迭，后悔触动楚娥的伤心：干吗说钱呢，干吗鼓动楚娥上课呢……可他确实希望楚娥回到讲台。

楚娥独自伤心了好久，终于说她要洗漱了。大笠去厨房打开热水器，随即掩上门退出。怕给大笠看到她安装的假眼，楚娥洗漱不许大笠在场。好在她已习惯黑暗中摸索，她能把自己洗得干干净净。

要是往常，这时的大笠又要出门抓扒手，今晚他不想抓扒手，忽然不知所向。楚娥睡眠没规律，随时可能睡觉，又随时都可能起床，有时半夜还去屋后小院坝，一直坐到天亮。大笠的睡眠很有规律，他通常十一点睡，一觉睡到早晨六点起床。现在才十点，楚娥洗漱了就要睡觉，大笠却精神抖擞，站在门口发呆，看黑黢黢巷道那边灯火通明，建筑工地还在热火朝天。他家隔壁的中医推拿房，这会儿莺歌燕舞，混杂轻狂放肆的打情骂俏声。大笠情不自禁睒一眼，透过贴了红十字的玻璃门，隐约看见朦胧灯光中，两排靠墙的沙发躺椅上，几个衣着暴露的小姐给男人推拿，场面十分肉麻。

正在这时，一个瘦削身影忽然一闪，正好进入玻璃门。那人背对灯光，没看清他脸面，但身影非常熟悉，似乎就是学校的金万年老师。大笠惊得目瞪口呆：金万年老师怎么可能进入这种场合？大笠揉揉眼睛，想看得更清楚，可那身影已消失在室内昏暗中。

大笠摇头苦笑，对自己说：别捕风捉影。就算确实是他，跟我什么相干，我金大笠可不是窥探别人隐私的小人！再说，金万年老师原先也住这里，说不定只是来看个熟人。可他为什么鬼鬼祟祟？大笠心头一凛：这老东西，可别假装串门钻我家来了！猛然意识到：平时楚娥一个人留守在家，她是那么漂亮又是那么无力，万一给这些嫖娼狎妓的畜生瞅上，怎么得了！如此一想他害怕起来，自从楚娥被害他经常莫名其妙地害怕。说不清怕什么，更多的是对未知的恐惧，甚至疑神疑鬼风声鹤唳，总是觉得自己和楚娥在明处，无数未知的危险隐伏在身边。以前怎么没想到楚娥独守在家危险？大笠狠狠责备自己被仇恨冲昏了头脑，只顾抓扒手，差点首尾不顾。他急忙返回家，把门闩上还仔细检查一遍。

楚娥并未入睡，只是侧卧在凉席不声不响。大笠收拾好房间去躺下，这会儿的楚娥需要安静，大笠不能说话不能收听收音机，只能望着漆黑屋顶发呆。墙上挂钟"嗒嗒"声让大笠想起经常使用的秒表，想到秒表他又想到戚大嫂的儿子：怎么提高他的短跑速度？他现在的百米速度超过十三秒，这样的速度不可能取得优异成绩……这么想着想着，原先不爱早睡的大笠，现在不得不早睡，也迷迷糊糊睡着了。

楚娥仍不改自己习惯，半夜起来摸索到厨房，终于感到饿了。她吃过饭继续坐在屋后小院坝，静悄悄一个人。双目失明后她经常不言不语，回归自己的内心世界，如同回到心理学上所说的内在冰山，隐藏在苦涩泪水里。心理学家认为，经受过打击遭遇过不幸的人，通常像海上冰山，表露在外的只是冰山一角，大部分隐藏在海水，外人看不见，只有自己知道。他们习惯生活在内在冰山，遇到温暖反而不适应，反而可能痛苦。躲藏在内在冰山楚娥可以自我欣赏自我调适，随心所欲而又不损伤他人。但不能扰动她，一旦被扰动她会情绪一落千丈，甚至不断想到生不如死。

楚娥一直坐到天亮，大笠被楚娥轻轻的咳嗽声吵醒，起来看楚娥容颜灰暗，显然没休息好。果然楚娥说：想了一晚上，终于想通了，就去上课吧！大笠看楚娥疲乏不堪的样子十分心疼，希望她继续在家休养，可又希望她走出去，不要一直闭锁在家。

三　指引

　　吃过早饭大笠搀扶楚娥，迎着一丝曙光，缓缓走出幽深古巷。半小时后他们出现在学校操场，校长"啊呀"一声跑来迎接，同时围上几个女教师，把楚娥搀扶到办公室。她们把桌椅靠近墙角，尽量给楚娥腾出无障碍空间，然后喊喊喳喳引导楚娥：摸到了吗？感觉到了吗？好的好的，这就是你的桌椅，最靠门口……楚娥很腼腆、很拘束，甚至有些惶恐，她没上几天课就遭遇不幸，跟这些老师不太熟悉，不愿意给人家添麻烦。也不想多说话，怕人家问起她眼睛，再次勾起她伤心，她只是尽量微笑，然后点点头或者摇摇头。

　　大笠做完早操，忙完手头的事，这才回到办公室。校长特意安排大笠跟楚娥一个办公室，楚娥依偎在大笠身上，等待大笠给她准备必须的一切，等待大笠搀扶她去教室。

　　教室里鸦雀无声，五十多双眼睛惊讶地望着楚娥。楚娥不希望大笠守候在身边，她像个渴望独立的孩子，大笠在身边她反而拘谨，她要大笠离开。好在班长是女生，很懂事，不等招呼就上来守候在楚娥身边，随时准备帮助失明的老师。美术只是副科，应安排在下午放学前或自习时间，但校长一定要放在上午，他的理由是：教育家晏阳初先生说，中国之所以长期落后，就是患了"贫、弱、愚、私"四种病。晏阳初先生主张："以生计教育治贫、以体育教育治弱、以艺术教育治愚、以公德教育治私。"因此美术绝不是可有可无的课程。

　　其实校长是想突出特色教育，他知道城厢中学这些学生大多考不上大学，不必突出主科，反而副科可能更重要。尤其对于女孩子，学会画画、能歌善舞、锻炼好形体，比多学点数、理、化更实用。楚娥也清楚这点，同时她还知道，艺术只为天才敞开大门，不一定学习成绩优异，普通中学同样可能发现天才。如果她能发现一个两个天才，她也可能功成名就。可她什么也看不见，怎么教学生画画？

　　好在她对此早有考虑，她沉默片刻深情地说：同学们，老师看不见眼前的世界，但老师心头装满了整个世界……她声音发抖，再次感到一阵难言的酸楚。同学们热烈地鼓掌，鼓励自己的老师，楚娥很感动，用颤抖的声音继续说：如果热爱艺术，应当尽量具备四个条件，足够的时间和钱，足够的压力和闲。怎么理解这四个看上去矛盾的条件？就是不要把艺术作为谋生手段，靠艺术谋生是匠人。同时不要强迫自己创作，尽可能保持心境悠闲，如同观光望景，越是悠闲越是可能发现人所未见，从而心中波澜起伏。但不要急于宣泄，而是尽量积蓄、沉淀、压缩，只有等到内心像高压锅了，才把必须爆发的情感喷发出来。日本有个诗人叫芭蕉，写过一首小诗：

　　　　当我细细看，
　　　　啊，一棵荠花
　　　　开在篱墙边！

　　同学们能体会这首诗的美妙吗？闭上眼睛想想，诗人可能在荒原散步，也可能走在冰天雪地，突然眼前一亮，看见一棵荠花开在篱墙边，马上产生难以名状的内心激荡，是惊喜还是哀伤？各自去体会吧！陈子昂的《登幽州台歌》：

　　　　前不见古人，
　　　　后不见来者。
　　　　念天地之悠悠，
　　　　独怆然而涕下。

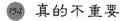

真的不重要

这首诗没有所谓的对仗工整，也不押韵，连字数都不统一，按照"合辙押韵"，不像诗，只是长短句。可谁也不能说这不是诗，为什么？形式并不重要，关键是内容。这首诗中作者究竟要抒发什么？有的书中，对这首诗的注释是："抒发失意的感慨……在深沉的感慨中寄寓着报国立功的思想。"这是打胡乱说，谁都能读懂又谁都读不懂才是艺术。绘画同样如此，用手画叫临摹，用心画叫创作，技巧并不重要，儿童画和原始壁画同样感人至深……

通常绘画都是先从画得逼真入手，可楚娥什么也看不见，无法知道学生画得是否逼真，她就另辟蹊径，先教学生画出各自内心的感受。有的学生画出似是而非的心中草原，有的学生画出似是而非的心中山岗，有的学生鬼画桃符……楚娥看不见，就请学生相互评述，再请班长把同学们推荐的好画描述给她听：怎么个好法？然后她来点评：如何掌握光影明暗，如何运用色彩，什么叫焦点透视、什么叫散点透视……同学们不能马上理解，但也兴致勃勃，至少感到有趣。尤其具备一点素描基础的人，如拨云见日十分兴奋，有提不完的问题，都很愿意把自己暴露给老师，很愿意得到老师青睐，惟恐老师因为看不见而把自己忽视。楚娥同样愉快，同学们主动敞开心扉，沟通就没有障碍，障碍是心灵闭锁的结果。

中午也在学校食堂吃饭，无论老师还是学生，都不在楚娥面前说瞎子、残废等惹人联想的字眼，小心翼翼呵护她，惟恐刺激她十分敏感的神经。楚娥感受到了这种关爱，她很感动，渐渐就消除惶恐，不再感到陌生。

下午楚娥没课，大笠在校园的桉树林给她支出画架。她穿件深绿色连衣裙，几乎与枝叶茂密的桉树融为一体。她静悄悄坐在林中，空气弥散桉树浓郁的苦涩清新，比坐在屋后小院坝面对排水沟和水泥厂围墙惬意多了。同时也安全，不用像在家里紧锁房门，听不到隔壁推拿房淫荡的打情骂俏声，不用担心遭遇不测。以前她怕来学校，怕面对同事、学生，如同所有遭到毁容的美丽姑娘，宁肯永远躲避。现在她终于走出来，欣喜地发现没有多少人在意她，每个人都在为自己忙碌。她需要的正是被忽视，至少目前不需要引人注目，她更愿意一个人坐在桉树林，自我欣赏自我鼓励。

但黄昏时分，仍要回到喧嚣嘈杂的家。好在大笠总在身边，大笠确实不再抓扒手，回到家就忙忙碌碌收拾房间准备晚饭。楚娥却要睡了，学校没有午休房间，工作一天很疲乏，几乎精疲力竭。半夜又醒来，她摸索到厨房，从保温煲摸出晚饭。吃过再也睡不着，她继续坐在小院坝，听大笠鼾声如雷，她又进入自己的内在冰山。

将要天亮时，她再次感到困倦，却睡不着，大笠的鼾声太过响亮。以前大笠不打鼾，可能现在安定了，再也不用提心吊胆，他睡得很沉很踏实，反而鼾声如雷。楚娥不去制止，打鼾不是大笠的错，非要制止只会干扰大笠休息，她选择迁就，宁肯自己少睡。以前等大笠出门她再补上一觉，现在必须跟大笠一起早出晚归，她严重睡眠不足，而她又要强打精神，加上刚刚上课很兴奋，看不出她实际上在透支生命。

大笠同样劳累，他不仅上课，还要承担全部家务，还要培养戚大嫂的儿子。在培养戚大嫂的儿子上，他花费不少体力和心力。他从武术轻功中得到启示，摸索出一套独特的训练方法，先来训练戚大嫂的儿子聚气、净心、负重。气乃本源，它"大而无外小而无内，散之可十可百可千万，合之则一灵独朗"。如同一团糯米粉，如不能凝聚，连风都可以吹散它。但一旦凝聚，将达到不可思议的强度，古代建筑甚至用糯米粉代替水泥。聚气必须净心，心中没有杂念，把心上神经修炼到牛皮一样坚韧，才能抗拒任何压力。而要做到这点，不能光靠自觉，更多的是借助压力"劳其筋骨"。

大笠给戚大嫂的儿子腰上、腿上捆绑沙袋，逼迫他去学校旁边，在一根架设于河面的水管上奔跑。捆绑沙袋后行走都气喘吁吁，还要在水管上奔跑，下面是污浊河水，脚下一滑就掉下去。不过确实有效，即使烈日曝晒下，戚大嫂的儿子也必须聚精会神，没有退路，一点不敢分心，任何犹豫都可能掉下去，只能提起一口气飞身冲过去。经过一段时间训练，他几乎脚不沾地，看上去像掠过水面飞到对岸……

这一天下课回来，巷道已完全拆除。原来借助残垣断壁遮风避雨的那条小黄狗，现在只剩瓦砾，它仍不离开，也可能无家可归，趴在瓦砾上朝大笠轻轻摆动尾巴。大笠友善地招呼，小黄狗居然跟上来。跟到家门口突然停下，十分警惕地望着大笠。大笠拿出剩饭引诱，可能它实在饿，禁不住饭香诱惑，小心翼翼跟随到屋后小院坝。

楚娥听到屋后小黄狗的狼吞虎咽声，没像原来回家就睡觉，而是兴致勃勃逗引小黄狗。大笠乘机关上门，小黄狗无路可逃，蜷缩在小院坝瑟瑟发抖。楚娥摸索着抚摸它，它不会咬人，只是颤抖得更加厉害。大笠说从没见过如此胆小的狗，楚娥却喜欢这种温顺。楚娥要大笠给小黄狗洗澡，她摸索出饼干、糖果，给小黄狗取名胆小鬼，一直抚摸一直欢笑不止，很久没这么开心过了。

大笠做好晚饭，在小院坝支出桌子，加上胆小鬼，像一家三口有说有笑，吃了顿特别开心的晚饭。晚饭后楚娥哈欠连天，仍要逗引胆小鬼，胆小鬼也很快消除对陌生人的恐惧，围绕楚娥活蹦乱跳，敞开门它也不逃走。大笠收拾了厨房，伺候楚娥洗漱，都心情很好，又寻欢作乐。过后楚娥疲乏不堪，很快就睡着，大笠鼾声如雷也没吵醒她。一直睡到天亮，睁开眼又找胆小鬼，胆小鬼的到来带给她无穷欢乐，甚至改变了她的生活习惯。

她不像原来总是低着头，好像找回了自信，重新抬起头。她的课很受欢迎，区教育局来人视察，不相信盲人能教美术。过后他们大加赞赏，鼓励楚娥继续探索，或许能探索出独特的美术教学方法。同时赞扬楚娥本身就是一幅美丽的油画，像美国照相写实主义代表人物克洛斯画的《苏珊像》，虽然眼睛看不见，但同样能感受到她忧伤的美丽。

楚娥还恢复了支配感。原先担心大笠受累，她尽量不使唤大笠，现在可以随心所欲使唤胆小鬼，甚至拿胆小鬼发脾气。楚娥调教胆小鬼导盲引路，调教胆小鬼给她叼来拖鞋……胆小鬼惟命是从，渐渐就不必完全依赖大笠，不必总是与大笠寸步不离，胆小鬼能准确引导她，不仅引导她去学校，还引导她步行到旁边的花园小区。这是楚娥最向往的地方，刚分配来这座城市时，她和大笠相互勉励，以后加紧挣钱，首先买套住房，然后张罗婚礼。至今也没举行婚礼，悄无声息躲藏在幽深古巷。好在终于回归正道，她和大笠都在努力朝着期待的生活接近而不是背道而驰。

星期天大笠去学校，说是要找几个老师商量大事，却不给楚娥讲什么事，怕楚娥吃不住惊吓，怕楚娥好不容易燃起的希望再次熄灭。楚娥也不想打听，她知道一定不是好消息，宁肯不知道，如今她需要振奋，需要好消息，一切坏消息都可能再次令她万念俱灰。

四　屈从

　　时令已到寒露，楚娥穿上毛衣，姑娘们已不穿毛衣，而穿羊毛衫，她明显落后时尚。不过仍旧漂亮，毛衣整体雪白，胸前织出一朵鲜艳荷花，旁边还有"小荷才露尖尖角"字样。下午阳光温暖，楚娥牵着胆小鬼走出家门，又去花园小区散步。

　　巷道已被建筑垃圾完全阻塞，胆小鬼引导楚娥绕过建筑工地，沿着尘土飞扬的运输通道摸索到大路。大路一头通向学校一头通向花园小区，双向四车道也宽阔，两边绿树成荫，人行道铺设了凹凸不平的盲道。楚娥感到一路都有人注视她，可能她仍旧漂亮，也可能都熟悉她，她已在这条路上独自行走两个多月。

　　来到花园小区门口，保安像往常那样见到楚娥就大声呼喊：汽车，停下！自行车，慢点，慢点，给姑娘让条路！楚娥满怀感激笑笑，她已习惯被照顾。只是仍不多话，怕人家缠住她嘘寒问暖。她尽量远离行人和车辆，哪里安静就走向哪里。她走到假山边，席地坐在草坪，默默望着漆黑的眼前。尽管什么也看不见，但对这里并不陌生，大笠陪她来过多次，她一个人也来过多次。她十分喜欢这里，虽然这里不是她的家，但她隐隐约约预感到，她和大笠早晚要在这里安家。

　　阳光照射有些发热，她移位到树荫下，仍有些热，她想脱下毛衣，又意

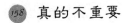

识到自己太暴露，众目睽睽下脱衣服不雅。她摸索到假山背后，这里更安静，接近天籁无声。正因为寂静无声，任何异常声音都特别刺耳。楚娥惊讶地感觉到，不远处传来呼吸声。似乎这呼吸声早就如影随形，只是以前没有特别留意，以为仅仅是无数关注她的人之一距离她太近。现在四周安宁，感觉那呼吸声十分异常，像是鬼鬼祟祟跟踪她。楚娥一激楞，吓出一身冷汗，不敢脱下毛衣，十分警惕地凝神静听，想确认是否被跟踪。

微微一阵风过，沙沙声中听到低沉呻吟，楚娥想厉声喝问：谁？可又想或许是幻听。正在这时强烈感觉到胆小鬼使劲拱她小腿，显然有人步步逼近，胆小鬼害怕了。楚娥毛骨悚然，失声尖叫：谁呀？没人回答，静默了好久才听到一声：对不起。随即又是低沉压抑的呻吟，好像很痛苦。楚娥不知所措，惊慌失措问：我们认识吗？又是一阵沉默，大约那人犹豫不决，不知该不该暴露自己。也可能他在观察四周，在确认是否安全。还有可能缺乏勇气，他在给自己打气壮胆。过了难堪的片刻后，他终于开口，语速很快，仿佛这些话积压心头很久了，迫切需要吐露。

他说：我是你仇人。一年前就遭抓了，在外地作案被抓，所以你们找不到我。服刑一年出来，同伙提醒我千万别露面，有个叫金大笠的老师一直在寻我报仇。你不知道，干我们这行不害人就被人所害，所以我想先发制人，先把金大笠黑办了，免得他一直寻我报仇。我悄悄摸到你们学校，辨认谁是金大笠，然后悄悄跟踪。只要你们离开学校我就找机会，打算泼他一脸硫酸，让他也成瞎子。

可我越来越下不了手，看你们那么恩爱，一路上手牵手，同生同死的样子，我总要去想，已经把你害了，要是再把金大笠害了，我狗日可能害死两条人命。后来又看你经常一个人走在路上，牵条不咬人的狗啥用啊，随便起个歹心就把你再害一次。从此我反而放心不下，一直悄悄护送你，只要看到你跌跌撞撞的样子，有时遭人家撞得仰面八叉，我就很难过，我真的很难过……

楚娥惊呆了，像是听到恶魔诅咒。不知是恐惧还是愤怒，她浑身剧烈颤抖，几乎冲过去撕扯面前的恶魔。可她同时又感到天旋地转，摇摇晃晃随时可能倒下，只能迸发出哭声。

她"哇"的一声号啕大哭，她很少这样失声大哭，似乎积压已久的仇恨终于爆发。立即有人闻声赶来，团团围住她问：姑娘怎么啦？遇到什么事想不开吗？楚娥泣不成声，只是使劲摇头，她想告诉大家赶紧抓住恶魔。可恶魔在哪里？他姓什么叫什么？而且现在肯定逃走了，上哪抓去？楚娥什么也不说，稍微平静点就急忙牵上胆小鬼离开，怕人家当她精神病，怕被越来越多的人围观。

大路上熙熙攘攘喧嚣嘈杂，楚娥耳朵里只有一个声音，就是挥之不去的恶魔声音。楚娥害怕极了，怕恶魔尾随，怕恶魔又凑上来。可她还是放慢脚步，忽然冒出一股勇气，打算等到恶魔凑上来，她拼死揪住恶魔，大声呼救，说不定就有见义勇为的人赶上来，帮她抓住恶魔。恶魔却像人间蒸发，即使楚娥停下脚步，恶魔也不凑上来。不知恶魔是逃之夭夭还是不敢过于靠近，可能恶魔确实善于保护自己，只在安全时出现。如果今天楚娥不是去假山背后，而是像往常坐在草坪，把自己暴露在过往行人的眼皮底下，恶魔就不会现身。

没能等到恶魔，倒把大笠等来了。大笠回家不见楚娥，猜想楚娥又去花园小区了，他一路找来。突然听到大笠的呼唤，楚娥像饱受欺辱的孩子看到父亲，眼泪喷涌而出。如果不是在大路上，她肯定号啕大哭，然后告诉大笠：恶魔找上来了，恶魔一直在跟踪我们，恶魔打算泼你一脸硫酸……可楚娥忽然又意识到，如果告诉大笠，大笠又不安心上课了，又要找恶魔报仇。那样一来又将回到从前，大笠只想报仇雪恨。甚至不如从前，万一恶魔遭大笠抓住，一定剜出他眼睛，大笠就将故意伤人犯法，说不定也要坐牢。于是楚娥什么也不讲，她更需要如今的安宁，而不是刺激大笠报仇雪恨。

楚娥什么也不说只是流泪，大笠以为楚娥怪他只顾去学校，星期天也不在家陪她。大笠只好照实解释：去学校真有急事。区教育局可能把我们这片宿舍卖给开发商，说是国有资产，不能一直给老师占用。校长去恳求，那就给老师发住房补贴吧。可他们说，连工资都不能保证发放，哪有钱发住房补贴！那老师住哪里去？他们说自己买房或租房，房改了一律不能保留单位住房，所有单位住房包括宿舍都要处置。而且学校无权处置，他们才有权处置……楚娥不想听这些，她烦透了，打断话：不说这些好吗？回家吧，我很累了。

回到家楚娥瘫在床上，像被抽筋剥皮了，连翻身都很吃力。可睡不着，脑子里飞快闪过一幕又一幕惊心动魄画面：恶魔用夹着刀片的魔掌抹她脸，恶魔捏着硫酸瓶跟踪大笠，恶魔寸步不离尾随她，恶魔说随便起个歹心就能再害她一次……楚娥瑟瑟发抖，感到很冷，她艰难地脱去外套，扯过棉被把自己蒙起来。

大笠以为楚娥还在生他的气，脱去衣服也上床，接近讨好地温存楚娥。楚娥依偎在大笠宽厚的胸膛，稍微心神安定。可大笠又来说：我们几个老师商量了，打算把事情闹大，闹到市里去，闹到省里去，不然就要收回我们宿舍……楚娥轻轻呻吟着说：不说这些好吗？我不想听，头都要炸了。大笠伸出巴掌按摩楚娥额头，发现楚娥确实很痛苦，不停地拿额头碰撞大笠胸膛，像是头痛欲裂。这副痛不欲生的样子让大笠心如刀绞，可他束手无策，不知怎么安慰楚娥。楚娥又不肯说她为什么如此痛苦，大笠只能猜想楚娥是为了住房。

本来还想买套花园小区住房，现在连两间宿舍都要不保，大笠深深自责，不该告诉楚娥这个坏消息，楚娥承受不起一再的失望，楚娥需要的是鼓舞。大笠翻身起来，怒不可遏表示：有我在宿舍就在！楚娥吓了一跳，她太清楚大笠的为人，大笠发出的誓言绝不是儿戏，当初发誓剜出凶手眼睛，他一年多不肯放弃。如今发誓他在宿舍在，又可能执迷不悟坚守捍卫。楚娥不知说点什么好，是赞扬大笠好样的，还是劝说大笠放弃？如果鼓励大笠，这可是跟当权者对抗；如果默认下来，放弃现有宿舍，又难以平息心头愤恨。当初如果不是承诺分给他们住房，他们不会来这所学校，不会遇到恶魔，楚娥就不会双目失明。现在一切都失去，连栖身之所也要失去，不要说大笠怒不可遏，楚娥也气恨难消。

楚娥没有劝阻大笠，大笠就格外忙碌，除了上课，除了训练戚大嫂的儿子，还要跟其他老师串联，鼓动其他老师一起抗争。

这一天教育局狄科长来学校，代表区教育局跟怨声载道的老师对话。校长说他慢性胃炎急性发作，要住医院，不能来主持对话。其他领导包括副校长，也找各种理由回避，他们既怕得罪老师更怕得罪领导。于是老师们自发地推举大笠做领头人，带领大家跟狄科长对话。

大笠的火爆脾气像炸药桶，楚娥怕大笠不能控制自己，怕大笠弄得狄科长恼羞成怒。人家是教育局领导，你金大笠算什么，随便念道紧箍咒就让你痛不欲生。楚娥说她要去现场，即便帮不上什么忙，也可以及时提醒大笠，至少可以在大笠十分激动时流泪，通常她流泪大笠就冷静下来。

中午休息期间，都去学校会议室，不仅老师来了，连勤杂工也来了。他们中分为四类，像金万年这样的老教师，房改前拥有一套学校分配的公房，房改时花几万元就转换成自有住房。据金万年说，他那房子质量不好，年久失修设施又简陋，还排水不畅，下雨就积水，环境污浊，已列入危房改造规划。一旦改造就要拆迁，他希望教育局出面，以组织的名义跟拆迁公司协商，适当提高拆迁补助标准。否则单靠老师微弱的个人力量，面对拆迁公司强大的集团力量，根本不能对等谈判。而老师们又不是刁蛮撒泼的人，都不愿做钉子户丢人现眼，只能继续依靠组织。他们依靠组织已成习惯，没有组织出面像无依无靠的孤儿。

第二类是金大笠这种住在宿舍的年轻教师，一旦宿舍拆迁，住哪里去？如果非要逼迫他们自己买房，能不能给点住房补贴？

第三类是岳上松这种民办转公办的教师，至今还住在郊区农村，连宿舍都没分到一间。而乡下又搞"农村城镇化、住宅小区化"，农民也住进住宅小区。住宅小区必须花钱买，他们买不起，人家就说他们家老房子是危房，要强行拆迁。拆迁了他们能不能在学校分间宿舍，或者申请点住房补贴？

最后一类是殷保民这种临时工，在学校做了三十多年勤杂工，如今房无一间年纪又大了，万一被学校辞退，辛苦一生还是"上无片瓦下无立锥之地"吗……会议室吵吵嚷嚷，都很激动，老师有知识没权力，只能抱怨：

原先看病不要钱、上学不要钱、住房不要钱，都是公家负担。现在经济增长百分之十、税收增长百分之三十，反而看病自己花钱、上学自己花钱、住房自己花钱，公家的钱都花哪里去啦？

下来怎么办呐，一千多块工资怎么买房？一直实行低工资制，就是贯彻"国家拿大头、集体拿小头、个人拿零头"。个人这点零头只够穿衣吃饭，本来就不包括住房、医疗、教育的费用，而是等到再分配时才体现。可我们只参加一次分配，再分配把我们排斥在外了。

爷爷辛苦一生挣了一座自己的宅子，父亲辛苦一生挣了一套单位分配的房子，我们呢，辛苦一生能挣回一套自己的房子吗？

……

狄科长独自一人坐在主席台，不回答老师们接二连三地提问，而是居高临下盯着前排中间的金大笠，他知道大笠是领头人。等到吵嚷得差不多了，狄科长突然笑眯眯说：我看你们是抗议，而不是对话，金大笠老师你说呢？顿时鸦雀无声，都仰望着狄科长笑眯眯的白净脸皮。看上去狄科长三十来岁，面相也斯文，但话一出口就射出罡风煞气。怎么变成抗议了？在大多数人观念中，抗议就是聚众闹事，就是造反，就是严重的违法行为。

楚娥敏感地觉察到，连大笠都微微一颤。虽然楚娥看不见，但能感觉到四周的气氛。甚至能感觉到，有的老师悄悄退场，惟恐被牵连。大笠猛然站起来，发出他特有的雄狮般低沉而又接近震耳欲聋的声音，他说：请你就事论事，不要无限上纲。我们怎么抗议了？

狄科长仍旧笑眯眯说：知道抗议是违法行为，那就好，那我们就在法律允许的范围内对话。不过我要再次提醒，除了法律还有纪律，还要遵守教师行为准则。我们之间不是雇主与雇员的关系，我们是人民教师，人民才是我们的雇主，我也只是人民的公仆。所以我不是来跟你们讨价还价，只是解释政策，如果政策上有不明白的地方，可以向我咨询；如果想乘机胁迫领导，要领导作出什么承诺，那就不是对话，是聚众闹事。那是什么后果，还需要我说得更明白吗？

不用他说得更明白老师们也知道，聚众闹事就是严重违法乱纪。可是，一直教育学生遵纪守法，一直迫使学生遵纪守法，现在面对狄科长要他们遵纪守法，都面面相觑不知所措。他们不想违法乱纪，然而如果遵纪守法，就要服从一切合理、不合理的安排。他们之所以吵吵嚷嚷，就是不肯服从这样的安排，就是想抗争。可抗争等于刁民闹事，将面临违法乱纪的严重后果。楚娥使劲扯动大笠衣袖，她很害怕，怕狄科长说大笠带头闹事，一旦认定大笠带头闹事，说不定遭开除。开除了大笠能做什么？留在学校还算体育老师，一旦被开除，除了有张文凭就是有身力气，而这年头最不缺的就是文凭和力气。楚娥扯动大笠衣袖要他坐下来，低声央求：我们只是咨询政策，不吵不闹好吗？

这话竟然被主席台上的狄科长听见，狄科长笑眯眯看着楚娥说：这态度很好。如果都抱着肖楚娥老师这种态度，我们今天的对话肯定富有成效，否则只会导致某些人犯错误。

楚娥倏然脸红，万万没想到仰之弥高的狄科长竟然认识她，还亲切地称呼她肖楚娥老师。她看不见狄科长是怎样一个人，但能听出狄科长的话很温暖，如同得到领导当众表扬，她有些羞涩。以前她从不在意一句两句亲切称呼，亲切称呼她的人太多了。自从双目失明后，她觉得自己一无是处，自信心被冰封雪冻，她满怀自卑。现在听到狄科长众目睽睽下亲切称呼她，她受宠若惊，那可是教育局的领导，是能够解释政策的人，是校长也要惧怕的人，这样的人怎么会认识她？

楚娥一阵耳热心跳，冰冻已久的自信心再次蠢蠢欲动，她不期然而然想到，那时在大学里，她是校花，好多陌生人只要睃她一眼，就四处打听她是谁。楚娥缓缓抬起头，近似感激地仰望狄科长，想给狄科长留下美好印象，甚至想讨好狄科长。双目失明后她经常感到无助，大笠空有一身力气，并不能带给她所需要的尊严。而狄科长，随便一句话就可能让她获得照顾，甚至可能不再收回她宿舍，说不定还能破例给她发放住房补贴。如今一切都是领导说了算，狄科长正是这样的领导，他可以决定一切。

大笠经不住楚娥一再拉扯，十分不情愿地坐下，但仍高昂头颅，继续保持宁折不弯的样子。其实他已胆怯，那时他连公安的枪都敢抢，发现扒手就冲上去，一点不害怕。也不惧怕领导，在抓扒手的一年多里，他上课马马虎虎，毫不在意是否激怒校长，毫不在意是否可能被辞退，做什么都一往无前。他怕什么，他什么都没有，光脚不怕穿鞋的！然而不知从什么时候起，他也瞻前顾后，包括放弃报仇，全力以赴上课，一丝不苟训练戚大嫂的儿子，尽力为学校争取荣誉……

他重新回归主流，不知是在适应还是被驯服。虽然他把心存不满的老师动员起来，煽动得群情激愤，要跟狄科长针锋相对抗争，不达目的就大闹天宫，甚至准备罢课，然后集体上访。可是，一见身边楚娥无依无靠的样子，他又动摇了，他可以不顾一切做领头人，可以跟当权者抗争到底，可他万一遭到报复，万一被开除，丢下楚娥谁照顾？他打个激楞，感到浑身发冷，沸腾的血液迅速冷却，只是为了表明坚强不屈才高昂头颅。

会场寂静无声，狄科长以逸待劳般笑眯眯盯着大笠，可能想看大笠能玩出什么花招！同时不断睃向大笠身边的楚娥。其他老师似乎在等大笠振臂一呼，但也可能在看大笠笑话：吵呀，闹呀，怎么就蔫了呢？这才开头呢，怎么就怯场了，你金大笠也是怂人吗？

在令人心悸的寂静中，大笠发出呻吟般叹息，低下头咕哝一声：听狄科长解释政策吧，不明白当面请教！

狄科长哈哈大笑，摆出得胜者姿态，高屋建瓴侃侃而谈。他说：早就有人提出，城厢中学还有必要保留吗？升学率极低，生源严重不足，师资力量差，是我区教育系统的鸡肋！现在看来，至少我个人认为，起码教职员工政治素质不差，很懂得遵守纪律，很懂得服从大局，很懂得珍惜自己岗位，仅从这一点看，还是有希望的。至于当前遇到的一些困难，或者叫困惑，请大家相信，组织上也在考虑。当然啦，并不是说大家的问题马上就能解决，能不能解决取决于三个方面：

第一，态度。如果积极配合，可以适当考虑大家的合理要求；如果消极抵抗，就只好先整顿；第二，时间。日积月累的问题太多，不可能明天就把所有问题解决，必须在统一领导下有计划地分步实施。同时根据不同情况，一个问题一个问题解决，一个人一个人解决，最终达到基本上都解决；第三，政策。所有问题的解决要以政策为依据，一切违反政策的要求都是无理取闹。比如，房改后住房社会化了，买房还是租房都是个人的事，遇到拆迁怎么办也是个人的事，组织上不可能再给大家当保姆。再比如，住房补贴问题。已经按月计提住房公积金，就是已经补贴了，怎么可能还有住房补贴？至于每月两百元、三百元住房公积金是不是少了，那都是照政策规定！还有，职工宿舍问题。房改以后不能拥有单位住房，也不能保留职工宿舍。本来我们也想保留原来的职工宿舍，可已列入拆迁规划，必须拆迁。特别要提醒大家，拆迁职工宿舍不是拆迁私房，那是国有资产，即使有点拆迁补偿，也不是你们的补贴。当然啦，作为一种奖励政策，如同奖金一样，对于特别优秀的教职员工，也不是一点不可以考虑。但前提是，这是奖励，不是福利，不能人人享有……

狄科长的话句句正确，但句句都像刀子扎在大笠心上。大笠发现金大年老师还拿出笔记本认真记，他再也听不下去，霍然起身，忍无可忍怒吼：无非是听话的狗赏块骨头，无非拿住房补贴逼迫大家做孙子，你他妈玩我们！大笠并指戳向主席台，颤抖着厉声警告：少他妈废话，告诉你姓狄的，要拆我的宿舍，除非从我尸体上爬过去！

楚娥吓得一哆嗦，没想到大笠仍旧没能控制住，讲出这样的狠话、气话，把自己和狄科长都逼得没有退路。她恨呐，恨大笠太冲动，她十分生气地一扯蜷缩在脚边的胆小鬼，起身就走。可眼前漆黑，她脚下踉跄，被牵狗的绳子绊倒，她一头扑向坚硬的水泥地面。大笠"噌"地一步跃过去，抱起楚娥，看见楚娥额头撞出鲜血，大笠哽咽着说：回家吧，我们回家……竟至于泣不成声。

五　仕途

　　大笠从未众目睽睽下流泪，这回都看见他流泪了，会场鸦雀无声，看着大笠高大的身躯弯曲成弓，搀扶楚娥一步一步离去，都不约而同地感到：唉！摊个瞎眼妻子，得不到任何帮助，又把狄科长得罪了，大笠难啊！可大笠感到的还不只是难，更感到羞愧，他恨不得找个地缝钻进去。

　　他一直想做个顶天立地的硬汉，大家推举他做领头人时，他毫不退缩，相信自己不负众望。然而他面对笑眯眯的狄科长一筹莫展，除了怒吼就是流泪。居然当着大家的面流泪，他觉得自己太无能、太窝囊，猜想从此大家都要嘲笑他、鄙视他，把他当怂人，从此在大家眼里他一无是处。好在他确实坚强，他一把抹去眼泪，咬牙切齿想：一定要用行动证明，我金大笠绝不是怂人！

　　他回家把楚娥安顿好，就去建筑工地找到项目经理，跟对方义正词严交涉：不能再拆迁了，再拆迁妨碍我们进出，还威胁我们宿舍的安全。项目经理解释：这已不是你们宿舍，我们买下了，没赶你们走只是宽限期没到。等两个月宽限期到了，你们都要搬走，这宿舍都要拆除。

　　大笠瞪大眼睛，透露一丝惊愕和恐惧，原以为这宿舍只是可能被出售，没想到已被区教育局出售。他居高临下直勾勾盯着项目经理，低沉而又十分严厉地威胁：知道我是谁吗？去打听打听，告诉你，别动我宿舍！如果你非

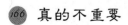

要试一试，第一个摆平你！项目经理稍微后退半步，摘下头上安全帽捏在手，似乎要作为防身武器。他认识大笠，知道大笠是反弄英雄，是流氓恶棍都惧怕的人物，他不想招惹大笠，推卸说：那么，我们再给区教育局商量，请他们出面做你们的工作。

果然拆迁停下来，但并非项目经理惧怕大笠，也不是区教育局怕老师闹事，而是突然发生人事变动。上面说老校长对教师们的不当行为放任自流，还暗中支持，撤了他的职，改由狄科长兼任校长。狄科长需要稳定局面，不想在拆迁上进一步激化矛盾，拆迁就暂时搁置。

狄科长上任首先抓整顿秩序、强化纪律、规范行为，包括建立严格的考勤制度。每天早操前把教职员工集中起来，他亲自点名，简短训话，要求教职员工跟学生一样出操，过后才能回到各自办公室，中途离开学校还必须向他请假。老师们懒散惯了，突然被管束起来很抵触，但所谓的抵触无非背后诅咒，没人当面对抗，包括大笠。实际上大笠比其他老师还要驯服，他已成为狄科长的帮凶。狄科长允许楚娥例外，楚娥不必出操，也不必坐班，楚娥可以来去自由。这样的照顾既是笼络大笠，也是孤立大笠，有意刺激其他老师的愤愤不平，动摇大笠的群众基础，免得大笠成为其他老师的领头人。大笠对此十分清楚，但他别无选择，除非忍心看着楚娥跟其他老师一样早出晚归遵章守纪。狄科长还授予大笠必要权力，包括由大笠主持早操，所有师生都必须服从大笠指挥。如果狄科长外出，早晨的教职员工考勤也由大笠负责。大笠甚至可以代表狄科长发号施令，狄科长只是兼任校长，他在教育局还同时担负着更重要的工作，需要一个代言人，他选择了大笠。老师们背后称大笠"二校长"，故意把"二"念成"儿"，以发泄心头的失望和愤怒。当初拥护大笠，是为了对抗狄科长，没想到大笠转变立场，相当于投降。不过也只是背后咒骂，大笠不仅代表狄科长，还代表暴力，他巨大的体型就是暴力象征，虽然他从不对老师施暴，但他高大威猛的形象就是一种威慑。知识分子嘴上说什么都不怕，其实什么都怕，尤其怕暴力，面对暴力只能俯首帖耳。显然狄科长很清楚这点，狄科长不选择金万年这种年长资深的教师，而是选择大笠作他代言人。

楚娥什么也看不见，但能感觉到她和大笠在被人议论，好多人对他们敬而远之，甚至嗤之以鼻。不过楚娥更多的是喜悦，甚至产生扬眉吐气的感觉。原先大笠只是体育老师，虽然也受尊敬，但没地位，只是个可有可无的小人物。而现在，大笠几乎是领导，一人之下众人之上，夫贵妻荣，楚娥感到很有脸面，一直压抑的自信也有所张放。她希望大笠继续努力，不要辜负狄科长的信任，如果接下来能当上个名正言顺的领导，就跟普通教师不同，就可以享受相应待遇，也许还能领到住房补贴。楚娥并非蝇营狗苟的人，但也不是超凡脱俗的仙人，她与大多数女子一样，希望丈夫走上正道。如今的正道不是当英雄抓扒手，而是仕途经济，走上仕途就获得所需要的一切，包括住房、尊严和安全感。

大笠同样认识到了这点，很珍惜狄科长给他提供的机会。他勤勤恳恳完成狄科长交代的每一项工作，还努力争取副校长等人和其他老师的支持配合。他对自己也比以前要求严格，再也不迟到早退，总是最早赶到学校，然后在校园巡视一圈，差不多把自己当成学校的管家。与此同时更加努力地训练戚大嫂的儿子，中学里被看重的是主科老师，副科老师可有可无，很难想象体育老师能当上中学领导，除非成绩实在突出，除非不可或缺。他想沿袭老校长的思路，通过发展副科推动学校的特色教育，从而提高学校知名度，为学校拓展新的生存发展空间。假如他能把戚大嫂的儿子训练成优秀运动员，就可能声誉鹊起，就可能争取开出体育特长班，说不定还能以此为基础，将城厢中学转型发展成职业技术学校；说不定收入也能明显增加……果然如此的话，他和楚娥眼前一片光明。

大笠特别忙，楚娥尽量避免拖累大笠，就自己照顾自己。她已学会盲目做饭、洗衣服，学会这些并不难，以前无非想拿这些家务活拖住大笠，免得大笠总去抓扒手。现在大笠不再抓扒手，而是努力追求上进，楚娥十分欣慰，也就愿意分担家务，至少学会自己照顾自己。

初冬的早晨有些寒冷，直到阳光灿烂楚娥才出门，她不用早出晚归，可以从容不迫。她牵上胆小鬼，走过建筑工地寂静无声，她心情很好，没有喧嚣嘈杂，没有步步逼近的拆迁工人，她踏实多了。不像以前，时刻感到宿舍被蚕食鲸吞，时刻感到正在被驱逐。可她也辨不清方向了，原先主要靠声音辨别，听到轰隆隆推土机和吆五喝六拆迁工人，她就远远避让，绕到清静地带摸索前进。现在听不到声音，虽然胆小鬼可以引路，但胆小鬼能经过的地方她未必能经过。她喝令胆小鬼走大道，不要钻坑坑洼洼的近路，然而胆小鬼只想走捷径，她深一脚浅一脚跟跟跄跄跟随。突然一步踩空，楚娥"啊呀"一声掉进冰冷水坑，一口窨井被拆迁工人揭去盖子，却没拿土填实，积了小半坑臭水。楚娥挣扎着爬起来，伸手一摸，四周光溜溜，像是掉进一人多深水井。水过膝盖，恶臭扑鼻，同时感到手臂、腰胸火辣辣的痛，显然被擦伤了。楚娥从臭水中摸出墨镜戴上，大声呼喊：有人吗？帮帮我……却只有胆小鬼的"汪汪"回应。"汪汪"声中听到急促喘息，有人飞跑过来，显然十分着急，还在大口喘息就急忙伸出手，一把将楚娥拖上去。楚娥满怀感激说谢谢，这人却不回话，还在上气不接下气喘息。楚娥猜想：可能是在远处看见她掉水坑了，立即飞奔过来，一路跑得太急，累得半天喘不过气。楚娥再次道一声谢谢，这人仍不说话，可能犹豫不决，怕冒犯楚娥。沉默片刻，他伸手牵过楚娥往回走，楚娥感到十分异常，不无惊恐地问：我们认识吗？这人可能点了点头，但还是不说话，十分有力地搀扶楚娥，小心翼翼走过坑坑洼洼路面。楚娥想摆脱对方搀扶，怕对方图谋不轨，可又十分需要搀扶，怕再次跌倒。同时还明确感受到，这人一点没恶意，只是无微不至地照顾她。

回到家门口，楚娥用力挣脱对方，不无感激而又坚决地说：到家了，谢谢你！这人缓缓离开，但并未走远，倚靠在不远处的屋檐下，像是一直要守卫下去。楚娥进屋反锁了门，摸索到厨房，打开淋浴器，把一身洗干净。换上干净衣服又急忙出门，她必须赶去上课。这回她更加小心，尽管心头着急，还是走得很慢，如履薄冰摸索道路。隐约听到背后传来脚步声，尽管那人蹑手蹑脚，楚娥还是感受到了，她不断猜想：那人要做什么？她有些惶恐，只是这样的惶恐很快就消失：如果要害她，什么时候都能害她。在她回家的那一刻，如果那人一头冲进去，楚娥根本无力抵抗。可那人并未这样，只是守候在屋檐下。现在他也不惊扰楚娥，只是尾随其后。楚娥假装什么也不知道，只是紧紧牵牢胆小鬼，那人要是过于靠近，胆小鬼多少会作出些反应，也好提醒楚娥严阵以待。

一路什么也没发生，直到楚娥走进学校大门，那人才不声不响离开。楚娥迟到了，没人责怪她，并非完全因为同情，更多的是因为她是大笠的妻子。如今大笠如日中天，随时都可能成为真正的领导。楚娥感受到了这种优待，这样的优待足以让任何女人自豪，她很愉快地走进教室，没解释她为什么迟到，只是说了声：抱歉。布置了学生的功课后，她静悄悄坐在讲台，仍在回想那位帮助她的好人：会是谁呢？为什么一直不说话，为什么跟在后面，他要做什么……这么想着想着，猛然一阵惊颤，她惊恐万状，终于想起那个残害她的恶魔说：一个人走在路上，只是牵条不咬人的狗啥用啊？随便起个歹心就把你再害一次。从此我有好多放心不下，一直悄悄护送你。只要看见你跌跌撞撞的样子，有时遭人家撞得仰面八叉，我就很难过……难道就是那恶魔？楚娥不敢相信，却又不得不相信，如果只是过路人，只是好心人，不会那样行为反常近似鬼鬼祟祟。恶魔要做什么？如果想继续害人，他早就可以下手。难道他真的良心不安了，真的想赎罪……楚娥越想越害怕，再次陷入未知的恐惧中。自从双目失明后，她看不见这个世界，如同一个人走在漆黑路上，经常陷入未知的恐惧中。她想马上告诉大笠，那恶魔在跟踪她……可她又犹豫了，一旦大笠知道恶魔还在这座城市，而且十分嚣张地抛头露面，大笠会怎么反应？肯定又要抛开工作，放弃近在咫尺的美好前途，再次点燃仇恨，不顾一切寻找恶魔，只想报仇雪恨……这样的复仇有什么意义？即便将恶魔抓住绳之以法，或者以牙还牙剜出恶魔的眼睛，又能怎么样？何况大笠未必能斗过恶魔，怎么知道不会两败俱伤，甚至可能真的被恶魔泼一脸硫酸。想来想去楚娥还是决定什么也不说，即使恶魔还要残害她，她也一个人去承受，免得大笠被损害，她更愿意大笠像现在这样努力工作争取前途。

下定决心她反而坦然了，恐惧感也随之消失，她发现自己爱大笠爱得如此之深，为了大笠不被牵连、不被伤害，她宁肯独自面临一切可能发生的危险和苦难。然而想到恶魔可能再次残害她，她还是不能视死如归，她有些恍惚，一直坐在课堂发呆。

六　孤夜

　　全省运动会竟然冬天里举行，不过只要举行就好，大笠盼望这天已盼望很久了。他兴奋不已，信心十足表示，这次运动会上戚大嫂的儿子一定取得优异成绩，作为教练的他也将因此声名远播。说不定还能因为他为学校争得荣誉，从此命运就发生重大改变。狄科长明确表态，如果大笠拿个金牌回来，一定为大笠请功。虽然狄科长没进一步挑明，这样的请功将给大笠带来什么，但凭常识就知道，起码能拿到一笔丰厚奖金。为了争夺全省运动会的奖牌，各个地市都从财政拨出专款重奖功臣。老百姓需要救助财政无力承担，但在争夺金牌时出手十分阔绰，这是领导之间的面子之争，领导的面子永远比老百姓疾苦重要。

　　大笠只是放心不下楚娥，运动会在外地举行，一去要半个月，丢下楚娥谁来照顾？大笠想把楚娥带去，狄科长又不同意，怕大笠因为照顾楚娥分散精力，怕楚娥拖累大笠影响比赛。他要大笠心无旁骛全身心投入运动会，这次运动会不仅对大笠十分重要，对狄科长更加重要，如能拿个金牌回来，不仅给大笠增光添彩，更能给狄科长增光添彩，还能给区里增光添彩，还能给市里增光添彩。和平时期体育竞赛近似战争，胜败将影响很多人的前程，对于前程似锦的狄科长来说太需要利用这种机会给自己加分。因此狄科长说，毕竟楚娥是任课老师，停课半月显得楚娥过分特殊，对大笠影响也不好。狄科长向大笠表态，他保证安排学校后勤的殷保民师傅照顾楚娥，他要大笠完全抛开后顾之忧。大笠与狄科长早已不是原来的情绪对立，虽然还未达到亲密无间，但至少可算亲密的主仆，大笠相当于狄科长牵在手中的犬，如同楚娥牵在手中的胆小鬼，只是一个为了牧羊，一个为了导盲。

大笠走后楚娥照例反锁了前门，虽然十分寂寞，但也得到解脱，至少可以暂时不必提心吊胆。这些日子她一直提心吊胆，盲人的听觉和第六感觉特别灵敏，她能敏感地觉察到，只要她离开家门或者校门，恶魔就会像幽灵尾随，即使大笠就在她身边，恶魔也如影随形尾随其后。一开始楚娥害怕极了，怕恶魔突然泼向大笠一脸硫酸。可这样的担心从未发生，反而心头涌动一种说不出的特别感觉，甚至能想象到：一双充满罪恶而又恳求饶恕的眼睛，始终躲在人群或屋檐下、树丛中，满怀忧伤而又不无温暖地注视她。假如楚娥轻轻一招手，恶魔肯定招之即来，假如喝令他趴下，他可能像胆小鬼那么温顺驯服。说不出这样的感觉是什么滋味，应该有些尴尬、有些苦涩，但未必不带一丝喜悦。

能被人如此深切地关注，尽管那是一个恶魔，也不会无动于衷。楚娥几乎想原谅他，几乎想召唤他到跟前说：继续消失吧，就像什么也没发生！可恶魔万一把这样的召唤理解为亲切友好，因此就得寸进尺纠缠不休，万一给大笠发现……一念及此楚娥胆战心惊不敢想下去，像做了件很对不起大笠的事，越来越害怕被大笠发现，一旦被大笠发现必定两败俱伤。她怕大笠被伤害，也不想伤害恶魔，她对恶魔已不像原来那么憎恶，甚至连仇恨都消失了，如同被恶狗疯狂地咬一口，假如从此这条狗就摇尾乞怜巴结讨好她，像胆小鬼那样忠实可靠，说不定也能讨她喜欢。但大笠不可能饶恕恶魔，一旦大笠与恶魔同时出现在她面前，将令她不知所措。可两人已经同时出现，仅仅是大笠一无所知，楚娥无法阻止恶魔尾随，只能尽量不要大笠陪伴，她说自己愿意独来独往。大笠仍不放心，只要有可能就跟楚娥形影不离，让楚娥时刻都担心大笠发现尾随的恶魔，时刻都担心两个冰炭不容的男人激烈冲撞。现在大笠外出，楚娥暂时可以放下心，甚至想趁此机会跟恶魔作个了断，免得恶魔一直尾随，害得她诚惶诚恐一刻不安。

今天楚娥没课，她又去坐在屋后的小院坝。本来想提起画笔，可脑子乱极了，总要去想：恶魔知道不知道大笠外出？会不会乘人之危破门而入？他究竟想做什么，难道真的感到罪孽深重想补赎前愆？楚娥想得头疼也想不出结果，她有些焦躁，甚至想打开前门。她猜想恶魔又来了，又守候在不远处的屋檐下，她想直接跟恶魔交涉。可仍旧害怕，怕引狼入室，她呆呆面对水泥厂围墙，高大围墙把一切都遮蔽。她稍微扭身面对干涸的排水沟，不知这条排水沟通向哪里，但肯定与外界相通，如果有人沿着排水沟一路摸索，就可能来到她面前，她打了个寒噤，感到家里也不安全。

她的感觉十分准确，果然就感觉到确实有人从排水沟摸索过来，她吓得一哆嗦，立即想到起身回屋，然后把后门也关闭。但又犹豫了，她忽然想起大学里老师讲的禅宗故事：学生问老师，怎样才能解脱自己？老师问谁捆绑你了？学生又问，怎样才能找到净土？老师问，谁污染你了？学生再问，怎样才能涅槃？老师问，谁掌握你的生死……这就是说外界并不能决定你，一切都是自己决定，回避不能解决任何问题。如此一想她坦然了许多，决定勇敢面对而不是回避。她神情冰冷，一动不动坐在竹椅上，假装不知道有人靠近。

那人沿着排水沟一直摸索到楚娥脚底下的驳岸，急促呼吸，呼吸声接近熟悉，楚娥猛然一阵"咚咚"心跳，听出是恶魔的呼吸声。楚娥飞快地想：他怎么敢自投罗网？假如大笠在家，假如楚娥失声惊叫，大笠肯定能抓住恶魔。难道恶魔狂妄到敢于如此藐视大笠？不不不，假如他真的藐视大笠，为什么藏头缩尾，为什么不敢特别靠近？一定是知道大笠不在家，才敢于从排水沟摸索到后门。

恶魔以为楚娥没发现他，渐渐就呼吸平缓，几乎一动不动，似乎只是守卫，没有惊扰楚娥的意思。楚娥颤抖着摸起画笔，看上去画画，实际上想拿画笔当武器，万一恶魔图谋不轨，楚娥打算奋起反抗。同时又把胆小鬼唤来身边，尽管这是一头不咬人的狗，但也能给她增添一分胆量。然而什么也没发生，只有令人心悸的寂静，寒风呜呜吹响排水沟边残败柳枝，楚娥瑟瑟发抖，连画笔也握不稳。她胡乱涂抹几片色块，假装聚精会神画画，脑子里却在想：恶魔在做什么？恶魔想做什么？恶魔十分安静，似乎并不想做什么，只是守望。可能他蹲在干涸的排水沟，双手抄在袖管，倚靠在冰冷的水泥驳岸，痴痴呆呆仰望楚娥。可能他有很多话要说，但又不敢说，怕像上次在花园小区，楚娥听到他声音就号啕大哭。

时间在令人不安的等待中流逝，楚娥等待恶魔开口，恶魔在等待什么呢？楚娥终于感到饿了，她起身去厨房，随便吃了点午饭，把胆小鬼留在屋后看门，她回卧室休息。一点没睡意，她始终留心外面动静，希望恶魔也回家吃饭，这么冷的天，恶魔也会又冷又饿……如此一想竟然有些难过，有些于心不忍，她很想直截了当对恶魔说：你回去吧，否则我要报警！可又不得不承认，她并不想报警，凭女人的直觉她感觉到，恶魔不会再次伤害她，反而可能保护她。

楚娥稍微眯了一会儿，又去屋后小院坝，坐在竹椅上假装若无其事，假装继续画画。其实在聆听动静，似乎恶魔已离开，没有一点声音，楚娥终于放心了。然而随即又是一缕惆怅掠过，其实她想跟恶魔说几句话，想问恶魔叫什么名字，哪里人，为什么要当扒手，为什么残忍地伤害无辜……可恶魔已离开，她怅然若失，继续孤独地坐在小院坝。下午太阳温暖地照射在身上，她有些昏昏欲睡，仰靠在椅背上打盹。猛然听到异常响动，又是那急促的呼吸声，楚娥慌忙坐直身子，十分警惕地留心四周。显然又是恶魔来了，仍旧待在原地守望，楚娥心头一阵颤动，应该是感动，也可以说喜出望外。这样的感觉莫名其妙，竟然不再害怕，甚至充满喜悦。

她脑子里深刻保留着恶魔的形象，十分英俊的面孔，目光阴冷，一头长发披肩，衣着华丽，看上去潇洒随意。如果不是因为他是扒手，他足以扰动姑娘芳心。在对他满怀仇恨时，楚娥对他美好的一面也十分厌恶。现在仇恨消失，一切美好变得越来越清晰。楚娥对美有种职业偏好，一切美都能令她心灵愉悦，她感到一丝快乐，如同男人的"红袖添香夜读书"，有个英俊男人默默守望在身边，女人同样不会感到厌恶。但必须足够安全，楚娥并不感到足够安全，更多的是忐忑，是压抑的兴奋，是内心的骚动不宁。她仍不敢发出呼唤，也不想驱赶对方，继续假装一无所知，不希望急于结束这一切。

将近天黑时，前门响起"咚咚"敲门声，声音很响，楚娥吓得一激楞，像做了失身失节的事惊慌失措，颤抖着问：谁呀？她希望恶魔赶快离开，要是给人发现恶魔，她有口难辩。却没听到恶魔离开的声音，楚娥进一步提高声音问：是送菜来的殷师傅吗？等一等，我马上开门！但她并未起身，仍在等待恶魔赶紧离开。可恶魔仍旧一动不动，难道他隐藏起来了，并不担心被人发现？楚娥只好起身，缓缓摸索到前门开门。

狄科长向大笠保证，楚娥的生活由学校后勤殷保民师傅照顾，包括新鲜蔬菜都由殷师傅送来。今天却是狄科长亲自送菜，楚娥惊得手忙脚乱，慌忙迎接狄科长进屋，慌忙拖过凳子，又要慌忙倒茶，狄科长拖住她胳膊：不要忙，我跟大笠兄弟一样，你客气就见外了。楚娥兴奋得脸上滚烫，没想到狄科长能光临她的寒舍。不仅光临，狄科长还主动提出：你不方便，给你做好晚饭我再走吧！楚娥使劲摆手：不不不，哪敢麻烦校长，我能自己照顾自己。狄科长笑着说：喏喏喏，又客气了不是？我给你买了鱼，听大笠说你特别爱吃鱼，没人照顾你怎么吃？说着狄科长径直去屋后厨房，楚娥脑子里"嗡"一声响，厨房下面就是排水沟，要给狄科长发现排水沟藏了个英俊男人，怎么解释？楚娥本能地伸手一薅，想阻止狄科长，可薅了个空，狄科长哼着小曲几步就穿过卧室去厨房。楚娥像被捉了奸，又羞又窘，又十分无奈，跌坐在床沿深深勾下头，大红着脸等待可怕的结果。

时间一分一秒缓缓过去，没有听到屋后异常，楚娥难以置信地抬起头，确实只有狄科长哼小曲的声音。难道恶魔隐藏得很好，不会被发现？楚娥将信将疑来到屋后，感觉到狄科长就蹲在小院坝剖鱼，如果恶魔不是隐藏起来，早就被狄科长发现了。楚娥如释重负，意识到自己刚才有些失态，她尽量装出一副笑脸，十分过意不去说：怎么好麻烦校长，你让我很不安。狄科长笑嘻嘻说：如果感到不安，就留我一起吃饭，就算酬谢我。楚娥马上表示：当然欢迎啦，校长能与民同乐，小女子我幸何如之。就怕校长吃不惯粗茶淡饭。狄科长哈哈笑着打趣：不是批评我吧，我只会做粗茶淡饭吗？楚娥忍俊不禁欢笑起来，没想到狄科长如此平易近人。

学校里无论老师还是学生，看到狄科长都仰之弥高，他不像老校长百无一用，既是校长又是区教育局的领导，前途和能耐都值得期待，这样的领导谁不想巴结，巴结上他几乎应有尽有。楚娥与所有微弱的生命一样，面对强力充满敬畏，也想讨好狄科长，以便得到更多照顾，以便帮助大笠争取美好前途。可她很难获得讨好狄科长的机会，狄科长与谁都若即若离，始终一副笑眯眯面孔拒人千里，连大笠都不能跟他过分亲近，他时刻都把自己当领导，决不混同于一般老百姓。楚娥上完课就回家，几乎不与人接触，更难接近狄科长。现在狄科长主动接近她，帮她做饭，跟她打趣逗乐，尽管看不见狄科长的表情，楚娥也能准确感觉到狄科长喜欢她。能够被人喜欢，而且被领导喜欢，对于楚娥来说是一种幸福，至少此时此刻她感到涌上心头的是幸福。

狄科长很会做家务，不需要楚娥帮忙，很快就麻利地做出几道菜。招呼楚娥坐上饭桌，他像细心的兄长，给楚娥搛菜，把鱼刺剔除干净……如此细致入微的照顾，楚娥很感动，可能还不仅仅是感动，她经不起这样的关怀，她太需要关怀，稍微给予关怀就能动摇她脆弱的内心。只是楚娥并未表露什么，除了微笑几乎不说话。她内心分裂，一半高傲一半可怜，在她需要帮助时高傲隐退，只剩可怜；得到帮助时可怜隐退，只剩高傲。像现在，她准确感觉到狄科长殷勤备至，甚至有些过分，就不期然而然地恢复矜持，尽量与狄科长保持适当距离。但这样的努力不堪一击，狄科长很善于照顾人，他看楚娥摸索汤勺，马上给楚娥舀一勺喂在嘴边。楚娥微微脸红，有些羞窘，但没有拒绝。喝过汤她掩嘴笑着说：校长比我家大笠还模范。一直靠大笠照顾，一直以为大笠最模范。

狄科长一愣怔，可能他听到模范就联想到模范丈夫，他兴奋得手忙脚乱，挪动凳子更加靠近楚娥，目不转睛看着楚娥细嚼慢咽。楚娥感觉到异常，有些惊慌，她想挪开凳子，避免触摸对方肌肤引起误会。但又需要狄科长照顾，平时用餐不方便她通常用手抓，校长在旁不能用手抓，她正襟危坐收起笑容，尽量保持一脸冰霜。狄科长看她突然表情严肃，喟然长叹问：是不是感到意外？楚娥轻轻摇头，不知道狄科长所指的意外是什么，是说他来得意外，还是另有所指？不过楚娥并不想问得太明白，凭女人的直觉和本能，她意识到应该少说话，尽快打发狄科长离开，孤男寡女夜深人静守望在一起，稍不当心就可能心潮澎湃，可能害得大家都尴尬。狄科长继续问：我能烧出一手好菜，不感到意外吗？楚娥点点头说：确实没想到。不过也不意外，校长是能上厅堂能下厨房的能人。

怎么知道我能下厨房？狄科长问：你们知道我惧内啊？其实楚娥只是奉承，在她看来能上厅堂能下厨房才是好男儿，并不知道狄科长惧内，更没听老师们议论过。楚娥不想接这话题，这是家庭私密，楚娥不想涉及人家的家庭私密。可狄科长自己要说，他说自己妻子是房产公司老总，典型的女强人。他念一首打油诗自嘲自讽：工资基本上交，家务基本全包；老婆基本不在，半夜还在社交。楚娥被这打油诗逗得咯咯欢笑，禁不住想：怎么会半夜还在社交？但她克制住好奇，动手收拾碗筷，明确表明逐客。

七　捍卫

楚娥的睡眠已接近正常，并已习惯大笠的鼾声如雷，仅仅需要中午打个盹，不像原来黑白颠倒。今晚却怎么也睡不着，一会儿去想躲藏在排水沟的恶魔是否离开，一会儿耳边又响起狄科长的声音。狄科长的声音十分动听，温柔得像燕语呢喃，字字句句让人感到温暖。这样的声音大笠发不出，大笠的声音低沉压抑，总是感到他随时都可能爆发地动山摇怒吼。

楚娥辗转反侧，把一张旧床弄得嘎吱嘎吱响。又来想：该买一张新床，这旧床是学校分配的，不知多少人睡过。她和大笠刚住进来时，发现床头墙壁遭撞出深深的痕迹，大笠不解地问：墙壁怎么遭床头撞成这样？后来才知道，秘戏时用力过大，床头就使劲撞向墙壁……楚娥不期然而然想到床笫之欢，顿时春心荡漾涌起一阵春潮。她对秘戏充满强烈渴望，大笠又不在身边，她耳热心跳十分难受。越是难受越是想入非非，脑子里浮现一个模糊身影，应该是大笠，但又不像大笠，迷迷糊糊像在做梦，却又不失清醒。心头扰动不宁，脸上滚烫，差不多想随便找个玩意消除这种难耐。可身边什么也没有，只有深夜的寂寞和空旷冷清。她想迅速沉入睡梦中，完成欲望的无意识发现与满足，却始终半睡半醒，她十分焦躁地翻来覆去……

终于熬到天亮，她几乎一夜未眠也不感到困倦，像赶去领奖那样兴奋。她随便吃点早饭就打开淋浴器，把自己洗得干干净净，还往身上喷了香水。

到了学校她不由自主地就想去校长办公室，想再次听狄科长说话，哪怕随便闲聊几句也很愉快。狄科长的声音实在动人，让人感到周身温暖热血沸腾。可又忽然意识到，她可能在做对不起大笠的事，可能想放纵自己……如此觉醒她倍感沮丧，坚决地阻止自己脚步，一步也不敢迈出，静悄悄坐在自己办公室，等待上课铃响，等待上完课回家。

下课后她不无悲伤地去食堂，向食堂买了点菜，嘱咐殷保民师傅，不必给她送菜，她不需要学校照顾，她能自己照顾自己。其实是怕狄科长又来照顾她，怕得到狄科长照顾惹出风言风语。

走出校门她流下眼泪，双目失明没人照顾，这么冷的天，还要自己洗菜自己做饭，一个人钻进冰冷的被窝，孤零零冷清清等待明天。明天又能怎样，仍旧是了无趣味的单调重复。之前她以为，大笠对她的照顾就算最好。现在才知道，大笠并不善于照顾妻子。一年多来为了抓扒手，大笠把楚娥一个人撂在家，不管楚娥多么需要陪伴。现在为了挣前途，大笠又早出晚归忘我工作，不管楚娥多需要细心呵护……然而转念一想，又意识到对大笠的求全责备是给自己找借口。她其实想继续得到狄科长照顾，却又分明意识到，这样的照顾可能演变成对不起大笠。她与大多数人一样，把排斥异性当成忠于婚姻，把压制渴望当成服从道德，她陷入难以名状的苦恼中。这样的苦恼未必比双目失明好受，双目失明仅仅是身体残疾，拒绝异性自我封闭则很可能滋生变态需求。

回到家她就急不可耐去屋后小院坝，希望那里继续隐藏一双充满期待而又邪恶的目光，像胆小鬼那样等待她召唤。四周寂静无声，只有下午太阳照射在她潮红的脸上，她有些羞涩。如果这时恶魔扑上来，她可能不作反抗，只会给自己解释再次遭受伤害。这时的她特别渴望陪伴，曾经以为自己不需要陪伴，以为自己已习惯孤独，拒绝接触任何同事、同学和朋友，害怕那些人假惺惺同情她怜悯她，害怕有人幸灾乐祸夹枪带棒拿话刺伤她。不知从什么时候起，也许就是那次跌进窨井得到恶魔搀扶后，她心中开始荡漾，恢复了与人接触的渴望，只是这样的渴望被她一再压制，她自己都不知不觉。突然间狄科长闯入，她喜出望外地感到羞涩，从此充满期待，尽管这样的期待可能遭受伤害，她仍旧愿意等待。等一阵没有异常反应，她不由得想：可能恶魔一路尾随她，直到她进屋恶魔才去寻找排水沟入口，这会儿还没赶到呢……果然就响起熟悉的急促呼吸声，似乎恶魔一路飞跑过来，楚娥"咚咚"

心跳，脸也红了手也抖了，显得惊慌失措。

恶魔仍不惊扰她，只是躲藏在她脚下驳岸。可能驳岸有个通向水泥厂的排水暗洞，不然怎么藏身？如果躲藏在黑咕隆咚暗洞里，他能看见外面但外面看不见他……如此想楚娥有些难过，虽然排水沟好久不排水了，但也脏啊。她想呼唤恶魔：上来坐吧，不必躲藏了。可她开不了口，毕竟那是恶魔，呼唤他是引狼入室，无法预知可能产生的后果，楚娥再次胆怯。不过不乏愉快，知道有人注视她欣赏她守望她，她像表演那样格外注意自己举止，假装若无其事继续绘画。可心乱如麻，什么也描绘不出，只是胡乱涂抹几片色块。

时间过得很快，不久就感到太阳消失，楚娥打算自己做晚饭，却又想再等一会儿。直到听到敲门声，她如梦初醒跌跌撞撞赶去开门，她知道可能是谁，仍旧将信将疑。果然是狄科长，楚娥差一点扑上去，她太高兴了，关照过殷师傅不要照顾她，不要送菜来，狄科长还是拎着菜上门。楚娥兴奋得满脸绯红，低下头说：又麻烦校长。校长多忙的人啊，怎么好意思一再麻烦。狄科长放下菜，随手拍拍楚娥肩膀说：又客气了是不是？我跟大笠兄弟一样的，他不在就该我来照顾。楚娥近似调皮地笑着说：好啊，校长真要照顾我不如答应我一个请求呢，这做饭做菜的事我自己也会！狄科长反手关上门，进一步靠近楚娥，再次将手搭在楚娥肩上问：一百个请求都答应。说吧，需要我做什么？楚娥敏感地觉察到狄科长声音异常，狄科长口中的湿热潮气都喷到她脸上了，搭在她肩上的手还尽力把她拉得更加靠近。楚娥本能地想挣脱，可狄科长身上浓重的男人气味熏得她接近晕眩，她一句话也不想说，只是低垂下头，让一头秀发遮蔽羞红的脸庞。狄科长也不说话，彼此都能感受到对方的心在激跳，狄科长突然用力一紧搭在楚娥肩上的手，楚娥脚下一踉跄跌进狄科长怀抱，羞得无地自容，慌忙说：不好！随即就挣脱出来，发出蚊蝇样一声：对不起。狄科长遭到拒绝可能很窘，可能有些狼狈，不过他哈哈一笑就掩饰过去，像什么也没发生。他哼着小曲上厨房，楚娥掩上嘴窃窃笑，也尽量装得什么也没发生。她快乐地跟到厨房，厨房是屋檐搭出的偏棚，还隔出个卫生间兼浴室，十分狭窄。楚娥想搭手帮忙，可眼睛看不见，总要碰撞到狄科长。一开始狄科长还劝阻她：不用帮忙，一边歇着去吧。后来狄科长不仅不劝阻，还故意敞开怀抱，接近调戏地不时搂抱楚娥一把。楚娥鼓起嘴生气，其实不无快乐，仅仅由于害羞，她娇声嗔怪：还当你正经人呢！就逃了出来。

她继续坐在小院坝，挥动画笔激情满怀，画了一朵高度抽象的玫瑰，玫瑰刺像匕首。画完她咯咯欢笑，笑着召唤：喂喂，你来看呀。狄科长解下围裙出来，探头看了画，笑嘻嘻说：看你怎么扎我！顺手就把楚娥抱起来飞快地旋转。楚娥大惊失色，想到排水沟还隐藏一双男人眼睛，她拼命挣扎，真的生气了。可狄科长不松手，还发了疯一样亲吻她，楚娥又羞又恼，腾出手抓起画笔，没轻没重戳向狄科长。听到一声惨叫，大约戳到狄科长眼睛了，楚娥吓得六神无主，急忙解释：对不起，我不是故意的。却听到一阵哈哈大笑，原来狄科长假装受伤。

楚娥恼恨不已，转身扑向后门，进门就把门关上。她是怕给恶魔看见，进门就笑倒在床上，觉得狄科长很好玩。可她随即又是一阵揪心的难过，意识到对不起大笠，大笠多好的人啊，即使楚娥双目失明他也不离不弃……楚娥脑子里飞快闪过大笠的百般好处，流下眼泪呜咽着自言自语：好大笠，楚娥从肉体到灵魂都是你的……狄科长听到楚娥抽泣，使劲敲门保证再也不欺负楚娥。楚娥揩干眼泪，恢复一脸冰霜，一副凛然不可侵犯的样子。狄科长很失望，怒气冲冲道歉：哭什么呀？不就是闹闹玩玩吗。你要实在不愿意，那就对不起呐，还要怎么样？楚娥不理他，只是摸索着摆出碗筷。

默默吃了几口饭，狄科长又来讲他的"工资基本上交，家务基本全包；老婆基本不在，半夜还在社交"。楚娥终于明白了，他无非想说明与妻子没有夫妻生活，但也不想离婚，因为那是房产公司的老总。楚娥不言不语，仍旧假装听不懂，她很快吃完饭，随即收拾桌子，意思就是逐客。

遭到驱逐狄科长很没脸面，但还是尽量克制，他温和地说：不爱听就不说这些。哎，对了，你不是有事求我吗，什么事？楚娥想打听住房补贴的事。她早就催过大笠：既然狄科长赏识你，能不能请狄科长帮忙，先给我们发放住房补贴？可大笠不肯开口，怕遭到拒绝，他要等到为学校争得荣誉再顺理成章提出要求。今天楚娥见狄科长又来照顾她，凭女性特有的感觉，感觉到她可以直接请求狄科长，如果遭拒绝她或许还能生气。没想到狄科长进门就动手动脚，弄得她十分尴尬。而且她已拒绝狄科长，还好意思求人家吗？楚娥继续默不作声，不过停止收拾桌子，她忽然想到：不如就把这难题出给狄科长。如果他不肯帮忙，也好早点赶他走，以后他也不好意思再来纠缠。于是楚娥嫣然一笑说：如果真想照顾我，不如早点给我们住房补贴。听大笠说房子一天一个价，早点给我们补贴，也好先把首付款交了。

狄科长哈哈大笑，可能还跷起了二郎腿，轻描淡写说：就这事啊？你不说我也在考虑。告诉你吧，计划已经上报，给你和大笠五万，先解决你们。我早就说过，能不能解决取决于三个方面：第一，态度。如果积极配合，就可以考虑；第二，时间。现在积累的问题太多，不可能明天就把所有问题解决，要一个问题一个问题解决，一个人一个人解决；第三，政策。住房补贴是奖励，不是福利，不能人人享有。你和大笠三条都符合，就第一个解决你们！

楚娥难以置信，一时没回过神来，望着狄科长问：真的吗？她原来以为即使安排也就两万，竟然有五万之巨，加上这些年的积蓄三万，首付七万足够了。楚娥流下眼泪，她是真诚地感激，背过身摘下墨镜，一边揩眼泪一边说：我和大笠永远感激你，永远永远……话没说完就感到背后一双手环抱她纤腰，她慌忙戴上墨镜，忽然不知道该不该拒绝。

就在她犹豫时，狄科长已把她抱起来，三步并作两步来到后面那间卧室。楚娥没反抗，只是央求：不好，对不起大笠。狄科长"呼哧呼哧"喘着粗气，亢奋得手忙脚乱，连灯也没关就脱下裤子。楚娥慌忙扯过被子蒙住脑袋，浑身发抖，不知这是快乐还是痛苦。突然听到胆小鬼凄惨哀号，楚娥一把掀开被子，惊恐万状问：狗怎么啦？狄科长也被惊吓一跳，不过他已冲动得不能自控，急不可耐扯脱楚娥裤子。楚娥猛然意识到什么，紧紧抓住裤子不松手，不无哀怜地央求：放过我吧，我害怕，其他方式也好报答你，求求你！其实楚娥是担心：是不是恶魔爬上岸了，正躲在窗外窥探？不然胆小鬼怎么哀号？楚娥奋力推开狄科长，怒容满面尖叫：还要怎么求你？然而狄科长已像野兽，强行脱光楚娥下身，楚娥拼命挣扎，想到窗外还有一双眼睛，她宁死不从。她一口咬住狄科长指头，使劲抓扯狄科长脸面，放声大哭。狄科长只好放弃，但已丧心病狂，他恶狠狠一掌推开楚娥，差不多咆哮如雷：不识好歹的东西，去死吧，接下来脱了裤子求也没你机会了！他恼羞成怒穿上衣服，拿过镜子反复照了照，确信已衣冠楚楚才若无其事扬长而去。

八　恐惧

　　楚娥慌忙穿上衣服，把前门反锁了又急忙打开后门，对着漆黑夜空大声呼唤：胆小鬼，胆小鬼！没有胆小鬼的回音，楚娥毛骨悚然，胆小鬼不会离家出走，难道被恶魔害了？楚娥低声哭泣，带着哭声诅咒：千刀万剐的恶魔，当我不知道你呀？有能耐把我也杀了！她像半夜吹口哨给自己壮胆，实际上吓得魂不附体，她"咚"的一声把后门关上。不敢关灯，猜想恶魔还在屋后。果然听到响动，楚娥再次呼唤：是胆小鬼吗？却是人的脚步声。楚娥再次哭喊：究竟要做什么呀？恶魔！与其遭你吓死，不如把我害死！仍然没有回音，楚娥惊恐不安贴近门板侧耳聆听，屋后寂静无声，显然恶魔已离开。

　　胆战心惊熬到天亮，确信屋后没有异常，楚娥战战兢兢开门，再次呼唤胆小鬼，可无论怎么呼唤也没回音，楚娥伤心极了，坐在小院坝失声痛哭。早饭也不想吃，一点没胃口，可她还是准备去学校，已经把狄科长得罪，不可能继续得到狄科长照顾，不可能再被特殊对待。她打算像其他老师那样也早出晚归，否则可能遭狄科长报复，说不定狄科长就以她不能遵守规章制度为由开除她。

　　她开始懊悔，不该得罪狄科长，狄科长什么人呀，多少人想巴结还没机会呢。只要稍微迁就一点，就算受点委屈，也值得呀，得到的总比失去的多。何况能失去什么呢，她可以给自己解释这是遭受强暴，是被迫屈从，就能免

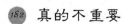

受良心谴责、道德鞭笞，甚至可能心安理得。她与大多数人一样，并非自甘堕落，而是同时具有抗争倾向和堕落倾向，一切取决于当时的条件和刹那间决定。楚娥就是刹那间改变主意，她当时害怕极了，怕窗外那双邪恶眼睛看见真相，怕给大笠知道她并非完全属于屈从。相对于大笠来说，她更愿意放弃诱人的照顾和片刻欢娱，为了大笠她什么都可以放弃。尽管很懊恼她还是不无欣慰，觉得自己做了件十分对得起大笠的事，至少良心上没有丝毫不安。

冬天的早晨阴风嗖嗖，她出门就哆嗦。她已习惯胆小鬼领路，现在胆小鬼没了，她十分迷茫，东南西北都分辨不清。她扶着墙壁朝前摸索，希望遇上好心人，即使不能给她引路，送她一根导盲棍也好。大笠曾给她订做了一根轻巧的蓝幽幽导盲手杖，她一直不用，不想给人一眼就看出她是盲人，正如总是戴副墨镜一样，她时刻都在掩饰自己的盲人特征。现在需要导盲手杖，却不知那根蓝幽幽导盲手杖给大笠搁哪里了。她缓缓摸索到隔壁邻居冰冷的玻璃门，听大笠说这是一家挂羊头卖狗肉的中医推拿房，其实在做皮肉生意，虽是邻居从不来往。她想快步走过，却又想到：或许能讨根棍子，不然怎么摸索到学校。

她轻轻敲击玻璃门，里面的人还没起床，那些人习惯夜生活。她再次敲了敲，终于听到有人开门，大约是老板娘，"咦——"了一声问：这不隔壁的瞎子老师吗？楚娥微微红着脸说：打扰你了。是这样，先生不在家，导盲犬丢了，我要去学校，如果方便的话，想麻烦你给我找根棍子。老板娘叹息着说：平时看你牵条狗经过，我们就悄悄议论，眼睛瞎了咋还上课啊？楚娥不爱听这号人的同情，在她看来这号人不配叫人。可要求人家，她无法矜持，尽量含糊其词说：其实大家都一样，都怪可怜。

老板娘很诧异：你瞎子我们又不瞎，我们有啥可怜？楚娥笑笑，其实她的意思是：你们也是迫不得已，不然怎么做这种勾当！但不能这样说，这样说就戳穿人家。老板娘非常警惕，立即从楚娥的笑脸看出，楚娥知道她们在做什么勾当。

"不能掩盖秘密就暴露秘密，不能光明正大就拉人同流合污。"老板娘很懂这条规则，她凑近楚娥耳朵说：是啊是啊，都怪可怜。我无非想多挣点钱，买一爿自己的店铺，这地方眼看就要拆了。照我说啊，你这么辛苦上班也是为了挣钱，不如来我这里上班，凭你这模样挣钱很容易，保证你一个月万把块钱，还不要来回赶路。楚娥大红了脸，羞愤难当，想转身就走。可仍想讨根棍子，她尽量敷衍：不懂中医推拿，怎么可能来你这里上班。老板娘"呔——"一声，几乎咬着楚娥耳朵说：你来做盲人按摩。盲人按摩公安都照应，不会出事，你长得这么漂亮，光是动手不动身子，就有接不完的生意！楚娥假装没听懂，其实在大学里就听说，女同学中就有人做这种生意。她使劲摇头：不说这个好吗？能帮我找根棍子吗？

可能老板娘不愁雇不到人，仅仅想跟邻居友好相处才给楚娥提供这机会。见楚娥不为所动，老板娘轻轻叹息，转身找来拖把砍去头上拖布，把棍子塞给楚娥说：拿这个将就吧，回头有事只管开口。刚才说的事就当没说，别弄得大家脸红！楚娥点点头，道了声谢谢，她同样希望跟邻居友好相处，怎么可能多嘴多舌。

有根棍子在手她"囊囊囊"敲打地面，一路摸索前进，不时磕磕碰碰，她还不习惯使用导盲棍。终于走出坑坑洼洼建筑工地，走上大路她停下，看上去歇息，其实在等待。她感到奇怪，以前她跟大笠手牵手走在路上身后也有人尾随，今天怎么没人尾随？难道昨晚的一通诅咒把恶魔吓跑了？或者是，原先恶魔以为楚娥不知道他在尾随，昨晚楚娥把他揭穿，他做贼心虚逃之夭夭了？这样猜测也不合理，如果恶魔害怕暴露，早就销声匿迹。他肯定不怕楚娥，楚娥能把他怎么样，报警吧不知道恶魔名字。说不定恶魔还整容了，不然为什么一直尾随也没遭大笠认出？楚娥忽然想到，可能恶魔还没出门。恶魔已掌握楚娥的行动规律，通常上午九点左右出门，下午三点左右回家。今天楚娥七点就出门，恶魔肯定没想到，所以没跟上来。如此一想楚娥油然而生莫名其妙的失落，她曾经很怕恶魔尾随，很怕给大笠发现恶魔一直尾随，现在恶魔不再尾随，她反而心头空空荡荡。

这些日子里她明确感应到，恶魔不会再次伤害她，如果要伤害她，早就伤害她千百次了。可能恶魔确实在暗中保护她，包括昨天晚上，如果不是恶魔弄得胆小鬼哀号，楚娥不会突然奋起反抗，狄科长就得逞了。如此一想楚娥觉得对不起恶魔，昨晚不该那么凶巴巴地对待人家。她情不自禁回头张望，希望恶魔尾随上来，有恶魔尾随在后她踏实些，至少不必问老板娘讨棍子，也不必担心遭遇不测，这个世界除了大笠，就剩恶魔还能给她带来一丝安全感。

等了片刻恶魔仍未出现，楚娥只好"囊囊囊"摸索着去学校。她很想准时赶到，然而等她摸索到学校，仍旧迟到了，好在没人责备她，反而惊讶地问：干吗这么早呀？她不回答，笑了笑去自己办公室。她没法制作教案，也不需要批改作业，静悄悄坐在靠近门口的自己座位。突然听到一阵骚动，老师们冲出办公室大呼小叫，似乎要赶去医院。楚娥心头一惊：出什么事了？正好听到一位熟悉的老师声音，应该是金万年，楚娥慌忙问：怎么啦？金万年老师捶胸顿足说：不得了啦，出大事了！我也是刚刚听说，昨晚下半夜，有人敲狄科长家的门，他开门就遭人家泼了硫酸，整个脸都烧坏啦……楚娥痛苦地呻吟一声，把脸埋在臂窝，惟恐给人看见她表情异常。

　　昨晚的一切历历在目，狄科长离开不久恶魔也离开。可怎么是下半夜呢？难道恶魔花了好长时间才终于找到狄科长家？狄科长认出恶魔了吗？恶魔作案后逃跑了吗？狄科长会不会怀疑是她指使恶魔干的……楚娥越想越害怕。不仅仅害怕，她对狄科长满怀好感，即使昨晚狄科长得逞，她也不会怀恨在心。她太喜欢听狄科长讲话，狄科长温柔的细声低语让她心旌荡漾，甚至骨酥肉软。如果不是一再想到对不起大笠，如果不是遭到恶魔惊扰，她可能已投入狄科长怀抱。现在狄科长遭泼了硫酸，她心如刀割：那可是硫酸啊，即使保住性命，也将彻底毁容，甚至可能残废。千刀万剐的恶魔，怎么还是那么凶残，怎么下得了手呀！狄科长又没招你惹你，就算欺负我，关你什么事！恶魔呀恶魔，要是给我抓住你，拼死也要咬你几口！抓你去公安，要你血债血还，新仇旧恨一起算，不然怎么消得了这仇恨，怎么对得起狄科长！

　　楚娥嚯然起身，顺手抄起棍子，像个复仇女神。她准备先上医院探望狄科长，然后上大路引诱恶魔靠近，再一把抓住恶魔死活不松手，然后大声呼救，然后……可她感到一阵晕眩，忽然意识到：怎么知道一定是恶魔干的？同时又想起昨天晚上，她抗拒狄科长后，卸下伪装的狄科长完全变了样，竟然丧心病狂地一掌推开她，再也没有半点怜惜，再也没有半点温情，还恶狠狠咆哮：不识好歹的东西，去死吧，下来脱下裤子求也没你机会了！

　　楚娥感到透心的冰凉，自怨自艾想：可能我自作多情，狄科长不过当我玩物。这样的玩物狄科长玩得多了，身边不知缠绕了多少脱下裤子求也没机会的女子！楚娥颓然跌坐在椅子上，不得不去想：说不定也是报应。哪有脱下裤子求的，哪有心甘情愿献身的，无非想从你狄科长身上各取所需。狄科长你如果贪嘴不付账，只留情不兑现，就算女人们忍气吞声，难保不给人家丈夫发现。如果那些丈夫都是大笠一样的铁血汉子，恐怕不只是泼你硫酸……如此一想楚娥毛骨悚然，如果大笠知道狄科长对楚娥动手动脚，差点儿把楚娥强暴，大笠会怎么反应？她太了解大笠，大笠发怒连公安的枪都敢抢，还有什么不敢做。

楚娥马上意识到，绝对不能给大笠发现蛛丝马迹。只要给大笠觉察到异常，肯定不惜玉石俱焚，都不会有好下场。楚娥越想越后怕，越想越懊悔：怎么会鬼迷心窍，没有一来就抗拒狄科长的殷勤？

楚娥怕给人看出她情绪异常，她低着头缓缓走出办公室，摸索到苦涩的桉树林，落叶遍地没人打扫，透着几分衰败景象。楚娥独自倚靠在树干，尽力使自己平静，尽力使自己相信：狄科长跟我没任何关系，仅仅送来两次菜！如果狄科长非要纠缠，非要说我跟他如何如何，我可以矢口否认，两个人的事只要我矢口否认就查无实证……可是，楚娥又悚然想到，恶魔肯定看见狄科长在小院坝搂抱她，还有卧室里发生的一切，如果恶魔出来证明，楚娥就无言以对，只能给大笠坦白。坦白了又会怎么样？即使大笠饶恕楚娥，也不可能饶恕狄科长，说不定就同归于尽。除非恶魔永远闭嘴，决不吐露他所看见的一切。然而恶魔能保守秘密吗？像他那么邪恶的人，什么事做不出啊！

楚娥越想越恐惧，越想越没主张，竟然冒出个自取灭亡的念头：必须赶紧找到恶魔，尽量讨好恶魔！如果不能讨好恶魔，一旦他将楚娥与狄科长的事抖漏出去，必然挑起狄科长与大笠同归于尽。等到狄科长和大笠同归于尽，恶魔就消除所有顾忌，既不用担心大笠找他报仇，也不用幽灵般躲躲藏藏，随时都可以出现在楚娥面前，想做什么就能做什么……只有跟恶魔处理好关系，不把恶魔逼得狗急跳墙，才能防止恶魔穷凶极恶。然而这关系怎么相处？她与恶魔既不沾亲又不带故，还不知道对方底细，连名字都不知道，万一给大笠发现她与一位英俊男子神秘来往，必然又是另外一种可怕后果。

楚娥六神无主，又没人帮她拿个主意，她无力无助，禁不住低声哭泣。但马上就抹干眼泪，怕给人看见她行为反常，反而引起猜疑。这时的她特别怕被猜疑，刚刚知道狄科长遭遇不测，全校师生都在猜测谁干的，如果因为她的反常遭到怀疑，将她与狄科长联系在一起，就相当于不打自招。决不能暴露自己，一定要镇定自若！她给自己鼓劲打气，尽力使自己解脱出来。

九　阴沟

这一天的课楚娥上得格外认真，她全身心投入，想通过上课转移自己注意力，免得总是陷入恐惧、懊悔和胡思乱想中。可并不能摆脱什么，等到下午三点下课，仍要面对必须面对的一切。本来她想等到大家都放学才准时下班，可办公室里净是关于狄科长伤势和案情的议论，她不想听这些，又不能阻止人家议论，只好再次选择回避，她去食堂买上菜就提前离开学校。

出门迎风一吹，竟然感到一阵轻松，说不清什么感觉，应该是五味俱全，但也不乏暗暗庆幸。无意中听到其他老师议论，说狄科长被毁容了，不可能继续兼任校长。如果大笠在这次运动会上，确实为学校争得荣誉，确实受到市里、区里表彰，再凭大笠事实上的"二校长"地位，即使当不上校长，大笠也可能当个副校长。果然如此的话，楚娥就能继续得到照顾，不必担心狄科长报复，或者再来纠缠她。单从这点看，那硫酸倒是帮楚娥解除了困厄，不然今后怎么面对狄科长，太疏远怕遭他报复，太亲近又怕他得寸进尺。

但楚娥并非乐意看到这种结局，而是尽量往积极方面想，免得一直陷入罪恶感中。她确实产生了挥之不去的罪恶感，如果她能心如止水，对狄科长的照顾无动于衷，就不会演变到这一步。她觉得是她祸害了狄科长，甚至想到红颜祸水，觉得她真的是祸水。如果不是因为她，大笠比现在过得幸福，至少不会遭瞎眼妻子拖累得这么劳苦这么贫穷；如果不是因为她，狄科长……唉，她越想越沮丧，越想越觉得自己一无是处，除了给人带来不幸还能带来什么！

本来她的生活还有一丝光亮，她能从内室秘戏中获得欢娱。当她与大笠尽情享受这种欢娱时，她会暂时忘记不幸，至少那一刻她觉得生命很有意义。同时在得到赞扬时，在听人家夸她漂亮时，她会油然而生一分珍重，觉得生命值得珍惜。现在她差不多绝望，无论多么美丽动人，她也不能喷红吐艳，甚至不能放飞自己的渴求，只能孤寂地闭锁在家，为丈夫坚守贞节。其他人好歹还能结识几位异性朋友，即使朋友间纯洁无瑕，也能获得感情上的慰藉。而她，终于等到一个能给她带来欢乐的狄科长，却是落得这样结局。然而转念一想，她又意识到这一切是自己折磨自己：为什么要这样生活呢，为什么要自我封闭，为什么不能从肉体到精神释放自己……她一手拎着装菜的塑料袋，一手"橐橐"敲打路面，深深低着头小心翼翼摸索。

一阵寒风刮过，随即飘起小雨，小雨洒在她没有任何遮蔽的乌黑秀发上，像蒙上一层灰白凝霜，冰冷刺骨。正在这时她敏感地觉察到什么，她的心微微颤动，分明感应到恶魔尾随上来了。她已熟悉恶魔的呼吸和身体气味，能准确感应到恶魔的存在。奇怪的是她并不害怕，反而产生莫名其妙的期待，像等来久别重逢的老朋友。她喃喃自语，更像低声请求：好冷呀，能找把雨伞吗？恶魔靠得很近，即便这么轻微的声音也能听到，他一步就冲上来，受宠若惊问：当真知道我一直跟踪你？楚娥轻轻点头，随即就听到"呼哧"一声，好像恶魔哭了。可能恶魔没想到，楚娥早就知道他在尾随，也没揭穿他，也没驱逐他。恶魔感动得热泪盈眶，"呼哧呼哧"像在不停抹泪，楚娥十分诧异：他也会流泪？不过也能理解，可能恶魔真的着魔了，竟然迷恋上楚娥，如果不是感到自己罪孽深重，他可能会勇往直前。

楚娥一时不知说什么好，肯定不能接受恶魔的迷恋，但也不想伤害他的感情，楚娥只是更加温柔地问：能帮我找把雨伞吗？恶魔转身走开，很快就回来，激动不已问：帮你撑伞吧？楚娥不置可否，只是甜甜地笑笑。恶魔大受鼓舞，壮大胆子靠近楚娥，高高撑起雨伞。楚娥脸上一热，有些害羞，怕熟人看见传播到大笠耳朵。可她仍不拒绝，她给自己找个理由：正巧遇到扶弱助残的好心人，一定要送我回家，这也不可以吗？不过楚娥还是尽量少说话，怕给熟人看见，传到大笠耳朵，说她跟个英俊男子一路说说笑笑，可能就横生枝节。

她不说话恶魔也默不作声，两人静悄悄到了家门口，楚娥说声谢谢，但不急于开门，恶魔立即明白是在逐客，不许他进屋。恶魔有些心酸地说：其实我也会做饭，我也能照顾你，我不像狄狗日的，专门乘人之危。楚娥"唰"地脸红到脖子，又羞又恼，她最怕提起昨晚的事。她凌空推了一把，怒容满面嗔怪：胡说什么呀！恶魔慌忙道歉：是我胡说，是我胡说，我狗日嘴臭！楚娥气呼呼背过身子，不再理睬恶魔，直到恶魔离开她才掏出钥匙。家里冰窖似的没有温暖，没有任何生命气息，以前还有胆小鬼陪伴，现在"谁伴寒窗独坐？我和影儿两个"。楚娥再次感到刻骨铭心孤寂，再次感到了无乐趣。忽然想起什么，她跌跌撞撞扑向后门，像去捕获猎物。雨水还没停，不能坐在风雨中的小院坝，她倍感沮丧，意识到恶魔不可能顶风冒雨守候在排水沟，恶魔肯定回家了。

楚娥垂头丧气打开厨房门，摸索着点燃煤气炉，离晚饭还早，她想暖和身子，她感到心都冷了。这时随便出现一个人，哪怕是恶魔，她可能也喜出望外。她太需要温暖，太需要关怀，哪怕只是一句两句问候。屋外淅淅沥沥小雨像滴淋在她心头，她像安徒生童话里卖火柴的小女孩，神情忧郁地守望着苍白炉火，眼前没有幻想出的面包、鲜花和春天，而是不断叠映大笠、狄科长和恶魔的形象，这些形象都很美好，想丑化也不行，她太渴望爱，怀揣了爱看什么都美好。

一阵隐隐约约脚步声，把她从梦中惊醒，她不无惊恐地悚然回头，神情冰冷地面对厨房门口，脑子里飞快闪过一连串疑问：恶魔没回家？竟敢爬上岸，他想做什么……楚娥不由自主地后退半步，本能地想到摸索菜刀，必要时奋起反抗。

可能楚娥的激烈反应把恶魔吓住了，面对楚娥一副如临大敌神情，恶魔低声下气解释：如果害你，干吗躲躲藏藏？真的想弥补我的罪过，起码保护你不给人伤害。没我你不行，光牵条狗啥用啊。说出来你都不相信，看见你那狗我就生气，那畜生不中用，要是换成我，没人敢打你主意！楚娥缓缓低下头，其实她不想表现出的那么敌对，只是突然遭受惊吓。她早就相信恶魔不会再次残害她，也愿意接受恶魔的赎罪。她迟疑片刻问：昨晚把我狗怎么啦？恶魔咬牙切齿说：勒死了！那狗东西一点没用，看到陌生人哼都不敢哼一声，看到狄狗日的欺负你也不敢扑上去，这种畜生养来屁用！我当时恨得啊，如果不是勒死那畜生，我就要冲进去勒死狄狗日的！

楚娥看不见恶魔表情，但这种说话的口气很熟悉，当初她受害时，大笠就经常用这种口气说话。这种口气能传达很多信息，其中好多信息无法用语言表述，要靠心灵感应。大笠用这种口气说话时楚娥心惊肉跳，惟恐大笠做出蠢事，为了泄愤得不偿失。而听恶魔用这种口气说话，楚娥竟然喜不自禁。她完全相信恶魔当时多愤怒，完全相信恶魔当时差不多发疯，需要赴汤蹈火也不会犹豫，甚至可能为楚娥去牺牲。一个跟她没有任何亲缘的人，竟然在她可能被害时如此激愤，楚娥被深深感动。

她从恶魔的激愤感应到坚定承诺，感应到忠诚地表达，她满心欢喜，如同需要胆小鬼，她太需要这样的承诺和忠诚。虽然得知胆小鬼遇害她很难受，但更多的是另有所获的喜悦。不过她也清醒意识到，恶魔不是胆小鬼，胆小鬼百无一用却不必时刻防备，恶魔什么都可能做，控制恶魔比控制胆小鬼困难得多。好在楚娥并非"妾是杨花 / 郎若流水 / 相知便可相随"那种完全依附男人的女子，看上去她依依可人，其实骨子里非常高傲。她很有主张，还颇有手段，大笠那么难以驯的烈马，照样给她牵引上正道。楚娥对于自己这点能力不乏自信，如同当年武则天非要驯服狮子骢，面对桀骜不驯反而容易点燃女人的激情。

楚娥背过身，表明他接受恶魔的殷勤。不过她还是冷若冰霜，只是吩咐：帮我生个火炉，我找不到木炭。恶魔箭步蹿上来，在厨房里翻箱倒柜一通，搬出火炉，又找到木炭，然后问：火炉生在哪间屋？楚娥想把火炉生在卧室，晚上不至于四壁冰冷，可马上又想到：怎么能给恶魔进卧室！外面小院坝还在下雨，她说：就生在厨房。厨房狭窄，两个人转不开身，楚娥怕恶魔像狄科长欺负她看不见，故意敞开胸怀，假装不经意就搂抱她一把，楚娥摸索出板凳，紧靠门口一动不动，把时间空间都让给恶魔。一阵刺鼻呛人的浓烟随风飘散，渐渐就感到扑面而来的火热。可门口吹进寒风，吹得楚娥背心冰凉。恶魔将门关上，楚娥悚然一阵惊颤，差点厉声质问：做什么？却又意识到自己无力反抗，呼救也无人听见，恶魔想做什么就能做什么。楚娥把头低垂下来，让一头乌黑的秀发遮蔽满脸惊恐和无奈，准备接受一切可能出现的强迫，而不是徒劳地反抗。

然而什么也没发生，恶魔关上门坐在楚娥对面，一边生火一边喜滋滋说：好暖和，比空调舒服多了。楚娥稍微抬头问：你家有空调？恶魔不正面回答，而是说：像我们不能有家，只要给公安知道住哪儿，就一网打尽。楚娥问：那你就一直藏在排水沟？这排水沟能藏身吗？恶魔笑嘻嘻说：哪能呀！随即就很警惕地问：问这么多干吗？不会报告公安吧？楚娥别过脸生气：报告公安对我有什么好处！就算抓住你，你给公安交代，看见我跟狄科长……你给我撑雨伞，还跟来我厨房……这些话传到大笠耳朵，瓜田李下怎么给大笠解释？

恶魔看出楚娥生气了，嘻嘻哈哈逗笑：就算报告公安，也抓不到我。你不知道我姓啥名谁，连我这张脸都变了。告诉你吧，去年害你我也遭报应，在外地作案遭抓住。我怕自己吃不住拷问，把以前的案子都交代，或者其他弟兄把我指认出来，就坦白从宽、牢底坐穿。所以我灵机一动，给自己泼了一脸硫酸，虽然毁容了，但保护了自己。那边关我一年就放了，一年中他们也没弄清楚我究竟是谁，无非给我看了一年烧伤，还做了脸皮再植手术……

恶魔说得轻描淡写，楚娥听得惊心动魄，不无关切地问：为什么不学好，害人又害己，你值得吗？恶魔仍旧嘻嘻哈哈说：不怪我，只怪我娘老子。他们狗日的，自己没出息，拿我给他们争光。我才五岁，就送给杂技团，那是人过的日子啊？腿脚胳膊不知遭师傅掰断过多少回，接上又掰断，还要挨打。马戏把畜生整得像人，杂技把人整得像畜生。我他妈总算熬到二十多岁，杂技团嫌我年龄大，把我安排到一家国营工厂。我他妈连小学都没念过，能做啥，只好在厂里工会鬼混。后来厂里改制，工龄满二十年就要内退。我他妈最倒霉，说我五岁进杂技团就算工龄，把我内退了。只好自谋生路，除了偷我一样不会，可这能都怪我吗……

楚娥很不习惯对方的满口粗话，但也能理解，人在愤怒时远离文明，连大笠愤怒时都讲粗话，何况对方还是恶魔。不过楚娥仍制止他：在我面前请你文明点，不爱听这些！恶魔一愣怔，不知该说什么，只好煞断话，从此就不言不语。直到楚娥说她要做晚饭，不需要恶魔帮忙，恶魔才说：那就我走了，弟兄们还在等我。从此你放心吧，再也没人敢打你主意！

十　折磨

　　恶魔走后楚娥长长地吁口气，刚才很紧张，唯恐恶魔凶相毕露。她摸索着煮碗面条，索然无味吃了几口就撂下，继续坐在火炉边，暗暗后悔：应该让恶魔把火炉搬去卧室，不然卧室冰冷。后悔徒劳无益，只好继续待在厨房，靠她不可能把火炉搬去卧室。门外一阵又一阵寒风刮过，除此而外便是令人恐怖的寂静，楚娥再次感到揪心的凄凉，很想有个人陪她说话。大笠还要十来天才回来，这些日子谁来照顾她？她曾经以为自己不需要照顾，以为自己能照顾好自己。现在才知道，所谓照顾并非仅仅饮食起居，反而饮食起居并不重要，重要的是心灵依靠。原先大笠即使不能时刻陪伴她，但在她身边，只要需要就能召唤大笠，不会感到心无所属栖栖遑遑。这会儿她像遗弃的孤儿，即使手脚不再冰冷，也感觉不到温暖。她需要的是拥抱，是呵护，是喁喁私语，是开怀大笑，是对明天满怀期待和憧憬。现在只有一盆搬不动的炉火，她舀水浇熄炉火，摸索进卧室。

　　卧室到处冰凉，什么也看不见她还是习惯开灯，灯光不能带给她光明但能壮大胆量，不然总是担心黑咕隆咚中隐藏未知的危险。她和衣躺在床上，盖上两床被子。要是大笠在身边，大笠会先把被窝焐热，然后热烈迎接她，欢乐无限嬉戏。没有大笠在身边，她只能一切靠自己。她特别怕冷，必须等到被窝暖和才脱卸冬装，可不脱下厚厚冬装被窝就很难暖和，反而感到越来

真的不重要

越冷。

她侧身望着窗外，雨水停了冷风仍飕飕灌入，她从没感到如此寒冷，即使寒冬腊月大笠也喜欢光着膀子睡觉，滚烫的身体就像个火炉。她第一次感到需要挂个厚厚的窗帘，眼前漆黑便感到自己处在黑暗中，不需要遮蔽，这时才强烈意识到卧室太敞露，太不安全，否则昨晚也不会给恶魔窥见卧室里发生的事。由此而来又想到，恶魔临走时说"再也没人敢打你主意"，显然狄科长确实是遭恶魔所害。她十分不安，再次产生罪恶感，再次觉得狄科长是因为她才被害。如果她能一开始就坚决拒绝，如果提醒狄科长窗外有人，如果当时有窗帘，狄科长不会落得如此下场。可这一切怨谁呢，如果不是狄科长居心不良，如果不是狄科长乘人之危，能落到这一步吗！可是，她又想到一个成语——诲淫诲盗，展露财富是引诱小偷，展露姿色是引诱异性。她也在展露吗？她不得不承认，她一直在努力博取狄科长好感，听到狄科长说话她就神情专注，就一脸笑容，就有些羞涩。连狄科长什么模样都不知道，为什么要在狄科长面前展露？因为那是领导，那是依靠，那是主宰她和大笠命运的人。

这么一想她又产生堕落感，觉得自己潜意识里深藏着不可告人的交易动机。可除此而外她怎么抗拒生存压力？人家随时可以剥夺她工作机会，她已经残疾；随时可以收回宿舍，这是公家的房子；随时可以让大笠只是做体育老师，大笠本来就是体育老师……只有博得狄科长好感，才不用担心工作，不用担心住房，不用担心大笠的前途。最终还是把狄科长得罪了，只因为守住了贞操。这样的坚守有什么意义？她并不想摧毁自己道德底线，但又强烈感觉到，生存压力正在摧毁她的一切，从肉体到精神。她在床上翻来覆去想，可能她坚持不了多久，她非常疲惫，感到自己从肉体到精神都即将崩溃。

第二天很晚才起床，她不想一早就去学校，她很累，打算放弃抗争。一切都不可挽回，只好认命。如果狄科长一定要报复，比如找茬辞退她，比如收回宿舍，比如阻断大笠前途，那也只好接受，靠她和大笠什么都不能改变。

挨到九点出门，出门她就想：恶魔还来吗？她没带那根木棍，用恶魔留下的雨伞做手杖，地上湿滑，每跨一步都必须小心翼翼，她却不时回头。忽然感应到什么，她喜不自禁打趣：像个幽灵！恶魔几步就靠上来，笑嘻嘻问：走走就回头，等我吧？楚娥确实心存期待，确实希望恶魔继续护送她，但不肯暴露自己心思，靠恶魔护送算什么！没想到恶魔已看出她心思，还一语戳穿，楚娥又羞又恼嗔怪：胡说什么呀！恶魔"啪啪"拍打自己嘴巴：是我胡说，是我胡说。他伸出手说：路太滑，怕你摔倒。楚娥本能地缩回手，不要恶魔搀扶，低声解释：我家大笠眼睛容不得砂子，还是继续隐藏吧。恶魔可能满脸沮丧，但也善解人意，一点不强求，稍微落后几步不远不近只是尾随。

　　下午楚娥刚出校门恶魔就像如约而至，他们几乎达成默契，楚娥任何一个表示恶魔都能看懂。需要指引时，楚娥拿手指点一点，恶魔就上来告诉她向左还是向右，然后楚娥摆摆手，恶魔就隐身在来来往往人流中。

　　楚娥到家恶魔就离开，楚娥也急切地摸索到屋后小院坝，坐在椅子上静悄悄等待。听到气喘吁吁声，楚娥微微脸红，娇声斥责：不要你陪，做你该做的事。恶魔喘息着说：我没事，那些事都我弟兄干，我是老大。这些你不懂，也别问。可楚娥非常想知道：那你何苦呢，为什么甘心做我……本来想说甘心做我哈巴狗，忽然意识到不妥，她掩嘴笑起来。恶魔笑着鼓励楚娥：说啊说啊，甘心做你什么？楚娥笑而不答，恶魔找张板凳坐下说：这地方真好！他目不转睛看着笑容满面的楚娥，顿一顿说：你们学校的事我样样都留心，连大笠要出差我都知道。当时真担心呐，下来谁照顾你？都说狗急跳墙，我真的就从对面水泥厂翻墙过来。嘿，没想到有条排水沟，还有个可以藏身的窟窿。你看我现在很方便，前面不远就是排水沟出口，我从那头进来，一看有人就藏进窟窿，谁也看不见……楚娥马上联想到《西厢记》中张生翻墙幽会崔莺莺，打断恶魔的话：胡说什么呀，再胡说撵你走！

　　恶魔不知楚娥为什么突然变脸，不会猜到楚娥联想到私情密约，急忙煞住话。这是他最讨人喜欢的一点，不要他说话他就一句不说，甚至可以一直不说，只是默默地守望或者尾随。楚娥也不想多说，怕话多人亲近，她并不想跟恶魔太亲近。跟狄科长的交往就是教训，稍微亲近对方就得寸进尺。她更愿意跟恶魔保持距离，保持必要的刺猬距离。据说刺猬怕冷又怕孤单，冬天挤靠在一起抱团取暖。可挤靠太紧相互刺伤，相隔太远又不能相互取暖，因此都掌握一个适度距离，既可避免刺伤又能互相依靠。楚娥从小就习惯拿这种刺猬距离作为交往原则，包括跟父母的关系，父母蛮不讲理非常专制，要她一切都顺从，考上大学她才逃脱父母掌控。为此她还写过一首俏皮诗：

惹不得喂不饱，

远不得近不好，

离不得亲不了，

恨不得爱不少，

困守一间房，

天地实在小。

我心千里外，

逃又无处逃，

恩怨情仇如虎牢！

　　楚娥摸索着支开画架，摸出画板、油膏、画笔，要恶魔别吱声只管看她画画。恶魔果然就不吱声，但并非看得入迷，她的画连大笠都不能完全看懂，恶魔更不可能看懂。大笠曾拿上几幅画送给学校老师，人家扔进字纸篓，不觉得这是美术，更像小儿涂鸦。大笠尝试着卖给画廊，一幅也卖不出，主要是不认可楚娥的画法。而楚娥又不具备开宗立派的影响力，她在绘画上是无名小卒。但她仍要坚持自己的画法，双目失明不可能写实，她就画人的灵魂，灵魂很难被人理解，所以在得知大笠拿画送人、拿画出售，她非常生气，在她看来这是拿她的灵魂给人羞辱。她之所以坚持画画，仅仅是需要倾诉，大笠不可能一直听她倾诉，她有些心事对大笠也不便倾诉。她的画带有明显的梦幻色彩，像在画自己的梦，区别仅仅在于，梦是欲望的无意识发现与满足，她的画是欲望的有意识发现与满足。

　　听不到恶魔"啧啧"称赞，只能听到十分压抑的叹息，这叹息近似痛苦呻吟。可能楚娥的画笔像鞭子，正在狠狠抽打恶魔的良心，如同棒喝他：看你都做了什么？恶魔！要不是你害得楚娥双目失明，楚娥眼前将是多么美丽。现在画出再美的图画也看不见了，楚娥眼前只有黑暗……

　　正在楚娥聚精会神画着的时候，听到"呼哧"一声，像是恶魔擤鼻涕。可再一听，居然是恶魔在抽泣。楚娥惊讶地侧过身子，面对恶魔问：你在哭？恶魔哽咽着说：看你画得好难啊，样样都靠手摸，摸得满手五颜六色。都是我害的，我恨不得撞墙。你看不见我，你不知道，我难过就扯头发，头发都扯得稀稀拉拉了。

　　楚娥眼前浮现一副痛不欲生面孔，心头微微抽搐，不希望恶魔继续扯自己头发，她已相信恶魔真心悔过，至少在楚娥面前感到罪孽深重，不然怎么流泪，像他无恶不作的人，如果不是痛彻心扉，怎么可能流泪。而且不止一次流泪，虽然看不见他，但楚娥能强烈感应到，恶魔身负罪孽活得很痛苦。楚娥很想说：我已原谅你。可又非常希望恶魔继续悔过，不能轻易原谅。

于是楚娥说：给你讲个故事吧。在古希腊神话里，有个大力士叫底格里斯。有一天底格里斯走在路上，发现路边有个小口袋，随便踢了一脚，想把口袋踢开，却踢不走那口袋，还长大了一点。他再踢一脚，还是踢不动，还更加长大一点。底格里斯恼羞成怒，他是著名的大力士，不相信连个口袋都踢不动。于是他一而再再而三地踢，那口袋越踢越大。他又找来木棒打，也是越打越大。后来口袋长得像小山那样，把底格里斯的前进道路完全阻塞了。这时来了个哲学家，对底格里斯说，这口袋叫仇恨袋。面对仇恨应该忘记，如果非要跟仇恨过不去，只会仇恨越来越大，最后连前途也要被仇恨阻断……

恶魔茫然望着楚娥，低沉地说：你讲这些我不懂，只知道我把你害惨了，需要我做啥就说吧，能帮你做点啥我也安心点，不然总是很难过。可能干他们这行的服从交易规则，不相信仇恨可以忘记，只相信补偿。楚娥轻轻摇头，不想得到恶魔的补偿，何况补偿得了吗，即使剜出你眼睛，也不能让楚娥重见天日。但也不能轻易就饶恕恶魔，楚娥不无调侃地说：真想赎罪就听我的话，叫你做什么就做什么。比如现在，给我洗菜做饭，然后回去，明天照样在路边等我，不许现出原形。其实楚娥只是开玩笑，只是想活跃气氛，没想到恶魔把这理解成楚娥要求的补偿，果然去洗菜做饭。楚娥想阻拦，却又再次强烈感应到，说不定真能拿恶魔使唤。人都天然地具有支配欲，也天然地具有服从本能，一切由条件决定。现在的条件是恶魔心甘情愿服从，楚娥就自然而然地取得支配地位。

恶魔很听话，一切都顺从楚娥，比胆小鬼还要百依百顺。楚娥感到匪夷所思，但又觉得十分好玩，甚至暗暗庆幸，命运并未亏待她，虽然夺走她美丽的双眼，但送给她一个忠实的奴仆。楚娥心情好极了，那种孤单无助的感觉一扫而光，她脸上重新阳光灿烂。

十一　失宠

　　大笠终于回来，进门就唉声叹气，似乎满脸疲惫，似乎十几天没休息好，似乎蔫头耷脑，言语中透露可怕的绝望。他说戚大嫂的儿子没取得任何奖牌，还骨头撕裂，过后检查为应力性骨裂，就是肌肉过度疲劳导致。市体育局领导认为责任在大笠，责怪大笠给戚大嫂的儿子施加了太大压力，训练强度也太大，把一棵好苗子拔苗助长活活地摧毁了。大笠不接受这种批评，他说责任在市体育局。市体育局那个自以为是的田径教练，非要把参赛选手封闭训练，还要由他亲自训练。大笠的训练方法与他完全不同，那蠢驴根本不听大笠的劝告，非要坚持他才是唯一正确。大笠拿他没办法，人家是体育局的教练，人家能决定一切。现在出事故了，想把责任推卸给大笠，大笠咽不下这口气，当即就与他们赤刀见红大吵大闹。大笠要那教练承担戚大嫂儿子的全部医药费，要那教练对孩子的前途负责，不然孩子的前途就断送了，他没法给戚大嫂交代。最终体育局出来收场，答应将孩子收进体校，并负责孩子的治疗。但由此一来，他们把大笠恨入骨髓，给市教育局领导说：金大笠品质恶劣，属于恶棍流氓一类，动不动就挥舞拳头，还对领导挥舞拳头……

　　楚娥本来满怀期待，相信大笠一定拿回奖牌，然后受到表彰，得到提拔，从此一切好转，甚至可能拿到住房补贴。没想到一切落空，还把体育局领导得罪了。那可是很大的领导，人家只要给教育局领导打个招呼，你金大笠就等死吧！人家说你品质恶劣，动不动就挥舞拳头，为什么挥舞拳头呀，为什么不忍一忍呀？楚娥恨得泪流满面，恨大笠只顾自己活得扬眉吐气，一点不顾及可能产生的严重后果。以前她很赞赏大笠的宁折不弯，现在觉得这是一种自私，就算维护了尊严保全了人格，还为戚大嫂的儿子争取到不错的前途，可妻子的需要呢，他自己的前途呢？不过楚娥再有多少埋怨，再有多少不满，也不会责怪大笠，只会流泪，她的眼泪能把一切都传递给大笠。

大笠看楚娥哭得伤心欲绝，更加烦恼。他心情也糟，他也知道不该对领导挥舞拳头，他也后悔莫及，可他确实忍无可忍。当时没一个人帮他，都想讨好领导，众口一词指责他，都把责任推卸给他，他如同一头落入狮群的公牛，除了怒张牛角胡乱顶撞，还能怎么做？只是不幸顶撞了领导。大笠垂头丧气守望呜咽不止的楚娥，也想大哭一场。他把眼泪咽回，突然站起来，带着一身风尘一身疲惫，匆匆赶去学校，他想找狄科长检讨，拜托狄科长帮他去上面周旋，免得上面不明真相就下个处分决定。

黄昏时分大笠从学校回来，一言不发，一个人躲在厨房。楚娥觉察到大笠行为异常，摸索到厨房问：怎么啦？大笠不回答，但能听到他"呼哧"抹泪。楚娥慌忙靠上去，柔柔软软拱进大笠怀里安慰：别难过好吗？得罪就得罪了！大笠哽咽着说：不光是得罪，可能比得罪还要严重！刚才去学校，听说狄科长遭硫酸烧伤，我马上赶去医院，烧伤不算太严重，还能跟人说话。可就不跟我说，把我轰出门，像跟我有深仇大恨。肯定是怪我没拿回金牌，还把上面领导得罪，可能上面领导批评他了！

楚娥倏然脸红，她知道，不会因为没拿到金牌，而是因为楚娥抗拒。也可能不仅仅是因为楚娥抗拒，而是狄科长已怀疑，泼他硫酸的人是楚娥相好。甚至可能猜疑，泼他硫酸就是楚娥指使，所以连带对大笠也恨之入骨。楚娥深深感到对不起大笠，如果没有她与狄科长这段情仇，不会弄得狄科长与大笠反目，说不定他们还能兄弟般相处，还能相互照应，即使大笠得罪上面领导，狄科长也能帮忙疏通，大笠就化险为夷。现在通通得罪，不仅得罪还成了仇人，往后怎么办呐？不能把真相告诉大笠，楚娥无助地望着漆黑窗外。还是大笠坚强得多，沉默片刻他斩钉截铁说：爱怎么着就怎么着吧！他把楚娥搡去小院坝，一个人在厨房忙碌。他打算多做几个菜，多日没给楚娥做菜，没把楚娥照顾好又没给自己争取到前途，他没其他手段，也不善于甜言蜜语，只能靠多做几个菜补偿亏欠。

从厨房出来楚娥有些慌张，怕恶魔又躲藏在排水沟。她凝神静听，没有任何声息，果然恶魔不惹麻烦，知道大笠回来就隐身了。楚娥满怀感激，需要时恶魔就出现，不为难她不求任何回报，不像狄科长不达目的就反目成仇。如此一想楚娥稍微振奋，至少还有恶魔可以依靠。恶魔一定不会抛弃她，需要帮助时恶魔一定挺身而出。而且听恶魔说，他非常有钱，只要楚娥需要他就解囊相助。楚娥不肯接受恶魔的钱，那是偷的钱，怎么敢随便接受。何况也没名目，凭什么拿他的钱！但能得到如此慷慨承诺，还是很欣慰，至少不会感到孤苦伶仃，不会感到穷途末路。

大笠在小方桌摆出刚买的电火锅，热气腾腾浓香扑鼻，楚娥看不见摆了什么菜，只知道大笠不断地给她撺，都是她爱吃的。好久没这样吃过了，不仅菜肴丰盛，还滚烫火热。楚娥脱去外套，仅穿毛衣也感到额头汗津津。她撩起袖管，露出雪白手臂，笑嘻嘻说：我要赤膊上阵了。其实她是肝火太旺，可能治疗眼睛时输血传染了慢性肝炎，又服用太多损伤肝功能的药物，又一直过度忧郁，她已病入膏肓。只是肝病与其他严重疾病不同，尤其慢性肝炎，患病没有明显征兆，反而表现出特别旺盛的生命力，如同蜡烛快要燃尽时，燃烧得特别快，特别明亮，但很快就要油干灯草尽。楚娥和大笠都没意识到这点，他们还倒上烧酒，嘻嘻哈哈喝酒戏耍。

楚娥暗暗感慨，还是跟丈夫在一起快活，起码不用时刻提防，无论跟狄科长还是跟恶魔在一起，总是油然而生戒备；也不用正襟危坐，随时都好扑在大笠身上发嗲撒娇；更不需要婉转含蓄，惟恐对方错误理解她传达的信号；还不需要强迫自己笑脸奉迎，不用担心得罪对方。

喝了酒楚娥皮肤发痒，稍微挠挠就出现红疹，大笠稍微懂点跌打损伤，以为粗通医术，就自以为是说，楚娥仅仅是酒精过敏。其实已表明楚娥的肝脏不能正常解毒，不能分解酒精，甚至可能已肝硬化。但谁会朝这方面想呢，大多数人都是小病不治大病不知。吃过饭稍微休息，他们又一如既往内室秘戏，肝病患者禁酒、禁色，他们却纵情纵欲，小别胜新婚，大笠又异常强壮，毫无节制只顾眼前快活。但也实在是没有太多欢乐，只好夫妻间自娱自乐，寻求饮食男女这种最低级最本能的幸福，暂时忘却烦恼忘却愤懑。

早晨醒来楚娥感到从未有过的疲乏，浑身软得像棉花糖，却又睡不着，一直迷迷糊糊躺在床上。大笠一早就赶去学校，还想去主持早操，还想履行他"二校长"的职责。楚娥挨到太阳升得很高才挣扎着起床，今天三、四节有课，她不想耽误上课。昨晚胃口很好今早就一点没胃口，不吃早餐和熬夜是摧毁人体的两剂毒药，楚娥两样都占，几乎不吃早餐，经常通宵不眠。洗漱上倒一点不马虎，如今她一反常态早晨洗澡，以便提振精神。她把自己洗得干干净净，还化了妆，看上去腮艳桃红仍旧光彩照人。

大笠已给她找出轻巧的蓝幽幽手杖，她拄着手杖缓缓摸索，同时凝神静听，恶魔是否还来尾随？走不远听到"咣当"一声开门，随即就是一股熟悉气息扑面而来，原来恶魔守候在隔壁中医推拿房。楚娥又惊又喜，不过假装不知不觉，继续朝前摸索。感觉到四周没人她轻轻招手，恶魔马上凑上来，楚娥笑意盈盈问：怎么躲进那种肮脏地方？恶魔低声说：原先不知道，这推拿房还是个好地方。我包下一个单间，可以睡觉可以吃饭，还可以照看你。楚娥掩上嘴吃吃笑着问：还有小姐照顾是不是？恶魔嘻嘻哈哈说：这你也知道啊？怎么没早点想到这地方！楚娥却想：要是一开始就躲在推拿房，怎么摸到屋后小院坝，怎么给你接近的机会，你该感谢排水沟，虽然委屈你一点！转念又想到：似乎恶魔的意思，要是早知道推拿房可以过夜，他就不会躲在排水沟。难道他躲在排水沟的目的，并不是为了照看我、保护我，只是想过夜？楚娥很生气地一挥手，驱赶恶魔离她远点，她心思敏感，稍微不如意就情绪低落。像现在就娇容变色，就怒容满面，就感到沉重的失落，就猜想恶魔也像狄科长带着不可告人目的，仅仅为了过夜！

恶魔猜不出楚娥为什么突然变脸，静悄悄落在后面。楚娥尽量使自己平静，走上大路昂首挺胸，尽量给人看见她心如止水。可心头翻江倒海，感到被欺骗，差点相信恶魔的信誓旦旦，差点以为恶魔当真心甘情愿听她使唤，差点以为恶魔当真一无所求，仅仅为了补偿对她造成的伤害。楚娥很懊恼，觉得自己太天真，连恶魔的话都深信不疑。幸好及时识破恶魔嘴脸，幸好没给恶魔阴谋得逞，不然将跟狄科长一样，开始还客客气气，一有机会就现出原形，一旦被拒绝就凶相毕露。

楚娥越想越心寒，怎么会人人都不可靠？即便是大笠，虽不会像狄科长、恶魔心怀叵测，然而大笠除了一副好身体还有什么，既没有狄科长的权力，也没有恶魔邪恶的暴力和财力。楚娥甚至觉得，反而大笠要依靠她，依靠她给大笠争取前途。她还能让狄科长感兴趣，还能吸引恶魔一直尾随，只要她愿意，说不定她还能帮大笠改变命运……她越想思绪越乱，越想越灰暗，越想越觉得：可能一切都错了。应该有人牺牲，没有牺牲不可能获得。大笠什么也不肯牺牲，连尊严都要维护，只好她来牺牲。不然怎么办呐，有得有失，哪能什么都保全！

十二　暴徒

　　中午在学校食堂吃饭，楚娥明显感觉到气氛异常。以前只要她和大笠来食堂，就有人搀扶她，帮忙买饭买菜，围上来嘘寒问暖，连厨师殷保民都十分巴结，大笠说殷保民舀菜的勺子总是抖个不停，但给大笠、楚娥舀菜勺子就不抖了。今天却没一声问候，似乎互不相识。大笠也不招呼他们，似乎跟他们不共戴天。

　　楚娥很尴尬，想主动招呼却看不见，食堂又嘈杂，分辨不出面前谁是谁，只能静悄悄坐在一角等大笠打来饭菜。突然听到有人喊：金副校长——声音格外刺耳，似乎故意抬高声音。楚娥以为有人出于嫉妒拿大笠取笑，大笠根本不是副校长，就是那"二校长"也是背后调侃。竟然有人应答，竟然是金万年老师，他兴高采烈说：哎呀，还是叫老金吧！当不当副校长，只是分工不同。

　　难道他当上副校长了？这些日子楚娥上完课就回家，不跟人接触，也没人主动接近她，学校的事她一无所知。大笠端来饭菜，楚娥强烈感受到大笠恨得咬牙切齿，楚娥低声问：他当上副校长了？大笠低沉喘息，像背了一座山在身上，不堪重负可能一个趔趄就倒地不起。同时又窘得无地自容，背如弯弓深深低着头，惟恐给人看见他羞惭满面而又怒气冲冲。他一句话也不说，那边呼喊"金副校长、金副校长……"的声音此起彼伏，还伴随不无挑衅的

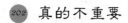

哈哈大笑，显然就是喊给大笠听。

楚娥完全明白了，老师们一直在嫉恨大笠。大笠仅仅是个体育老师，来这学校不到两年，既无令人信服的专业重要性，又无足够资历，狄科长却让他代行校长职权，老师们怎么服气！何况大笠的人品也遭到普遍唾弃，没人再拿他当英雄。那时老师们对他寄予厚望，推举他做领头人，要他跟狄科长针锋相对，为老师们争取住房权益。他却临阵退缩，还流泪了，当时他就已经让人鄙视。过后他又当上狄科长的帮凶，强迫老师们做早操，稍有违犯就纪律处分。而他自己的妻子楚娥可以例外，爱来就来爱走就走。在他得到狄科长坚强地支持时，老师们无可奈何，还要讨好他，假装心服口服，以至于大笠、楚娥都错误地认为大笠当"二校长"是众望所归。现在任用金万年，表明狄科长已抛弃大笠，大笠已一文不值。那边的嘻嘻哈哈表明，不止一个人幸灾乐祸，好多老师喜笑颜开，好多老师欢欣鼓舞，好多老师恨不得"呸呸呸……"得意时看见的都是顺从，失意时看见的都是背叛。怎么会落得这种下场？

大笠不知道他早已众叛亲离，还以为仅仅是由于没有拿回金牌，又把领导得罪，所以才遭到狄科长抛弃，才遭到老师们集体奚落、集体唾弃。反而楚娥比大笠明白，大笠没有过错，所有过错都在狄科长。狄科长对大笠的重用并非出于信任，而是孤立大笠，挑动老师们集体嫉恨。等到大笠成了孤家寡人，才会脱离他一直依靠的群众基础，才会完全依靠领导，才会在狄科长面前俯首帖耳，才会任由狄科长使唤。现在狄科长不再需要大笠，大笠就从半空跌落成为落水狗，一只"丧家的资本家的乏走狗"。楚娥不堪承受这一切，感到心都要碎了，她和着泪水咽了几口饭菜，撂下碗筷哽咽着说：我先走，我要回家……

走出校门就感应到恶魔尾随上来，楚娥像面对亲人禁不住泪如泉涌。恶魔低声问：大笠惹你生气？楚娥没理睬他，背过身掏出手绢，摘下墨镜揩眼泪。恶魔不敢冒犯楚娥，见楚娥不理他，就倒退几步，继续混入来来往往人流中。楚娥却轻轻招手，恶魔急忙上来。楚娥深深勾着头，像是很犹豫，又像很难为情，迟疑了好一阵突然坚决地说：都是你害的！你把校长害了，恨死我们啦，马上带我去医院，给他赔礼道歉！恶魔没反应，可能惊呆了：凭什么给那狄狗日的赔礼道歉？但他看出楚娥无比坚决，只好招来出租车，把楚娥扶进后座，他坐前排，他知道楚娥时刻都在防备熟人目光，提防流言蜚语，恶魔也处处小心不敢冒失。

　　到医院下车，两人保持不远不近距离，只在拐弯时恶魔才上来牵引楚娥。打听到狄科长床位，恶魔把楚娥交给一位护士，吩咐护士：帮忙照顾点，我不方便去病房。楚娥却"喂"一声唤住他，话没出口就大红了脸，显然有事相求，只是羞于启齿。恶魔十分机灵，马上就明白了，随手掏出厚厚的两沓钱塞给楚娥问：给他送礼？楚娥点点头解释：临时想到上医院，事先没准备。一边说着，楚娥把钱还给恶魔说：太多，借五百给我就好了。恶魔说：五百有啥用？那狗日的，既然讨他欢喜，就把钱送够，送他足够！楚娥一想也是，专门来赔礼道歉就要达到目的，五百元肯定达不到目的。其实楚娥也不清楚她想达到什么目的，是想消弭仇恨，恳求狄科长继续重用大笠？还是想解释，那晚她为什么拒绝；或者直接挑明，如果，如果还安全……她重新拿回恶魔的钱，那种如果不可能安全，或许钱才能帮她实现目的。可又不能不担心：这么多钱送出去，如果达不到目的，下来怎么给大笠交代？她估计手中捏着至少两万元。不待她多想，护士已上来搀扶她，她只好将钱塞进随身挎包。

　　护士搀扶楚娥进入狄科长病房，随手就掩上门离开。病房寂静无声，好像只有狄科长一个人，狄科长发出近似呻吟的急促呼吸。楚娥有些手足无措，忽然不知道说什么好，不知道该靠近病床还是继续站在门口，她什么也看不见，狄科长又一言不发。很快楚娥就感觉到，狄科长并不欢迎她，仿佛空气都凝固了，楚娥满怀恐惧，感觉到狄科长可能给她一耳光。她双腿微微颤抖，尽力扶住蓝幽幽手杖，接近摇摇晃晃。

　　寂静中突然响起一声：婊子，还有脸来？楚娥满脸通红，颤抖得更加厉害了。可能狄科长行动不便，下不了床，不能扑上来驱赶楚娥，就使用语言暴力，他的语言像子弹，每个字都像从牙缝迸出，恶毒地射向楚娥。楚娥挣扎着说：请你尊重一点，不要拿话羞辱我！狄科长哼一声：羞辱？你还知道羞辱？似乎狄科长在怪模怪样地冷笑，压低声音说：真看不出，你瞎眼婆娘也藏奸养汉！当时我就觉得不对头，那狗怎么突然嚎叫？你婊子怎么突然不配合？出门不久才发现，原来有人跟踪。我马上明白了，一定是你婊子包养的相好正好撞上。我东躲西藏，以为把他甩开了。他还是找到我家，你们狗男女，好狠毒的心呐！如果不是我扭头扭得快，这脸就成烧饼了……

　　楚娥一直以为狄科长的声音温暖如春动人心弦，现在却像下流痞子骂街，原来他不过是披了人皮的野兽！听狄科长的话一句比一句恶毒，楚娥羞愤难当几次想抢起手杖打过去，可双手发抖抢不起手杖，只感到天旋地转，她把整个身体都压在蓝幽幽手杖上。狄科长继续使用语言暴力攻击，继续低声但无比下流地辱骂：滚回去！永远别给我看见，看见你我就恶心。当你金枝玉叶啊，瞎眼婆娘，警告你，别想待在我学校！你这种道德败坏的婊子，滚回家包养你汉子！要是厚颜无耻赖在我学校，或者无理取闹，我就把你藏奸养汉的事告诉金大笠，看那蛮牛怎么收拾你！楚娥挣扎着挪动几步，终于扶住床头，腾出蓝幽幽手杖，使出全身力气狠狠打向狄科长。也不知打着没有，她脑子里一片空白，恍恍惚惚摸索到门口，不知怎么离开医院，不知恶魔怎么送她回家……

大笠以为楚娥病了，要送楚娥去医院。楚娥听不得医院两个字，她大发脾气：钱多烧心啊？医院，医院，医院，哪来钱上医院？看个感冒就要两三百！楚娥第一次这样发脾气，原来她再生气也不会大声嚷，至多不理大笠。现在她完全失态，她心头憋着太多怨气、太多委屈和太多愤怒，像一只被激怒的猫，也露出爪子牙齿。嚷走大笠后，楚娥继续蒙在被窝，只有被窝还能让她稍微平静，稍微安定，除此而外都是恐惧，都是羞辱，都是绝望无助。她昏睡一下午还不起床，甚至想一睡不醒，从此没有恐惧、没有羞辱，也不需要挣扎。她感到极度疲乏，她悲哀地发现一切努力都是徒劳，她感到生命的火焰在凄风苦雨中坚持不了多久，她打算再次放弃抗争。

她给大笠说不想上课了，走上讲台就头晕目眩，她担心自己随时可能倒下。大笠完全不知究竟，以为楚娥当真不想上课。同时他也不希望楚娥继续上课，他实在不能保证，如果楚娥继续上课还能不能继续得到照顾？大笠无可奈何说：那就请长病假吧。这样也好，免得人家说长道短，好像你得到学校多少照顾！这话让楚娥更加心寒，那么在意人家说长道短，表明大笠也终于屈服，面对人家的说长道短再也不敢挥舞拳头，甚至愿意牺牲妻子工作，以求人家不要说长道短。

很快大笠就给楚娥办好长期病休手续，从此每月领取七八百元生活费，相当于失业。她再次回到黑白颠倒的生活，经常整天整天昏睡，到夜里又摸索到屋后小院坝，整夜整夜独坐到天明。不能说她在等待，恶魔不敢夜里摸上来，大笠就在一墙之隔。也不能说她没有期待，她有好多话说，却不能给大笠说。她想说再给狄科长泼瓶硫酸，只要想到狄科长那么恶毒下流的语言，她就恨得哆嗦。这一切要给大笠知道了，都不会有好下场。她想请恶魔帮她洗雪奇耻大辱，可又担心恶魔弄出命案。一年多前她就听公安说，命案有案必破，不像她被刺瞎眼睛，仅仅算伤害，属于能破就破。如果弄出命案公安全力侦破，说不定就抓住恶魔。她不希望恶魔被抓住，如同不希望大笠违法，她心头恶魔的分量越来越重，大笠的分量越来越轻。但并不是恶魔可以取代大笠，恶魔永远不可能取代大笠，至多算豢养的宠物，只是随着豢养时间越来越长，越来越喜欢而已。甚至觉得恶魔很知心，恶魔也可爱。

那天从医院回来，楚娥昏昏沉沉做了个梦：梦见恶魔把她抱进出租车，恶魔问她是不是遭狄狗日的欺负了？她使劲摇头，说她只想回家。走下出租车，楚娥双腿一软跌坐在地上，恶魔一把将她抱起，一直抱回家。隔壁推拿房的老板娘看见了，嘻嘻哈哈取笑：嘿嘿，看呀看呀……恶魔粗野地骂上去：看你娘的X，给老子闭嘴！只要乱说一个字，割下你们狗日的烂舌头！恶魔"嗖"地飞出一把小刀，吓得老板娘和那些小姐花容失色。恶魔从楚娥身上摸出钥匙，把楚娥抱进卧室放在床上，盖上被子，呆呆地坐在旁边。隐约听到恶魔"呼哧"抹泪，楚娥梦呓般说：你走吧。楚娥挣扎着将两沓钱还给恶魔，凄凉地说：钱也没用！恶魔将钱往楚娥被窝一塞，似乎还多塞了一点，哽咽着说：留下买几件衣服吧，不能一直穿那几件衣服……过后楚娥醒来，发现被窝里有不少钞票，她十分惊讶：究竟是在做梦，还是确实发生过这些事？她很生气，怕确实发生过这些事，恶魔怎么跟到她卧室？怎么能往她被窝里塞钞票？恶魔还做什么了？但她又热泪盈眶，不管是梦还是真有其事，都感到一种特别温暖的关怀，她太需要这样的关怀。

从此她像做了很对不起大笠的事，她把钱藏在褥子底下，从此闭门不出。之所以闭门不出，一方面她的生活规律完全打乱，白天也昏睡；另一方面她怕见到恶魔，想通过躲避恶魔，表明她对大笠心存深深歉疚。她确实感到对不起大笠，甚至怀疑自己心头已经容纳两个男人，虽然另外一个是宠物，但毕竟也是男人。

十三　困局

　　这一天黄昏时分，楚娥醒来照例洗澡，她把黄昏当清晨，仍要保持容颜光鲜。洗过澡化了妆，天已黑尽，不见大笠回来，往常大笠早就回来了，他不再是"二校长"，不用再忙碌，他几乎无所事事。早晨也不需要他主持早操，金万年副校长已从其他学校调来一个体育老师把大笠替代。大笠只需要每天上几节体育课，其他一切都跟他没关系。楚娥摸索着煮碗面条，吃过又去坐在小院坝，眼前一团漆黑，内心却是白天世界。深沉寂静中隐约传来遥远的鞭炮声，忽然意识到快放寒假，很快就是春节了，她簌簌流下眼泪，春节就意味着回家，可她家在哪里？楚娥泪流满面，一个人哭得气结哽噎。哭过了心头好受些，她又想：不能这样萎靡不振，不能一切都靠大笠！可她能做什么？双目失明另外找个工作不容易，而且除了画画其他不会，她的画人家又看不懂，想做家教也不会有人请。就在这时，她心惊肉跳想到，推拿房老板娘曾经说：凭你这么漂亮……楚娥面红耳赤，把自己羞得无地自容。

　　"嘎吱"一声门响，楚娥慌忙揩干眼泪，像已经做了对不起大笠的事，十分惶恐地站起来。她尽量装得若无其事，温暖地迎接上大笠，柔声问：怎么才回来？大笠一屁股坐上床沿，牙齿咬得"嘎嘣嘎嘣"响，发出雄狮般低沉而又震耳欲聋的声音，怒不可遏说：晚上学校开会，金万年传达狄校长指示，说这宿舍必须拆迁。至于住房补贴，按职务、职称、工龄折算，我们没职务、没职称，工龄又太短，双职工还不能双算，七算八算我们最多拿到一万五。

楚娥早就预感到狄科长要一步一步收拾她和大笠，并不对住房补贴抱过高希望。可想到只有一万五，而且宿舍必须拆迁，还是禁不住抓住大笠使劲摇撼，近似呼天抢地：怎么办呐，这不是存心逼死人吗？大笠也不知怎么办好，如果从前，他可能挥舞拳头，靠拳头争取自己权益，靠拳头捍卫自己宿舍。然而大笠也在成熟，也学会了屈服，知道拳头争取不到任何好处，反而可能进一步损害自己。即使他愿意自我牺牲，也不能不顾忌楚娥，一旦他遭遇不测，孤苦伶仃的楚娥谁来照顾？责任心可以增强勇气，也可能消磨勇气，甚至可能让人胆怯，让人瞻前顾后患得患失。

大笠发出一声接一声低沉叹息，像被囚禁的猛兽，再有力气也挣脱不出有形无形的笼子。他捧起楚娥，用自己身体温暖楚娥，一句话也不说，实在不知道说什么好，感到自己太无能，不仅没给妻子带来荣耀，还不能给妻子带来安宁，连这两间宿舍都要得而复失。他曾经以为，只要努力工作就能争取光明前途，就能获得所需要的一切。可无论怎样努力光明前途都不属于他，反而离他更远了。他把这一切理解为运气不好，如果不是遇到那混蛋教练，他肯定拿个金牌回来，也不会挥舞拳头得罪上面领导。那一来如今的金副校长将是他金大笠，而不是金万年，他也将因为是副校长而获得比一万五高得多的住房补贴。楚娥也不需要病休，继续得到照顾。而且作为政策制定者之一，他还可以反对双职工按一个人补贴的混账规定。想到这些他就懊恼，就垂头丧气，就束手无策。

他晚饭也没吃，心头堵得难受，吃不下饭，只想睡觉，睡着了还好做梦，否则连梦也没有。而且睡在床上他还能尽丈夫的责任，这一点他能力突出，这一点他充满自信，除此以外他觉得自己百无一用，既没权势又没地位，而且没前途。体育局领导已封杀他，不许他带队参加任何比赛。那是一言九鼎的人，连媒体都敢封杀，封杀一个体育老师易如反掌。

大笠不再一早起床，即使醒来也恋在床上眯眯瞪瞪发呆。原先他天不亮就起床，风雨无阻赶去学校，差不多以学校为家，认真履行"二校长"职责，主动承担千头万绪工作，包括捍卫狄科长制定的规章制度，做遵章守纪的表率。他还想在特色教育上有所作为，想开创一条职业教育的康庄大道。那时他有理想、有热情、有舞台，像第一次登台表演的演员，把演戏也当真，每个细节都一丝不苟。现在戏才开始他就被认为表演拙劣，尽管他已竭尽全力，仍然被淘汰出局，被迫下台作观众。作观众也未尝不可，他只是个体育老师，本来就不该作"二校长"，完全是狄科长拔苗助长的结果。回归本位虽然很失落，很受挫折，但还不至于万念俱灰。

住房补贴方案的公布，才是压垮骆驼的最后一根稻草。按照那方案，他必须退还宿舍，才能领取一万五千元补贴。一万五能做什么，房价发了疯地飙升，花园小区的房价已飞涨到五千元一平方，一万五仅够买三个平方。谁会卖给他三个平方，小户型住房也要七十平方一套，即使分期付款，余款做按揭贷款，首付款也涨到十万了。十万，他去哪里凑十万？如果不能尽快买房，一旦宿舍被强制拆迁，他去哪里遮风避雨？只能租房。可租房就不能领取住房补贴。金万年解释：已经给老师缴纳住房公积金，按理就不能再给补贴。之所以还给补贴，是狄科长为大家争取来的奖励政策。但不能弄虚作假，不能没买房也领补贴，不能把补贴作为工资性收入。所以领取补贴要凭购房合同，只要发现弄虚作假就收回补贴……

这样做很像开发商与区教育局联手交易，为什么宿舍可以卖给开发商，而不能折价出售给老师？出售给老师是国有资产流失，出售给开发商就不是国有资产流失，那开发商不也是私人吗？更蹊跷的事还在于，为什么不买房就不能领取补贴，那是政府补贴还是开发商的恩赏？谁也弄不明白，但显而易见的是，这边学校迫使老师买房，那边开发商不断推动房价上涨。老师们只有一个选择：除非放弃宿舍、放弃补贴，否则只能买房。大笠愁死了，不想把忧愁传导给楚娥，他就一个人冥思苦想，想得整夜整夜辗转反侧，想得无精打采、心灰意冷，还是想不出办法脱离困境。他已没心思上课，一心一意只想钱，想凑够十万元首付款。

楚娥很不愿意看见大笠焦头烂额的样子，光忧愁有用吗？躺在床上就能想出办法吗？不过知道大笠已很难过，楚娥不抱怨，还故意装得满不在乎，逗笑说：这下可好，我们两个都黑白颠倒，互相比拼熬夜、比拼睡懒觉！可大笠不能一直沉沦，要是一再耽误上课，一再违反规章制度，狄科长正好找到理由整治大笠！楚娥越来越为大笠担心，越来越为这个家担心，现在大笠好歹还有一份工作，好歹还有每月一千多元收入，好歹还能领取一万五补贴，如果继续萎靡不振，继续黑白颠倒昏睡，继续马马虎虎工作，万一哪天遭开除，不仅住房需要忧愁，一日三餐都需要忧愁。

楚娥给大笠提出：还是振作起来吧，不然怎么办呐？可大笠像困在笼子的猛兽，看不见希望就没有激情，就越来越慵懒越来越倦怠，总是一副昏昏欲睡的样子。女人最不愿意看见自己丈夫这副模样，楚娥想起大学里一位日本来的访问学者讲：他在日本，上班路上半小时，下班至少两小时。为什么呢？因为在日本，男人下班就回家被认为没出息，连妻子都看不起。所以下班后要找朋友喝酒，实在找不到朋友喝酒，就在路边酒馆把自己灌得迷迷糊糊，然后回家对妻子说：又有人请我，实在推不脱！妻子不会责怪反而喜气洋洋，觉得丈夫很有出息，总有朋友请客。

楚娥想起"齐人有一妻一妾"，不由得想：中国女人何尝不是如此，谁家妻子不希望丈夫在外面撑出一片天地，谁家妻子愿意丈夫整天缠在女人身边？女人以家为世界，男人以世界为家，大老爷们儿蜷缩在家算什么！但楚娥不会流露这样的不满，更不会泼妇样尖酸刻薄挖苦丈夫，更愿意通过自己的行为影响丈夫、感化丈夫。

她首先强迫自己恢复正常生活，首先做到不熬夜、不再白天昏睡，晚饭后稍事休息她就柔情绵绵缠绕大笠上床，迫使大笠早睡。天不见亮她就起来，在厨房弄得乒哩乓啷响，让大笠知道她在做早饭。如果大笠还不起床，她就把早饭送到床头，调皮地塞进大笠嘴巴，通常塞得大笠满嘴满脸。大笠不好发脾气，只好起来。起来无所事事，只好去学校。到学校也无所事事，只好无事找事。看上去他又积极工作了，又在积极争取进步，这样的印象很重要，即使不能讨得领导欢心，至少表明他没跟领导对抗。说不定他也能像金万年，几十年锲而不舍地争取进步，终于功到自然成。只要争取总归有点希望，否则除了失望还是失望。

越来越多的迹象表明，那时开发商停止拆迁，确实并非大笠威吓项目经理的结果，而是狄科长兼任了校长。作为科长他可以无视老师利益，作为校长他不能不兼顾老师利益，至少需要笼络必要的人心。现在老师的利益已经兼顾——至少狄科长认为已经兼顾，拆迁就迫在眉睫。金万年传达狄科长指示，区教育局已向开发商承诺，三个月内收回全部宿舍，到时开发商将把这里夷为平地。发放住房补贴的工作也随即展开，金万年说拿出购房合同就能领取各自的补贴。开发商还承诺：凡是这学校的教职员工，如果购买他们开发的花园小区住房，可以优惠百分之六。这不算少，以五千元一平方计算，七十平方一套住房就能少付两万元。像大笠这种情况，全部住房补贴才一万五，能够优惠两万元很有吸引力。于是大笠变换一个角度计算：虽然住

真的不重要

房补贴才一万五，但加上优惠的两万，相当于三万多。现在住的两间宿舍即使归他，再由他卖出，未必就能卖三万多。因为宿舍属于划拨土地，而不是出让土地，不能办理私有产权证，卖不出高价钱。如此算来大笠觉得不算太吃亏，尽管一万五补贴实在太少，金万年凭什么拿八万？可这怨谁呢，只能怨自己没职务、没职称、工龄又短。而且还有比大笠更少的，像岳上松老师，因为属于民办教师转公办，即使工龄三十年了，也只能领到八千元。至于临时工殷保民师傅，在学校做了大半辈子临时工，也领不到一分补贴。

楚娥听大笠嘀嘀咕咕说：算来算去不算太吃亏。楚娥心头酸溜溜十分难受，偷偷躲在被窝流泪。倒不是嫌住房补贴太少，她本来就不抱多大希望。而是发现大笠完全屈服了，人家给什么大笠就接受什么，还自欺欺人安慰自己。那个爱憎分明的大笠，那个铁骨铮铮决不低头的大笠，曾经像棱角分明的高山巨石，一无遮掩地巍然屹立，让人感到他顶天立地，感到他足可依靠。如今经过暴风骤雨，经过地动山摇，经过千磨万击，大笠终于倒下，滚入山沟，如同其他泥石随波逐流。

楚娥并不希望大笠回到从前，从前的大笠不合潮流，总是让人担心他闯祸，总是让人觉得他缺乏责任心，总是让人觉得他只顾自己活得痛快，一点不顾楚娥担惊受怕。然而楚娥也不希望大笠像现在，为了一万五翻来覆去算，为了一万五自欺欺人。他完全可以拒绝领取，完全可以拒绝退还宿舍，可他还沾沾自喜，说自己不算太吃亏，他实际上是没有拒绝的勇气，没有争取更多补贴的能力。

楚娥感到彻骨心寒，再次意识到单靠大笠不可能挽救这个家。这个家需要的是住房，而大笠只能争取到一万五。一万五能做什么，不够买个卫生间，还要付出退还宿舍的代价，还必须三个月内退还。三个月怎么可能买到住房，不能买到住房去哪里栖身？就算可以租房，又去哪里租房？水电不通道路不平的简陋房屋都在拆迁，或者等待拆迁，即使还有那么一些棚户区也早被民工租去。而要去花园小区租房，大笠已打听过，最便宜的住房每月租金也要上千元，还是一年一租，随时可能提价。他俩月收入才两千多元，如果一半用来租房，余下一千元怎么生活？即使每天吃食堂，即使一件衣服也不买，也难以为继。

楚娥越想越揪心，越揪心越是迫不及待希望大笠拿主意。大笠却拿不出主意，大笠所能做的仅仅是安慰楚娥，退还宿舍不算太吃亏，不仅可以领到一万五，还可以享受两万购房优惠。楚娥不要补贴不要优惠，只要住房，她失去眼睛、失去工作，什么都失去了，如果连住房也失去，她可能像瞎子阿炳流浪街头，悲伤地泣诉苦难和爱与哀愁。可谁能给她住房？学校不可能给她，父母不可能给她，大笠也不可能给她……

楚娥极度悲伤、极度失望、极度无奈，再次想到推拿房老板娘不无善意的鼓动，她终于萌发一个可怕的念头，打算出门挣钱。她不能一直等待拯救，大笠无力拯救她，家人不肯拯救她，学校又将她抛弃，政府也不可能救助她，只能自己拯救自己。即使不能挣够首付款，也争取挣够每月的租金。

可她靠什么挣钱？她的画没人能看懂，不可能靠画画挣钱。即使愿意做个家庭教师，她不懂盲文，谁家肯把孩子交给盲人教育？想来想去只有一个选择，做盲人按摩。虽然想到按摩她就心惊肉跳，就面红耳赤，就感到自我毁灭，但相对于流离失所，相对于面对狄科长辱骂，相对于煽动大笠挥舞拳头跟学校对抗，她觉得牺牲自己还算比较体面、比较明智，至少不用恳求狄科长，不用大笠挥舞拳头。说不定也能在花园小区租套住房，不稀罕人家恩赏的宿舍，她就可以人前人后挺胸抬头。至于因此可能饱受的委屈和羞辱，她反正什么也看不见，可以假装什么也没发生。

十四　落差

　　她像跟人赌气，又像破釜沉舟，几乎没多想，也可能想了很多，她毅然决然走出家门。大笠一早去学校，这会儿太阳已温暖，楚娥轻轻点着蓝幽幽手杖。她没在隔壁推拿房停下，即使做按摩小姐，她也打算去个谁也不认识的地方。建筑工地已恢复打桩机的轰鸣和运输车辆卷起的飞扬尘土，学校宿舍迟迟不能拆迁，开发商调整了建设方案，打算先开发已经拆迁部分，再来拆迁并开发学校宿舍。楚娥不知道这些，听到轰鸣声就以为拆迁工人步步逼近，就以为随时可能断水断电断路，就以为在逼迫她尽快搬家。她感到一阵又一阵心紧，不由自主地加快了脚步。她很不安，很着急，她不想成为钉子户，恨不得马上就搬走。可她买不起房也没找到合适的租房，没地方栖身，只能先去挣钱。

　　走上大街反而清静，她突然停下，看上去在辨别方向，实际上凝神静听感觉四周动静。她感到奇怪，那如影随形的恶魔怎么不尾随了？自从恶魔把楚娥从医院送回来，楚娥就闭门不出，也许恶魔以为楚娥在暗示他可以走了，免得被大笠觉察。恶魔瞅个机会从窗户塞给楚娥一张纸条，说那上面是手机号码，他叮嘱楚娥：不到万不得已不要打这手机！然后恶魔就无影无踪。他是不敢现身，还是以为楚娥不再需要他？为了进一步证实，楚娥抬手轻轻挥动，如果恶魔跟在身后，就明白这是在召唤，就会立即凑上来。过一阵没有闻到熟悉的气味，显然恶魔没有跟随，楚娥油然感到莫名其妙的伤心，难道恶魔真的抛下她不管了？可她随即又感到异样的轻松，仿佛挣脱所有羁绊。如果恶魔继续跟随，她不知道如何甩开这条尾巴，不想给恶魔看见她去按摩房。

确信恶魔没有尾随，她果断地挥舞蓝幽幽手杖，呼叫：出租车，出租车！听到"哧"一声刹车，听到司机问：去哪里？楚娥十分难为情地撒谎说：我要去做盲人按摩，随便给我找个盲人按摩房。这谎撒得漏洞百出，满街都有推拿按摩场所，如果需要按摩，为什么非去盲人按摩房？况且如此年轻的女子，即使要做保健按摩，也该去正规场所，怎么可能随便找个地方？好在出租车司机看楚娥是盲人，以为盲人喜欢找盲人做按摩。他下车打开后座车门，把楚娥小心翼翼扶进去，一路都不多话，直接把楚娥送到一家盲人按摩房门口。

楚娥摸索着推开门，一个男人迎上来，除了迎接听不到其他响动。楚娥微微颤抖，她害怕，发出蚊子样一声：招工吗？对方没立即回答，可能在打量她，过一阵问：学过按摩吗？楚娥轻轻摇头，马上听到对方提高声音问：没学过，那你是要做小姐啊？楚娥慌忙摇头说：不不不！对方迷惑不解：按摩也是手艺，你根本没学过，怎么做？楚娥说：先跟你们学。对方笑起来，很和气但不失坚决地说：我们店太小，养不起学徒。现在客人难伺候，一看你外行就生气，除非肯做小姐，可我们是正规按摩，不留小姐。对不起你啦，另外找地方吧！楚娥木了片刻，没想到屈身当学徒人家也不收，她只配做小姐。之前她以为按摩是下贱勾当，只要她愿意人家就一定接受。她急忙转身退出，不想继续央求，连按摩房也要央求她难以忍受，简直是奇耻大辱。从未遭遇如此羞辱，即使被狄科长辱骂也没如此羞辱，狄科长的辱骂更多激起她的愤怒，现在被羞辱得无以复加。不就按摩吗，不就给人敲腿捶背吗，要什么手艺？就算确实需要学，能有多难，我还学不会这点雕虫小技？楚娥感到被严重轻视，差不多遭到公然侮辱，被狄科长侮辱还能忍气吞声，毕竟那是领导，人家有权有势惹不起。现在遭按摩房拒绝，居然说即使想做小姐也不收留她，人家是正规按摩！我哪点不正规啦？我做什么了？楚娥越想越气恨，恨不得给那家伙一手杖，如同当初打向狄科长。她怒容满面招呼出租车，不想再去碰壁，她承受不起二次拒绝，只想回家。

回家楚娥直挺挺躺在床上，像是等待死亡。真不想活了，看不见光明没有任何希望，活下去还有什么意义，只能一再蒙受羞辱，继续承受越来越大的生存压力，不断挣扎又不断失望。然而想到大笠一早就赶去学校，还在积极争取进步，还想再次博得狄科长赏识，她又感到锥心的刺痛，大笠同样活得难啊！如果不是为了这个家，不是为了楚娥生活得好一点，不是为了楚娥不再担惊受怕，以大笠的宁折不弯，以大笠的铁骨铮铮，大笠早就不再委曲求全，早就我行我素了。现在大笠活得像龟儿子，再难也不放弃，再有多少委屈也忍耐，他为什么呀！楚娥任由泪水满脸流淌，呜呜咽咽自言自语：不能丢下我大笠。要是我撒手而去，大笠多孤单啊，谁能给他一点帮助呀！虽然我百无一用，但只要还活着……她突然一把抹去眼泪：谁说我百无一用，我为什么百无一用！不就眼睛看不见吗，我什么不能做，只要你们敢做，我为什么不敢！我怕谁呀，我怕什么呀！

楚娥不要大笠照顾，包括做饭洗衣都自己做，她说自己虽然是盲人，但也是独立的人，要大笠给她足够时间和空间，她要自主自立自强不息。大笠以为她终于振作起来，大笠很高兴。自从楚娥办理长期病休，大笠就担心她自我封闭，担心她萎靡不振忧郁成疾，担心她万念俱灰自暴自弃，大笠一直强打精神强装笑脸。包括一万五补贴，他何尝不知道一万五就剥夺他们宿舍，太吃亏了。可同时也知道，再也不能挥舞拳头，拳头只会带来更大灾难，而他只有拳头，只能被迫接受。他所能做的就是给予楚娥信心，给予楚娥希望，安慰楚娥说不算太吃亏，回头却是牙齿咬得"嘎嘣嘎嘣"响。

他对学校已完全失望，一早出门并非去学校，而是去花园小区物业公司，他已在那里兼职做保安，每月八百多元额外收入。学校的课他只是应付，狄科长还在医院，金万年怕他拳头，他敷衍了事也能应付。现在楚娥要自己照顾自己，家里不用大笠插手，大笠进一步想到，夜里再去兼做一份保安，相当于做三份工作，可以增加不少收入。之前担心楚娥未必同意，一直在等待适当机会，现在看楚娥还算高兴，他和盘托出自己的打算。

楚娥没想到大笠已兼职做保安，还想夜里再做一份，她失声痛哭，却不说为什么。她是彻底失望了，大笠没有争取进步，再也指望不上大笠。同时也是心疼大笠，一个人做三份工作，白天黑夜都做，怎么吃得消这种辛劳！还为大笠感到委屈，怎么说也是大学毕业，却只能做保安，黑白都做两份，每月才挣两千来元。不过能额外增加两千元，对于这个家倒不是小数目。如此一来每月四千元收入，不仅可以租房，说不定还能买房。只要凑够首付款，余款申请按揭贷款。原来首付款需要十万，现在可以优惠两万，还能领到一万五补贴，加上这些年的积蓄三万多，缺口只有两万多。如此一想楚娥稍微振奋，又看到了希望。同时她还藏着一个秘密，那次去医院回来，恶魔往她被窝里塞了很多钱，不知道究竟多少，但凭那厚度就能估计到，肯定超过两万。只是她不想动用恶魔的钱，仍想把钱退还恶魔，怕欠债欠情纠缠不清。虽然恶魔说这钱不用还，但楚娥已隐隐约约感应到，恶魔如此慷慨与狄科长当初的热心差不多，无非想换取什么，或者想得到什么。楚娥顾虑重重，如同当初拒绝狄科长，她未必一定不愿意，但又未必心甘情愿，这当中混杂太多的惶恐和迷茫，最好还是拒不接受。

从此大笠黄昏才回来，睡上几个小时，九点一过就出门做夜间保安，黎明接着做白天的物业公司保安，同时应付学校的教学。大笠说做保安无非坐在门口打瞌睡，并不辛苦。楚娥却觉得很苦，差不多独守空房。好不容易盼到大笠黄昏回来，她急忙摆出晚饭，急忙凑上去亲热。大笠却疲惫不堪哈欠连天，沾上床就呼呼大睡。不忍心搅扰大笠，楚娥小猫样拱进大笠怀里，强迫自己提早睡觉。晚上九点一过，挂钟"叮当"响起，大笠像得到军令蹦弹起来，急忙披上衣服冲出家门。

经过这么扰动，楚娥再也睡不着，继续摸索到屋后小院坝。这里安宁静谧，然而楚娥需要声音，哪怕听到几声吵闹，也表明她不是生活在墓穴。可没有声音，只有针砭刺骨的寒冷，楚娥裹紧羽绒大衣，无论月光如水还是星斗满天，她眼前都一团漆黑。她整夜整夜独坐，并非心如止水，而是强烈渴望拥抱。有时她把脸埋在膝盖，可能是害羞了；有时低声哭泣，哭得像一片风中落叶，时而仆倒时而竖立。过后默默仰望夜空，像是等待，又像祈求，她可以一直仰望到天亮。

没人知道她心头多苦，但她仍不放弃挣扎，还在想：要不要出门挣钱？虽然靠大笠一人做三份工作，三个月后完全可以租房，但她还是想买房，不能拥有自己住房总感到在漂泊，总感到寄人篱下甚至仰人鼻息。而要买一套住房，还缺两万多，仅靠大笠至少半年才能攒够首付款，留给他们的时间却不到三个月。况且即使凑够首付款，还需要缴纳印花税、物业费，还需要简单装修，还需要添置必要家具……这一切都需要钱。

这一天睡过午觉，楚娥慵懒无力，做了个春梦却没得到满足，下身潮湿十分难受，她不想起床，起来也得不到满足。她侧身望着窗外，再次想起推拿房老板娘的鼓动：来我这里上班，保你一个月万把块钱……楚娥不由得想：那里挣钱真的这么容易？每月万把块，能做三个月就连装修的钱也有着落了。可她不懂中医推拿，去按摩房当学徒人家都不收，老板娘看中她什么，凭什么保证她每月万把块？楚娥羞红了脸，显然是做小姐，即使不知道小姐的苦难，也能想象那是何等羞耻、何等可怕！但又不无疑惑地想：那时在大学就听说有的女生在外接客，并非一副受苦受难的样子，同样活得阳光灿烂，似乎还活得不错。然而她们可以满不在乎，毕业就远走高飞，把一切耻辱都切割，换个面孔、换种方式照样重新生活。

楚娥面对的是邻居，这些人随时可能揭穿她。为什么揭穿她？楚娥又想：都在做见不得人的事，那些人同样需要隐瞒，同样害怕暴露。况且，三个月后推拿房也要拆迁，从此天各一方，谁惦记谁呀！如此想来想去，一会儿心惊肉跳，一会儿又按捺不住蠢蠢欲动。她觉得自己在堕落，又觉得自己在抗争。她鼓励自己另想办法，可又悲哀地意识到，她能有什么办法！她脑子像一团糨糊，连灵智的光辉都被遮蔽。

没什么比买房更重要，没什么比挣钱更重要。她决定铤而走险，把自己还原成女人，一个生物学上的女人。在楚娥潜意识里，始终存在一个等式：画家＋美女＋老师＝楚娥。当画家被置换成"无业"，美女被置换成盲人，老师被置换成"穷困"，这个等式就变成：无业＋盲人＋穷困＝楚娥。楚娥不肯接受这个等式，一直在内心挣扎，一直努力打破这个等式。

现在她终于打破这个等式，她在自己心中建立一个新的等式：楚娥＝楚娥。盲人从等式中消失，美女也从等式中消失，一切都从等式中消失，只剩下楚娥。这个楚娥剥离一切外在和内生的光环、荣耀、矜持和可怜，同时剥离压迫她的道德负担，只是一个生物学上的生命体。压力能改变一切，高温高压下石头变钻石，低温高压下石头变玉石，她仅仅是个柔弱的生命，实在承受不住巨大压力，只能改变自己。

她内心世界的内在冰山渐渐浮出水面，一度分裂的人格合而为一，她开始接近真实的岛屿。完成这样的剥离相当痛苦，她尽力使自己麻木，尽力忘记自己是美女、是老师，迫使自己只想一件事：如何尽快挣到足够的钱？

十五 献身

　　楚娥在脖颈上缠条鲜红围巾，把整个脸庞遮掩起来，只能看见她漆黑墨镜和明亮的额头、秀美鼻梁。她裹上松软肥大的羽绒大衣，提上蓝幽幽手杖走出家门。她已编好一个理由，如果不幸被大笠发现，就说一个人在家闷得慌，不过去邻居家串门而已。如果仍不能消除大笠的猜疑，她就使劲地哭，用哭泣表明她蒙受莫大冤枉。如今的大笠回家就睡觉，对大笠来说睡觉比一切都重要，也许大笠就没心情去求证，就对楚娥的话信以为真。同时又做好准备，万一被公安当场抓住，她就一头撞死。

　　她很清楚自己在走向犯罪，一旦暴露不可能得到饶恕。然而即使作好这些准备，她还是战战兢兢，还是克制不住犯罪的紧张、惶恐。她感到双腿软弱无力，每迈出一步都十分艰难。她用蓝幽幽手杖"嗒嗒"敲打地面，希望以此唤来老板娘迎接。她没勇气直接撞进推拿房玻璃门，怕遭到拒绝，怕遭遇尴尬。

　　可能老板娘的职责是看门望风，立即就发现门口彳亍不前的楚娥。她似乎难以置信，但还是"呼"的一声拉开玻璃门，笑吟吟邀请：进来坐坐吧。楚娥顺水推舟，红着脸问：噢，不耽误你们做事吧？屋里开着空调，温暖如春，楚娥挟裹一身冷风进来，马上听到怒吼：关门呀！可能客人发怒了，楚娥飞快地判断：似乎这是个大堂，似乎左右两边靠墙摆满沙发躺椅，似乎躺了不少人，似乎每张铺前都有小姐伺候。但很少有人说话，只是"噼噼啪啪"敲背声此起彼伏。可能因为是白天，不敢过分放肆，假装只是推拿。老板娘急忙关上玻璃门，像逮到一只猎物，惟恐楚娥逃跑，拖上楚娥走过当中过道，进入里面单独房间。

似乎单独房间还算干净，没有大堂那种男女混杂的热烘烘气味，没有众目睽睽下如芒在身的局促不安。老板娘把楚娥按在一张不够宽大的床上，亲亲热热搂住楚娥肩头说：房间不够用，连个讲悄悄话的角落都难找。不过这间屋总是留着，知道留给谁的吗？楚娥摇摇头，笑着问：我怎么可能知道？老板娘"扑哧"笑，连声说：是的是的，你怎么可能知道，我们这里什么都是假的，连名字都是假的。像这间屋，就是一个老板的包房。可这老板姓啥名谁，都不知道。还以为你知道呢，原来你也不知道。不知道好，知道那么多干什么呢。就是知道了也不能说，乱说当心给人割舌头……突然外面大堂响起怒吼声：光这样乱摸乱敲屁用，还腾不出房间啊？老板娘赶紧出去安抚，浪语打趣：哎呀呀，着什么急嘛。看我们这小姐多鲜嫩呀，给你肚皮摸摸大腿捏捏哪点不舒服。随即又听到老板娘嗲声嗲气央求：不急嘛，不急嘛……似乎老板娘跟那人动手动脚了，传来淫荡的打情骂俏声。

楚娥胆战心惊如坐针毡，很想起身离开。可又紧紧咬住嘴唇，摆出一副视死如归的样子。她不想退缩，已经迈出这一步，她准备接受一切可能带来的苦难。终于等到老板娘进来，唉声叹气说：现在的男人，酒足饭饱精力过剩，一来就要开房间。原先我只做大堂生意，无非敲敲打打摸摸捏捏。现在应付不过来了，房间又太少，小姐也不够。哎——我说，你不如……当然啦，一点不勉强！

楚娥深深低下头，发出蚊子样细弱一声：我不会。老板娘"呔"一声，大大咧咧说：女人都会，这又不难！楚娥还是摇摇头，但并非拒绝，而是不知道怎么做。沉默片刻，她鼓起勇气问：你能先教教我吗？老板娘喜出望外说：好嘞好嘞。很简单，如果在大堂，就只是摸摸捏捏，一个小时三十元，我提成十元，余下的归你。如果开房间，那就三百五百随便你要价。但你身上不能带手纸藏套子，要是突然公安查房，搜出这些东西就是把柄。如果客人需要，你问我拿，一盒手纸给我三十元，拿个套子给我一百元。这也是我的提成，不然我赚什么……

楚娥感到燥热难受，解下鲜红围巾，脱下羽绒大衣，坚决地说：不能把我留在大堂，那么多人羞死啦！要能给我留个专门房间，或许还能考虑。老板娘哈哈笑着说：这间屋就留给你。楚娥迷惑不解：不是人家的包房吗？老板娘轻轻一戳楚娥额头，笑嘻嘻问：你还不知道这是谁的包房？她马上拍打自己嘴巴，似乎懊悔失言：哎，不说不说！我不知道你也不知道，什么都不知道好了吧？

楚娥恍然大悟：难道这是恶魔的包房？那次从医院回来，她被狄科长羞辱得恍恍惚惚，任由恶魔抱她回家。那一幕推拿房的人都看见，还遭恶魔一通威吓，吓得她们噤若寒蝉。难道老板娘因此就以为，楚娥和恶魔一直在私通幽会？也许老板娘还以为，楚娥来推拿房就是寻找恶魔！楚娥一阵心酸，她确实想念恶魔，可恶魔去哪里了呀？她急忙别过脸，不给老板娘看见她哭了。老板娘心细如麻，什么样的男女私情没见过，可能她以为楚娥是被相好抛弃，正到处寻找那薄情郎，竟然追来推拿房寻找。这种情况下的女人需要填补空虚，需要报复始乱终弃的薄情郎，因此十分脆弱，极易被诱惑。老板娘察言观色进一步鼓动：唉，我说啊，不如先找个试试？楚娥轻轻摇头说：时候不早了，我家先生快下班了。老板娘以为楚娥要退缩，急忙紧追不舍问：上午没生意，最好晚上，可晚上先生让你出来吗？楚娥没回答，只是笑了笑。老板娘马上明白，楚娥愿意晚上来。她进一步凑近楚娥说：给你留个最好的客人。晚上十点左右，一位老客必定来。虽然上了年纪，但人特别斯文，很和气，很爱面子，不会为难你，更不会纠缠你。楚娥不置可否，紧紧咬住鲜红的嘴唇，应该是同意。老板娘继续说，她不能一直陪伴楚娥，她要张罗生意，还要留心门外动静。楚娥正好起身，道了声谢谢，尽量装出见怪不怪的样子，"嗒嗒"点着蓝幽幽手杖离开。

楚娥不需要钟表，她像候鸟能准确感知天气和时间。但今天有些错乱，应该黄昏了，大笠还没回来。她做好晚饭，把自己一身洗得干干净净，大笠才拖着满身疲惫回来。楚娥问：今天是不是回来晚了？大笠说：跟往常一样啊，到点我就急忙朝家赶。见楚娥微微脸红，大笠不解地问：不是又改成早晨洗澡吗，今天怎么啦？楚娥像被揭穿秘密，脸上滚烫，不敢面对大笠，手忙脚乱摆出碗筷。好在大笠十分了解楚娥，楚娥不肯回答就不能追问，再怎么追问她也不会回答，弄不好还惹得她"啪嗒啪嗒"掉泪。大笠已习惯楚娥的沉默，也习惯在楚娥面前保持沉默。

静悄悄吃过晚饭，大笠哈欠连天，稍微冲了澡就一头钻进被窝。楚娥收拾好厨房过来，听到大笠鼾声如雷，眼泪"唰"地流下，跌坐在床沿，一动不动看着大笠。她心如刀绞，像个即将遭受强暴的新娘，想赶在强暴前伺候好自己丈夫，否则可能没兴致、没力气满足丈夫的需要。然而大笠太劳累，大笠已酣睡。

对于大笠来说更需要睡眠，留给他睡眠的时间只有四五个小时，九点一过他又要出门。楚娥缓缓脱光一身，光溜溜拱进大笠怀里，希望大笠能在睡梦中产生渴望，她作好一切准备。迷迷糊糊中听到"叮当"挂钟响，大笠猛然翻身起来，争分夺秒穿好衣服。不过还是感觉到了，他凑近楚娥额头亲吻，满含歉意说：实在没时间了。楚娥尽量克制住不让眼泪流出，温柔地笑着打趣：别惊惊慌慌赶路，不会那边有人等你吧？大笠只当开玩笑，哈哈笑着出门。其实楚娥并非玩笑，尽管她不可能容忍大笠另有外室，更不可能怂恿大笠找个相好，但内心实在煎熬得痛苦，便真的希望，或许双方都不忠能减轻她的痛苦。楚娥尽力使自己麻木，尽力使自己相信她仅仅为了挣钱，是被迫，她并不想这样，可不这样又能怎样！

估计接近十点，楚娥像准备殉葬，一丝不苟穿上她最喜欢的衣服，一丝不苟梳妆。她没有流泪，表情僵硬，连恐惧都消失了。她摸索到推拿房，鲜红围巾和墨镜已把她遮掩严实，她还是本能地低下头，一言不发心照不宣牵着老板娘的手。老板娘也一言不发，把楚娥送进房间就抽身退出，甚至没跟等候在房间的客人打个招呼。可能这种地方不需要寒暄、不需要问候，只需要互不相识和心知肚明。

楚娥感觉到床上躺了一个男人，吓得双腿发软不知所措。然而就在此时，就在老板娘关上房门后，响起一个熟悉的苍老的声音：噢，是楚娥啊！楚娥像听到一声恶毒诅咒，差点"天啦"一声失声尖叫，这地方怎么可能遇到熟人？她最怕遇到熟人，偏偏就遇上，而且还是遇上她和大笠的领导，如今的金万年副校长。

楚娥头晕目眩脑子一片空白，恨不得夺路奔逃，她退后一步背靠墙壁，紧紧扶住蓝幽幽手杖，尽力支撑着不要倒下。可能金万年副校长也大惊失色，也狼狈不堪，也窘得无地自容。不过人老成精，即使做不到处变不惊，也不至于惊慌失措，他苍老的声音低沉而含糊不清，似乎在给自己解脱、给楚娥解释：唉，这上了年纪啊，浑身都是病。早先只是腰酸背痛，这些年越来越痛，骨头关节像错位啦！看过不少医院，都说只好做中医推拿。果然管用，每天做一次，腰杆也挺了，关节也不痛了。只是没想到，楚娥啊，原来你也懂推拿？早知道我就不来这地方，直接请你推拿多方便。

楚娥手心都是汗，差不多汗流浃背，像背负千万斤担子，接近气喘吁吁。不过听了金副校长解释，她稍微舒缓了些。这解释合情合理，哪位老人不需要敲敲背捶捶腰，包括她父亲，以前回家她也给父亲敲敲背捶捶腰，不值得大惊小怪。楚娥长长地"吁"口气，做了个深呼吸，尽量显得处变不惊，还尽量显得调皮，她翘起嘴巴说：可我不会，怕做不好。金副校长轻快地笑着说：不要紧，都是从不会到会。楚娥再次咬紧嘴唇，摸索到金副校长身边，坐上床沿，像伺候父亲那样，举起手轻轻敲打对方肩臂。金副校长本来躺着，突然坐起来，背朝楚娥说：特别是这腰背，给我使劲敲敲。楚娥握紧拳头，像打鼓那样，用力擂在这骨瘦如柴的腰背上。

擂一阵胳膊就酸了，她越来越明显地感到自己没力气，总是四肢乏力。她改为揉搓，从脖颈揉搓到皮带就不再往下。金副校长大加赞赏：手法好熟练，还说做不好呢，比其他姑娘都做得到位，往后我就找你！楚娥不相信自己比别人做得到位，但听金副校长满意她也高兴。并且想：这么敲敲背捶捶腰，就能一小时挣三十元？她不好意思问价钱，也不好意思问金副校长还有什么需要，只想尽快结束。毕竟头一次，还是害怕。仅仅过了十多分钟，金副校长就说：已经很好了。他摸出五十元说：这是你劳动所得，如果推辞，就不好意思再请你啦！楚娥怔怔想：这就好了？她握住金副校长塞来的钱，难以置信问：明天还来吗？金副校长没回答，可能他同样难以置信：这姑娘十分乐意？迟疑片刻他问：大笠支持你现在的工作吗？楚娥"唰"地脸红到脖子，十分难堪地摇摇头。她想解释，她仅仅是为了挣点钱，并不想以此为工作。可又想解释，这也是工作，她并非仅仅为了挣钱。只是这工作容易被误会，不想给人知道。可能金副校长看出楚娥很心虚，立即什么都明白了，笑着拍拍楚娥肩膀说：总归每天来一趟。

金副校长离开包间，楚娥不知道自己是不是也该离开。这钱挣得太容易，她想继续接客，尽快挣到足够的钱。可又惴惴不安，怕其他客人不像金副校长这么容易伺候，如果其他客人十分粗暴，她不知道应该反抗还是应该顺从。突然听到房门被推开，老板娘不由分说夺过她手中五十元钱，再还给她四十。楚娥问：我可以走了吗？老板娘厉声斥责：再不走，再不走把客人都得罪！楚娥大吃一惊，迷惑不解问：我把客人得罪了？老板娘恶狠狠催促：走吧走吧，把房间腾出来，我要做生意。哪回这位爷不消费三四百，就你，五十元就打发，浪费包房！

楚娥争辩：他没说不满意，还答应每天来一趟！老板娘看楚娥实在不明白，只好挑明了说：什么叫满意？钱没掏够大家都不满意！非要把自己当金枝玉叶，人家怎么肯掏钱？楚娥若有所悟，像犯了错误的孩子低声说：我不懂，明天就知道了。老板娘怒气未消：明天？她不想给楚娥明天，可看楚娥垂头丧气的样子，还是决定再给楚娥一次机会。她脸说变就变，刚才还秋风黑脸，立即又雨过天晴，语重心长地说：以为招个客人那么容易啊？招来就不能轻易放走，要像蚂蟥，不吸够血不松口。你要明天还做不成生意，只好撵你走！

老板娘一把将她拖到大堂，像是现在就撵她走。楚娥觉察到大堂里无数双眼睛盯着她笑，像是嘲笑，更像猥亵地奸笑，笑得她狼狈不堪。她不想这样被撵走，紧紧扶住蓝幽幽手杖，想守住这间包房。然而一位小姐已急不可耐，扯上客人从她身边挤进包房。虽然眼睛看不见，但楚娥的感觉非常准确，她惊讶地感觉到，从她身边挤进去的客人就是金副校长。原来金副校长并未离开，可能他确实不满意，另外换了小姐，以为楚娥看不见就什么都不知道。楚娥感到被欺骗了，以为金副校长只是需要捶捶敲敲，以为金副校长在捶捶敲敲中就满意了。那么金副校长还需要什么呢？楚娥不想偷听，但听到房门"咚"一声关上，还是禁不住留意听。听到里面嘻嘻哈哈浪语轻佻，听到床头"咚咚"撞向墙壁……想起自己家并不结实的木床，她完全明白床头撞向墙壁是在干什么。她一阵耳热心跳，但更多的是愤怒，这是恶魔的包房，怎么能给人随便进去做那种生意！

她晕晕乎乎走出大堂，这会儿她怒不可遏，觉得老板娘太不像话，趁人家恶魔不在，把恶魔的包房肆意糟蹋。要是给恶魔知道了，恶魔不会支付包租这间屋的房钱。可恶魔怎么可能知道，谁也不会告诉他，人家占用他的包房藏污纳垢。楚娥跟跟跄跄走了几步，忽然想起恶魔给过她手机号码。当时恶魔再三叮嘱，绝对不能把号码告诉任何人，只要泄露号码，公安就可能凭这号码找到恶魔。必须是楚娥实在需要帮助时，才能打恶魔的手机。

十六　抗争

回到自家卧室，楚娥摸索着掀开褥子，这里藏着恶魔给她的钱，还有一张写了手机号码的纸条。她摸出纸条急忙出门，说不出心头什么滋味，她很着急，急不可待地想告诉恶魔，那间包房被人家占用啦！同时又很生气，即使占用也该她占用，反而她被撵出来！她想告诉恶魔，她走投无路了，只好去那种地方，希望恶魔把那间包房留给她，不许别人占用！

她慌慌张张摸索到大路，拉住一位经过她身边的人，请求带她去附近公用电话。找到公用电话，她递上纸条，请求对方帮她拨通。很快就听到她熟悉的声音，可她一句话也说不出，她泪流满面只是抽泣。电话那头恶魔预感到出了大事，声嘶力竭呼喊：说话呀，说话呀，说话呀！到底出什么事啦？楚娥背过身抹把眼泪，尽量使自己平静。可再次面对话筒，她又不知道该说什么，憋了半天只是呜咽一声：你去哪里了呀……然后就挂断电话，实在没勇气告诉恶魔，她已去了那种地方，怕恶魔从此鄙视她、嫌恶她，从此不再听她使唤。也不想央求恶魔把包房留给她，不想欠下恶魔太多人情，她决定自己去争取。

要在推拿房争得一席之地，她想：必须拥有自己的客人。客人决定一切，如果客人喜欢她，非要她伺候，就不愁没有一席之地。可她没有现成客人，又不敢冒冒失失接待新客，于是想，只能尽力讨得金副校长喜欢。听老板娘

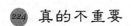

说，这位客人每天都来，每趟都花费三四百。只要把这位客人伺候好，扣除老板娘的提成，每天也能挣两百来元。这样做上三个月，挣到将近两万元，加上大笠挣的钱，差不多够首付款了，就金盆洗手，假装什么也没做过。而且没有接待其他客人，还可以说自己比较干净，还可以避免其他人认识她，避免给人揭穿底细。金副校长不可能揭穿她，金副校长是领导，比她还需要隐瞒。

第二天晚饭后，楚娥照例小睡几个小时，她惊讶地发现自己竟然能睡着。等到九点过大笠出门，她摸索到推拿房，知道去得太早，但太迟怕那包房给人占领。老板娘还算坦白，如实对楚娥说：这包房一直空着也可惜，本来房间就不够。但又怕包房老板突然回来，要是撞见包房给人占用，那就麻烦大啦！这位爷可不好说话，眼睛里阴森森都是凶光，我们都害怕。只能实在腾不出房间，才占用一次两次，平时都尽量空着。

果然包房没有客人，老板娘塞给楚娥一包手纸、一个套子，近似威胁说：不管你怎么做，反正我要问你收三十元手纸钱、一百元套子钱。如果还是只做五十，你就自己亏吧！楚娥稀里糊涂接过手纸、套子，忽然想到个主意，给老板娘提出：那你要保证，这包房永远不给其他小姐用，我每天给你一百三十元。老板娘哈哈大笑，显然很满意，还打趣说：本来这就相当于你的包房。哎呀，呸呸呸，我又乱说，就当我什么也没说！楚娥顿时明白了，老板娘很善于利用机会，分明知道楚娥跟包房老板关系密切，所以把包房留给楚娥，既不用担心包房老板找她算账，又能包房的钱照收，还能另外收一百三十元提成。不过楚娥也满意，能从此占用这间包房，就不用担心其他小姐挤占。拥有一个属于自己的房间，她神安气定了许多，也感到安全了许多。没有安全保证的情况下，可能出现捍卫贞操的烈女，一旦获得安全保证，而又面临包括利益在内的诱惑，很容易就放任自流。

听到房门被推开，楚娥悚然站起，仍旧很恐惧，仍旧很羞怯。金副校长急忙闩上门，大概老板娘给他透露了什么，他不像昨天道貌岸然，而是饿狼似地扑过来，紧紧抱住楚娥。楚娥剧烈颤抖，说不出恐惧还是惊慌，她本能地挣脱出来，尽量陪着笑说：还是先做推拿吧。金副校长喷着满口热气说：你根本就不会推拿，别假装了，直截了当吧，我给三百。楚娥默不作声，忽然想到：开口就三百，每月花销近万元，他哪来这么多钱？不就一个副校长吗，每月收入顶多三千，拿什么支撑如此庞大的开销？怕金副校长骗她，这不像其他买卖，不给钱好退货。

楚娥也抹下脸面，也讨价还价，她说：不好。我不像其他小姐，可以随便接客。除你以外我谁也不接，三百元不够！金副校长低声笑着说：谁知道你接多少客，不过我愿意相信。那就这样吧，如果我确实满意，再添一百。楚娥摊出手说：你满意不满意，我怎么知道？先拿钱。金副校长犹豫了，但可能看楚娥实在雅丽动人，他还是掏出四百元。楚娥接过钱转过身子，不肯主动伺候对方，仍想表明她是被强迫。金副校长已急不可耐，扯下楚娥鲜红围巾，解开楚娥羽绒大衣，发现楚娥浑身香汗，他问：这么高的空调温度，你不怕热？楚娥不回答，她也知道热，但更需要掩盖。她深深低着头，尽量让头发遮蔽自己脸庞，她已羞得面红耳赤。被脱去毛衣后，楚娥一把推开金副校长，摸索着掀开被子，把自己整个脑袋都蒙起来。好在金副校长需要的仅仅是下身，他把楚娥下身脱得精光，自己也仅仅脱光下身，连上身西装都没脱下。不知他是太急迫，还是习惯了衣冠楚楚，即使这种时候他还要维持自己的师道尊严。两人都不说话，但都知道怎么做。"哎，我问你，你很会享受呀，你不要养家吗？"可能金副校长难得有人讲心里话，也可能他确实被楚娥迷住，想在楚娥面前炫耀，不无得意地说：你是怕我付不起钱吗？告诉你吧，我这人福气好。人生三大幸事——升官、发财、死老婆，我都占了。就说发财，我有一座祖上留下的老房子，光拆迁补偿就拿了上百万。拆迁后没地方住，学校分给我两间宿舍，也是这地方。后来学校买了几套三室一厅单元房，按级别、工龄、职称分配，我很幸运，用两间宿舍就换到一套。再后来搞房改，我花五万元就把那套房子买下。这回凭购房合同领取八万补贴，我又把那套房子卖了，卖出几十万，下来买套新房，只要花十几万首付款，余下的申请按揭贷款。我是再有钱也要贷款，今天的钱永远比明天的钱值钱。贷下款慢慢还呗，我用儿子、儿媳的名义申请贷款，给这两个不孝东西套根绳子在脖子，只要恶待我，就要他们自己归还贷款。每月几千元，他们吃糠咽菜也还不起，只好求我，只好在我面前百依百顺。特别是我那儿媳，哼，看她还犟不犟！

门外突然响起惊雷般怒吼：我包房怎么有客人？妈的，你搞什么鬼？同时听到老板娘惊恐呼喊：好了吗？主人回来啦！对不起，对不起，都怪那瞎子。那瞎子非要借用你包房，我以为老板你不介意呢！楚娥一把掀开被子，慌得六神无主，急忙伸手摸索衣服，却不知衣服给金副校长扔哪里了。慌乱

真的不重要

中金副校长只顾自己穿戴整齐，顾不上帮楚娥一把。"轰"地一声门被撞开，连门上合页都被撞脱，并不结实的门板差点整个倒下。楚娥反而不再遮掩，她重新躺下，背朝门口一言不发。她看不见恶魔表情，也不知道金副校长怎么逃走，她如同等待宣判，羞惭满面等待恶魔裁决。恶魔一句话也不说，拣起楚娥的衣服，把楚娥扶在怀里，给楚娥一件一件从里到外仔细穿好，如同照顾饱受欺凌的妹妹。然后哽咽着说：回家吧……他泪水喷涌而出，无声地落在楚娥火热的脸上。

楚娥没拒绝恶魔送她到卧室，这时的任何羞涩都像伪装，她的自尊在恶魔面前已被完全剥夺，即使恶魔给她穿好衣服，她也觉得自己赤身裸体。不需要伪装她一头倒在床上，什么话也不说，更不想解释。恶魔在推拿房把一丝不挂的楚娥公然扶在怀里，回到卧室反而不敢靠近，只是坐在窗台边，咬牙切齿问：谁逼你到这一步？楚娥仍不回答，应该没人逼她，可又确实存在一种无形力量，把她一步一步逼得走投无路，以至于别无选择。都沉默不语，彼此能听到对方急促呼吸。过了好久楚娥才问：饿吗？说着楚娥起床，摸索到厨房，打算给恶魔煮碗面条。楚娥跟恶魔比跟大笠还要心意相通，即使恶魔什么话也不说，楚娥也能感应到他没吃晚饭。还能猜想到，昨晚恶魔接到电话，正在很远的地方，不然也不至于今晚才赶到。接到楚娥电话他不知多着急，但他千里万里还是赶回来了。

果然恶魔饥肠辘辘，接过面条狼吞虎咽，"哧哩呼噜"连汤都喝光。打了个饱嗝，好像他心头好受多了，说他弟兄起了内讧，有人把他出卖，公安在抓他，只好去外面避风头。楚娥不无担心地问：那你着急回来做什么？回来不就自投罗网吗？恶魔粗重地叹息着说：你电话里只是哭，能不着急吗？究竟遇上哪道迈不过的坎，逼得你那样？楚娥又低头不语，很想照实说她急需要钱。可又十分清楚，只要说钱恶魔就会给她。她不想欠下恶魔太多人情，欠下太多人情拿什么偿还，不能偿还仍要接受，在她看来就是乞讨，她宁愿卖身也不乞讨。希望恶魔继续仰望她，继续崇敬她，继续听她使唤，而不是颠倒过来，变成她问恶魔乞讨，她问恶魔求取施舍。

在不安的沉默中，听到窗外风声近似呼啸，楚娥打个寒噤说：我好冷。恶魔要去生火炉，楚娥赶紧制止：大笠不会相信我能把火炉搬进卧室，不要弄得满屋煤烟味。恶魔建议：那就去厨房烤火。可楚娥说：我很累，你不累吗？其实楚娥想得到拥抱，她像做了场噩梦现在还惊魂不定，特别需要呵护。

恶魔没明白楚娥的意思，以为楚娥逐客，他心有余悸说：我不走，还是放心不下！楚娥气呼呼说：那你就一直守着吧！我要睡了，我太冷。

恶魔知趣地站起来，移位到屋后，坐在漆黑小院坝，看样子他真要一直守候。听着呼啸寒风，楚娥并不能入睡，她的心隐隐作痛，一种难以名状的揪心。她不断地想：小院坝没遮没掩多冷啊，坐那里干什么呀！一路舟车劳顿疲惫不堪，要是歪头睡着了，不冻僵也要冻你大病一场。一路风尘回来，着急惊慌赶那么远的路，连个温暖的被窝也没有，还要顶风守候在屋外……楚娥像是自己在受冻，眼泪漫到枕巾。她十分矛盾，她知道恶魔需要什么，也知道自己需要什么，可不敢捅穿那层窗户纸，于是一个在外面挨冻，一个在里面流泪。

楚娥辗转反侧思前想后，想来想去都觉得没必要自欺欺人，她在恶魔面前还掩盖什么呢，连肉体都在恶魔面前暴露了。她终于鼓起勇气，带着颤音呼唤：那就进来吧！恶魔已冻得吃不消，将信将疑推门进来，使劲搓手呵气，不知道该坐在窗台边，还是可以靠近床沿。听到楚娥细弱一声：洗干净！恶魔一激楞，立即明白了，如同领到巨额奖赏，激动得手足无措。

不知从什么时候起，楚娥就明确感应到恶魔爱上她。也许一开始恶魔仅仅想赎罪，仅仅想给予楚娥补偿，但在随后的接触中，恶魔陷入了单相思，不然也不可能如此痛苦地自责，不可能风雨无阻尾随，更不可能心甘情愿听从楚娥使唤。楚娥不能接受他的爱，也不敢接受，更愿意相信恶魔只是她的宠物，至多发展为异性朋友。然而现在，楚娥不想继续欺骗自己，不得不承认她心疼恶魔，不想折磨恶魔，她已在恶魔面前暴露无遗，再要伪装不仅折磨恶魔也是折磨自己。

恶魔洗个澡花去好多时间，可能他觉得自己脏，他要洗心革面焕然一新。在难耐的等待中，楚娥像洞房花烛夜的新娘，脑子里不知想了多少事。等到恶魔洗好，楚娥已蜷缩一团，不敢面对恶魔，还是很羞怯。也许不只是羞怯，还有良心不安，仍然需要掩盖，至少不能公然表明她满心欢喜，她也心存强烈渴望。只是这样的掩盖不堪一击，恶魔并非纯真少年，只是不敢冒失而已。她温柔地抚摸恶魔，想把恶魔的轮廓深刻留在记忆里。在她的记忆中恶魔是一头长发，现在却是平头，让人觉得还有一分忠厚。楚娥又仔细抚摸恶魔的眼睛、鼻梁、嘴唇，确实感到恶魔做过整容，皮肤很粗糙，唯其如此更让人心疼，让人觉得他饱经风霜。楚娥凑上温软的嘴唇，甜蜜亲吻恶魔，感到恶

真的不重要

魔在流泪，楚娥柔声问：怎么哭了？恶魔"呼哧"一把抹去眼泪说：其实我很容易流泪，也不是我愿意流泪。怎么说呢？像我们这号人，一觉醒来就可能脑袋不在了。不说了，一说就心酸。楚娥捂住恶魔嘴巴，不许说这种晦气话，也不想听恶魔坦白自己的罪恶，更愿意相信恶魔的所作所为是迫不得已，跟她一样迫不得已。

突然响起刺耳的手机声，恶魔像听到军令，更像听到噩耗，浑身一阵惊颤。楚娥看不见他表情，但能强烈感应到，恶魔很惊慌、很恐惧。恶魔一把抓起手机，胡乱披上衣服就跳下床，似乎很怕手机内容惊吓楚娥，很怕楚娥听到他秘密，他去隔壁房间掩上门接听，一接听就是好久。楚娥不想打听他的事，即使恶魔想说她也不爱听，恶魔的事跟她没关系。她更在意自己的感受，像现在，她已心满意足，她困极了，已是凌晨，正是好睡的时候，她接连不断打哈欠，不知不觉就进入梦乡。

十七　错误

　　好久没睡得如此酣畅，楚娥像死过一回，醒来已是第二天中午。她努力回忆昨晚发生的事，却像回忆一个梦，似乎一切清晰，又似乎一切模糊，总觉得不可思议，总觉得自己被灌了迷魂药似的，或者鬼迷心窍。她努力使自己相信，昨晚是一时糊涂，是一时冲动，是命运对她的又一次捉弄。如果她不去推拿房，如果她跟金副校长仅仅是捶捶背敲敲腰，如果不是恶魔破门而入，如果她不让恶魔进卧室，如果屋外不是寒风呼啸，如果……也许一切都不会发生。

　　四周寂静无声，不知恶魔去哪里了，甚至不知道，昨晚他接听手机后，是否还返回床上？恶魔曾经说过，他的手机不能轻易使用，否则就被公安侦听到踪迹。但又不能总是关机，必须隔些时候就保持畅通。楚娥问：为什么不经常更换手机？他说更换了也没用，他的同伙中有公安的线人，随时可能把他的手机号码透露给公安。而他又不知道谁是线人，光靠更换手机防不胜防。只能尽量不用手机，一旦使用了就必须赶紧更换地方。难道昨晚也是，他接听手机后就换地方了？或者昨晚的手机是他同伙打来，通知他不该昨晚回来，回来就被公安锁定，他将插翅难飞。

　　他跟同伙有个约定，不是特别紧急情况，或者特别危险的时候，同伙不给他打手机，他主动打公用电话与同伙联系。楚娥隐隐感到不安，很为恶魔担心，虽然她不希望恶魔继续作恶，但也不希望恶魔被抓住，很怕因为自己打了恶魔手机，把恶魔召唤回来，导致恶魔暴露踪迹。不过又想，如果真是这样，她也无力帮助恶魔，至多为恶魔祈祷，但愿恶魔逢凶化吉。

楚娥穿上衣服，把床铺收拾整齐，接近慌慌张张，惟恐给人发现什么。确认万无一失后，才去厨房洗漱。她拉开后门，凛冽寒风扑面而来，伸出手试探：是不是下雨？却感到是下雪。她看不见漫天飞絮，但能感觉到雪下得很大，她心头猛然一沉：如果路上积雪，无论恶魔从前门进出，还是从屋后排水沟爬上爬下，都将留下人来人往痕迹。她家怎么可能人来人往？大笠肯定起疑心。一旦大笠起疑心，就可能突然回家，万一给大笠撞上，楚娥只好去死。不然怎么解释，即使大笠能原谅楚娥，楚娥也无地自容。

楚娥越想越后怕，越想越希望恶魔已不辞而别，最好再也别见到，从此一切都结束。可恶魔万一还来呢？只要他还来，就可能在门口留下脚印，就可能被大笠发现异常。大笠并不是粗心大意的人，即使大笠不怀疑楚娥，以大笠的警觉，发现家门口出现陌生脚印，大笠不会视而不见。楚娥赶紧缠上鲜红围巾，扶上蓝幽幽手杖，顶风冒雪出门，在门口反复践踏，留下杂乱无章脚印。她还不放心，想了想又垒出个雪人，制造一个假象，门口脚印是她垒雪人留下的，怕恶魔已留下脚印。她还是不踏实，还是很心虚。忽然想到恶魔的手机，打算通知恶魔不要回来，至少下雪天不能回来，回来踩出脚印她没法给大笠解释。同时还想问候一声：你平安吗？

她摸索到大路，像前次那样招呼一个过路人，带她去附近公用电话，从羽绒大衣口袋摸出恶魔抄写手机号码的纸条，请人帮忙拨打，拨过去手机关机。又过了些时候，楚娥请对方再次拨打，仍旧关机，顿时感到不祥。恶魔说过，这手机不能长时间关机。他是老大，他的同伙很分散，之间不能经常见面，凡是遇到特别紧急情况，或者特别危险的时候，就靠这手机通风报信。一旦关机了，那些分散在各地的同伙就像无头苍蝇，就成为散兵游勇。楚娥请求对方：再拨一遍吧，当心号码拨错。拨打几遍都是关机，楚娥隐隐感到被抛弃，难道恶魔是骗子？所有表现都是欺骗，都是为了骗取楚娥信任，骗取楚娥的爱。当他终于得到一夜欢情，马上就人间蒸发，连手机也关了，再也找不到他。

可是，再是绝情也该撒个谎才离开，没必要不辞而别呀。况且他需要的爱刚刚得到，不该这么快就厌弃。他昨晚还说：就怕失去你……他是流着泪说的，决不像花言巧语。他用不着花言巧语，如果仅仅需要一夜欢情，他早就可以通过暴力得到，根本用不着像狗一样尾随。肯定遭遇不测了，甚至可能被抓住了，或者被同伙暗算了……楚娥缓缓离开公用电话，她浑身发冷，心头冰凉。刚才还希望恶魔不要回来，从此一切都结束。现在真的面临结束，她又难以接受，感到自己像突然身体失重，心也随之悬浮起来，脚下轻飘飘，随时可能倒下。泪水无声流过脸颊、流进嘴角，她也不揩一把，很想恶魔还能尾随其后，很想恶魔还能看见她多伤心，很想恶魔还能健步冲上来，搀扶她回家。可是只有漫天大雪，雪花冰冷地飘洒在她脸上，被热泪融化成源源不断的苦涩，流进她嘴里，流进她心头。

黄昏时分大笠回来，发现楚娥昏昏沉沉躺在床上，连晚饭也没做。大笠一边掸去身上雪花，一边十分心痛地说：去年冬天没下雪，开春才补上，气温一夜下降十多度。你要特别当心，你经不起这种骤然降温。楚娥鼻孔一酸，热泪盈眶。大笠很不善于哄妻子开心，说不出心肝宝贝一类甜言蜜语，但他同样能让妻子感受到关怀和疼爱，他习惯的表达方式就是给对方找个理由。即使连续上班十多个小时，希望回家就有热菜热饭端上；即使不愿意看见楚娥懒洋洋躺在床上，他也不抱怨，更不会生气，反而给楚娥找个理由，说是气温骤降楚娥身体不适，才没做晚饭。楚娥深深感到对不起大笠，整个下午她都在痛苦地反省，发现自己一错再错，一再做对不起大笠的事。她坐起来顺水推舟解释：不该垒雪人，可能垒雪人受了风寒。说着穿上衣服，一定要亲自给大笠做饭。

这顿饭她做得格外认真，从黄昏做到天黑。其实就是炒了盘鸡蛋，凉拌一碗豆芽，煮两碗面条。她和大笠都很节约，连猪肉都难得吃上一顿，但楚娥仍把粗茶淡饭尽可能做得可口，尤其今天晚上。她想了一个下午，越想越觉得，应该早点拒绝恶魔的殷勤，应该一开始就呼救，把恶魔从她身边吓走。那样恶魔就不会一直尾随，更不会蹲守在排水沟，以至于摸到她窗外，她就不会拒绝狄科长，大笠就可能升任副校长，她就不会被迫病休，说不定还能拿到五万住房补贴。即使结果不是如此理想，如果她前天不打恶魔手机，不把恶魔召唤回来，也不会惊散她和金副校长，也不会害得她从此不敢去推拿房，也不会害得恶魔生死难卜。想来想去都是她的错，都是她把一切搞糟了。搞得狄科长住进医院，搞得大笠屈身做保安，搞得金副校长狼狈逃窜，搞得恶魔暴露踪迹，搞得自己破烂棉袄翻转穿——既没面子又没里子，到头来什么都失去，能够留下的只有自己脚印，能够带走的只有自己影子。

做好饭她来呼唤大笠，想跟大笠燕尔新婚般吃顿晚饭，然后什么也不说，什么也不想，一切回到从前，把那段不光彩的记忆彻底忘记。从此她只是个柔情似水、温婉可人的好妻子，从此她千娇百媚依从丈夫，一切听从丈夫安排，如同天下成千上万好女子："妾是杨花／郎若流水／相知便肯相随。"即使必须风餐露宿，她也认命了。她悲哀地意识到，她实在没能力改变，靠她来改变只会越搞越糟。然而大笠已鼾声如雷，大笠太过劳累，已支持不住了，只需要休息，很难再顶天立地。

楚娥簌簌流下眼泪，不愿相信大笠已不堪重负。可又分明知道，即使大笠每天工作二十四小时，永远不休息，仅靠一身力气也不可能庇护这个家，不可能维护这个家的安宁。这个家已风雨飘摇，这个家需要加固、需要支撑，可大笠已被沉重的生活压得颤颤巍巍，随时可能轰然倒下。楚娥满怀辛酸和无奈，她揩干泪水，仍然把大笠摇醒，仍然希望大笠坚强地站起来，仍然想大笠才是她唯一的依靠。

这场大雪像是上天报复人类无休止地释放，释放是对宽容的伤害，宽容如上天也忍无可忍，似乎要把人类冰冻起来。屋顶、树梢已积雪皑皑，大雪还不停歇，还要继续下，下得像要退回寒武纪，像是打算让一切生命重新开始。

大笠回来说，他从值班室电视看见，这场雪下成了一场悲剧，下得道路不通、电线杆倒下，下得车站码头人如潮涌，下得"老妻寄异县、十口隔风雪"，下得老百姓"弃绝蓬室居，塌然摧肺肝"。但也下得英雄事迹层出不穷，下得各路领导兴高采烈风光无限，下得记者前赴后继一路高歌，下得赈灾募捐的人心花怒放喜笑颜开……

楚娥懒得听这些，这些跟她没关系。而且她不相信大笠描述的那些电视画面，她更愿意相信看见的都是伪装，更愿意相信天灾伴随人祸，更愿意相信："灾难来临时只有跪下哀求的人，没有站起来抵抗的人；灾难过去后只有站起来控诉的人，没有跪下忏悔的人。"这个时代英雄寂寞，只需要顺天应人，不需要挣扎，挣扎只会是堂吉诃德勇战风车的可笑。楚娥决定放弃挣扎，打算从此完全依靠大笠，打算像个废弃的弹簧，即使生活沉重地压在身上，她也打算收缩而不是反弹。

她闭门不出，默默吟诵那年住院治疗眼睛时心理医生教她的《心经》。

这一天大笠又带回让人不愉快的消息，说学校在募捐。那个叫岳上松的民办转公办老师，只能领到八千元住房补贴，买不起城里住房，就一直住在乡下老房子。老房子年久失修，遭这场大雪压坍塌了，一家人只好来学校求助。学校也不能给他们安排住房，他们就住在学校屋檐下，像露宿的乞丐，造成很不好的影响。因此学校要求，每个老师至少捐助五百元，帮助岳上松老师重建家园。

五百元对于楚娥这样的家庭并非微不足道，她很生气地想：她已被逼得差不多零落成泥，同样需要帮助，谁给她一点帮助！为什么学校不能给岳上松老师提供帮助？如果学校没钱，那金副校长钱多得可以每天推拿，为什么还要给他八万元住房补贴？为什么不能匀点给岳上松老师？如果因为一个是领导，一个是普通教师，那就是岳上松老师活该，他应该去争取当领导，而不是靠大家来分担他的不幸。

不过楚娥没有抱怨，她知道募捐是挥舞道德棍棒课税，不能抵制。她也能想象岳上松老师多么需要帮助，她反而催促大笠：早点把钱送去吧，免得人家说闲话。等大笠送钱走后，她像掉进冰窟，满怀悲伤想：岳上松老师还能靠募捐重建家园，她靠什么买套住房？如此一想她心中波澜起伏，又不能平静了，也可能她从未平静，只是尽力平静而已。

大雪终于停歇，学校也放寒假了，楚娥更加忧愁，愁时间不多了。限定他们搬家的时间只剩两个多月，住房与他们的距离仍旧那么遥远，只能加快速度挣钱。可怎么加快？楚娥已不买衣服、不买零食、不买鲜鱼猪肉、不买化妆品，大笠已昼夜不停兼做三份工作，仍赶不上需要的速度。不仅如此，楚娥还隐隐约约感觉到，她在这个世界的时间也不多了。她越来越明显地感到，她的身体可能出了大问题，尤其肝区部位，总是鼓胀，仿佛板结了形成积水。但她还是心存侥幸，不敢正视，宁肯相信仅仅是肠胃不适。包括近来经常便秘，她也只是想：也许仅仅是宿便导致的肚子鼓胀。她不给大笠透露身体异常，怕吓着大笠，怕大笠非要带她去医院。如今不像以前公费医疗，以前大病小病都不花钱，现在不能治病的药可以报销，能治病的大多是自费药，那时她治疗眼睛就自费一万多元，从此不敢轻易上医院，上医院不仅耽误大笠挣钱，还要额外增加开支。她进退维谷，为了住房必须节衣缩食，为了身体必须赶紧上医院，她不幸选择了忽视身体。

这一天她再次走出家门，不知为什么走出家门，她本来决心再也不出门。也许实在寂寞，白天黑夜都独守空房；也许太焦虑，想到搬家日期越来越近她坐立不安；也许仍旧心存期待，或者还有思念……

　　冰雪正在消融，阳光灿烂但寒风刺骨。她穿上羽绒大衣，缠一条鲜红围巾，拄着蓝幽幽手杖。地面积雪深厚，仅靠导盲手杖分辨不出道路，她尽量扶着墙壁摸索。摸到推拿房玻璃门，这会儿是清早，推拿房在沉睡中，她停下来，像个犯下错误的孩子蔫头耷脑。突然老板娘"呼"的一声拉开门，很不客气地问：还要做什么？楚娥忽然想起，急忙摸出钱，红着脸说：前回欠你一百三十元，还没给呢。老板娘用力一推她：不跟你算账！要跟你算，哪里是一百三十元就能了的！门给我撞坏，客人给我吓跑，老客再也不来了，包房老板欠我房钱也讨不到，你说这是多大损失？看你可怜不跟你计较，你走吧！

　　其实楚娥想借口还钱，给老板娘道歉，争取老板娘再给她一次机会。没想到一来就遭老板娘驱赶，连这种下贱老板娘都嫌恶她，比挨一耳光还难堪。她仍想维持一分尊严，不肯摇尾乞怜，愤然转身离开。忽然又想到：老板娘怎么知道，恶魔欠下的房钱讨不到了？难道她知道恶魔不回来了？当时恶魔跟楚娥都不辞而别，不可能跟老板娘辞别呀！楚娥回转身问：那包房老板，怎么欠你房钱不还，他不回来了吗？老板娘幸灾乐祸说：他能回来吗，你不看电视啊？哦对了，瞎子怎么看电视。告诉你吧，电视都放了，他是扒手集团头子，公安早就撒下天罗地网。他也愚蠢，已经逃跑还摸黑回来，正好中了公安埋伏。连我都早就看出，他不是好东西。哎，你怎么跟他牵扯在一起？

　　楚娥脑袋"嗡"一声响，随即就头晕目眩，浑身哆嗦，满怀难以名状的悲愤，愤怒呵斥：你胡说八道！她伸手一薅，似乎要揪住老板娘厮打。她很少如此失态，老板娘吓了一跳，以为那句"你怎么跟他牵扯在一起"把楚娥激怒了，赶紧缩回身子，"咔嚓"关上玻璃门。楚娥扑了个空，脚下一趔趄，眼泪"哗"地流下来。她也不掮一把，转过身跌跌撞撞摸索回家，扑在床上号啕大哭。这一哭不知哭了多久，哭得精疲力竭，哭到后来只有微弱呻吟。没一个人听见，没一句安慰，只有屋檐融化的雪水，像苍天的眼泪无声陪伴她哭泣。

　　直到哭够了，她坐在床上发呆。突然掀开褥子，摸出恶魔留给她的钱，把钱长久捧在怀里，这是恶魔留给她的唯一念想，如同手捧信物，她气若游丝自言自语：一直东躲西藏，连家都没有。这回也好，该了的都了了，再也不用东躲西藏，再也不用担惊受怕。如果你能感应到我有多难过，就安心服刑吧，不管一年两年十年八年，只要你还回来……她泣不成声，再次把钱藏起来。现在藏钱并非只是担心大笠发现，而是她已作出决定，准备动用这个钱买房。她不再认为这钱属于恶魔，而是属于这个家，这个家将留给恶魔一个温暖房间，不然恶魔出狱住哪里，他也该有个家了！但又清醒意识到，大笠不可能接受恶魔的钱，更不可能容留恶魔。

她打算等到恶魔出狱，如果恶魔还找上来，她就给大笠坦白，她不想自欺欺人，她心头已装下两个男人，她非常痛苦，不知如何取舍。如果大笠不能理解，就任凭大笠痛骂一顿甚至暴打一顿，然后把房子留给大笠，也算对得起大笠了。现在还必须隐瞒，必须找个自圆其说的理由，解释这钱哪来的，不能说是恶魔的，那又怎么解释呢？楚娥满怀悲伤想到，唯一可能自圆其说的解释，就是对大笠撒谎，说是卖画挣来的钱。以前她不肯出卖自己的画，那是她的灵魂，现在连贞节都出卖了，还有什么不能出卖！

下午温暖了许多，她收拾起画架、颜料和几幅旧作，她对自己的物品非常熟悉，没人帮助也能自行打理。她继续缠上鲜红围巾，继续把自己遮掩起来，背上画架和背包，拄着蓝幽幽手杖出门。一路深一脚浅一脚，不知跌了多少跟斗，好在积雪深厚，没磕伤皮肉。她感觉到已上大路，路边积雪正在被铲除，她随便找个地方支开画架，颤抖着铺开宣纸，写出"现场作画出售"几个大字铺在地上。

她完全凭感觉书写，字写得歪歪扭扭，让人误以为她连字都写不好。幸而也有人围上来，主要是好奇，不相信盲人能作画。楚娥擅长的是油画，可油画需要画布，没人帮助她绷不出画布，只能在宣纸上涂抹。她的画不是写实，也不是写意，虽然吸收了青绿山水画的技法，但高度抽象，有点像毕加索的重重叠叠，树木叠压花草、花草叠压虫鸟、虫鸟人面兽身，表现内心本源的真实，而不是外形的相似。反而外形被忽略，树木只是一根枯枝，鲜花近似丰润嘴唇，鸟的羽毛被抽象成乌黑秀发……叠压在一起很像一位少女在挣扎，可嘴里插进枯枝，秀发缠绕在荆棘，身体不复存在，只有一对惊恐万状的眼睛高悬空中，空中漫天飞雪……路边人看不懂，哄笑她鬼画桃符。她不作任何解释，只是聚精会神画画，画画能让她淡忘忧愁、烦恼和悲伤，也不感到特别难堪，她当成野外写生而不是卖画谋生。正好坐在路边花坛前，身后积雪皑皑，花草都被覆盖，她像孤零零坐在白茫茫雪原上，衬托出羽绒大衣和鲜红围巾特别耀眼。寒风呼啸着掀动她头发，即使戴着墨镜，即使围巾遮蔽了脸庞，依然能看出她的美丽，她像雪原上一朵鲜花，艰难地抗拒着冰冷摧残。

很快她就被冻得咳嗽，手也开始颤抖，她承受不住如此寒冷。她搁下画笔，使劲揉搓通红的双手，呵出热气温暖自己。围观的人陆续散去，说她画得很不好，一个好心人劝说：回去吧，别找罪受，这画没人买！

楚娥挣扎出一丝苦笑，她并不期待自己的画卖出好价钱，但也没想到一幅也卖不出。大学里听老师说，纯艺术没有市场，尤其无名之辈的作品。如今市场只要名人画，名人画不是用于欣赏也不是用于收藏，而是用于贿赂。那些行贿的人，送钱给对方未必合适，于是送幅名人画，随手请人拍卖，行贿的人再高价买回来，然后又送给下一家……如此不断易手，价钱越抬越高，看上去艺术市场一片繁荣。好在楚娥的画也不是给人欣赏收藏，也是为了掩盖，不然没法给大笠解释，她哪来那么多钱。楚娥坐在雪地继续等待，一直等到黄昏，等到大笠亲眼看见她卖画。

十八　新房

　　大笠上下班都是跑步，跑得热气腾腾。突然看见雪地上鲜艳的身影，他大吃一惊，急忙冲上去。本来他想狠狠责备楚娥：这么冷的天出来干什么！怎么还当街卖画，不觉得丢人现眼吗……可大笠一句话也没说，他鼻孔一酸，把浑身冰冷的楚娥抱在怀里，用他宽大的身体温暖楚娥。

　　楚娥欢天喜地说：告诉你一个天大喜讯。今天上午遇到识货的人，买了我的画，塞给我一大堆钱，不知道多少钱，先放家里藏起来。下午还想碰运气，可惜再也没遇到识货的人。大笠将信将疑：上午就出来了？当真有人买？楚娥拱进大笠怀里，撒着娇说：回家看嘛，谁还骗你！大笠收起画架、背包，搀扶上楚娥，听楚娥绘声绘色编造：那人说他是外地来出差，要买礼物送人，就买了我的画。明天还来摆摊吗？说不定也能遇上识货的。大笠信以为真，但十分心疼地说：这种事可遇不可求。天这么冷，不要为了卖几幅画冻出毛病，反而得不偿失。

　　回到家楚娥掀开被褥，掏出钱给大笠清点。大笠接过钱连连"啧啧"，都是百元票面，竟然将近三万元。大笠仰天大笑，笑得扬眉吐气，好久没这么笑过了，这个家好久没笑声了。楚娥也一起大笑，但笑得很不自然，心头五味俱全。幸而大笠没听出楚娥笑声夸张，大笠欢天喜地忘乎所以，眉飞色舞说：好消息接二连三，我也有好消息告诉你。昨晚电视放了，今天报纸也登了，那伙手指缝藏刀片的扒手集团遭一网打尽。不过也有漏网，我专门去问过，当年残害肖楚娥的恶魔抓住没？结果没有。但也算好消息，表明公安确实厉害，那个残害你的漏网之鱼早晚也要抓住……

楚娥不想听，对她来说这不是好消息。不过她还是禁不住问：公安怎么知道，残害我的恶魔没抓住？大笠说：你不是帮公安肖像专家画出了那扒手的肖像吗？肖像还在公安手头，都一一对照了，还让我亲自辨认，那扒手的鬼样子像刀刻在我脑子里，不会认不出！楚娥暗暗想：早就毁容了，怎么辨认！她轻轻摇着头说：不说扫兴的事，没抓住算他运气好。忘记他吧，上帝说爱这个世界包括你的仇人，从此整个世界都是你的家，爱能叩开每一扇门。大笠坚决地说：不不不，非抓住他不可。我给公安说了，他们抓不住我还要亲自抓。前些日子把抓扒手的事搁了搁，但绝不是放弃，只要有可能，躲在天涯海角我也要抓住他。他把我们害得太惨，不是他害瞎你眼睛，我们早就离开这学校，不会受这种窝囊气！现在忍气吞声，无非希望学校一直收留你，起码给你发病休工资。换个单位谁接收你，只好赖也赖在这学校。可这是他妈的什么日子啊，遇到金万年都要低声下气，活得像个龟儿子！

楚娥别过脸，不知说什么好。之前以为大笠心中的仇恨已随岁月冲淡，没想到仅仅是埋藏起来，不再吐露而已。楚娥暗暗庆幸，幸好恶魔已被抓住，去了他该去的地方，尽管那不是天堂，但可以浴火重生。关上几年脱胎换骨，就更加不用担心大笠认出，否则万一被大笠认出，她不知道如何抉择。

远远传来鞭炮声，花园小区人家已在庆祝新年。楚娥、大笠舍不得买鞭炮，就把饭菜做得丰盛些，倒上烧酒嘻嘻哈哈喝酒取乐。楚娥怕大笠觉察到她神情异常，继续强颜欢笑，看大笠实在高兴，就缠住大笠温存。这些日子大笠回家就争分夺秒睡觉，好久没顾及楚娥的需要，现在像打了兴奋剂，跟楚娥嘻嘻哈哈拥进被窝，颠鸾倒凤极尽欢娱，像新婚蜜月如胶似漆。对于大笠来说不再为住房发愁，他如释重负，把无限体力和精力都倾注在楚娥身上。楚娥则像回光返照，她的肝脏已硬化，并开始腹水。但肝病早期没明显疼痛感，等到疼痛已不可救药，很容易被忽视。楚娥照样喝酒，喝得热血沸腾，然后又是床第之欢。他们不能走亲访友，不能打牌下棋，不能看电影、泡电视，除了口腹之乐就是床第之欢。虽然也不乏快乐，但酒色对楚娥是严重戕害，是加速摧残。楚娥像点燃的干柴，熊熊燃烧一阵就奄奄一息，过后软弱无力几乎不能下床。大笠以为楚娥仅仅是纵情过度，楚娥也相信调养一阵就能恢复，都没引起足够重视。

欢娱后他们开始规划，可以支付首付款了，买套什么样的住房？距离搬迁期限只有两个月，不可能买期房，打算在花园小区买套现房，墙上刷白、地面铺平，稍微装修就搬进去。再也不用担心人家收回宿舍，再也不用担心遭驱逐，从此在小区绿地作画或散步，再也不用面对排水沟，再也不用跟推拿房做邻居……想到这些他们激动不已，终于有望拥有自己真正的家，一个让灵魂安定的地方，不像现在虽有两间宿舍，但不像家，只是两间宿舍拼在一起合伙，无论空间还是情感都没完全合而为一。

春节期间保安轮流休假，学校也放假了，大笠不必每天黄昏才回来，可以充足睡眠。能不能充足睡眠决定他们的生活质量，以前大笠定时睡觉定时起床，否则就感到睡眠是折磨。楚娥却黑白颠倒，如果不是必须睡觉她可能一刻也不睡，宁愿独自坐到天亮。那时他们希望太多，如同高空坠落还想再次高飞，现在仅仅要求睡眠。这要求也不易满足，一天工作十七八个小时，睡觉就成为一种奢望。虽然楚娥不必工作，但她心事重重，整日整夜不是焦虑、忧愁就是思念、悲伤，再有充足的时间也睡不着。虽然现在仍有心事、仍有思念，但至少不必为住房焦虑，而且有大笠陪伴，楚娥睡觉踏实多了。

终于可以安心睡觉，大笠能在家待上近十个小时，楚娥也能酣睡不起。楚娥还惊喜地发现，不再感到大笠的鼾声刺耳，反而觉得鼾声像安眠曲，听到大笠鼾声如雷她就哈欠连天，就迅速进入梦乡。突然鼾声停止，她马上惊醒，如果大笠已起床，她就开始一天的等待。等到大笠回来，她像等到父亲回来的孩子，快乐地扑上去，娇滴滴缠着大笠拥抱。大笠回到家就不再出门，那时为了抓扒手，后来为了奔前途，再后来为了挣钱，经常把楚娥冷落在家。现在大笠像蛮荒时代的猎人，每天挟裹一包食物、卷带一身风尘回来，面对妻子温暖地迎接，他话语不多但脸上洋溢无尽喜悦，不去羡慕别人也不奢求更多，都以对方的存在为最大满足，从对方的欢笑中感受自己的幸福。

过完春节积雪融化，同时也开学了，大笠又忙碌起来。比以前还要忙，不仅要应付学校差事，还要兼做两份保安，还要挤出时间物色房源，还要照顾楚娥。实际上他无暇顾及楚娥，他又像从前黄昏才回来，争分夺秒睡上五六个小时，急急如律令赶去值守夜班。本来他可以辞去夜间保安，他们已凑够首付款，不必如此辛苦，但大笠仍想多挣点钱，仍要做三份工作。睡眠再次成为他们共同的奢望，大笠没时间睡觉，楚娥独守空房睡不安稳，她像李清照的词中人："起来慵自梳头，任宝奁尘满，日上帘钩。生怕离怀别苦，多少事，欲说还休。新来瘦，非干病酒，不是悲秋……"楚娥旧病复发再次深陷孤独，越是孤独越要思念，很想知道恶魔怎么样了？却又很怕知道，如果知道恶魔不久就要出来，她不知如何抉择。是像原来打算的那样，给恶魔留个房间，还是把恶魔的钱退还，打发恶魔离开？她开始后悔，不该那么冲动，不该动用恶魔的钱。她曾经以为自己可以毅然决然选择：如果大笠不能容留恶魔，就把住房留给大笠，然后……可并不是这么容易取舍，她舍不下大笠。如果以前对大笠还有不满，就是不满大笠只顾自己。而现在，她意识到这不是大笠的错，是他们还没完全适应两个人的生活，还像原来习惯独立，还保持着一段精神上的刺猬距离，"不见又相思，见了还依旧。"经历一段同甘共苦磨合，尤其最为揪心的住房已有指望，家的概念越来越清晰。不像原来，总觉得他们只是两间宿舍的简单合并，更像一对合伙人。尤其楚娥，已自觉地顺从大笠，主动适应大笠，越来越珍惜跟大笠的感情。希望恶魔从他们生活中消失，永远不要出现。

可又意识到，这念头残忍绝情，像是担心恶魔来讨债，所以想一刀两断。楚娥本来就患得患失，如此更是在内心翻来覆去折磨自己，忍受着难以言说的煎熬。她仍旧经常坐在屋后小院坝，仍旧想听到排水沟熟悉的声音。可人事已非，再也没有声音传来，只是无声的眼泪流过她脸颊，流进她嘴角，流进她苦涩的心头。好在已是春天，吹来的是暖风，即使楚娥孤独地守望排水沟，也能感受到春天来了。

大笠选定一套房子，带上楚娥去看。春天白昼延长，夕阳还在天边大笠就下班，楚娥快乐地依偎在大笠身边，没带手杖，更愿意大笠搀扶她。缓缓来到花园小区，听到大笠老远就跟人打招呼，听到有人叫大笠金队长。楚娥问：你什么队长？大笠说：那些保安佩服我，物业公司就让我当保安队长。楚娥掩上嘴吃吃笑，没想到如今的大笠鸡头上长块肉——大小也是官（冠）。楚娥很高兴，听出那些保安见到大笠毕恭毕敬，不由得想：以后住在这里，谁也不敢欺负她，她家大笠可是保安队长。

楚娥灿烂地笑着，进一步靠近大笠，希望所有人看见她多幸福，她一点也不可怜。空气中弥散鲜花的芬芳，楚娥深深吸了一口，徐徐吐出，她喜欢通过深呼吸吐故纳新，把自己内心洗涤一遍，让心中春意盎然。但很快就疲乏了，她感到腹部鼓胀，连迈动双腿都难。她仍旧咬紧牙坚持，坚持走进小区深处。大笠给她描述：就那套房子，在底楼，只有七十平方，人家嫌小，一直没卖出去。楚娥说：给我们正好。我喜欢底楼，免得爬楼梯。周围环境怎么样？大笠说：无可挑剔。屋后有几棵大树，还有人造溪流，门口是草坪。你听到了吗，还有鸟叫？楚娥连连点头：听到了，听到了，真好。赶紧签合同吧，别给人买走了。大笠，我高兴极了，你呢？大笠打着长长哈欠说：只要你高兴我就高兴。回去吧，我困得眼皮打架。等拿到钥匙再来，里里外外都看看。楚娥忽然一阵晕眩，其实是肝昏迷。但没在意，或者是不想败坏大笠的好心情。她扑在大笠身上，撒着娇要大笠背她。趴在大笠宽大厚实的肩背上，楚娥很踏实，也很舒心，随口吟出一首诗：

门口草芳菲，
屋后水呜咽。
不知房价贵，
都说好景色。

楚娥的脸色已经发黄，自己却看不见，大笠又太忙太累。回家大笠就争分夺秒睡觉，即使看出楚娥脸色异常，也没工夫带楚娥去医院。何况他根本不会想到，楚娥已病入膏肓，至多认为是季节变换导致楚娥身体不适，如同春困，只要充分休息就能自然恢复。大笠忙得一再压缩睡眠，学校的课不能不上，保安又不能随便离岗，上课就要跟人调岗。现在又多出一件事，办理购房手续也需要调岗。尽管他已是队长，但他不占便宜，跟人调岗后一定补上，宁肯压缩自己睡眠时间，办理购房手续耽搁多少时间，就相应压缩多少睡眠。

办理购房手续耗时费力，学校要他拿出正式购房合同，才给他一万五补贴。开发商却不肯随便签合同，必须付清首付款再签。可没有一万五补贴，凑不够首付款，只好找人借钱。找谁借呢？大笠不肯轻易求人，何况还是求人借钱，千难万难没有求人借钱难。首先开口就难，怎么跟人家说？说自己凑不够首付款。首付款都凑不够买什么房呀，不好等到凑够首付款再买吗？跟人家说，再不买房就要被赶出宿舍，实在是迫不得已。为什么不问父母或者兄弟姐妹借？跟人家说，父母已跟他断绝关系，没有兄弟姐妹。既然如此艰难，借给你拿什么还？跟人家说，等拿到一万五补贴，就好归还。要是不给你补贴呢？再说，就算给你补贴，才一万五。七十平方米住房至少三十万，就算付清首付款，剩下二十多万去银行申请按揭贷款，要是银行不给贷款呢？跟人家说，肯定能拿到补贴。都能拿到补贴，为什么不给他？而且银行肯定贷款，为了争夺按揭贷款，银行都到售楼处现场办公了。就算银行同意贷款，就算能贷二十年，如今银行贷款利率一年一定不断提高，还要按复利计息，利滚利利息比本金还多，每月还本付息将近两千元。你一个体育老师，妻子又是瞎子，每月挣不到两千，都还了贷款吃什么呀？跟人家说，每月不止挣两千，在外面兼了两份工作呢。怎么可能同时做三份工作？如果确实有这么大能耐，怎么才买一套七十平方米小户型房子，还要借钱来买，连首付款都要借……如果遭人家这样盘问来盘问去，怎么受得了，以大笠的脾气可能掉头就走！可受不了也得受，谁要你求人借钱呢！

大笠对楚娥说，他打算找金万年借钱，听说金万年特别有钱，听说金万年那副校长就是花钱买的。楚娥脸上一红，慌忙掩盖，使劲揉搓很不舒服的脸。她已水肿，仅仅是还不明显。她问大笠：你跟金万年没交情，为什么借钱给你？大笠说，他准备抹下脸皮，低声下气央求，死皮赖脸哀求，不然怎么办呐，其他老师也在张罗买房，除了金万年还能找谁借钱。又不敢找狄科长，狄科长仍旧憎恶他，好几次他去医院探视都遭狄科长毫不留情骂出来。楚娥鼻孔一酸，别过脸说：我浑身没力，不能帮你也不能陪你，只好你多费心！楚娥去床上躺下，继续揉搓右肋下肝区。肝区已隐隐作痛，她分明感觉到，随时都可能下不了床。但仍不给大笠透露，不忍心给大笠忙里添乱。大笠已焦头烂额，一旦说她实在难受，肯定要去医院，不知又要花去多少钱。她打算等到大笠办完购房手续，再把一万五补贴领到，再让大笠带她去医院。

十九　公墓

　　大笠突然中途回来，说已借到钱，但不是问金万年借，而是岳上松老师主动借给他。大笠装得喜气洋洋，很怕给楚娥知道，他又一次挥动拳头。

　　本来他想找金万年低声下气央求，死皮赖脸哀求，怕给人看见他卑躬屈膝，专门瞅准校长办公室没人他才溜进去。他完全不知道，金万年已暗中做了好多工作，要把大笠逼走，把楚娥也逼走。逼走大笠是他惧怕大笠，看到大笠他就背脊发凉。狄科长还在医院，学校里金万年当家。一开始他很低调，见谁都点头哈腰，说他只是学校的勤务员，老师们才是中流砥柱，他的一切都要仰仗各位老师支持。他也不发号施令，只是传达狄科长指示。但随着他的根基越来越稳固，他的本来面目就开始暴露，公然拉帮结派，公然打击报复。再到后来，他简直"得志就猖狂"，几乎为所欲为，经常指桑骂槐小题大做，动不动就对教职员工痛加训斥。但只要大笠在场，只要看到大笠横眉怒眼的样子，他就稍微收敛，训斥口气也婉转得多，怕大笠冲上来一拳令他威风扫地。他对大笠怕得要死，包括有人给他报告，大笠在外面兼职，大笠上课敷衍了事，他也不敢批评；同时恨得要命，他安排心腹秘密搜集大笠的错误，巴不得大笠的错误越犯越多，等到积累到可以开除了，给大笠致命一击，迫使大笠清仓走人。

　　赶走大笠对付楚娥就轻而易举，之所以连楚娥也赶走，是怕楚娥揭露他

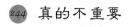

道德败坏。当时他并不想接受楚娥的服务，可一时没控制住自己，楚娥实在诱人，差不多一米七高，体重不会超过百斤，但不是干巴巴纸片片，乳房突出硕大，后臀滚圆微翘，蜂腰一束髋骨舒张，最符合他心中的美女形象。太过壮硕的女人他吃不消，太过瘦小的女人提不起他兴趣，楚娥虽带几分病态，亭亭玉立但不是激情飞扬，柔弱温婉又姿容出色，尤其那肌肤，虽不能算雪白，但异常洁净，几乎可以透视，显得特别鲜嫩，对于皮糙肉老的他最有吸引力。他实在难以抗拒，就放任自流。过后他恼羞成怒，怀疑中了楚娥设下的圈套，不然怎么那么凑巧，突然闯进一个凶神恶煞，如果不是他熟门熟路，如果不是老板娘巧妙地掩护他逃脱，他肯定被当场捉住……一念及此他心惊肉跳，经常做噩梦，恨不得立即就把楚娥撵走！

可大笠并不经常犯错误，虽然上课敷衍了事，却很难抓住他确实的把柄。不能赶走大笠就难以赶走楚娥，他一直为此郁闷，一直挖空心思设计：怎样才能让大笠多犯错误，最好犯大错误？现在大笠居然来借钱，居然想买房子，居然想领取学校补贴，居然想长期赖在这学校。按照金万年制定的规则，领取了住房补贴就必须保证十年内不会调离，反过来说既然领取了补贴，就一定要赖在这学校十年以上。怎么能让你赖上十年，今天就想把你轰走！金万年毫不犹豫答复：首先请你原谅，我也只是领薪水，就算有点节余，你来借他来借大家都来借，借给谁好呢？同时还想提醒你，你可能把政策理解错了，并不是只要买房就给补贴。资金来源有限，需要补贴的人太多，谁先谁后，需要结合一贯的工作表现综合平衡。从上学期的情况看，你的表现领导不满意、老师不满意、学生不满意。因此建议你还是先租房，不然没法保证一定给你补贴！

这话给大笠当头一棒，不肯借钱就算了，还补贴都未必能拿到，大笠满腔怒火一下子就点燃，他一把薅过金万年胸襟，横眉怒眼警告：永远不再问你借钱，但给我记住，你也别想欠我一分钱！一万五住房补贴，就是我的钱！说完他摔下金万年，就要扬长而去。

正好下课，一群老师经过校长办公室门口，金万年气急败坏声嘶力竭呼救：打人啦，报警呀！果然就有人围上来，吵嚷着要把大笠扭送派出所。这些人跟大笠并无多少过节，都一拥而上，无非想在金万年面前表现忠诚，表明舍身救主。

大笠心头一片苍凉，悲哀地发现：人啊，唉！背后他们也咒骂金万年，还鼓动大笠再次带头，跟金万年针锋相对干一场，煞一煞金万年威风！可现在，他们都变成忠诚卫士。大笠低沉地怒吼：你们都是人渣！他三拳两腿打得那些忠诚卫士人仰马翻，他强忍着没流泪，其实心头在流血。突然一个人冲上来，战战兢兢拖走大笠，竟是一直低声下气的岳上松老师。其实他是名人之后，是岳飞的嫡传，却早已丧失祖先的英雄气概，他把大笠一直拖进苦涩的桉树林。

大雪压垮他家老房子，如果城里买房，他只有八千元补贴，连卫生间都买不起。而要把老房子修复，就不算买房，连八千元补贴也不能享有。虽然学校帮他募集了一万多元，但远远不够修复。而且他已转为公办老师，不再是村民，得不到乡下政府的救助。也得不到城里政府的救助，乡下房子不归城里政府管。还得不到保险赔偿，那是危房，保险公司不受理他的投保。他到处都靠不上，只好依靠这片苦涩的桉树林，他在桉树林搭出一间牛毛毡房子暂且栖身。

他惊惊慌慌劝说大笠：不该动手，你吃亏就吃亏在动手。要忍啊，不忍怎么办啦！如今力大不如钱大，钱大不如权大，光靠力气你只有吃亏。大笠已冷静下来，他也很后悔，也知道不该动手，他垂头丧气说：实在是，唉，走投无路！岳上松老师问：究竟遇到什么难处？大笠大概说，本来想问金万年借钱，拿到补贴就还他……岳上松老师叹息着说：多大点事呀，唉，唉！他摸出一张存折，说学校帮他募集的钱，他一分都没用，先借给大笠。大笠接过存折，禁不住双手发抖，铁骨铮铮汉子感动得泪如泉涌，他竟然跪下，男儿膝下有黄金，他再坚强也没用，他需要的是钱而不是坚强。

这一切大笠都没告诉楚娥，告诉楚娥无济于事，反而会惹得楚娥哭一场。大笠催促楚娥赶紧起床，吃过午饭就去签合同，同时办理按揭贷款。本来他想一个人办完所有手续，可售楼小姐说，办理贷款必须夫妻双方同时到场。楚娥挣扎着撑起软绵绵身体，果然"病来如山倒"，等到确认自己生病，病已排山倒海把她摧毁。她脸色蜡黄，小腹明显鼓胀，连大笠都发现不妙。但楚娥还要掩盖，说是休息不好，并没感到身体不适。大笠看楚娥下床都困难，将信将疑一再追问，楚娥给问烦了一样都不回答。大笠只好把楚娥小心翼翼抱下床，随便吃了午饭就出门。在春天暖风吹拂下，楚娥稍微感到振奋，紧紧抓住大笠，十分艰难地迈动脚步。

来到售楼处，大笠把楚娥安排在相对安静的椅子坐下。售楼小姐大多认识大笠，这套房子就是她们推荐的。显然她们喜欢大笠，嘻嘻哈哈围上来看大笠的美人，七嘴八舌说楚娥美极了，但语气很不自然，像是言不由衷吹捧。楚娥的脸色已很难看，坐在角落里萎靡不振，几乎瘫在椅子上，没力气也没心思应付这些售楼小姐，只是挣扎出一丝苦笑。同时一连打几个嗝，打得自己都难为情，她扭头面朝墙角，不给人看见她打嗝。

　　大笠忙着填表格，大堆表格填得他晕头转向。似乎房产开发商跟银行结了伙，把手续弄得非常复杂，弄得你稀里糊涂，然后就稀里糊涂签字。直到售楼小姐告诉大笠：好了，可以办贷款了。大笠这才知道，忙了半天才只是忙完购房手续，贷款手续还不知道多烦琐呢！

　　售楼小姐领上大笠去大厅窗户边，一溜桌椅分别竖立几家银行的招牌，几位银行先生在此现场办公，一身职业装和工号牌清楚表明，他们代表不同的银行。其实银行高度趋同，大笠就近找个银行先生，面对面坐下，将手头一堆资料全部递上。

　　这位银行先生年龄不大，倒显得很老练，也可能业务熟悉。他问：你夫人来了吗？大笠扭头指了指大厅那边角落的楚娥说：到了。银行先生抬头张望，楚娥背对这边，看不见楚娥的脸面。银行先生关照：请你夫人不要离开，一会儿办理贷款，必须夫妻双方当着我的面同时签字。大笠说：这个我知道，所以把她带来了。银行先生仔细审阅所有资料，突然抬头说：还缺好多资料。大笠暗暗叫苦：这么大一堆资料还不够啊？怎么不把贷款流程公示出来，免得我跑来跑去！不过他没敢抱怨，怕人家故意折腾他，让他多跑几趟。于是问：还缺什么资料？银行先生说：缺结婚证、双方身份证复印件、双方单位出具的收入证明。另外，如果办组合贷款，还要去住房公积金中心……

　　大笠听得头都大了，他说：简单点吧，怎么简单怎么办，实在没时间跑来跑去。银行先生说：那就全部办商业贷款，没有公积金贷款，利息稍微高一点，其他都一样。大笠说：行行行，只要简单点，只要快一点。可是再简单也要补上好多手续，起码要补上收入证明。大笠把楚娥留下，叫辆出租车赶去学校。

　　掌管公章的人说，没有金副校长同意他不敢开证明。大笠再去找金万年，从办公室找到教室，终于打听到金万年在区里开会，大笠赶到区教育局，尽量心平气和地说：仅仅出个收入证明，你给管公章的打个电话吧，实在等不及。金万年默不作声，直勾勾盯着大笠，大约还想找理由刁难大笠。过一阵实在找不出理由，也可能怕大笠当着教育局领导的面大吵大闹，给他造成不良影响，只好打电话给掌管公章的人，同时特别强调：绝对不能弄虚作假，一定要实事求是！大笠拿到收入证明看，果然实事求是，不仅证明大笠和楚娥的月收入加起来才两千来元，还证明楚娥双目失明，已办理长期病假手续。

大笠回家拿上结婚证，再到售楼大厅发现楚娥歪靠在椅子上睡着了。其实楚娥已肝昏迷，都以为她只是睡着了。大笠没惊扰楚娥，他已跑得满头大汗，把收入证明、结婚证等手续全部递给银行先生，以为这回总归手续齐全了。可银行先生皱紧了眉头，十分不忍心而又十分无奈地说：很抱歉。本来小户型住房我们就不愿意贷款，看你们是老师才破例。可你们收入太少了，一方还是残疾，哪来还款来源？大笠急忙解释：不止这点收入，我还有两份兼职。银行先生坚决地摇摇头说：只能凭你们学校出具的收入证明。至于你实际情况，我们没法了解。对不起，请你再找其他银行，看他们愿不愿意贷款！

大笠像遭到五雷轰顶，整个人都僵硬了，没想到会不给贷款，嫌他收入太低，嫌他找了个瞎眼妻子。但他发不出脾气，只能近似哀求地问：还能通融吗？银行先生很懊恼，可能他也没想到会是这样的情况。不过他还是尽量详细解释：这么给你说吧，贷款能不能发放，首先看政策允许不允许。像你这种小户型贷款，虽然政策上不禁止，但也不支持。为什么呢？因为这是住房贷款，万一还不出贷款，就要拍卖你住房。把你住房卖了，你住哪里去？不能把一个家庭驱赶到大街上流离失所。通常的做法是，另外给你们安排一套基本住房，否则法院不肯强制执行。基本住房就是小户，可你现在的新房才是小户，七十来平方的小户一般都不贷款，除非你是公务员、教师，收入很稳定。但你们一方是残疾，基本上没收入，拿什么还本付息？虽然你可能还有其他收入，但我们只能相信你们学校的收入证明。况且遇到残疾人贷款，我们更加谨慎，人家已经残疾，如果因为我们逼债逼出点事，承担不起责任。我想你能理解，银行不是慈善机构，遇到可能惹麻烦的贷款都尽量回避，即使我受理下你申请，贷款还要领导审批，领导也会否决……

这么说大笠终于相信，对方没有骗他，但他还是去问旁边的银行先生，期盼其他银行能有例外。却是所有银行一样，都嫌贫爱富，都不肯给他贷款。大笠忽然想到公积金贷款，他颤抖着问：要是公积金贷款呢？对方说：以后的公积金贷款可能会放宽额度，但现在的公积金贷款只能少量。像你们这种情况，贷不了多少，缺口还是要靠银行的贷款组合。大笠满怀悲伤问：像我们，那该怎么办呢？对方说：只好等机会，等买经济适用房。不过这需要很长时间，首先要有证明，证明你们属于贫困家庭。然后去排队，等抽签。即使中签了，也需要二十万左右。另外经济适用房没有土地权证，不能到银行贷款，如果买经济适用房，必须一次付款。

　　大笠十分不甘心，却又十分无奈，他收起全部资料，来到楚娥身边，想安慰楚娥：我们就租房吧。租房也好，免得背上沉重债务，压力太大！可他说不出话，只要开口就可能哽咽。他默默无语伸手牵扯楚娥，想带上楚娥回家，从此不再走进售楼处，这不是他们能来的地方。他牵扯楚娥一把，楚娥没反应，他勾手把楚娥抱起来，猛然发现楚娥没知觉，他吓得大喊大叫：闪开，闪开！急忙抱上楚娥冲出去，他已晕晕乎乎，嫌手中大堆资料碍手碍脚，随手就把资料扔掉。那里面还有结婚证、身份证，遭过路车辆卷带上随风飘散。他顾不上这些，也顾不上男人的体面，他已吓得魂不附体，一路飞跑一路呼叫出租车……

　　楚娥肯定以为，那套"门口草芳菲，屋后水呜咽"的底楼住房已属于他们，所以她很平静，虽没有笑容，但像睡着了一样。医生给大笠推断：如果楚娥不是遭人刺瞎双眼，就不会服用那么多药物，十药九毒，药物对肝脏的损害最大，就不会导致肝硬化；如果楚娥不是双目失明，就不会那么忧郁，不会那么容易生气发怒，怒伤肝气伤肺，楚娥肝肺都受到严重损伤……大笠完全相信医生的推断，同时还知道，如果楚娥没有双目失明，他们不会过得如此艰辛，更不会受那么多窝囊气，早就"此地不留爷自有留爷处，处处不留爷就当个体户"了，一切不幸都是那扒手造成的。

　　伤心欲绝的大笠买下两块公墓，把楚娥安葬了，继续寻找那扒手，他一定要血债血还。楚娥不可能再阻拦他报仇雪恨，他就没有任何顾忌，没有任何牵挂，学校的课他也不上了，两间宿舍也不回去了，他经常出现在公共汽车上，看见扒手就抓。

　　后来不知怎么搞的，他受伤了，据说是遭到扒手集团报复。他伤得很重，可能还没钱上医院，经常看见他蜷缩在火车站广场，蓬首垢面，背也弯了人也恍惚了，甚至看见他在熙熙攘攘人流中乞讨。据说倒是戚大嫂，还经常给他送点饭菜或者衣物。但没过多久，就再也见不到他了。有人说他被戚大嫂的儿子带走了，也有人说，在楚娥的墓地旁边，新开一座公墓，可能他与楚娥已团聚了⋯⋯

2011 年 3 月 15 日初稿
2014 年 12 月 9 日定稿